N&K

*Adriano Sack*

# Noto

Roman

NAGEL UND KIMCHE

1. Auflage 2024
Originalausgabe

Gesetzt aus der Centennial
von GGP Media GmbH, Pößneck
Druck und Bindung von CPI books GmbH, Leck
Printed in Germany
ISBN 978-3-312-01314-2
www.nagel-kimche.ch

Klimaneutral
Druckprodukt
ClimatePartner.com/15109-2009-1001

FSC MIX Papier FSC® C083411

*Und oft schlief ich Seite an Seite mit Carmelo auf dem Grunde des Bootes, um die Zeit bis zur Dämmerung zu erfüllen, in der die Raubfische zu jagen beginnen.*

René König

# *Kapitel 1*
## *Fantastic (Schiff der Träume)*

Ich öffne die schwere Metalltür und blicke in ein schwarzes Loch. Im Neonlicht sehe ich sauber vernarbtes Fleisch. Das Loch sieht aus, als sei es mit einer dunklen Paste versiegelt worden. Ich kann direkt hineinsehen, denn es ist die leere Augenhöhle eines kleinen fuchsbraunen Pferdes, und unsere Köpfe sind auf gleicher Höhe.

Das Pferd steht in der Haustierkabine auf Deck 6 der Autofähre *Fantastic*, die sich auf ihrem Weg von Civitavecchia nach Palermo und weiter nach Tunis befindet. Die Käfige für die Katzen und Hunde sind leer, dazwischen steht dieses einäugige Pferd. Seine Nüstern bewegen sich im ruhigen Rhythmus seines Atems. Es schnaubt nervös, vielleicht hat es Jack gewittert. Der steht auf der blinden Seite des Tieres, zerrt an der Leine und will weg. Ich aber kann meinen Blick nicht losreißen.

Das linke Auge sieht gesund aus. Es wölbt sich und glänzt, es ist so dreidimensional und seelenvoll, wie es nur Pferdeaugen sind. Trotz seiner Verstümmelung wirkt das Tier nicht, als fehle ihm etwas. Im Gegenteil: Die schwarze Wunde gibt ihm Tiefe und Weisheit, wie einem uralten Gott. Ich überlege, welcher Unfall, welche Krankheit, welche Grausamkeit oder welche Dummheit es dieses Auge gekostet hat. Und warum ausgerechnet ich auf ausgerechnet dieser Reise diesem Pferd begegnen muss.

Es ist so lachhaft passend. Aber gelacht habe ich seit 11 Stunden und 29 Tagen nicht mehr.

Ich schließe die Tür wieder sorgfältig und gehe mit Jack eine Abendrunde über das Hundedeck. Unsere Begegnung mit dem einäugigen Pferd hat ihm die Laune verdorben. Sogar an dem knurrenden Schäferhund schleicht er vorbei, ohne dessen Knurren zu erwidern. Dann pinkelt er auf den Boden. Nicht lässig und raumgreifend wie sonst, sondern verstohlen und hastig. Aber vielleicht bilde ich mir das nur ein. Ich bringe ihn in unsere Kabine und gehe ins Bordrestaurant.

Die Kellnerin mit den markanten Augenbrauen kämpft am Nebentisch mit dem Korkenzieher, zerfetzt die Metallkappe der Rotweinflasche und reißt sie schließlich ab. Dann gießt sie die Gläser nahezu randvoll. Obwohl der Vorgang etwas Quälendes hat, verfolgt ihn das japanische Paar am Tisch ohne Regung. Sie lächeln und heben ihre Gläser: »Mako?«, sagt er. »Kei!«, sagt sie.

Von einer Wartezimmerlektüre kenne ich die Geschichte meiner Tischnachbarn: Mako war eine japanische Prinzessin, bevor sie einen bürgerlichen Anwalt aus New York heiratete. Kei nimmt jetzt die Sonnenbrille ab, um sein Steak zu schneiden. Als die Kellnerin fragt, ob sie ein Selfie mit ihnen machen könne, streicht er sich über die langen Koteletten, und sie sagt: »Sehr gern! Wo kommst du her?«

»Scicli«, sagt die Kellnerin. Eben war sie noch wütend über den Korkenzieher, jetzt strahlt sie: »Die schönste Stadt Siziliens.«

Ich starre auf die Menükarte und weiß nicht, wie ich mich entscheiden soll. Adriano wollte nie, dass wir das Gleiche bestellten. Selbst in einem Schnellimbiss oder auf einer Fähre nahm er lieber seine zweite Wahl, als eine Doppelung zuzulassen. »Dann können wir mehr Sachen probieren«, sagte er. »Und wenn dir meins besser schmeckt, tauschen wir.« Aus seiner Sicht war das eine großmütige Geste. Denn obwohl er so schmächtig war, liebte er Essen in jeder Form und gab dafür bedenkenlos viel Geld aus. Daran hatte ich mich erst gewöhnen müssen, als wir uns kennenlernten. Jetzt bestelle ich irgendeine Pizza und eine Cola, denn er ist nicht mehr da, und schlafen werde ich ohnehin nicht können.

Beim Warten fällt mir auf, warum mich die leere Augenhöhle des Pferdes so irritiert hat: Sie sah aus, als habe man sie mit einem Eisportionierer ausgelöffelt.

***

In der Kabine 8415 hat sich Jack auf eins der Betten gelegt, was er sich zu Hause nie erlaubt. Er huscht schuldbewusst zu Boden, aber er hat sich von dem Schock mit dem Pferd erholt und schaut mich schon wieder abenteuerlustig an. Unsere Freundin Claudia hatte ihn an einer Tankstelle auf Sizilien aufgegriffen. Er war ein knappes Jahr alt und fast verhungert: Überall bohrten sich die Knochen durch seine Haut, und weil er Räude hatte, waren ihm fast alle Haare ausgefallen. Halb tot sei er gewesen, erzählte uns Claudia, als sie ihn aufgenommen hatte. Sie fühlte sich als seine Retterin, und das war sie wohl auch. Als wir Jack das erste Mal trafen, waren seine Haare nachgewachsen, obwohl man an den Flanken noch die grau-rosa Haut sah. Er stupste uns mit seiner kalten, feuchten, vorwitzigen Nase an, zog sich dann wieder zurück; er wollte gestreichelt werden und dann wieder nicht. Und er ließ uns die ganze Zeit nicht aus den Augen. Es war keine Liebe auf den ersten Blick zwischen uns, es war viel stärker: die Gewissheit, dass wir füreinander bestimmt waren.

Für einen Mischling ist er eine Schönheit; ein mittelgroßer, karamellfarbener, kurzhaariger Hund, der so aussieht, wie ein Kind einen Hund zeichnen würde. Sein rechter Tränenkanal ist defekt, unter dem Auge hat er ständig eine dunkle Spur. »Tränenmadonna« habe ich ihn deshalb genannt, aber Adriano mochte diesen Spitznamen nicht. Er sagte, Jack habe im ersten Jahr seines Lebens genug gelitten. Bis zu dieser Nacht in Berlin vor 12 Stunden und 29 Tagen war es »unser Hund«.

Jacks Rückenfell ist scharfkantig und rau, aber seine Ohren sind weich wie die eines Welpen. »Million Dollar Ears« hat Adriano sie immer genannt und konnte nicht aufhören, sie zu streicheln. Er, der nie einen Hund gewollt hatte. Es war seine Art zu sagen, dass Jack nun zur Familie gehörte.

Ich habe den Hund bei seiner Trainerin Natascha in Rom gelassen, als ich nach Berlin geflogen bin. Sie hat mir einen geringeren Tagessatz berechnet als sonst, weil, wie sie sagte, »Beerdigungen so teuer sind«.

Die Liege in meiner Kabine ist hart und schmal, die dünne Decke riecht nach Staub und Chemie. Aber das ist es nicht, was mich wach hält. Es ist eine Mischung aus Erschöpfung, Nervosität und einer Traurigkeit, die alles umfasst. Es war früher immer Adriano, der mit leichtem und unruhigem Schlaf zu kämpfen hatte, seit seinem Tod leide ich darunter und habe schnell verstanden: Beim Nicht-schlafen-Können gibt es verschiedene Phasen, und keine davon macht Spaß. Die trügerische Kurz-einnick-Phase am Anfang, die Rumwälzphase danach, die sich über Stunden hinziehen kann und die die Ängste unkontrolliert hochspült, die Noch-mal-weg-Phase, in der Träumen und Denken verschwimmen, die Resignationsphase, in der man sich mit dem mangelnden Schlaf abgefunden hat und nur noch wartet, bis der nächste Tag nah genug ist, um ihn verfrüht beginnen zu können.

Auf dem Beistelltisch liegen mein Oura-Ring, obwohl ich den eigentlich vor allem im Schlaf tragen sollte, eine Halbliterflasche stilles Wasser, eine zerfledderte, aber von mir bislang unberührte Ausgabe von »Der Herr der Ringe. Die Gefährten«, die Hirschtalgcreme gegen trockene Hände von meiner Mutter und der Mussolini-Roman von Antonio Scurati auf Italienisch.

Daneben steht eine dunkelgrüne Dose der italienischen Rasiercreme Proraso. Adriano mochte ihren Geruch nicht, aber er kaufte sie trotzdem wegen der altmodischen Verpackung. Sie erinnerte ihn an den Friseursalon in der Bergstadt Chiaramonte Gulfi mit den lackierten Wänden. Jetzt ist seine Asche in dieser Plastikdose.

Genauer gesagt: ein Teil der Asche. Der gesetzliche Schutz der Totenruhe lässt nicht zu, dass man die Überreste aus dem Krematorium einfach mitnimmt. Meine Bestatterin hat mir heimlich eine Portion abgezweigt, der Rest wird auf einem Berliner Friedhof beigesetzt. Weil ein Mitarbeiter der Friedhofsverwaltung wegen einer Erschöpfungsdepression auf Kur ist, wird das noch einige Zeit dauern. Adrianos Mutter kümmert sich darum und war mit allem einverstanden: »Bring ihn zurück nach Sizilien. Das war das Zuhause, das er sich ausgesucht hat«, hatte sie gesagt. Aber sie konnte die Vorstellung nicht ertragen, kein Grab in der Nähe zu haben, an dem sie ihren Sohn besuchen kann. Also entschieden wir uns für die Teilung der Asche.

Adriano war der Mann meines Lebens. Und in der Vergangenheit über ihn zu schreiben, kommt mir unwirklich vor und wie Verrat. Wir trafen uns vor zwölf Jahren und konnten uns dann zwölf Jahre lang nicht einigen, ab welchem Tag wir ein Paar waren. Dabei kannte ich das Datum ganz genau. »Dann vergisst keiner von uns die Blumen«, beendete Adriano die Diskussion, die eigentlich nie eine war. Er machte mir trotzdem jedes Jahr Ende Juni ein überteuertes Geschenk: Mal war es eine Lampe in Form eines Tukans aus den 70ern, mal ein Pullover von einer dieser italienischen Designermarken, die ich mir nicht merken kann. Vielleicht war unsere Übereinkunft, kein Datum festzulegen, die Großspurigkeit von Liebenden, die sich sicher sind, dass sie sich nicht an einen Tag klammern müssen. Denn sicher waren wir uns von Anfang an. Bei unserem ersten Treffen erzählte Adriano mir seine Lebensgeschichte, und ich erzählte ihm fast nichts. Beim zweiten Treffen kam er mit zu mir nach Hause, lachte über meine Einrichtung und blieb über Nacht. Beim dritten Treffen holte ich ihn vom Bahnhof ab. Er kam mit seinem besten Freund von einer Geburtstagsparty in einer Jugendstilvilla im Mosel-Örtchen Traben-Trarbach. Sie stiegen abgekämpft und aufgekratzt aus dem Zug und wollten noch was trinken gehen. »Warum hast du gar nicht mit ihm gesprochen? Das ist mein ältester Freund«, fragte Adriano hinterher, eher besorgt als beleidigt. »Aus dem Zug hätte auch der junge Keanu Reeves mit dir aussteigen können – ich wollte nur dich sehen«, sagte ich.

Und tatsächlich sah Adriano aus wie ein Hollywood-Star, auch wenn er so tat, als wollte er das nicht hören. Seine Augen waren schmale, blitzende Schlitze, seine Lippen waren leicht nach oben geschwungen, als würde er lächeln. »Freundlich wie ein Delfin. Dabei sind die tödlicher als Haie«, war sein seltsamer Kommentar. Er wirkte größer, als er war, vielleicht waren es nur seine großen Füße, die er durch schwere Stiefel oder klobige Schuhe betonte. Wenn er lachte, sah man seine schiefe untere Zahnreihe, und um seine Augen bildeten sich tausend Fältchen, weil er aus Faulheit fast nie eine Sonnenbrille trug.

Noch bevor er achtzehn Jahre alt war, hatte er im *Front* gearbeitet, einem Schwulen-Club in Hamburg, wo damals die neue elektronische Musik aus Belgien und Detroit gespielt wurde und im Keller Sexorgien stattfanden. Adriano behauptete, das sei seine Schule des Lebens gewesen. Und er war merkwürdig stolz darauf, dass seine Mitschüler immer wieder am Türsteher gescheitert waren. Es gab Menschen, die ihn arrogant oder oberflächlich fanden, aber es gab sehr viele andere, die an seinen schön geschwungenen Lippen hingen, seine Nähe suchten und um seine Zuneigung bangten – Männer und Frauen, Millionäre und Friseure. In Adriano war man immer ein bisschen unglücklich verliebt.

Nur ich nicht. Denn ich war mit ihm glücklich, und ich wollte mit ihm alt werden. Er wollte das glaube ich auch, aber er sagte es anders: »Ich will für immer siebenundzwanzig sein. Aber wenn ich schon alt werden muss, dann mit dir.« Wenn wir neuen Bekannten erzählten, wie lange wir schon ein Paar waren, gratulierten sie uns, und wir schauten zu Boden. »Mit dem ist das keine Kunst«, sagte Adriano dann und nickte fast unfreundlich in meine Richtung. Auf dem Nachhauseweg sagte er: »Das trauen sie zwei Männern nicht zu, aber wollen es nicht sagen.« Komplimente anzunehmen, zählte nicht zu seinen Talenten.

Lange bevor wir uns trafen, hatte er ein Buch über die Rave-Kultur in den 90er-Jahren geschrieben. »Slippery when wet« erschien zu einer Zeit, in der Romane von den Autoren selbst handelten: ihren Anzügen, ihren Plattensammlungen, ihrem Weltekel. Adriano erzählte von seinen exzessiven Nächten, aber sein Buch wurde ein Flop. Nach unserem ersten Date schickte er mir ein Exemplar mit Widmung. Ich legte es weg, als ich zu dem Kapitel über die Nacht mit dem DJ aus New York und dessen mitgereisten Groupies kam. Ich fand das Buch indiskret und ein bisschen angeberisch. Als sei es eine besondere Leistung, auf MDMA mit drei Typen Sex zu haben. Das habe ich ihm nie direkt gesagt, und wenn das Gespräch mit Freunden darauf kam, lobte ich das Buch als übersehenen Meilenstein. »Du machst dich über mich lustig. Lies es doch erst mal«, sagte er. Er wusste, dass ich sein Buch nicht mochte, und das tat ihm weh. Auch Höflichkeit kann herzlos sein.

»Er schreibt wie ein Partypromoter und raucht wie eine Frau«, hatte ein Literaturkritiker nach einer der wenigen Lesungen über Adriano geschrieben. Heute würde der Typ für so einen Satz einen Shitstorm ernten, damals beendete er eine Schriftstellerkarriere. Schließlich wurde

Adriano Moderedakteur bei einer Sonntagszeitung, was er als Niederlage empfand. Ich versprach ihm oft, dass noch Großes vor ihm läge.

Doch Adriano hatte ein Talent, Menschen zu durchschauen, zu verunsichern und auf dem falschen Fuß zu erwischen. »Wenn ich mit ihm im Aufzug stehe, habe ich immer Angst, dass ich die falschen Schuhe anhabe«, hatte seine Chefin mal über ihn gesagt. »Das ist total ungerecht. Außerdem homophob«, sagte Adriano: »Und by the way: Sie trägt wirklich schreckliche Schuhe.« Er war für viele ein schwer erträglicher Mensch – auch für sich selbst.

Ich habe ihn anders gesehen. Adriano gab sich als Zyniker, tatsächlich war er ein Träumer, der vom Leben mehr erhoffte, als er einforderte. Vielleicht war er sich trotz seines äußeren Glanzes nicht sicher, wie viel ihm wirklich zustand. Oder auch: Ob sein Talent so groß war wie seine Ansprüche. Was ich aber weiß: Er war ein unendlich großzügiger Mensch. Er konnte rasend eifersüchtig sein, aber er war nie neidisch. Und er war einer der Menschen, die weinen, wenn sie glücklich sind. »Always cry for love, never cry for pain«, sagte er gerne. Eine Liedzeile von Prince, den Adriano vergötterte und der mir bis heute fremd ist.

Ich schaue aus dem Kabinenfenster. Das Glas ist nicht abgestoßen und trüb wie oft auf Fähren, sondern so klar, als habe man die Scheibe gestern erst eingesetzt. Die frühe Sonne ist noch schwach, aber ich zwinge mich, aufzustehen. Ich ziehe die Sachen von gestern an und gehe mit Jack systematisch die Außendecks ab. So richtig *fantastico* ist das Schiff nicht. Die Metallgeländer und Decks sind von der salzigen Seeluft angerostet, im Gebetsraum liegen Teppiche, und an der Wand hängen zwei bunte Gemälde, die gute Laune verströmen, aber, wie ich glaube, nicht hundertprozentig den Bilderregeln des Islam entsprechen. Bei der geschlossenen Eisdiele und dem leeren Pool, über den zur Sicherheit ein rotes Netz gespannt ist, rauchen Männer in Trainingshosen und Socken in Badeschlappen ihre Shishas, die nach Kirsche oder Holz duften. Die kleinen Espressobecher aus Papier, die überall herumstehen, sind voller Zigarettenkippen.

Auf dem Schiff befindet sich an diesem Septembermorgen im Tyrrhenischen Meer kein Urlaubspublikum, sondern ein Mischmasch aus tunesischen Lkw-Fahrern, Rucksackreisenden und Menschen mit Hunden, die eigentlich zu wohlhabend sind für diesen rostigen Kahn und daher die Reling nur mit Vorsicht berühren.

Auf einem der Decks steht eine Gruppe von Männern in den Camouflageuniformen der italienischen Armee. Einer der Soldaten hält sich ein bisschen abseits. Seine Haut ist dunkelbraun, sein Vollbart trotz der Furchen im Gesicht noch vollschwarz, seine Stirn geht mit sanftem Schwung fast absatzlos in die Nase über, was ihn aussehen lässt wie ein Model in einer italienischen Parfümwerbung. Der Soldat lässt Jack an sich hochspringen und stellt sich dabei als Michelangelo vor. Er windet seine Faust zwischen den spitzen Zähnen des Hundes, verzieht dabei keine Miene, sondern spornt ihn noch an. Seine Umhängetasche ist gepflastert mit bunten Aufnähern; es sind Souvenirs von seinen Auslandseinsätzen in Syrien und Afghanistan. Obwohl es noch kühl ist, hat er Schweißtropfen auf der Stirn.

Auf einer Sitzbank am Bug steht ein junger Mann und telefoniert auf Arabisch: An den Wangen ist er fast glatt rasiert, dafür hat er seine Haare am Hals wachsen lassen. Er trägt ein ausgewaschenes mittelblaues Männerkleid, ein weißes Häkelmützchen, Sonnenbrille und Trainingsjacke. Als Jack sich dem Mann schwanzwedelnd nähert, bricht er ihm ein Stück von seinem Panino ab. »Ich habe auch so einen«, flüstert er, ohne sein Telefonat zu unterbrechen.

Eine uralte Dame wird von einer jungen Frau über dasselbe Deck geführt. Bei jedem Schritt zittert sie und droht zu stürzen, an der kurzen Treppe zum nächsthöheren Deck greift sie immer wieder nach dem Handlauf und verfehlt ihn. Ein winziger, aber schrecklicher Kampf mit dem nahen Tod. Schließlich gibt sie auf und schleppt sich am Arm ihrer Begleiterin zu Jack. Sie krallt ihre blausehnige, altersfleckige Hand in sein Nackenfell und keucht: »Bravo.«

Ich steige mit Jack die Treppe hoch, an der die alte Dame gescheitert ist, und treffe Bianca in ihren neonrosa Flip-Flops. Sie betreibt in Melilli die Bar *Sisilly*, eines dieser sizilianischen Wortspiele, von denen man nicht weiß, ob ihr Ursprung mangelnde Englischkenntnisse sind – oder seltsamer Humor. Als sich Jack ihrer Hand nähert, kitzelt sie seine Nase mit ihren Fingernägeln, auf die stilisierte schwarze Wellen lackiert sind, vielleicht sind es auch Yin-Yang-Zeichen. Der Hund knabbert an den Nägeln, Bianca gurrt: »Das macht man nicht!« Dann kitzelt sie ihn weiter und lobt die Schönheit seines Fells. Auf Biancas hautenger Trainingshose steht »Begin Again«.

Es sind zufällige Begegnungen mit Menschen, die in dieser Geschichte wahrscheinlich keine Rolle spielen. Aber in meinem Zustand, traurig und unausgeschlafen, ratlos und rastlos, nehme ich sie so automatisch und urteilsfrei wahr wie die Bilder einer Überwachungskamera. Als könne mein Gehirn nicht entscheiden, welche Unterhaltung sich lohnt oder welche Bekanntschaft mich wirklich interessiert. Adriano hätte diese Menschen mit Begeisterung beobachtet – und sie überredet, sich von ihm fotografieren zu lassen. Er hätte über den Nagellack von Bianca gelacht, den Überlebenswillen der alten Frau bewundert, Michelangelo ein bisschen zu interessant gefunden. Und er hätte mit kindlichem Stolz bemerkt, dass wirklich alle unseren Hund lieben. Manchmal höre ich Adriano noch sprechen.

*Mein Blick schweift über diese großartigen Menschen. Sie sind die Boten der Insel, der wir uns nähern. Wie die Vögel über dem Meer, noch bevor man am Horizont das Land sieht. Ich sehe den Stolz und die Armut, die Todesnähe und die Lebensliebe, die Komik und die Tragik, die Geschichte und die Schönheit Siziliens. Ich sehe diese Menschen, und sie sind mir fast egal, denn am Ende bleibt mein Blick bei Dir hängen. Ich gehe auf Dich zu und rufe leise: Konrad. Wie so oft. Und wie so oft vergeblich. Wir kennen uns seit zwölf Jahren. Und seit zwölf Jahren bist Du mir ein Rätsel. Was siehst Du? Was siehst Du nicht? Warum siehst Du mich nicht, wenn ich zwischen anderen Menschen stehe? Müsste ich nicht der Erste und das Einzige sein, was Du siehst? Du schaust in meine Richtung und wieder weg. Mehrmals denke ich: Jetzt muss er mich doch sehen! Aber Dein Blick schweift weiter.*

*Oder tust Du nur so? Vielleicht stellst Du Dich blind, um Dir das Beste bis zum Schluss aufzubewahren. Dann stehe ich vor Dir und sehe Dich an: hochgewachsen und schlaksig, athletisch und linkisch, ein erwachsener kleiner Junge. »Wie eine Giraffe mit englischem Landhaus«, habe ich mal gesagt, und Du dachtest, ich mache mich über Dich lustig. Obwohl Du in dieser schäbigen Kabine kaum geschlafen hast und vor Traurigkeit kaum die Augen öffnen kannst, trägst Du unter Deinem Arm ein dickes Buch auf Italienisch. So wie Du meistens ein Buch mit Dir herumträgst, denn Du suchst Dir immer eine Challenge, an der Du arbeiten kannst. Auch mit dem Mussolini-Roman wirst Du zu kämpfen haben, denn Dein Italienisch reicht nur gerade so. Aber Du wirst nicht aufgeben, das tust Du ja nie. Einer Deiner Schneidezähne sitzt leicht schief. Ich bin froh darüber, dass Du ihn nicht hast richten lassen. Du hast eine harte Reise vor Dir; Du wirst Deinen Glückszahn brauchen.*

***

Seit drei Jahren arbeite ich bei einer Studienstiftung in Rom und lebe in einem winzigen Häuschen direkt am Tiber, dessen Schlafzimmer man nur über eine enge, gusseiserne Wendeltreppe erreicht. »Wie in einem Leuchtturm wohnen, man hört sogar das Möwengeschrei«, hatte Adriano gesagt, als wir das Haus zum ersten Mal besichtigten. Er musste in Berlin bleiben, aber wollte unbedingt, dass ich diesen Job annehme. »So bleiben wir in Bewegung. Wenn wir schon keine Kinder haben, können wir wenigstens mit unserem Leben machen, was wir wollen.«

Nach seinem Tod hat mich meine Chefin sofort freigestellt. Zeitpunkt des Wiedereintritts: nicht abzusehen. »Nimm dir so viel Zeit, wie du brauchst. Kein Stress. Der Förderantrag für übernächstes Jahr bleibt dann halt liegen …«, sagte sie und schob mir einen Stapel Papier rüber. Ob ich diese beiden Gutachten vielleicht trotzdem lesen könne. Ich ließ sie sitzen mit ihren Vernissage-Einladungen, die an ihrem Bildschirm kleben, und ihrem Premium-Prosecco vom Direktor der Vatikanischen Museen. Als ich draußen war, fiel mir auf, dass ich auch die Gutachten liegen gelassen hatte. Sie kamen am nächsten Tag per Kurier und liegen bis heute in meinem Häuschen am Tiber. In Berlin musste ich mich um den Totenschein, die Einäscherung, die Bürokratie, den Nachlass kümmern. Und ich tat, was man tut, wenn man keine Wahl hat: Ich funktionierte. Als das erledigt war, kam die Dunkelheit. Sie war grau wie eine Regenwolke, die man durchfliegt. Und diese Wolke nahm mir die Sicht, sie war oben und unten, sie raubte mir jede Orientierung und jeden Halt. Die Wohnung war leer und ich auch. Trauer, das lernte ich in diesen Wochen, war nicht nur der stechende Schmerz, der mich immer wieder überfiel. Trauer war vor allem eine lähmende Lebensmüdigkeit, ein Sog der Freudlosigkeit. Manchmal stand ich minutenlang vor dem Kleiderschrank und wusste nicht, welches Hemd ich anziehen wollte. Oder ob überhaupt.

Dann tat meine Freundin Jenny, was sie immer tut, wenn es wichtig ist: Sie meldete sich bei mir. Es war der erste Anruf seit einer Woche, den ich annahm. Jenny van Wackeren hat in Boston und Florenz Kunstgeschichte studiert und arbeitet als freie Kuratorin für zeitgenössische Kunst. Den Nachnamen ihres Mannes Johannes verspottete sie anfangs als westfälischen Schlammadel, aber nahm ihn dann trotzdem an. Sie sieht aus wie eine porzellanhäutige, sommersprossige, rotblondgelockte, todumflorte, hochgewachsene Figur des Malers Arnold Böcklin. Bis sie den Mund öffnet.

***

»Fuck, siehst du scheiße aus!«, war ihre Begrüßung. Wir trafen uns in einem Neuköllner Straßencafé, das für seinen patzigen und langsamen Service bekannt war. Ich hoffte, dass wir dort unter uns bleiben würden.

»Danke, du nicht. Du siehst aus wie von Balthus gemalt. Warum bist du jedes Mal jünger und schöner, wenn ich dich ein paar Tage nicht gesehen habe?« Mein schräges Lob war nicht neu, sondern ein Spiel zwischen uns, bei dem ich jedes Mal den Namen des Malers änderte. Aber ich merkte, dass ich das noch nie so lieblos runtergeleiert hatte wie heute.

»Ich weiß nicht, ob Balthus heute noch als Kompliment gilt, aber egal. Alle machen sich Sorgen um dich. Du gehst nicht ans Telefon, du reagierst nicht auf Nachrichten, und so zermatscht, wie du aussiehst, würde ich sagen: Du isst nicht und du schläfst nicht.«

»Wer sind denn alle?«

»Alexander hat mich angerufen. Dann Katharina, diese Kuh, von der Stiftung in Rom. Sogar deine Mutter. Die kriegte sich gar nicht mehr ein. ›Jetzt ist das Haus auf Sizilien endlich fertig, und was will er damit? Ich habe ihn ja gewarnt. Aber die Jachenau war ihm nicht gut genug!‹, hat sie gesagt. Und noch ungefähr tausend Varianten von: ›Ich hoffe, er tut sich nichts an.‹ Und dann hat sie geheult, weil sie nicht auf der Beerdigung war.«

»Sie hätte ja kommen können. Auch ohne meinen Vater. Der hat Adriano nach zehn Jahren immer noch Antonio genannt. Wenn er ihn überhaupt erwähnt hat.«

»Was hat sie denn gegen das Haus?«

»Gar nichts. Sie liebt es. Aber sie ist glaube ich eifersüchtig auf Sizilien, weil es so weit weg ist. Und vielleicht ist es der endgültige Beweis für meine Eltern, dass ihr Sohn ihnen entglitten ist.«

Das Haus, über das wir sprachen, war für Adriano und mich der Ort unseres Lebens und unserer Liebe. Auf den wir uns immer einigen konnten, an dem wir beide wunschlos waren. Wir waren jahrelang immer wieder auf Sizilien, bis wir fast durch Zufall ein Grundstück fanden, zu dem wir nicht Nein sagen konnten. Wir träumten nicht davon, auszusteigen, aber wir verlagerten den Schwerpunkt unserer Leben. Nachdem wir beschlossen hatten, das Haus zu bauen, war es erst ein Abenteuer, dann ein Albtraum und dann so eine Art Paradies.

Meine Mutter hat uns dort im Frühjahr besucht. Fast hätte sie noch abgesagt, weil sie sich kurz davor bei der Gartenarbeit einen Finger gebrochen hatte. Ein paar Tage später saß sie mit ihrem blauen Gipsfinger dann doch auf unserer Terrasse, klagte über den Wind und freute sich über alles: die Süße der Tomaten, die Bitterkeit der Oliven, das Grün des Öls, das Gelb der wilden Calendula-Felder, die wuchernden Johannisbrotbäume, die halb wilden Esel des Nachbarn Salvatore, die regelmäßig auf unser Grundstück kamen, um junge Bäume anzuknabbern und Jack in den Wahnsinn zu treiben. Meine Mutter blieb länger als geplant und strahlte zum Abschied: »Das habt ihr so gut gemacht. Nur im Garten könnte man noch was tun. Die Kirchen schauen wir uns beim nächsten Mal an.« Als sie am Flughafen Fontanarossa in Catania durch das graue Plastiktor des Security-Scanners ging, hob sie vorher beide Arme wie ein Kranich beim Abflug. Die musste sie ganz schnell wieder runternehmen, um durch den Scanner zu passen. »Falscher Film!«, rief Adriano ihr hinterher, und ich dachte, dass ich sie seit vielen Jahren nicht so glücklich gesehen hatte.

Gleich nebenan, nur wenige Hundert Meter von unserem entfernt, haben Jenny und ihr Mann Johannes ein Haus gebaut. Für sich und ihre Kinder Loki und Skadi. Jenny war anfangs dagegen. Und als es den ersten großen Krach mit dem Bauleiter gab, sagte sie: »Wenn ich noch einmal mit diesem Arschloch in einem dieser Endlos-Meetings sitzen muss, nehme ich eine Knarre mit. Ich bin raus.« Raus war sie dann aber doch nicht. Stattdessen hat sie sich auf ihre erst ruppige, dann umso intensivere Art in ihr Haus verliebt. Sie bucht schon Monate im Voraus die Flüge für die Familie. Weil es günstiger ist, aber ich glaube auch, weil sie ein festes Datum braucht, um sich freuen zu können. »Wann genau kommt ihr denn?«, fragt sie bei jedem Telefonat. Sizilien ist für sie nur komplett, wenn wir alle dort sind.

Und jetzt in diesem Neuköllner Café stellt sie diese Frage, die ich ihr am wenigsten zugetraut hätte: »Hast du schon überlegt, was du mit dem Haus machst?«

Darüber hatte ich auch schon nachgedacht, aber die Gedanken sofort wieder verdrängt. Schon die Vorstellung, das Haus zu verkaufen, fühlte sich an, als würde ich Adriano noch einmal sterben lassen. Wie so oft war Jenny schon einen Schritt weiter als ich.

»Die Kinder würden kotzen. Loki jedenfalls. Skadi würde wahrscheinlich vorschlagen, dass wir euer Haus kaufen, damit sie endlich ihr eigenes Zimmer kriegt.« Jenny ist Realistin: Mit dem Egoismus ihrer Kinder kann sie gut leben. Ich mag sie dafür, denn Mütter müssen ungerecht sein.

»Aber ganz ehrlich: Am schlimmsten würde es Johannes finden. Der wird ja schon depressiv, wenn wir einmal während des Sommerurlaubs nicht gemeinsam zu Abend essen.«

»Habt ihr etwa schon darüber gesprochen, dass ich da wegmuss?«

»Der ist gerade so beschäftigt, dass wir über gar nichts geredet haben seit der Kremation. Der wäre stinksauer, dass ich das gesagt habe. Obwohl – vielleicht auch egal.«

»Konrad«, surrte es plötzlich schräg hinter mir. Ich schaute nach oben und sah nur weiß: weißes Tenniskleid, weiße Haut, weiße Haare. Dahinter die weiße Sonne. Es war Miju, eine Freundin, die ich nur alle zwei Jahre sehe, aber vielleicht genau deswegen mag. Die weißen Haare waren neu und ließen sie jünger aussehen. »Das tut mir so leid mit Adriano. Schrecklich. Auf dem eigenen Sofa. So ein toller Mann. Du weißt ja, dass ich immer ein Kind von ihm wollte.«

Das hatte ich nicht gewusst, und mir fiel wirklich nicht ein, was ich darauf erwidern sollte. Aber Miju erwartete auch gar nichts.

»Am Anfang sagten ja alle, dass ihr nicht lange zusammenbleiben würdet. Nächtelang hat mir Alexander erzählt, dass Adriano nicht gut genug für dich ist.

Partytrash hat er ihn genannt. Damals hat er ja noch gelegentlich mit Menschen geredet. Und die Fernsehmoderatorin, die später eine Affäre mit Gerhard Schröder hatte, lief durch die Stadt und erzählte jedem, dass Adriano sexsüchtig sei. Die war eben auf jeden neidisch, der nicht so karrierebesessen war wie sie. Ich wusste von Anfang an, dass ihr füreinander bestimmt seid. Aber das Leben besteht aus Phasen, und eine Beziehung ist eine Burg. Mit starken Mauern, hochgezogenen Falltüren und heißem Öl, das man auf alle Angreifer und Gefahren gießen kann. Dieser Schutz ist jetzt weggebrochen. Und jetzt beginnt die nächste Phase. Du musst dich fragen: Wer ist mein neues Ich? Was will ich sein? Kondor, Jaguar oder Gürteltier? Ich lese gerade ein Buch über Trauer und Verlust bei indigenen Kulturen Südamerikas. Total spannend. Was jetzt wichtig für dich ist: Du musst das Leben umarmen. Du musst dich sofort wieder verlieben. Egal in wen. Und wenn es nur für eine Nacht ist. Viel Sex mit vielen Menschen. Du musst dich öffnen! Entpanzern! Mental und körperlich. Das wird wehtun, aber auch Spaß machen. Und es wird ein Neuanfang, ein Schritt in eine weitere Dimension. Aber sorry, vielleicht bin ich gerade auf meinem eigenen Trip. Wir sehen uns. Ich liebe dich.«

Ihre langen weißen Haare wehten hinter ihr her wie Morgennebel. Am Tisch blieb nur ein Hauch von ihrem Parfüm, das komischerweise nach Beton roch.

»Kondor, Jaguar, Gürteltier? Entpanzern?«, sagte Jenny. »Das muss ich mir merken. Für meinen Bestseller ›Bullshit-Frauen‹. Und wie viel Gift kann man denn bitte in einem *Herzliches Beileid* unterbringen?«

»Das meinte sie nicht so, Mitleid macht ungeschickt. Und was wolltest du eben sagen mit: auch egal?«

Irgendetwas in Jenny Stimme hatte mir nicht gefallen, bevor uns Miju mit ihrer südamerikanischen Überlebensstrategie aus dem Konzept gebracht hatte.

»Das hätte ich nicht sagen sollen. Ich will dich nicht mit unserem Kram belasten.«

»Ich kann im Moment jede Ablenkung gebrauchen.«

»Dann schau dir die Donatello-Ausstellung an, die gerade läuft. Die ist mindblowing. Es gibt den Amor-Attis, eine Art Porno-Spiritello in Chaps. Und eine Skulptur von Johannes dem Täufer, dünn und gerade wie ein Strich. Da hat sich Giacometti alles abgeschaut. Und dieser Johannes sieht nach vierzig Tagen Fasten in der Wüste immer noch besser aus als du im Moment ...«

»Was ist denn euer Kram, mit dem du mich nicht belasten kannst?«

Jenny ist eine Person voller Phobien und Mikroängste. Normalerweise kann sie sehr genau steuern, wann sie diese verheimlicht, zugibt oder sogar einsetzt. Jetzt aber war ihr die Kontrolle entglitten. Sie rührte in ihrer leeren Cappuccinotasse und überprüfte zweimal hintereinander ihre WhatsApp-Nachrichten, dann gab sie auf.

»Am liebsten wäre mir, du würdest unser Haus gleich mit verkaufen.«

Sofort bereute ich meine Bitte um Ablenkung. Ich war die letzten Wochen wie betäubt durchs Leben gegangen. Ich war so weit weg von der Welt, wie ich es nie für möglich gehalten hätte. Und jetzt riss mich meine beste Freundin voll hinein in ihr Drama. Ich hätte mich gern dagegen gewehrt, aber das war schwer bei ihr, und ich war zu schwach für die Anstrengung, die das gekostet hätte.

»Das verstehe ich nicht. Du bist doch jedes Mal am Boden zerstört, wenn du wieder zurück nach Berlin fliegen musst. Erst wolltest du das Haus nicht, jetzt kriegt man dich kaum wieder nach Deutschland.«

»Das ist ja genau das Problem. Mir geht es da zu gut. Und in Deutschland rast das Leben weiter. Nur ohne mich.«

»Das hast du doch selbst in der Hand«, sagte ich, doch Jenny ließ sich nicht stoppen.

»Wir sind diese glückliche Familie, auf die jeder neidisch ist. Wir haben tolle Jobs. Oder zumindest Jobs, die toll aussehen. Ich gehe mit Oligarchen mittagessen und mit Künstlern, die man aus der ›Gala‹ kennt, aber ich verdiene im Jahr weniger als eine Krankenschwester. Wenn überhaupt. Ich habe in den besten Schulen der Welt studiert, und ich muss meinen Mann um Geld anbetteln, weil meine Kreditkarte nicht mehr funktioniert. Wenn ich einen Katalogtext schreiben will, dann geht das nur nachts, wenn die Kinder im Bett sind. ›Das wird doch eh nicht bezahlt, mach dir keinen Stress damit‹, sagt Johannes dann, der Vollidiot. Und er macht Lookbooks für sauteure Kinderwagen mit Ladefunktion für Handys oder irgendeinen anderen überflüssigen Quatsch. Ich dagegen schreibe wochenlang an Konzepten, die dann einfach im Schredder landen. Neulich wurde die Förderung für eine Ausstellung wieder gestrichen, an der ich ein halbes Jahr gearbeitet hatte. Die Begründung: zu wenig Frauen. Dabei besteht die Kommission nur aus Männern. Das ist so crazy. Und Sizilien hat es nur noch schlimmer gemacht. Wir haben da unser Haus, das auf Instagram großartig aussieht, und ich sitze auf der Terrasse und lese die Bücher von irgendwelchen Frauen, die halb so alt sind wie ich und in Talkshows über Feminismus und Diversity labern. Ich mache Online-Workouts neben meinen Kakteen, um meinen Pasta-Po loszuwerden, während ich darauf warte, dass mich die Documenta anruft. Oder zumindest das fucking Sprengel Museum in Hannover.«

Jenny nippte vergeblich an der leeren Tasse. »Ich fühle mich so schlecht, dass ich das ausgerechnet jetzt bei dir ablade. Aber du bist mein bester Freund, und ich habe das Gefühl, dass auf dieser Insel meine Welt schrumpft. Und ich werde auch jeden Tag ein bisschen kleiner.« Ich legte meinen Arm um ihre Schultern, sie vergrub ihre Sommersprossen an meinem Hals und machte aus ihrer echten Verzweiflung eine Art Witz: »Sizilien ist die Sirene, die mich ins Verderben lockt! Dabei habe ich Troja doch noch gar nicht erobert.«

Jenny forderte meine ganze Aufmerksamkeit, aber ich war in Gedanken bei mir. Die kurze Begegnung mit Miju, eigentlich war es ein Überfall gewesen, hatte meine Befürchtungen bestätigt. Ich fühlte mich in Berlin bedauert, beobachtet, beurteilt. Selbst wenn ich keinen einzigen Menschen sah, fehlte mir die Luft zum Atmen, und sobald ich die Wohnung verließ, überfielen sie mich mit ihrem Mitleid und ihren Ratschlägen.

»Ich verstehe das alles. Aber ich glaube, ich muss da jetzt hin. Hier halte ich es nicht aus. Außerdem will Santi in ein paar Tagen nachkommen.« Santi war Adrianos Mitbewohner in Berlin gewesen. Jenny mag ihn nicht, auch wenn ich nie genau verstanden habe, warum. Sie schaute mich nur ganz kurz erstaunt an und sagte: »Ich weiß. Und das Schlimmste ist: Am liebsten würde ich mitkommen.«

***

*Unser Transporter steht, bis an den Rand mit Möbeln und Kartons bepackt, unten auf dem Autodeck. Die Handtücher in unserer Kabine sind zu Schwänen gefaltet, das Mittelmeer tobt in vollem Zorn. Du bist seekrank und verlässt stundenlang die Kabine nicht. Es regnet den ganzen Tag, der Himmel ist grau-schwarz, man kann das Meer, die Wolken, den Himmel, den Horizont kaum auseinanderhalten. Irgendwann gehen wir noch mal aufs Deck und sehen, erst vage wie eine Täuschung, dann mit jedem Stampfen des Schiffes deutlicher: die Berge um Palermo. Der Himmel reißt auf, und wir steuern auf das in der Abendsonne glitzernde Sizilien zu. Die Lichter der Stadt springen langsam an, und trotzdem sieht die Insel aus wie eine neue, unberührte Welt. »Jetzt fehlt nur noch der Vangelis-Song aus dem Christopher-Columbus-Film«, sage ich und frage mich sofort, wie ich in einem solchen Moment an diesen Trash denken kann. Und entscheide dann, dass das völlig egal ist. Es gibt auch echte Tränen zu falschen Liedern. Und Du tust so, als wüsstest Du, welchen Film und welches Stück ich meine. Obwohl es so kalt ist, ist Deine Hand warm und trocken. Dann sind Deine Lippen ganz nah an meinem Ohr: »Adri. Wir haben es geschafft.«*

»Ein Wunder, dass wir noch zusammen sind«, sagte Adriano, als wir die erste Nacht in unserem Haus schliefen, in dem fast noch nichts funktionierte. Uns war das in dieser Nacht egal. Wir waren mit einem Transporter in Deutschland losgefahren, hatten in Livorno die Nachtfähre genommen, und Adrianos größte Sorge auf dieser Reise war gewesen, ob das Gemälde eines Kampfhahns, das er neben den Esstisch hängen wollte, ohne Schäden ankommen würde. Nun lagen wir in unserem selbst gezimmerten Bett, und im Schlafzimmerkamin war noch ein bisschen Glut. »Feuer!«, sagte er und legte seinen Kopf an meine Schulter. Manchmal, wirklich nur manchmal, lächelte er sogar im Schlaf.

***

Auch heute werden die Konturen des Monte Pellegrino, diesmal in der Morgensonne, mit jeder Minute ein bisschen schärfer, und rechts vom Schiff tauchen die Rückenflossen einer Delfinfamilie auf. Ich höre die Soldaten lachen und schreien. Sie stehen ein Deck tiefer als ich und haben einen Ring um Michelangelo gebildet. Dessen Jacke liegt schon am Boden, und er zieht sich gerade sein T-Shirt über den Kopf. Seine Brust ist übersät mit Tätowierungen, am Oberarm hat er eine Impfnarbe. »Das reicht jetzt«, ruft einer, doch Michelangelo macht einfach weiter. Er reißt sich die Stiefel runter, streift sich die Unterhose direkt mit der Hose ab. Die Soldaten johlen, und der nackte Mann schubst sie zur Seite, steigt blitzschnell auf die Reling und springt kopfüber ins Meer. »Ich komme!«, schreit er, und im Sturzflug flattert sein Penis.

Die Rettungsaktion verläuft schnell. Die Fähre drosselt das Tempo, ein motorisiertes Schlauchboot wird ins Wasser gelassen und kommt nach zwanzig Minuten mit dem nackten Mann zurück, der in zwei silberne Rettungsdecken gehüllt wurde. Er zittert und strahlt. »Meine Großväter waren Fischer in Messina. Sie haben in der Meerenge noch die Killerwale gesehen. Und als ich ein kleiner Junge war, sagten sie mir, dass jeder Mann einmal mit den Delfinen schwimmen muss.« »Am Hafen wartet die Polizei«, sagt ein Typ in Fährunternehmensuniform mit norditalienischem Akzent. »Leck mich doch! Ab jetzt habe ich nur noch Glück.«

Lang ist es jetzt nicht mehr bis zur Ankunft, rechts sieht man die Containerkräne, links steht der Palazzo Chiaramonte, wo die spanische Inquisition ihre Gefangenen folterte. Am Fähranleger wartet eine Schlange von Autos, die nach Tunis reisen: Auf ihre Dachgepäckträger sind prall gefüllte Universaltaschen aus Plastikgewebe und überraschend viele Spülbecken geschnallt.

»Du gähnst wie ein Wesen in einem Zeichentrickfilm aus den 70ern«, sagte Adriano oft zu mir: »Mit aufgerissenem Mund und typischem Gähngeräusch.« Und dann in einer zärtlichen Wendung: »Das ist für mich der friedlichste Sound der Welt.« Jetzt gähne ich geräuschlos und frage mich, ob das mein neues einsames und stilles Leben sein wird.

Im Gang zwänge ich mich an einer schnaufenden Bulldogge vorbei, gehe in die Bar und bezahle meinen Espresso. Dann halte ich dem Kellner den Zettel hin und bestelle. Diesen Vorgang habe ich in meinen ersten Wochen in Rom genossen und war stolz, als ich ihn automatisch beherrschte. Jetzt finde ich ihn nur fad und zäh. Wie ein Kaugummi, sobald man das Aroma rausgekaut hat.

Als Jack an der Leine reißt und versucht, einem kleinen Mädchen mit »Spiderman Across the Spiderverse«-T Shirt die Chipstüte zu klauen, stoße ich meinen Becher um. »Entschuldigung«, sage ich in Richtung des Mädchens, der Eltern und der Kellner, aber keiner fühlt sich angesprochen. Sie beobachten regungslos, wie ich versuche, mit den wasserabweisenden italienischen Papierservietten die Kaffeepfütze aufzuwischen, und sie dadurch nur weiter verteile. Dann scheppert in vier Sprachen aus dem Bordlautsprecher die Durchsage, dass sich die Passagiere der Parkzone D nun zu ihren Fahrzeugen bewegen dürfen: auf Italienisch, Arabisch, Englisch, Französisch. Wie eine Metapher für die bewegte Geschichte der Insel, denke ich. Aber wieso eigentlich Französisch? Wenn Adriano jetzt bei mir wäre, würden wir darüber diskutieren, ob wir auf der vierstündigen Fahrt von Palermo zu unserem Haus zum Mittagessen anhalten sollen. Wie immer würde ich darauf drängen, einfach durchzurasen, und er würde auch noch einen Zwischenhalt im Outlet-Center vorschlagen. Oder auf dem Fischmarkt in Catania. Ich hätte nie gedacht, dass ich seinen Hang zur Trödelei vermissen könnte.

Im Porsche Cayenne neben mir sitzt die ehemalige japanische Prinzessin mit ihrem Mann, von der Rückbank starrt ein Rhodesian Ridgeback zu uns rüber. Ich starte den Motor unseres zerbeulten Suzuki Jimny, lege mit Mühe den ersten Gang ein und rattere über die Metallbrücke der Fähre. Hinter mir steht und schmatzt Jack.

Vielleicht hat ihn der teure Hund im Nachbarauto aufgeregt. Oder er riecht schon die Tintenfische, die auf dem Weg zur Autobahn am Straßenrand verkauft werden. Das gleißende einzigartige Licht Siziliens brennt in meinen Augen. Ich bin zurück.

## *Kapitel 2*
## *Ottima Squadra (Erste Schritte)*

Es ist noch früh, Palermo dampft von der Nacht und riecht nach streunenden Katzen und altem Putz. Ich bin nicht direkt zur Autobahn gefahren, sondern vor dem Botanischen Garten abgebogen, zum *Caffè Torino* in der Nähe des Bahnhofs. Am Tresen steht eine Gruppe von Männern, die erst ihre bröselnden, mit Nutella gefüllten Hörnchen runterschlingen, dann ihren winzigen Espresso in genau drei Schlucken wegnippen. Diese Reihenfolge ist auf Sizilien unverrückbar, deswegen wird der Espresso erst zubereitet, wenn die Hörnchen gegessen sind. Am Nebentisch sitzt eine Frau mit bunten, fransigen Bändern an den Handgelenken und zwei Rucksäcken. Sie liest einen abgegriffenen schwedischen Sizilien-Reiseführer. Jack döst im Jimny, vermutlich denkt er, dass er ihn bewacht. Ich bin per Videocall mit meiner Therapeutin in Berlin verbunden.

»Guten Morgen, Herr Grubinger. Oder sollte ich sagen: Buongiorno«, sagt Frau Reitbaur in ihrem melodiösen Wienerisch. Für ihre Verhältnisse ist das ein ungewöhnlicher Ausbruch von guter Laune, denn sie gibt nie etwas Persönliches preis und vermeidet jede private Bemerkung. Frau Doktor Reitbaur ist eine Dame unbestimmbaren Alters mit lässig hochgestecktem, grau durchwirktem Haar und Augen, die so grün sind, dass ich anfangs dachte, sie seien aus Jade. Vor ihr steht eine Tasse, die sich in den zwei Jahren unserer Therapeutin-Patienten-Beziehung um keinen Zentimeter bewegt hat. Am Anfang jeder Stunde dampft daraus Pfefferminzaroma, aber Frau Reitbaur hat den Tee noch nie angerührt. Auf der Tasse ist ein Foto vom Olympic National Park zu sehen, einem kalten Regenwald in der Nähe von Seattle, wo die Vampir-Saga »Twilight« gedreht wurde. Auf dem Bildschirm sehe ich ihr Therapiezimmer, das mir anfangs gruselig vorkam. In weißen Regalen, die nur ein wenig vergilbt sind, stehen sauber aufgereiht antike Büsten, Kleinskulpturen und Köpfe. Einer davon ist ein griechischer Athlet mit dem kräftigen Nacken eines Kraftsportlers, aber dem melancholischen Ausdruck eines Denkers. Auch wenn mir die schweigenden weißen Köpfe unheimlich sind, wüsste ich gern, wie der Rest seines Körpers aussieht. Mit Frau Reitbaur habe ich über diesen Wunsch noch nicht gesprochen.

Jenny hat mir vor zwei Jahren geraten, mal eine Therapie zu versuchen. »Von Yoga wirst du ja nur noch hektischer«, sagte sie, nachdem ich in der Stiftung einmal gegen ein Regal gelaufen war und fast ein Auge verloren hätte. »Ich biete keine Garantie gegen Arbeitsunfälle und gebe keine Lebenstipps. Ich stelle Fragen«, sagte Frau Reitbaur bei unserer ersten Sitzung, bei der ich mich wie bei einem Vorstellungsgespräch fühlte. Und viel mehr hat sie seitdem nicht gesagt. Aber genau das gefällt mir an ihr. Ich habe oft das Gefühl, dass es in meinem Freundeskreis eine Verpflichtung gibt, immer und zu allem eine Meinung zu haben. Jeder drängt mir seine Ablehnung, seine Anerkennung, sein Besserwissen oder sogar seine Gleichgültigkeit auf. Deswegen sind die Stunden bei Frau Reitbaur wie Fluchten in einen Raum ohne Standpunktstress. Bei ihr ballert es nicht, sondern es fließt. Allerdings nur, wenn ich etwas zu sagen habe. Denn sie sagt nichts. Als ich dann nach Rom zog, machten wir weiter, obwohl mir der Pfefferminzduft fehlte. »Diese Endlostherapie ist der kleine idiotische Luxus, den du dir erlaubst. Andere lassen sich fraxeln, du lässt dein Geld bei einer betagten Wienerin. Allerdings hättest du sie mal um ein ordentliches Schlafmittel bitten können«, sagte Adriano. Er hatte vor langer Zeit mal seinen eigenen Therapeuten in weißem Lederanzug in einem Darkroom gesehen und dann den Glauben an dessen Kompetenz verloren. Jedenfalls behauptete er das. Tatsächlich hatte er sich glaube ich mit seiner eigenen Unheilbarkeit abgefunden. Nach seinem Tod habe ich Frau Reitbaur gebeten, dass wir uns öfter sehen. Denn jetzt habe ich das erste Mal das Gefühl, dass ich sie wirklich brauche. Und Schlaftabletten hat sie mir auch verschrieben.

»Wie geht es Ihnen?«, fragt sie und schweigt routiniert.

»Ganz schön aufgewühlt. Ein Soldat ist von der Fähre gesprungen und musste gerettet werden. Ich hatte ihn vorher getroffen, weil er mit Jack gespielt hat. Schon da hatte ich das Gefühl, dass irgendwas mit ihm nicht stimmt. Ein sehr schöner Mann. Aber das ist ja egal. Ich habe kaum geschlafen auf der Fähre. Die ganze Zeit musste ich daran denken, was hier auf Sizilien auf mich wartet.«

»Was glauben Sie, was auf Sie wartet?«

»Niemand. Aber ich weiß nicht, wie schlimm das wird. Und wie sich das Haus anfühlt, wenn ich da alleine bin.«

»Vielleicht sollten Sie eine Art Tagebuch führen. Über das, was Ihnen auf Ihrer Reise begegnet. Was Sie bewegt. Was Sie mit niemandem mehr besprechen können. Schreiben Sie es auf, bevor es Sie auffrisst. Sehen Sie es als eine Art Zeitkapsel. Für sich selbst. Das muss ja kein Roman werden.«

Danach fahre ich an den Calamariständen und den wilden Müllbergen vorbei zur Autobahn, die Palermo mit Catania verbindet. Die Vororte sind lieblose Häuserklumpen, die während der Mafia-Spekulationswelle der 60er und 70er in die Hügel gezwängt worden sind. Heute bröckeln die Fassaden, und undichte Leitungen haben Schmierspuren auf den Felsen hinterlassen. Die Berge und Felder dahinter sind um diese Jahreszeit so ausgedörrt, als könnten sie nichts Lebendiges hervorbringen. Die ehemalige Kornkammer Roms, eine Halbwüste. Auf der Toilette der Tankstelle sehe ich im Spiegel mein abgekämpftes Gesicht. Zum ersten Mal finde ich, dass ich älter aussehe, als ich bin.

*Ich sehe nur, dass Du müde bist. So wie man Dir immer ansieht, ob Du müde, hungrig oder zufrieden bist. Denn Du kannst Dich nicht verstellen. Selbst wenn Du auf Partys oder Terminen demonstrativ freundlich bist, machst Du das so überdeutlich, als würdest Du dabei mit den Augen zwinkern. Es klingt so selbstverständlich, aber ich habe immer bewundert, dass Du ein Mensch bist, der sich wirklich für andere interessiert und mit ihnen fühlt. Wenn ich jetzt bei Dir wäre im Auto, würde ich am Steuer sitzen. Du würdest Deine nackten Füße über das Handschuhfach legen und so tun, als ob Du schläfst. Wir würden, wie fast immer, keine Musik im Auto hören, und unser Schweigen wäre nicht drückend, sondern friedlich, weil es von unserer geteilten Vorfreude erfüllt wäre. Aber das, was Dich erwartet, ist auch ohne mich gut. Schon bald wirst Du den Ätna hinter Dir lassen, durch die sieben Tunnel bei Catania fahren, an der Raffinerieanlage von Augusta vorbei, wo das Öl aus Libyen ankommt, und an der rätselhaften Funkanlage auf dem Hügel vor Siracusa. Rechts beginnt dann schon die kahle, felsige Bergkette, an deren Ende Noto liegt. Jedes Mal frage ich mich, ob diese Berge jemals bewaldet waren und wie das Sizilien vor uns Menschen ausgesehen haben mag. Die Oleanderbüsche auf dem Mittelstreifen der Autobahn werden blühen, und mit jedem Kilometer wirst Du ein bisschen ruhiger und glücklicher. Du wirst direkt nach der Ankunft die Olivenbäume untersuchen und auf eine gute Ernte hoffen. Vielleicht hängen sogar noch Granatäpfel an den Bäumen. Du bist auf dem Weg nach Hause.*

Ich stamme aus einem bayerischen Dorf am Alpenrand, mein Vater Anton hatte ein kleines Bauunternehmen, deswegen nannten ihn seine Freunde Betoni. Als in den 80ern der Landhausboom in Bad Tölz und am Tegernsee begann, hatte er sechs Angestellte und zwei Auszubildende und kaufte alle zwei Jahre einen neuen BMW. Er erledigte den Umbau eines riesigen Alpenhauses für einen weltbekannten Fußballer in Kitzbühel und durfte zur Einweihungsparty kommen, von der er heute noch erzählt. Später war er in einen winzigen Korruptionsskandal verwickelt, es ging um den Bau einer neuen Turnhalle, und er behauptet immer noch, dass er Opfer einer Intrige geworden war. Seitdem erledigt er nur noch Kleinstaufträge, und Betoni nennt ihn auch keiner mehr. Meine Mutter ist Grundschullehrerin und hat im Dorf einen Buchclub gegründet, wo sie sich bemüht, ihre Freundinnen von Alice Munro zu überzeugen.

Mein Vater hat mir nie verziehen, dass ich lieber Bücher las, als Fußball zu spielen, und zu meiner Abiturfeier kam er nicht. Heute schnitzt er in seiner Freizeit Bilderrahmen und baut Holzkisten mit komplizierten Geheimfächern. »Die Zeit wird kommen, wenn die Banken zusammenbrechen, dann werden Geheimfächer wieder Konjunktur haben«, sagt er und lächelt verloren. Ich bin aus unserem Dorf geflohen, sobald ich konnte, um Musikwissenschaften in Heidelberg zu studieren. Ich legte meinen oberbayerischen Akzent ab und spürte die Herablassung meiner Kommilitonen aus besseren Familien. Ich belauschte ihr Imponiervokabular, beobachtete ihre Weltgewandtheit und aß in meinem WG-Zimmer die Wammerln, die meine Mutter mir jede Woche schickte. Als ich meinen Eltern erzählte, dass ich einen Job in Rom annehmen würde, erinnerte sie mich daran, wie unglücklich Ingeborg Bachmann dort war, und mein Vater ging schweigend in seine Werkstatt.

***

In der Auffahrt zu unserem Grundstück steht der rote Fiat Panda von Johannes und Jenny. Ihr Sohn Loki kommt mit nassen Haaren und riesiger Wasserpistole auf mich zu und spritzt gegen meine Windschutzscheibe. »Hallo, Loki. Was macht ihr denn hier?«, begrüße ich ihn so selbstverständlich, wie meine Überraschung es zulässt. »Wo ist Jack?«, fragt er und geht sofort zur Rückseite des Jimny, um ihn rauszulassen. Jack springt aus dem Auto und schnappt abwechselnd nach Lokis Hand und der Wasserpistole, er kann sich vor Begeisterung nicht entscheiden. Mit der ganzen Autorität seiner zehn Jahre sagt Loki: »Seduto!«, denn Jack hört nur auf Italienisch. Wenn er überhaupt hört. Weil der Hund sich nicht hinsetzt, spritzt Loki ihm eine Ladung Wasser ins Fell. Jack hat das erste Jahr seines Lebens auf der Straße verbracht. Aus dieser Phase hat er zwei Phobien mitgenommen. Er hasst Schäferhunde, und er hasst Wasser. Um jede Pfütze macht er sorgfältig einen Bogen, bei Regen hält er nur seine Nase raus und verschiebt dann den Spaziergang, Bäche überspringt er oder durchquert sie mit spitzen Pfoten. Nun rennt er panisch den Berg hoch, weil ihn ausgerechnet sein Freund Loki mit einer Wasserpistole attackiert hat.

Dabei liebt Loki Tiere. Bei dem großen Johannisbrotbaum hat er einen Friedhof errichtet für zwei Vögel, die gegen die Fensterscheiben geflogen und gestorben sind. Jedes Grab hat einen Feldstein, in den er die Namen der Verstorbenen geritzt hat: Das tote Rotkehlchen hat er Rossi getauft, den Mauersegler Volare. Loki trägt seine blonden Haare schulterblattlang und hat seinen Eltern schon mit acht Jahren ein Ohrloch abgeschwatzt. Auf Sizilien wird er wegen seiner Frisur oft für ein hübsches Mädchen gehalten. Als wir mal alle zusammen die Winzerin Arianna Occhipinti in der Nähe von Vittoria besuchten, fertigte sie uns mürrisch ab und ließ einen Assistenten die Führung übers Weingut machen. Beim Abschied aber bemerkte sie Loki mit seinen Rockstar-Haaren: »Bringt ihn in ein paar Jahren zu mir«, sagte sie und lachte zum ersten Mal, als habe sie jemand angeknipst. »Was hat die gesagt?«, fragte Loki später mit gespielter Unschuld, denn er hatte natürlich genau kapiert, worum es ging.

Sein Vater Johannes, also Jennys Mann, war Adrianos bester Freund. Als sie sich kennenlernten, war er ein Art

Director, der für zwei Agenturen in Paris und New York arbeitete, und er hat heute noch die Handynummer von Kate Moss. Sein letzter Job war für ein neues Modemagazin, ausgerechnet in jenen Jahren, als die großen Anzeigenbudgets ins Internet wanderten. Das Heft wurde finanziert von einem russischen Milliardär, der mit Naomi Campbell liiert war, der Herausgeber war ein ehemaliger Stasi-Mitarbeiter, der nach der Wende eine steile, wenngleich windige Karriere in der deutschen Medienbranche hingelegt hatte. Von Zeitschriften verstand er wenig, umso mehr von Machtpolitik. Wenn er bei Team-Essen zwei Wodka getrunken hatte, legte er Johannes seine Hand vertraulich auf den Oberschenkel. »Bei anderen Männern hätte mich das nicht gestört, bei dem fühlte ich mich wie ein Stück Vieh«, hat Johannes mal gesagt. Für die Launchparty von »Interview« wollte der Herausgeber ein paar Pole-Tänzerinnen engagieren, »weil es sonst für einen Russen keine echte Party ist«. Als Johannes mit dem Chefredakteur und dem Anzeigenleiter eine Frau nach der anderen vor sich probetanzen lassen musste, raunte ihm sein Chef zu: »Die haben noch ganz andere Tricks drauf.« Das war der Moment, in dem Johannes sich von der Welt der Mode und der Luxuskunden verabschiedete. Heute arbeitet er als Freelancer für deutsche Mittelständler, was ihn ärmer, aber zufriedener gemacht hat. Und er hat sich mit der gleichen Ruhe, mit der er auf Fotoshootings mit Supermodels die Nerven behielt, seinem Lebensthema genähert: dem Kochen. Und das war auch das Thema, das ihn mit Adriano verband. Im Grunde machten die beiden nichts anderes, wenn sie zusammen waren. Sie standen in der Küche und kochten. Oder sie saßen am Esstisch und sprachen übers Kochen. Anders als sonst ordnete sich Adriano dabei bereitwillig unter, und Johannes war ein geduldiger Lehrmeister. Nur die Fische filetierte er lieber selbst. Ich habe die beiden mit Gänsehaut auf den Unterarmen über den Markt in Catania laufen sehen, weil sie ein Thunfischherz oder ein ausgeweidetes Zicklein entdeckt hatten und so taten, als würden sie noch überlegen, ob sie es kaufen sollten oder nicht, dabei war die Entscheidung am Ende immer dieselbe. Und wenn sie vollbehängt mit Tüten zurück zum Auto durch den beißenden Qualm der Artischockengrills gingen, fiel ihnen immer noch eine fehlende Zutat ein, damit sie umkehren und ein weiteres Mal in den Markt eintauchen konnten. Sie erinnerten mich in diesen Momenten an Kinder, die man an einem Tag mit stürmischen Wellen nicht aus dem Meer holen kann. Ihre Freundschaft war innig, ohne den Drang, andere auszusperren – es war eine große Liebe. Johannes war früher dürr und rauchte vierzig Zigaretten am Tag, heute hat er die Kraft eines Mannes, der noch nie im Fitnesszentrum war, aber ständig körperlich arbeitet.

Seine Tochter und Lokis kleine Schwester Skadi ist sieben Jahre alt. Sie weiß genau, dass sie nach einer Riesin benannt ist, und nach eigener Einschätzung ist sie mindestens zwölf. Außerdem will sie unbedingt genauso schnell lesen können wie ihr Bruder. Sie hat aktuell die beiden oberen Milchschneidezähne verloren und führt mir zur Begrüßung ihre Lücken vor. Jenny mit ihrem komischen Humor hat ihre Tochter mal eine Gestaltwandlerin genannt, denn sie hat mindestens zwei Gesichter. Wenn sie sich für eine Geburtstagsparty anzieht – natürlich stellt sie ihre Outfits selbst zusammen –, sieht sie aus wie eine Fee mit Regenbogenfetisch – jedes Detail ist hübsch, aber sie lässt wirklich keine Farbe aus. Im Alltag erinnert sie an eine Rugbyspielerin: grimmig, stämmig, explosiv. Und irgendwo hat sie immer einen blauen Fleck.

Skadis Plastikpfeilpistole ist deutlich kleiner als der Water Blaster von Loki. Deswegen hat sie zusätzlich einen Ledergürtel mit Taschenmesser umgeschnallt und ihr Einhorn aus der Glubschi-Serie dabei. Waffengleichheit ist auch unter Geschwistern wichtig, um den Frieden zu wahren. Sie hat mir zur Begrüßung einen Strauß Blumen gepflückt: gelbe Calendula, ein Salbeizweig, eine Distelblüte und etwas Fenchel. »Elio hatte mal wieder Durchfall und musste nach Hause«, informiert sie mich. Elio ist der Sohn unserer Freundin Silvana, außerdem Lokis bester Freund auf Sizilien, und Skadi ist ein bisschen verliebt in ihn. Gleichzeitig ist er ihr schärfster Konkurrent.

»Wann spielen wir Uno?«, befiehlt sie mehr, als dass sie fragt, und greift nach meiner Hand. Ihre ist klebrig, was ich wirklich nur bei ihr mag. »Vielleicht später. Lass mich erst mal deinen Eltern Hallo sagen.«

In einem flatternden Blumenkleid steht Jenny vor ihrem Haus: verlegen, triumphierend, erleichtert. »Ich wollte nicht, dass du ganz allein hier ankommst und auf den blöden Santi warten musst. Also habe ich einfach alle ins Flugzeug gepackt. In zwei Wochen beginnen ohnehin die Herbstferien. Ich hoffe, das ist okay!«, sagt sie.

»Das ist die beste Überraschung. Du siehst mega aus. Wie von Salvo gemalt«, sage ich. Ich meine es ernst, obwohl mich meine Begeisterung Anstrengung kostet.

»Du Spinner. Der hat doch gar keine Frauen gemalt. Nur Palmen in LSD-Farben.«

»Müssen die Kinder nicht in die Schule?«

»Lokis Klasse hat gerade Waldwoche. Da lernt er eh nichts. Neulich hat er seiner Lehrerin vor der ganzen Klasse erklärt, dass Pilze keine Pflanzen sind. Die fand das gar nicht lustig.«

»Wie lange könnt ihr bleiben?«

»Bis zum Ende der Herbstferien. Ich habe die Kinder beurlaubt und Homeschooling-Sachen mitgebracht. Das wird wieder der reinste Terror.«

»Dafür hast du mein Leben gerettet. Ich hatte Angst auf dem Weg hierher. Als ich bei Enna im Stau stand, wollte ich fast umdrehen.«

»Komm, ich mach dir einen Kaffee. Ich habe meine eigenen Bohnen mitgebracht. Den Kram aus den Supermärkten hier vertrage ich nicht. Johannes ist mal wieder auf dem Nachbargrundstück und zieht Kühlschränke aus den Sträuchern.«

Unsere wenig befahrene Straße mit den verwilderten Grundstücken lädt zum Abladen von Müll ein. Johannes führt einen einsamen Kampf dagegen, der ihm seltsamerweise Freude bereitet. Neben Kochen besteht sein Leben darin, zu reparieren, zu bauen oder zu entrümpeln. Wenn er seine Hände nicht bewegt, fehlt ihm etwas. Auf Sizilien steht er mit dem Sonnenaufgang auf und hat schon Feuerholz gesägt und gestapelt, wenn die anderen noch schläfrig auf das Zischen der Espressomaschine warten. Ein paar Hundert Meter weiter ist unser Haus. Ich habe es nicht eilig, dort anzukommen.

***

Fünf Jahre ist es her, dass wir dieses Grundstück entdeckt haben. Es kommt mir viel länger vor, doch auch wenn das abgenutzt klingt: Es könnte auch gestern gewesen sein. Es war ein Spätnachmittag im September, als wir nach dem Strand die holprige Straße hochfuhren.

»So viele? Die passen nicht in mein Auto«, sagte der Makler mit skeptischem Blick auf Adriano und mich, die van Wackerens und unsere zwei Mietwagen. Er musste aus Norditalien sein – jeder Sizilianer hätte erst mal etwas Nettes über die Kinder gesagt. Wir fuhren also selbst und setzten nur zweimal kreischend auf, denn die Straße war voller Löcher. Schließlich parkten wir bei der Zypresse, die nicht so richtig in die Landschaft passte, und schauten uns um: ein mehrere Hektar großer Bergrücken, der vor Hunderten von Jahren mit Terrassen nutzbar gemacht worden war. Darauf Olivenbäume und Johannisbrotbäume, einer davon so groß wie ein Haus. Außerdem wilde Pistazien, ein Birnbaum, zwei dem Wind und der Sonne trotzende Zitronenbäumchen. Disteln, Kaktusfeigen, vergammelnde und frisch sprießende Agaven mit ihren fleischigen Sägezahnblättern. Vom höchsten Punkt des Grundstücks sah man Noto und das Meer, in der Ferne das Fischerdorf Marzamemi, die Weiten der Weinberge auf dem Weg dorthin. Das Grundstück endete auf einem Plateau mit Blick in einen Canyon. Weit unten floss ein schmaler Bach, vom Steilhang flatterten die Rebhühner hoch, darüber kreisten die Falken. Johannes, Adriano und ich sahen uns an.

*Wir sehen das goldene Licht auf den ausgetrockneten Terrassen und fühlen uns wie Michael Corleone, als er auf Sizilien das erste Mal seine künftige Frau Apollonia sieht: Wir trauen unseren Augen nicht, und gleichzeitig sehen wir unsere Zukunft. Wir sehen die Blitze im Mittelmeer und die Sonnenaufgänge, die*

*die Berge pink färben. Wir sehen die Doraden über dem Feuer und unsere glühenden Körper nach der Gartenarbeit im Sommer. Wir sehen unsere Eltern beim Erbsenschälen auf der Terrasse und die Kinder beim Baumhäuser-Bauen. Wir sehen einen Hund, nein eigentlich eine kleine Meute, die aufgeregt kläffend den Berg hochspringt. Wir sehen grün leuchtende Eidechsen, schattenschnelle Wiesel und ein Stachelschwein im Dämmerlicht. Wir sehen Freunde von den Hängematten aus nach Weißwein rufen und uns selbst mit langsam grau werdenden Haaren. Wir sehen uns vor dem Novembernebel ins Haus fliehen, mit Kaminholz unter dem einen Arm und einem viel zu dicken Buch in der Hand. Wir sehen uns gegenseitig die Gleitsichtbrillen putzen, damit wir bei der Fahrt ins Dorf nicht in die Schlucht stürzen. Wir sehen uns auf der Bank vor der Küche sitzen und in die Ferne schauen, wo man an guten Tagen den Ätna sieht und wo die Geschichten unserer Leben zu einer verschmelzen.*

»Das ist so ein Bullshit. Was sollen wir denn damit? Wir haben weder die Zeit noch das Geld, um hier ein Haus zu bauen. Oder zwei«, sagte Jenny und fotografierte die Kinder, die auf der Mauer zum Canyon balancierten. Auf den Bildern leuchteten die Haare von Loki und Skadi im Abendlicht golden. »Wie die Barockfassaden der Kirchen und Palazzi in Noto«, sagte Adriano, als wir uns vor dem Einschlafen darüber unterhielten. »Wer solche Fotos von seinen Kindern macht, der will sie hier aufwachsen sehen. Jenny hat den Kampf schon verloren.« Ich schmierte mich mit Bodylotion ein und kalkulierte, wie ein Hausbau auf Sizilien zu unserer Lebensplanung passte. »Move over, cabbage!«, sagte ich zu Adriano, wie Prinz Philip zu seiner Frau in dem Film »The Queen«. Er ärgerte sich jedes Mal darüber, aber rückte dann doch geschmeichelt zur Seite. Mit seiner Prognose behielt Adriano recht. Jennys Widerstand währte nicht lange. Wenig später kauften wir das Grundstück.

Mit ihrer Einschätzung allerdings behielt Jenny recht. Wir hatten uns mit dem Leichtsinn von Menschen entschieden, die seit Jahren über ihre Verhältnisse lebten und diese Tatsache verdrängt hatten. Beim Bau unserer Häuser stellten wir fest, dass ein paar zusätzliche Quadratmeter Terrasse so schnell beschlossen sind wie der Kauf eines neuen iPhones. Aber viel mühsamer umgesetzt. Und vor allem wesentlich teurer.

Der Preis für unseren Traum explodierte nicht, sondern wuchs langsam und in kleinen Schritten. In gewisser Weise lernten wir durch den Bau unserer Häuser, wo wir als mittelgut Verdienende in der Kreativbranche standen: auf wackligem Boden am Rande des Abgrunds. Adriano und ich mussten uns nach endlosen Diskussionen in letzter Sekunde für den billigsten Bodenbelag entscheiden, was er nie verwunden hat.

Wir sagten uns dabei immer: Wenn wir fertig sind, werden alle Probleme verblassen. Und so war es auch. »Wer das Glück treffen will, der muss um vier aufstehen«, sagen die Bauern auf Sizilien. Genauso aber gilt: Wer das Glück findet, der muss zugreifen.

***

Johannes trägt sein sizilianisches Landarbeiteroutfit: verschmierte weiße Crocs, Latzhose, ein T-Shirt mit japanischen Schriftzeichen und einem Tintenfisch, die Cordkappe eines Streetwear-Labels, das Adriano total wichtig fand, und Gartenhandschuhe aus Leder in der rechten Gesäßtasche. Er riecht nach Schweiß und Baumschnitt. »Willst du mal sehen, wie gut die Feige aussieht?«, begrüßt er mich. Auf unserem Berg wachsen eigentlich nur Pflanzen und Bäume, die die sizilianischen Extrembedingungen ertragen. Den Feigenbaum haben Johannes und Adriano deswegen in einer geschützten Ecke zwischen zwei Trockenmauern gesetzt und ihm eine *conca* gebaut, eine Erdmulde, die dafür sorgt, dass das Wasser genau um den Baum einsickert und sich nicht im durstigen Boden verteilt. Eine Technik, die die Araber eingeführt hatten. »Feigen sind gynodiözisch, aber funktionell diözisch, das heißt, es gibt männliche und weibliche Pflanzen. Manche davon sind steril«, erklärt Johannes, der oft redet wie ein Wikipedia-Eintrag. Mehrere der fünffingrigen Feigenblättchen haben sich bereits geöffnet, weitere Knospen sind zu erkennen und auch eine daumennagelgroße Frucht. Dann schaut Johannes über unser Land, das zu groß ist für einen Garten und zu verlottert für einen Olivenhain. Er lächelt: »Hier könnte man monatelang arbeiten.«

Manchmal hilft uns dabei Rosario, ein stämmiger, kleiner Mann mit starken Meinungen. Er hat im ersten Jahr unsere Olivenbäume so entschieden beschnitten, dass es in unseren Augen wie ein Massaker aussah. Auch weil wir bei unseren Fahrten über die Insel festgestellt haben, dass es unterschiedlichste Schnitttechniken gibt. Die einen dünnen die Bäume vorsichtig aus, andere, wie Rosario, lassen ausschließlich die kräftigsten Äste stehen. »Luce e spazio« ist sein gärtnerisches Mantra: »Licht und Platz.«

»Die Deutschen schlafen gern lang«, sagte Rosario, als wir morgens um 7.20 Uhr zur ersten gemeinsamen Olivenernte eintrafen. Drei Jahre ist das jetzt her. Dann verkündete er die Regeln. Er und sein Kollege Concetto legten die feinmaschigen Netze unter den größeren Bäumen aus und schlugen mit drei Meter langen Bambusstäben die Oliven von den Zweigen. Wir Helfer durften die Oliven mit der Hand von den kleinen Bäumen pflücken oder die runtergeschlagenen von den am Boden ausgelegten Netzen auflesen. Es war ein glasklarer, warmer Oktobertag. In der Mittagspause aßen wir gefüllte Focacce mit Spinat und getrockneten Tomaten oder mit Kartoffeln und Zwiebeln. Dazu tranken wir das sardische Ichnusa-Bier und lachten über Rosarios Witze, die wir nicht verstanden. Am Nachmittag erlaubte er Adriano, auch mal den Bambusstab zu schwingen. Ein paar wenige Oliven prasselten gnädig aus dem Baum. Später wurden sie in Jutesäcke gefüllt und auf Rosarios graue Ape geladen, jene Einzylinder-Pick-ups, die auf Sizilien die Berge raufknattern und auf den Landstraßen für Staus und riskante Überholmanöver sorgen.

Der Duft, der uns in der Halle der Ölmühle erwartete, war halb modrig, halb köstlich. An der Einfahrt schwatzten wartende Männergrüppchen, denn innerhalb ein paar weniger Herbstwochen drängten alle gleichzeitig in die Mühlen. Zügig wurden die Früchte in zwei mal zwei Meter große Plastikbehälter gegossen, in denen sie erst mal lange herumstanden. Nach dem anstrengenden Erntetag war diese Zwangspause wohltuend und einschläfernd.

Dann wurden die Oliven von einem Gabelstapler in eine Produktionsstraße gekippt. Erst liefen sie durch eine rotierende Trommel, um die Äste und Blätter abzuschleudern, dann wurden sie gewaschen und kamen in einen Trichter, der mit dem runden Mühlstein verbunden war.

*Da sitzt sie stolz und kerzengerade auf dem weißen Plastikstuhl, die ältere Dame mit ihrer Festtagsbluse und den geputzten Schuhen. Sie lässt den Ölhahn nicht aus den Augen, damit sie auch wirklich jeden Tropfen erhält, der ihr zusteht. Sie hat sich viel zu fein gemacht für diese Fabrikhalle und sieht aus, als ginge sie zur Prozession am Namenstag des Dorfheiligen. Aber wahrscheinlich ist das ein wichtiger Tag für sie, vielleicht hat sie nur einen Garten mit ein paar Bäumen, und das Öl muss für die ganze Familie reichen. Ich stehe vor dem Container mit unseren grünen, grüngelben, braunen, fast schwarzen, wurmstichigen oder makellosen Oliven. Dabei trage ich ein T-Shirt von Gucci mit Grindr-Logo. Bis auf meine dünnen Arme sehe ich aus wie ein sizilianischer Bauer, der sich auf einem der Kleidermärkte in Ragusa oder Catania ein Gucci-Fake gekauft hat, ohne zu ahnen, dass er für eine schwule Dating-Seite wirbt. Der Ölmühlenbesuch zieht sich, aber das Warten zahlt sich aus. Den Moment werde ich nie vergessen, als aus dem Hahn unser erstes eigenes golden schimmerndes, fast beißend duftendes Öl fließt. In den Wellen des Mittelmeeres und dem Öl der Oliven wurde unsere Welt geboren, erkläre ich Dir voller Pathos. Und Du stellst zufrieden fest, dass wir am Ende über zweihundert Liter haben. Das kommt uns unendlich viel vor. »Jetzt sind wir Bauern«, sagst Du, obwohl Du jah-*

*relang gekämpft hast, um Dein Bauerndorf hinter Dir zu lassen. Die Fahrt nach Hause mit unserem Olivenöl im Kofferraum, das ist ein Moment, an dem ich fast glücklich bin, und Du im Himmel.*

»Karsten meint, man solle das frische Öl erst zwei Wochen sitzen lassen, damit sich die Bitterstoffe setzen …«, meinte ich auf der Rückfahrt zu Adriano. »Er kann ja gern auch zwei Jahre warten. Wir probieren das sofort, wenn wir nach Hause kommen«, sagte Adriano. »Am liebsten hätte ich schon in der Mühle ein Glas getrunken.« Unser erstes eigenes Öl schmeckte scharf und kräuterig, fruchtig und derb. Wir schickten Rosario am nächsten Tag eine WhatsApp-Nachricht mit der Litermenge. Er hatte uns während der Ernte das Gefühl gegeben, unbeholfene Großstädter zu sein. Jetzt schrieb er zurück: »Ottima squadra!« Super Team.

***

»Was willst du jetzt machen?«, fragt Johannes drei Jahre und einen Tod später. »Oder ist das die falsche Frage?«

»Das war in Berlin die falsche Frage, weil sie mir hundertmal in der Stunde gestellt wurde. Adrianos Asche war noch nicht kalt, und alle wollten meinen Plan für mein neues Leben hören. Ich glaube, ich bin nach Noto gekommen, um einen zu finden. Und ich will Adrianos Asche beisetzen. Ich weiß nur noch nicht, wo.«

»Willst du keinen Gin Tonic?«, fragt Johannes Jenny und wirft schon Eis in ein Glas.

»Danke. Nach dem Abend mit Judith vor der Abreise mache ich jetzt erst mal eine Pause. Der Blick aufs Meer ist der einzige Rausch, den ich brauche«, sagt Jenny. Wie lässig sie schauspielert, denke ich und fühle mich wie ein Komplize. Fast bin ich dankbar für den Schrei.

Auf der Terrasse steht Skadi und weint. »Jack« ist das einzige verständliche Wort, das sie in unterschiedlichen Varianten hervorstößt: blanke Wut, tiefe Verzweiflung, enttäuschte Liebe. Dieser Jack steht ein paar Meter weiter in einem gelb leuchtenden Calendula-Meer und schaut so erstaunt und unschuldig, wie es nur Hunde können. Vor ihm liegt das ehemals weiße Stofftier-Einhorn aus der Glubschi-Serie – Wesen mit riesigen, ausdruckslosen Augen. Skadi und Loki sammeln sie mit einer Leidenschaft, die angefeuert wird durch die Tatsache, dass Erwachsene sie schrecklich finden. »Von mir kriegen sie keine Glubschis«, habe ich gesagt und zu Weihnachten hübsch illustrierte Kinderbiografien über Martin Luther King und Marie Curie gekauft. Adriano hat dann für Skadi das Einhorn dazugemogelt und für Loki einen Löwen mit Regenbogenmähne, auch wenn er dafür eigentlich schon zu alt war. Das Einhorn war schon am zweiten Weihnachtsfeiertag nicht mehr weiß, aber Skadi liebt es. Jetzt liegt es im Blütenmeer unseres Hügels, feucht glänzend vom Speichel des Hundes. Aus dem Bauch und dem Horn quillt giftig aussehender Füllschaum, und Jenny vereinbart mit ihrer Tochter leise irgendeinen Trostdeal. Die Erleichterung, dass praktisch gar nichts passiert ist, lässt uns kurz ratlos dastehen. In der Abendsonne glühen die Farben der achtlos auf die Terrasse gepfefferten Plastikmaschinengewehre. Ein Pfeil klebt am Küchenfenster. »Sag mal, wäre das für dich okay, wenn die Kassler zum Essen kommen?«, fragt Johannes.

Oh.

Die Kassler sind sehr gute Freunde von uns. Bevor sie nach Sizilien gezogen sind, haben sie in Kassel gelebt, daher der geheime Spitzname. Sie würden diese kleine Gemeinheit sportlich nehmen, denn sie haben Humor und schwer erschütterbare Egos. Aber wenn ich eine Wahl hätte, wen ich an meinem ersten Abend auf Sizilien sehen will, dann wäre es niemand, außer den vier Menschen hier, die mir so vertraut sind, dass ich sie zu meiner Familie zähle. Auch wenn Adriano immer sagte, dass der Begriff *chosen family* ihn traurig machte: »Das ist für Leute, die ihren Eltern nicht verzeihen können.« Am liebsten jedenfalls würde ich mich von Skadi und Loki beim Uno besiegen lassen, mich über die ständig von ihnen modifizierten Regeln beschweren und dabei über nichts Wichtiges und Trauriges reden oder nachdenken müssen. Jenny sieht mich an und weiß (wie fast immer), was ich denke: »Mach dir keine Sorgen. Die Kassler reden garantiert mal wieder nur über sich. Oder über Sizilien.«

Die Kassler haben grundsätzlich und immer gute Laune. Sie heißen Claudia und Karsten Koppenwallner und leben in einer riesigen alten Masseria, die sie gekauft haben, lange bevor verlassene sizilianische Gehöfte zu Trophäen wurden. Für einen obszön niedrigen Preis, wie sie gern betonen. Sie haben keine Kinder, dafür sammeln sie Hunde. »Mutter Teresa der sizilianischen Straßenhunde«, nennt Karsten seine Frau, denn er kennt nur Superlative. Hier ist das ausnahmsweise keine Übertreibung. Claudia nimmt jeden Hund auf, der in Not ist. Egal wie hässlich, egal wie verhungert, egal wie gestört. Selbst Problemfälle werden bei ihr zu passablen Rudelhunden. Claudia hält sich mit ständig wechselnden Fitness-Apps in Form, sie hat eine beeindruckende Kerbe im Kinn und ein, wie sie selbst sagt: *Podcast-Tremolo*, mit dem sie mühelos größere Runden unterhält. Ihre Körperhaltung gebietet Unterwerfung: Wenn sie morgens mit der Meute über ihre Ländereien schreitet, muss sie nur ein Mal die Stimme erheben, und Gekläffe und Gekeile verebben.

Claudias Familie gehörte eine deutsche Kräuterlikör-Marke, die heute keiner mehr kennt, die aber bis Anfang der 90er-Jahre in jeder Kneipe stand und in den Hausbars Staub ansetzte. Ihr Vater hat sie rechtzeitig an einen Spirituosen-Multi verkauft, der sie erfolglos in Hip-Hop-Kreisen relaunchen wollte und dann einstellte. Die Tochter aber hat ihren Anteil aus dem Verkauf gut angelegt, wobei sie Wert darauf legt, dass es »Profit mit gutem Gewissen« sei: Solartechnik, Biofood und nur solche Start-ups, die das Silicon Valley nicht noch mächtiger machen. Sie ist außerdem die einzige mir bekannte Frau ihrer Generation, die mit Kryptowährungen viel Geld verdient hat. Claudia ist rasend neugierig und hat das seltene Talent, dass ihr jeder alles beichten möchte. Wenn sie keine Hunde rettet, sitzt sie an ihrer Töpferscheibe. Auf ihre Glasuren ist sie sehr stolz, denn sie war für ein paar Wochen bei einem japanischen Keramikmeister in der Lehre. Für die Töpferläden in Caltagirone hat sie nur Spott übrig, auch wenn ihre eigenen Vasen und Schüsseln oft umfallen oder Risse bekommen.

Ihr Mann Karsten hat angeblich die größte Brillensammlung im Val di Noto und die dazu passende Nase. Seine grauen Haare sind immer kunstvoll struppig, weswegen Adriano ihn mal mit Dolly Parton verglich: »It takes a lot of money to look that sloppy!«, sagte er, aber Karsten ist schmerzresistent: »Altern ist herrlich! Bis fünfundvierzig sah ich aus wie ein etwas zu hübsches Mädchen.« Offiziell ist er Landschaftsarchitekt, und er war noch sehr jung, als er Joseph Beuys half, die siebentausend Eichen für die Documenta 1982 zu pflanzen. »Beuys war so neidisch, dass Andy Warhol eine Show auf MTV hatte«, erzählt Karsten gelegentlich, denn er ist der Meinung, dass gute Geschichten nicht oft genug erzählt werden können. »Er wird als Mystiker verklärt, aber er war in Wirklichkeit ein Showgirl.« Ob er nicht auch Antisemit war, habe ich ihn mal gefragt. »Quatsch. Dafür waren ihm Juden viel zu egal.« Nach dem Documenta-Job lief es so mittel für Karsten. Er entwarf Grünstreifen neben Stadtautobahnen und auf Verkehrskreiseln und den Privatgarten für einen Maler, den heute keiner mehr kennt. Der größte Moment in Karstens Karriere kam sehr früh, das macht ihm aber offiziell nichts aus: »Seitdem wir unsere zwanzig Hektärchen Land hier in Noto gekauft haben, ist der einzige Garten, der mich noch interessiert, mein eigener«, sagt er. Das sieht man dem Grundstück nicht unbedingt an. Die Masseria haben Claudia und Karsten leidlich bewohnbar gemacht, auch wenn jeder die Dinnereinladungen im Winter fürchtet, weil die Wohnküche eiskalt ist. Obwohl genug Geld da wäre, ist das Anwesen ziemlich verwahrlost. Wenn die beiden genug von ihrem Chaos haben oder es im Juli einfach zu heiß ist, lassen sie ihren Property Manager für die Hunde sorgen und fahren für ein paar Wochen in das überteuerte Landhotel der Schweizer Galerie Hauser & Wirth in den schottischen Highlands.

*Man könnte es leicht übersehen, aber die Kassler sind Genies. Und eine Rarität. Sie haben es geschafft, dass ihr Geld sie nicht auffrisst, sondern glücklich macht.*

*Bevor wir unsere Häuser bauten, haben wir oft bei ihnen gewohnt. Auch in dem Frühjahr, als wir einen Sprachkurs in Siracusa machten. Morgens, wenn die beiden noch schliefen, fuhren Du und ich mit dem Auto zur Schule, immer ein bisschen zu spät und immer in Eile, weil wir im Café neben der Schule noch einen Espresso trinken wollten. Im Auto verglichen wir unsere Lernerfolge, Du warst natürlich viel weiter als ich, und wir schwätzten über unsere Lehrerinnen und Mitschülerinnen. Ich saß neben einer Engländerin, die mit einem Italiener verheiratet war. Ihr Vokabular und ihre Grammatik waren makellos, aber wenn sie sprechen sollte, versagte ihre Stimme vor Hemmungen. Sie tat mir so leid, dass ich mich während des Unterrichts in den Vordergrund drängelte, damit sie nicht so oft um Worte ringen musste. Mir gruselte vor ihrer Ehe. Wenn wir nach Hause kamen, fragten die Kassler, wie unser Schultag gewesen war. Anstatt die Antwort abzuwarten, erzählte Claudia von den nächsten berühmten Hausgästen und einem halb verhungerten Hund, den sie vor der Lidl-Filiale gesehen hatte. Who cares? Wir sprangen in ihren Pool, setzten uns in die Sonne und machten Hausaufgaben. Andere Menschen freuen sich, gemeinsam alt zu werden. Mit den Kasslern fühlten wir uns wieder wie kleine Jungs. Sie sind wirklich fast nie langweilig. Und sie haben uns Jack geschenkt.*

Ich habe es lange hinausgezögert, aber jetzt muss ich wohl endlich zu unserem Haus rübergehen. Loki hat mich vorsichtig gefragt, ob er mitkommen darf. »Bist du traurig?«, fragt er. Er streift sich die langen Haare hinter die Ohren und schaut mich nur kurz an.

»Natürlich bin ich traurig. Und ich liege jede Nacht wach«, sage ich und überlege, wie viel Tod ich dem Jungen zumuten kann.

»Hat es gestunken, als du ihn verbrannt hast?«, fragt er. »Wenn ich tote Geckos verbrenne oder Schlangenhäute, dann stinkt es immer total krass.« Ich erkläre ihm, dass Menschen in einem Krematorium verbrannt werden, und er sagt mir lässig, dass er das schon weiß. »Kann ich das mal sehen, das Krematorium?«, fragt er und spricht das Wort aus mit der Sorgfalt des Neuerlernten. Wir setzen uns auf einen großen Stein bei den Hängemattenbäumen, und ich zeige ihm auf meinem Telefon Bilder von dem Axel-Schultes-Bau. »Aber wie sieht das aus, wo die Leichen verbrannt werden?«, fragt Loki. »Ist das ein Scheiterhaufen wie bei Denethor?«

»Zum Glück nicht. Das sind Kammern, in die man nicht hineinsehen kann. Die Kammern werden von unten mit Gas befeuert, und die Toten verbrennen bei eintausendzweihundert Grad. Das geht sehr schnell, und es bleibt nur ein Häufchen Asche übrig. Aber für mich ist das Feuer gar nicht so wichtig gewesen«, sage ich. »Ich vermisse Adriano.«

»Ich auch«, sagt Loki. Wir gehen weiter hoch zu dem Haus, in dem er nie wieder sein wird.

Der Narwalzahn ist umgefallen. Noch bevor das Fundament gegossen war, verkündete Adriano, dass er auf keinen Fall eine sizilianische Landhaushölle wolle: keine alten Dachziegel als Regenrinnen, keine Terracotta-Amphoren, keine wackligen Marmortischchen vom Flohmarkt in Modica, keine Ätna-Bilder in abblätternden Goldrahmen. Stattdessen wollte er einen Stil, den er »Hippie-Brutalismus« nannte. Dann richteten wir das Haus einfach ein.

Der Narwalzahn sieht aus wie ein fast zwei Meter langer gedrechselter Speer. Schwer zu glauben, dass die Natur so etwas hervorgebracht hat. Wir bekamen ihn von unserer Freundin Alexa aus New York geschenkt, die in ihrem Loft auch Tigerfelle und einen ausgestopften Bären hat. Ihr Vater war Vorstandsvorsitzender einer großen Bank gewesen, zu einer Zeit, in der man mit Geschäftspartnern noch auf Großwildjagd ging. Ich fand diese ganzen toten Tiere makaber, aber als Adriano den Narwalzahn das erste Mal sah, war er wie verzaubert. »Das Einhorn der Nordmeere«, sagte er, denn er neigte zum Kitsch, wenn er über Tiere redete. Da Alexa große Gesten liebt und ihr Loft überquoll mit Tierpräparaten, meinte sie lässig: »Könnt ihr haben. Wenn ihr den Transport übernehmt.« Das war gar nicht so einfach, denn wir mussten dem Zoll nachweisen, dass wir das Tier nicht selbst harpuniert hatten. Und tausend andere Papiere organisieren. Am Ende landete er auf Sizilien. Der Fuß war leicht angeknackst, aber der gedrehte Elfenbeinzahn war intakt.

*Der Hausbau war ein Albtraum. Als am ersten Tag die Maße für das Fundament unseres Hauses abgesteckt wurden, stellte sich heraus, dass niemand die Pläne gelesen hatte. Und genau so ging es weiter. Alles dauerte länger, war komplizierter, kam dann ganz anders als geplant und vereinbart. Wir wurden drei Jahre lang erpresst, belogen, beschimpft. Unser Vertrauen wurde mit Füßen getreten und wahrscheinlich heimlich belächelt – wenn sich einer unserer sogenannten Partner überhaupt die Mühe gemacht hat, etwas anderes über uns zu denken als stupid German money. Wenn es wenigstens kriminelle Energie gewesen wäre, der Wunsch, uns Ahnungslose über den Tisch zu ziehen und auszunehmen. Aber meist war es Inkompetenz, Faulheit und dieser mörderische Stolz, der es unmöglich macht, ehrlich zu verhandeln oder Fehler zuzugeben. Wenn wir Fragen oder Zweifel hatten, erklärte unser Bauleiter, dass wir arrogante Deutsche seien, die kein Gespür für die Mentalität der Italiener hätten. In den Momenten der größten Verzweiflung warst es immer Du, der noch einmal einen Schlichtungsversuch gemacht hat, der sich noch einmal geduldig eine sinnlose Schimpftirade angehört hat, der noch einmal eine konstruktive WhatsApp-Nachricht verschickt hat. Ich habe mich verliebt in die Idee, ein Haus auf Sizilien zu bauen, und ich habe Dich, den Rechner und Zögerer, mitgezogen. Aber Du hast es Wirklichkeit werden lassen. Ich hätte aufgegeben, Du hast gekämpft. Dieses Haus gehört in Wirklichkeit Dir.*

Loki ist mit Jack noch mal Stöcke jagen gegangen. Ich schaue aus dem großen Panoramafenster, aus dem man nicht in Richtung Meer blickt, sondern auf eine Bergwand mit Felsen und alten Terrassen. Seit die Fenster eingebaut worden sind, ist das mein Lieblingsblick. Hinter der Bergkette wird in einer halben Stunde die Sonne untergehen. Ich sehe das grandiose Panorama, die fast absurde Schönheit. Aber ich fühle sie nicht mehr. Ich habe seit meiner Ankunft gemerkt, dass etwas fehlt. Aber weil ich mit den Kindern und meinen Freunden beschäftigt war, konnte ich es weder richtig begreifen noch in Worte oder Gedanken fassen. Jetzt ist diese Erkenntnis so plötzlich da wie bei einer Zeichentrickfigur, die erst ein paar Schritte über die Kante des Abgrunds hinaus gerannt ist und dann runterschaut. Was bedeutet Schönheit, wenn man sie nicht mit dem Menschen teilen kann, auf den es ankommt? »Pain is temporary. Glory is forever.« Dieses Zettelchen aus einem Glückskeks hatte sich Adriano auf seinen Schreibtisch geklebt. So fühlt es sich in diesem Moment nicht an. Das Paradies, das wir uns hier gebaut haben, ist mit seinem Tod bedeutungslos für mich geworden.

Ich stelle mich unter die Außendusche, und die Wasserstrahlen sind dünn und spritzen in alle Richtungen, aber kaum noch auf meinen Körper. Ich denke, dass ich dringend den Duschkopf entkalken muss. Und während ich das denke, grüble ich über die Ausweichbewegungen der Seele: Weil mich das leere Haus so leer macht, wende ich mich der Banalität des Alltags zu. Sehr durchschaubar, und ehrlich gesagt: nur bedingt tröstlich.

Johannes und Jenny sind mit zwei Körben voller Zutaten rübergekommen. Sie sitzen mit den Kindern vorm Haus, putzen Artischocken und werfen die Böden in Zitronenwasser, damit sie nicht schwarz werden. »Weißt du, dass ich Adriano beim Pilzesammeln kennengelernt habe?«, fragt Johannes.

»Hat er glaube ich mal erzählt. Was denn für Pilze?«

»Speisepilze. Maronen. Eine Krause Glucke. Ein paar Herbsttrompeten.« Tatsächlich weiß Johannes noch vierzehn Jahre später, was sie damals im Korb hatten. Manchmal glaube ich, er ist verrückt. »Adriano trug total übertriebene Profiwanderschuhe und fand einen riesigen Fliegenpilz. Er musste am Abend noch ein Interview mit dieser Jungschauspielerin aus der Burgtheater-Dynastie führen, die damals ihren ersten Film gedreht hatte. Das war ein Riesending für ihn, aber statt sich vorzubereiten, stapfte er stundenlang mit uns durch den Wald. Damals dachte ich, dass er vor nichts Angst hat.«

»Von dem Interview hat er mir erzählt. Sie war die Nacht davor feiern gewesen und kam auf allen vieren zur Tür rein. Das hat ihn beeindruckt.«

Ein typisches Trauerfeiergespräch, süß und sentimental und mit Geschichten, die man sich schon oft erzählt hat. Aber mit Jenny und Johannes tut es gut. Er zeigt mit seinem Turniermesser zum Sonnenuntergang.

»Immer wieder unglaublich, oder?«

»Wunderschön. Aber die Schönheit kommt bei mir nicht mehr an. Ich sehe unser Haus, und was ich sehe, ist ein Grabstein«, sage ich.

Johannes schnitzt sehr konzentriert an seiner Artischocke und sagt nichts.

»Wusstet ihr, dass es früher auf Sizilien Zwergelefanten gab?«, fragt Loki mit feinem Sinn für Ablenkung und Biologie. »Das war im Mittelpleistozän. Die waren nur neunzig Zentimeter groß und haben ungefähr hundertsechzig Kilo gewogen. Die sind geschrumpft, weil es auf Sizilien keine Löwen gibt. Und nicht so viel zu essen. Das nennt man Inselverzwergung.«

Dann rumpelt das Auto mit unseren Dinnergästen den Berg hoch.

# *Kapitel 3*
## *Ready for Drowning (Santi kommt)*

»Hello«, flötet Karsten, als er mit Claudia aus ihrem Defender steigt, der so staubig ist, dass man die Farbe nicht mehr erkennt. Unter den eingewanderten Hausbesitzern in dieser Ecke von Sizilien gehört es zum guten Stil, dass Autos entweder klein oder annähernd schrottreif sind. Wenn nicht mindestens der Scheibenwischer hakt oder ein Rücklicht defekt ist, wirkt das bemüht. »In den engen Gassen ist ein Panda viel praktischer«, lautet der offizielle Grund. Oder auch: »Wenn der gammelig aussieht, schlägt keiner die Scheiben ein.«

Karsten hat zwei Kartons Wein dabei und lässt uns jede einzelne Flasche bewundern: »Das ist der Contrada Sciaranuova von Tascante. Hundert Prozent Nerello Mascalese. Das ist das Boutique-Weingut von Tasca d'Almerita. Traumhaft gelegen am Nordhang des Ätna mit Blick auf die Berge von Nebrodi. Da arbeitet ein junger Wein-Nerd, der total gefeiert wird. Der hat die offiziell beste Weinkarte der Welt zusammengestellt für ein Hotel auf Salina, wo auch die Obamas schon mal waren.«

Andächtig probieren wir den Rotwein. »Tatsächlich ziemlich kantig«, sagt Johannes und meint es offenbar ernst. Karsten erzählt von den Innovationen im sizilianischen Weinbau: »Die wollen jetzt Pioniere der Nachhaltigkeit werden. Ausgerechnet auf Sizilien, wo die Menschen glauben, eine Müllverbrennungsanlage sei eine Höllenmaschine. Aber ich habe neulich den PR-Chef von dieser Organisation getroffen. Der will was. Guter Typ. Und die Weine sind großartig.« Der Einzige, der ihm im Gequassel und Gläserrücken konzentriert zuhört, ist Johannes.

Die Kassler haben noch weitere Neuigkeiten. Die Bauarbeiten des Starfotografen, der wegen Missbrauchsvorwürfen alle wichtigen Jobs verloren hat, sind fast abgeschlossen. Auch wenn Claudia und Karsten nach wie vor nicht verstehen, warum er sich eine Ruine in einer Senke ohne Meerblick hat andrehen lassen. »Er kann ja mal auf einen Espresso zu uns kommen und durch mein Fernglas schauen«, sagt Karsten. »Lad den bloß nicht ein. Der ist so toxisch wie eine Puffotter«, meint Johannes, der mal mit ihm gearbeitet hat. In Catania habe ein Kunsthistoriker aus Neapel einen vierten Caravaggio entdeckt, dabei glaubte man jahrhundertelang, er habe nur drei Bilder gemalt bei seiner Flucht durch Sizilien.

»Ein vierter Caravaggio wäre eine Sensation. Aber angeblich ist er schon auf dem Weg nach Neapel. Den sehen die Sizilianer nie wieder!«, sagt Claudia. Außerdem sei das Haus ihrer Freunde Esther und Hans fertig, bis auf die Kunstscheune: »Da wollen sie irgendwas von diesem isländischen Nachhaltigkeitskünstler installieren lassen. Ich frage mich, für wen?« Claudia kräuselt mitleidig Lippen und Stirn. Und schließlich habe der Direktor vom Palais de Tokyo sein Haus wieder verkauft, weil er das Geld für die Geschlechtsumwandlung seines Partners brauche. »Oder war es die Partnerin? Ich komme da nicht mehr mit«, sagt Karsten und grinst. »Die waren sowieso nie hier. Hauptsache, *they* sind happy.«

»Schaut mal, der Blutmond. Wie bei Salomé. Wessen Kopf wird heute wohl auf einem Tablett serviert?«, Claudia zeigt schwungvoll in die Ferne. Tatsächlich steigt aus dem Mittelmeer ein tiefroter Vollmond auf, der seine Farbe dann ziemlich schnell in hell leuchtendes Weiß ändert.

*Genderwitze und Totenwitze: Sehr zartfühlend waren die beiden ja noch nie. Aber Du musst Dir das nicht anhören, Süßer. Jeder würde verstehen, wenn Du jetzt einfach verschwindest. Setz Dich doch raus, auf die Seite des Hauses, von der Du keine Lichter siehst, sondern nur die dunklen Berge im Mondlicht. Und denk an unsere Nacht in Südtirol. Das Holzhaus mit den zwei uralten Bäuerinnen, die vielleicht Schwestern waren. Unser Zimmer unter dem Dach, der Sex in einem der schmalen Einzelbetten. Lange nach Mitternacht saßen wir dann am Fenster und schauten ins Tal, das vom Vollmond kühl und weiß beschienen wurde. Ich habe Dich und unser Leben sehr geliebt in dieser Nacht. Morgens weckte uns die Bäuerin, und wir schämten uns, weil wir dicht aneinandergeschmiegt dalagen. Wenige Wochen später musste ich ohne Dich nach London reisen. Als ich abends ins Hotel kam, gab mir der Concierge einen Zettel mit einer Nachricht von Dir: »Full Moon« stand da. Sonst nichts, aber das reichte. Es war der beste Liebesbrief, den Du mir je geschrieben hast. Wenn wir in den Jahren danach an unterschiedlichen Orten waren, erinnerte uns der Vollmond daran, dass wir immer in den gleichen Himmel schauten. Das gilt auch für heute Nacht.*

Es fällt mir schwer, sitzen zu bleiben. Aber die Vorstellung, mich jetzt zu erklären und zu verschwinden, kommt mir noch anstrengender vor. Ich sage so wenig wie möglich, kümmere mich darum, dass die Gläser voll sind, und wasche zwischendurch die Vorspeisenteller ab. Dabei fällt mir auf, dass ich gar nicht mehr weiß, was ich gegessen habe. Auch die Gespräche am Tisch rauschen an mir vorbei. Ich schnappe nur einzelne Fetzen auf, die mir gleich wieder entgleiten.

Dabei habe ich unsere Abendessen auf Sizilien immer geliebt. Wir haben uns oft vorgenommen, früh zu essen, damit die Kinder nicht so lange warten müssen. Trotzdem wurde es fast immer viel später als geplant. Weil wir noch mal ins Dorf fahren mussten, um eine Torte zu kaufen, weil wir zu lange in der Abendsonne gesessen hatten und keiner sich in die Küche stellen wollte. Oder weil niemand sich Gedanken gemacht hatte, was wir überhaupt kochen wollten, und Johannes, der immer einen Plan hatte, noch duschen musste. Irgendwann saßen wir dann am Tisch, total zufrieden mit den Oliven, Chips und was man noch so ohne Arbeit knabbern konnte. Oft ging es um vertraute Themen: das Wetter, das Grundstück, der Müll, neue Vorschriften der Kommune, Klatsch über die Nachbarn. Adriano fand, dass sich unsere Gespräche im Kreis drehten, aber mir tat es gut, dass ich nicht mit Menschen am Tisch saß, denen man die eigene Bildung und Bedeutung vorführen musste. Und wenn die anderen später von dem Aroma des wilden Spargels oder der Frische des Fisches schwärmten, freute ich mich über die Wärme, die die Stimmen von Freunden erzeugen. Heute aber lassen sie mich komplett kalt.

Wenn ich früher müde war oder keine Lust auf Wein und Geschrei hatte, habe ich Adriano gefragt, ob es okay wäre, wenn ich mich einfach zurückziehe. Ich fragte ihn, obwohl ich die Antwort kannte. »Natürlich. Hau einfach ab. Ich kümmere mich um alles und jage jeden weg, der dich stören will. Sweet dreams.« Wenn er schon mehr als zwei Gläser getrunken hatte, erinnerte er mich noch daran, dass sein Sternzeichen Löwenmutter sei.

Plötzlich spüre ich, wie mir jemand über den Kopf streichelt, zucke zusammen und lasse ein Glas fallen, das jedoch nicht zerspringt. Claudia ist den ganzen Abend aufgedreht und laut gewesen, jetzt flüstert sie fast: »So ging es mir, als mein Bruder gestorben ist. Du glaubst es jetzt vielleicht nicht, aber es wird besser. Irgendwann.«

Ich zucke mit den Schultern und sage, dass ich mit Jack noch eine Runde drehe. Er hört seinen Namen, sieht meine Bewegung und springt sofort auf. Manchmal schießt er hier in die Dunkelheit der Nacht, ohne dass ich erkennen kann, was oder wer ihn in Aufregung versetzt hat, und ist dann eine halbe Stunde lang verschwunden. Kein Ruf oder Pfiff bringt ihn wieder nach Hause. Bis wir uns Sorgen machen und nicht wissen, ob wir eine Tür offen stehen lassen oder ein Licht irgendwo brennen lassen sollen. Irgendwann tapst er dann mit seiner Pfote an die Glastür des Schlafzimmers. Es ist kein ungeduldiges Kratzen, sondern ein diskreter Hinweis, dass er wieder da ist. Er ist dann ganz außer Atem oder auch ganz ruhig, als sei er nur einmal ums Haus getrottet. Eine Weile hatten wir ein Halsband mit einer blinkenden Lampe, das wir ihm umbanden, wenn wir ihn bei Dunkelheit vor die Tür ließen. Aber Jack hat ein Talent, lästige Dinge zu verlieren – und mit ein paar Bissen nachzuhelfen. Nach dem dritten Leuchtband gaben wir jedenfalls auf. Heute Nacht aber ist er ein fürsorglicher Begleiter. Er geht nur wenige Schritte voraus und dreht sich immer wieder mit einem prüfenden Blick um, ob ich ihm folge. Als ich auf dem Geröll ausrutsche, fährt er herum und trabt zu mir. Wenn er abends mal in seinem Bett und mal auf seinem Lieblingsteppich döst, ist er ein Bündel aus Muskeln, Fell und Sehnsucht. Draußen in der Natur ist sein Bedürfnis nach Zärtlichkeiten normalerweise verschwunden. Nur widerwillig akzeptiert er meine Hand auf seinem Kopf und wendet sich so schnell wieder ab, dass ich fast beleidigt bin. Heute ist er anders. Er berührt meine Hand mit seiner kühlen, feuchten Schnauze, schaut zu mir auf und bleibt so nah bei mir, dass ich die Hitze seines Rumpfs fühlen kann. Irgendwo im Tal spielen sie sehr laut Techno, die Lichter der Stadt flimmern, und wie immer weiß ich nicht, ob der Grund dafür der Spätsommerdunst ist – oder das schwache Stromnetz Siziliens. Aus der Ferne sehe ich Loki und Skadi, die mit halb offenen Mündern auf zwei Liegen schlafen, die neben dem großen Esstisch auf der Terrasse stehen.

*Der schlafende Loki ist ein Gott, aber ohne die Hinterlist seines Namensgebers. Ich will ein Buch machen mit den vielen Bildern, die ich im Laufe der Jahre von ihm gemacht habe, während er schlief. Er sieht so friedlich und frei aus, er wird älter auf den Fotos, aber er ist der Gleiche geblieben, seitdem er ganz klein war. Nur die Haare sind länger geworden, und die Beine auch. Wie die meisten Kinder war er schon immer viel vollständiger, als wir Erwachsene das glauben wollen. Meist zerrt er eine Liege über die Terrasse in die Nähe des Esstischs und legt sich einfach hin, obwohl um ihn herum Gläser und Gespräche klirren. Oft bin ich es, der ihn zudeckt. Nur mit einem leichten Tuch, denn eigentlich ist es warm genug. Ich glaube, die Geste ist mir wichtiger als ihm. Es ist einer der Momente, in denen ich mir wünsche, Vater zu sein. »Ist morgen früh wirklich noch Dessert für mich da?«, fragt er, und ich liebe ihn für diesen Ernst und dafür, dass er Dessert sagt und nicht Nachtisch. »Auf jeden Fall! Versprochen! Willst du ein Kissen?«, antworte ich. Lächelnd nickt er und murmelt noch irgendwas Unsinniges, weil er schon halb woanders ist. Dann schließt er die Augen und darf in seinen Träumen hören, wie die Menschen, denen er traut, reden und lachen. Und wenn er aufwacht, steht im Kühlschrank sein Nachtisch.*

Ich bin nach dem Abend mit den Koppenwallners schon lange vor Sonnenaufgang aufgewacht, habe vom Bett aus in den rötlich werdenden Frühmorgenhimmel gesehen und das Atmen neben mir vermisst, bis ich mir meinen ersten einsamen Kaffee koche. Jenny begleitet mich und Jack bei unserem Morgenspaziergang: den Berg runter, an der großen Dogge in ihrem Zwinger vorbei, im Vorbeigehen ein bisschen Gras fressen und eine Mandel knacken, mit herrischer Körperspannung in die Schlucht gucken, und Jacks neuester Tick: das Rückenfell an hohen Grasbüscheln so genüsslich und intensiv reiben, als nehme er eine kalte Dusche. Eine winzige Schlange mit geschecktem Körper kreuzt unseren Weg, die nur in dieser Gegend Siziliens heimisch ist. »Die Serpente Pantera. Eine sehr gute Vogeljägerin«, hat mir Rosario mal erzählt. Jack macht einen Luftsprung, aber sie verschwindet schlangenhaft flink zwischen zwei Feldsteinen.

»Erstaunlich, wie früh man ohne Alkohol müde wird«, sagt Jenny: »Wie hast du geschlafen, Süßer?«

»Lass das bitte. So hat mich Adriano immer genannt.«

»Meintest du das gestern ernst? Mit dem Haus?«

»Weiß ich noch nicht. Erst dachte ich, es sei mein Zufluchtsort. Dann hatte ich auf dem Weg plötzlich Angst. Jetzt fühl ich gar nichts mehr. Also ja.«

»Ruf doch mal Silvana an. Wozu ist man denn mit einer Maklerin befreundet? Wenn du die ersten Interessenten in ihren Horror-SUVs siehst, überlegst du es dir sofort wieder anders.«

Wir kommen an schwarzen Baumstümpfen vorbei. Das war eines der vielen Feuer, die jeden Sommer Angst verbreiten.

»Wie lange das wohl her ist?«, frage ich mich laut.

»Das kann nicht so lange sein. Nach ein paar Jahren ist hier alles wieder überwuchert.«

Wir klettern schweigend weiter. Ich denke an das Feuer in Berlin und überlege, wie lange es wohl dauern wird, bis wieder alles zugewachsen ist. Und ob ich das überhaupt will. Derzeit jedenfalls reißen die Erinnerungen mich immer wieder zurück an diesen Moment vor 23 Stunden und 30 Tagen.

***

»Setz dich bitte hin. Es ist etwas Furchtbares passiert«, sagte Santi, als er mich in Rom anrief. O Gott, ist das albern, wie in einem ZDF-Krimi, dachte ich noch: Was kann denn um 8.50 Uhr morgens passiert sein? Ich war gerade vom Laufen am Tiber zurückgekommen und setzte mich verschwitzt auf die gusseiserne Wendeltreppe in meiner Wohnung. Ich weiß noch, dass ich nach einem Glas Wasser griff.

Natürlich habe ich mir von Santi hinterher immer wieder schildern lassen, wie er Adriano gefunden hat. Santi hatte abends mit Freunden ein Fußballländerspiel geschaut. »Typischer Heteroweißbiertsunami«, wie er sagt. Er hatte bei einem Freund geschlafen, war aber früh aufgewacht und nach Hause gefahren. Dort hing Adriano auf dem uralten pinken Denimsofa in unserem Wohnzimmer und rührte sich nicht. Zwischen seinen Beinen war durch den Stoff und die Polsterung bis zu den Metallfedern ein Loch gebrannt. Es sah aus wie eine richtig ungesunde tiefe Wunde. »Der Gestank im Raum war widerlich. Der verfolgt mich im Traum«, sagte Santi. Vor Adriano stand ein volles Glas. Er hatte an dem Gin Tonic nur genippt, dann war er eingeschlafen und die Zigarette war ihm offenbar aus den Fingern gerutscht. Auf seinem Laptop war die Szene aus der Netflix-Serie »Narcos« eingefroren, in der der Kartellboss Pacho Herrera mit seinem Leibwächter zu »Dos Gardenias« vor seinen Feinden eine Rumba tanzt. Bis zu dem Tag war es eins meiner Lieblingslieder.

Das Kohlenmonoxid aus dem schwelenden Sofa hatte Adriano getötet. Schon wenige Atemzüge des giftigen Qualms müssen gereicht haben. Über dem Sofa hing ein gerahmter Scherenschnitt von einem jungen Mann am Computer, von dem Besucher oft dachten, dass es sich um Adriano handelte. Darunter aber lag nun der wirkliche Adriano. Oder die Hülle, die übrig bleibt, wenn ein Mensch gestorben ist. Die Augen geschlossen, auf den Lippen dieses trügerische und jetzt endgültige Lächeln. Er trug eine Baseballkappe mit der Aufschrift »Don't think it's over«, und seine Haut war fahl. »Ausgerechnet ›Narcos‹. Wenn es wenigstens die Hobbits gewesen wären«, sagte Santi später. Keiner von uns beiden konnte darüber lachen.

Wäre ich nicht nach Rom gezogen, oder wäre er dorthin mitgekommen, oder wären seine Freunde nicht so leichtsinnig, oder hätte er weniger getrunken, oder hätte ich mein Netflix-Abo nicht mit ihm geteilt, oder hätte ich ihn noch mal angerufen, oder wären wir gemeinsam auf Sizilien gewesen, wie wir es eigentlich geplant hatten! Es war ein jämmerlicher, unheroischer, sinnloser, einsamer Tod. Ein Tod, wie ihn Adriano gehasst hätte. Ich hatte damit gerechnet, dass es der Verlust und die Abwesenheit des Geliebten sind, die schmerzen. Aber die Erbärmlichkeit seines Sterbens schmerzt genauso heftig. Und der Gedanke, dass es meine Schuld ist. Als mir der Job in Rom angeboten wurde, haben wir ausgerechnet, wie oft wir uns sehen würden. Wir haben gefeilscht, welche Möbel ich nach Rom mitnehmen darf. Wir haben kein Wort über die Möglichkeit anderer Männer verloren. Vor allem aber haben wir uns versprochen, dass wir es hinkriegen.

***

Später am Strand, als Johannes mit den Kindern an den Felsen entlangschwimmt und nach Seeigeln und Rochen sucht, frage ich Jenny, was sie gerade so macht.

»Außer den Online-Hausaufgaben mit den Kindern, meinst du?«, fragt sie. »Ich müsste ein Konzept für eine

Ausstellung entwickeln, das geht aber eigentlich nur mit meiner Co-Kuratorin, und die hat gerade eine Lebenskrise und ghostet mich. Dann muss ich dringend einen Förderantrag stellen für eine andere Ausstellung und kriege die Unterlagen nicht runtergeladen, weil die mit einer Software arbeiten, die mein Laptop nicht erkennt. In Berlin könnte ich das Problem in einem halben Tag lösen, hier in Noto ist es unmöglich, weil sich keiner mit Macs auskennt. Hier kann man ja noch nicht mal eine Druckerpatrone kaufen. Und die Deadline für den Katalogtext war vorgestern. Heute Morgen habe ich eine Reminder-Mail bekommen, die eigentlich eine Scheißdrohung war. Sie könnten das Ganze auch ohne meinen Text drucken. Das wäre aber eine Katastrophe, weil …«

»Mama, willst du mal die Muräne sehen?«, ruft Skadi, die mit blauen Lippen angerannt kommt. »Ich finde die gruselig.«

»Ich auch. Von Muränen kriege ich Albträume«, sagt Jenny. Dann sieht sie die Enttäuschung im Gesicht ihrer Tochter und geht Hand in Hand mit ihr zum Wasser, um den Fisch zu bewundern, den sie am liebsten gar nicht sehen würde. Abends schauen wir uns einen Film mit den Minions an, den die Kinder auswendig kennen. Trotzdem lachen sie über jede Pointe, als wäre es das erste Mal. Wäre Adriano jetzt hier, würde er sie dabei einfach nur beobachten und bewundern.

*Viele meiner Freundinnen, die keine Kinder haben konnten oder wollten, sind fast zerbrochen, weil ihre Leben und ihre Leiber ihren Auftrag nicht erfüllt hatten. Und dann mussten sie ihre Ex-Partner sehen und ihnen zu dem Baby gratulieren, das sie mit ihren neuen, natürlich jüngeren Frauen bekommen haben.*

*Du und ich hätten ja auch beinahe mal ein Kind bekommen. Im Skiurlaub hatten wir Liz kennengelernt, eine Engländerin Mitte vierzig, die unbedingt noch ein Kind wollte. Auf einen Partnervater konnte sie verzichten, ihr italienischer Ex-Mann war mehr als genug. Als Du sie ohne mich noch einmal in London gesehen hast, hat sie Dich einfach gefragt, ob Du der Vater werden wolltest. Keine anonyme Samenspende, aber auch kein psychologisches Knäuel unter engen Freunden. Wir waren überrumpelt und interessiert. Dann trafen wir uns zu dritt. Es war ein bemerkenswerter Abend. Liz sprach lange über ihre Zyklen, Termine und Hormone. Nach zwei Stunden fragte ich: »Was würde das Kind für Konrad und mich bedeuten? Was wäre meine Rolle?« Sie sah mich ratlos an, als hätte ich abrupt das Thema gewechselt oder eine völlig irrelevante Frage gestellt, und ich wusste: Sie ist die Falsche. Vielleicht hätten wir die Verhandlungen nicht abbrechen sollen, denn Verhandlungen waren es. Vielleicht sollten wir es noch einmal überdenken. Du wirst unsere Tochter auch dann noch durchs Leben tragen, wenn sie schon lange selbst laufen kann. Du wirst mit ihr Mathematik-Hausaufgaben machen, die du selbst gar nicht verstehst. Du wirst ihr natürlich erlauben, sich als Junge anzuziehen, und nur ganz insgeheim hoffen, dass sie die Kleider irgendwann trägt, die Du für sie gekauft hast. Du wirst Deine ganzen Ängste für Dich behalten, damit sie ein schöner, freier Mensch werden kann. Du wirst der beste Vater der Welt sein.*

Johannes wäre kein Freund, wenn er es am nächsten Morgen nicht noch einmal versuchen würde. So ruhig und vorsichtig, als ziehe er mit einer Pinzette die dünnen Gräten aus Rotbarbenfilets. Wie fahren nach Avola, wo er in Öl eingelegte Kapern und Bottarga kaufen will. Als Adriano noch lebte, war das einer ihrer regelmäßigen Ausflüge: morgens los, Fisch einkaufen, am Stadtstrand schwimmen, mit nassen Haaren zurückkehren. Dann mussten sie nur noch den Tag überbrücken, bis sie sich endlich in die Küche stellen durften. Jetzt bin ich mit Johannes im Auto, und wir schweigen bis zum zweiten Kreisel.

»Bist du dir sicher?«, fragt er. Mehr muss er nicht sagen.

»Ich war mir noch nie so unsicher in meinem Leben. Aber ich muss irgendwas unternehmen. Vielleicht zeige ich das Haus drei Leuten und merke, dass ich mich doch nicht davon trennen kann.«

»Ich will dich nicht unter Druck setzen. Aber das ist dann endgültig.«

»Endgültig war Adrianos Tod. Und ich glaube nicht, dass ich unsere gemeinsamen Träume allein weiterleben kann.«

»Du bist ja nicht allein. Ich würde sagen, wir sind immer noch eine sizilianische Familie.«

Aber so einfach ist es nicht für mich. Das Gespräch mit Johannes macht mich nervös, als würde er mich zwingen, ein Freundschaftsbekenntnis abzulegen. Ich fühle mich, als müsste ich mich verteidigen, dabei bin ich nur ratlos. Außerdem fühle ich mich wie ein Verräter, denn ich weiß, dass die Situation komplizierter ist. Johannes träumt von einer sizilianischen Familie, Jenny will zurück in die Großstadt.

»Kann ich dir ein Geheimnis verraten?«, fragt Johannes.

Noch eins!, denke ich und sage: »Jederzeit. Das weißt du doch. Wer darf es nicht wissen?«

»Erst mal am besten niemand. Aber vor allem nicht Jenny. Dieser Termin heute Abend am Ätna ... Das sind die Topwinzer vom Ätna, von denen Karsten gestern gesprochen hat. Er hat während des Essens seinem Bekannten getextet und ihm mitgeteilt, dass er mit dem besten Art Director Europas an einem Tisch sitze. Typisch Karsten.«

»Wer ist denn der beste Art Director Europas?«, frage ich, aber Johannes ist die Sache ernst.

»Die haben sich sofort bei mir gemeldet und wollen mich unbedingt treffen. Das ist glaube ich nicht irgendein Job, sondern was Größeres.«

»Ist doch perfekt. Du wolltest ja immer auf Sizilien arbeiten.«

Es ist natürlich alles andere als perfekt. Während sie ihr Haus gebaut haben, planten Jenny und Johannes, in Zukunft so viel Zeit wie möglich hier zu verbringen. Sie dachten schon über die richtigen Schulen für ihre Kinder nach. Aber mittlerweile hat Jenny beschlossen, dass sie ihr Leben und ihre Ambitionen nicht nach Sizilien verlagern kann. Und ausgerechnet jetzt kriegt Johannes hier seinen Traumjob angeboten. Die beiden zieht es in gegensätzliche Richtungen, und ich frage mich, wann es reißt.

»Hör dir doch erst mal alles an«, sage ich lahm. Adriano wäre bestimmt viel souveräner mit dieser Situation umgegangen! Johannes scheint das nicht zu stören. Er denkt nach.

Als er später zum Ätna aufbricht, sagt Johannes: »Grüß Santi von mir. Was will der eigentlich auf Sizilien?«

»Der will sich um mich kümmern. Ich war zu müde, Nein zu sagen«, sage ich.

»Der will sich um dich kümmern? Wie soll das denn gehen? Ich finde ihn ja ein bisschen stulle!«, mischt sich Jenny ein. »Der gendert immer brav, aber fragt mich jedes Mal wieder, ob ich mit dem Vakuum-Korkenzieher umgehen könne.«

Wer sich von seinem Vater nicht verabschieden will, ist Loki. Wir finden ihn unter einem Johannisbrotbaum versteckt, dessen Äste fast bis zum Boden reichen. »Ich will nicht, dass Konrad das Haus verkauft«, sagt er. Dann kommt Elio mit seiner Mutter Silvana, denn sie wollen mit Jenny und den Kindern einen Ausflug zu einem Landgut unternehmen, auf dem es ein Travertin-Mausoleum für Katzen gibt. Der Junge sieht blass aus, aber er trägt ein Skater-T-Shirt mit Flammenaufdruck, das Loki und Skadi sprachlos vor Begeisterung macht.

»Da müsst ihr lange sparen«, sagt Jenny und umarmt mich. »Ciao, Konrad. Ruf mich an, wenn du was brauchst!« Ihre Tochter sitzt schon auf ihrer Eisköniginnen-Sitzerhöhung und hat ihre Kopfhörer aufgesetzt. Zum Abschied winkt sie nicht einmal.

»Kannst du die Wäsche für uns aufhängen?«, ruft Jenny aus dem Auto. Als ich die feuchten Laken aus der Waschmaschine hole, entdecke ich Skadis Abschiedsgruß. Auf dem Küchentisch liegt ein Blatt Papier. »Lieber Konrad. Was vermisst Du am meisten? a, b, c oder d? Ich vermisse am meisten a, b, c und d! Deine Skadi« Hinter die vier Buchstaben hat sie Kästchen zum Ankreuzen gesetzt, darunter jeweils eine Zeichnung. Zwei Männer an einem Tisch mit einem riesigen Oktopus auf einem Teller. Zwei

Männer und ein Hund mit einem tränenden Auge. Zwei Männer und zwei Kinder, eins davon mit einem Einhorn im Arm. Zwei lächelnde Männer im Bett. »Konrad und Adriano in Noto« steht darunter. Nur für den Fall, dass ich das nicht verstehe.

***

»Sie haben mir gar nicht gesagt, dass er noch mit Ihnen spricht«, sagt Frau Reitbaur.

»Ist das nicht normal? Das war schon so, als er noch gelebt hat. Wenn wir nicht am gleichen Ort waren, habe ich mich ständig gefragt: Was würde Adriano dazu sagen? Und oft hat er was gesagt. Warum sollte das jetzt anders sein? Ich weiß natürlich, dass er tot ist ...«

»Wäre es Ihnen lieber, er würde schweigen?«

»Im Gegenteil. Das ist meine größte Angst.«

»Dann lassen Sie ihn ruhig weiterreden. Hauptsache, Sie antworten nicht. Dann wird es kritisch«, sagt Frau Reitbaur mit einem hintergründigen Lächeln, von dem ich gar nicht ahnte, dass sie dazu in der Lage ist. Wahrscheinlich findet sie, dass sie sich sehr weit raus wagt aus ihrer professionellen Reserviertheit.

»Aber noch was anderes: Sie schreiben sehr viel. Aber Sie schreiben wie ein sechsjähriges Kind, das Chopin auf dem Klavier spielt. Es beherrscht die Noten, aber es spürt nicht, was sie bedeuten.«

»Sie haben gesagt, ich solle alles aufschreiben. Genau das habe ich getan.«

»Schreiben Sie einfach weiter. Aber vielleicht denken Sie bei den ganzen Menschen und Landschaften, Geschichten und Fischgerichten an die entscheidenden Fragen. Die Fragen, die dahinter und darunter liegen: Was fühle ich dabei? Was hat das mit meiner Liebe zu Adriano zu tun? Wo ist der Schmerz, wo ist der Trost?«

Das war eine große Rede für ihre Verhältnisse, und zum Schluss blitzt ihre sonst gut verborgene Neugier auf: »Eine Frage noch, die wir beim nächsten Mal unbedingt besprechen sollten: Wer ist dieser Santi? Da machen wir übermorgen weiter.«

*Santi trat in mein Leben wie ein Fabelwesen, wie ein Kentaur, eine Sirene oder ein Zyklop. Ich wusste nicht genau, woher er kam, warum er plötzlich da war und was er genau darstellte. Ich war mir nicht sicher, ob er gefährlich war oder mich im Gegenteil vor Gefahren beschützen würde. Aber wie bei einem Fabelwesen hatte ich keine Wahl. Als ich ihn das erste Mal sah, stand er in einem hellgrünen Kühlschrank. Für die Sommerparty der Agentur, für die ich manchmal Texte schrieb, hatte eine belgische Biermarke drei mannshohe Kühlschränke mit Glastüren spendiert, die mit ihrem neuen Pale Ale gefüllt waren. Als der erste leer war, hatte ein Typ aus dem Digital Visuals Department die Ablageroste rausgenommen und sich in den Kühlschrank gestellt. Er hatte einen millimeterkurzen Schnurrbart, und auf dem Unterarm sah man das Tattoo eines ungelenk gezeichneten Ferkels. Vor dem Kühlschrank standen jetzt drei Marketing-Leute, die kichernd Fotos von ihm machten. Er hatte damals noch lange Haare, und weil er ein bisschen zu groß für den Kühlschrank war, stand er mit eingeknickten Beinen da und ließ die Zunge raushängen. »Herrlich kühl da drinnen. Aber habt ihr mal ein bisschen Sauerstoff für mich?«, sagte er, als er sich wieder rausgewunden hatte. »Zeigt mal die*

*Fotos!« Die vier diskutierten, welches Bild gepostet werden sollte. »Sehe ich auf diesem nicht ein bisschen fett aus?«, fragte er scheinheilig, und die drei vom Marketing (zwei Frauen, ein Typ) ratterten als Antwort die Namen von der aktuellen »Sexiest Man Alive«-Liste runter. Wer wohl gewinnt von den dreien, dachte ich noch. Dann fiel sein Blick auf mich, und er sagte: »Und du musst der legendäre Adriano sein. Ich bin Santi.« Er war so hübsch, dass mir schwindelig wurde, aber er gab sich richtig Mühe. Er kannte die Craig-Green-Sneakers, die ich trug (auch wenn er die Season davor noch besser gefunden hatte), er konnte aus Texten von mir zitieren, die ich schon längst vergessen hatte, und er hatte eine Saison als Model in New York gearbeitet. »Mein Booker meinte, ich habe ein Bunny-Problem«, sagte er und zeigte seine großen Schneidezähne, die ich natürlich genial fand. Viel später in jener Nacht waren wir Luftgewehrschießen in Westberlin, im Garten eines seiner Kumpel. Santi zog seine Hose runter, hielt seinen Hintern neben die Zielscheibe und schrie: »Wer traut sich?« Danach hatte er sich die Lippe vor Schmerz blutig gebissen, und hinten auf seiner Jeans bildete sich ein dunkelroter Fleck, aber er weigerte sich, ins Krankenhaus zu fahren. Wir blieben zusammen, bis es Mittag war und das Blut getrocknet. Seitdem sind wir befreundet. Und ich habe wirklich nur ein Mal von Sex mit ihm geträumt.*

Nach meinem ersten Jahr in Rom begann Adriano, sich in unserer Berliner Wohnung einsam zu fühlen. Das erzählte er jedenfalls. »Komm nach Rom. Wir machen eine Italienreise«, schlug ich vor. Als wir es geschafft hatten, einen klapprigen Suzuki Jimny zu kaufen und anzumelden, fuhren wir zu der Höhlenstadt Matera in Basilicata, wo Pasolini das »Matthäus-Evangelium« und Mel Gibson »Die Passion Christi« gedreht haben. »Vom schwulen Kunstkino zum Folterporno. Daran lässt sich der Niedergang des Westens ablesen«, resümierte Adriano zufrieden, als wir vor unserer Hotelhöhle saßen und beobachteten, wie in der Dämmerung über dem Canyon die Fledermäuse die Mauersegler ablösten. »Es gibt da diesen süßen 3-D-Designer, den ich vor ein paar Monaten getroffen habe, Santi. Der hat sich von seiner Freundin getrennt und findet jetzt keine Wohnung«, sagte er. Ich hörte den Namen zum ersten Mal. »Ich habe ihm gesagt, dass er erst mal bei mir wohnen kann.« »Bei uns«, korrigierte ich ihn. »Und wie lange?« Adriano überging die Frage. Er hatte die Sache ohnehin schon entschieden: »Du wirst ihn lieben.«

Santi zu mögen, ist tatsächlich nicht schwer. »Soll ich für die Zeit bei Freunden crashen, dann habt ihr die Bude für euch?«, fragte er zur Begrüßung, als ich nach Berlin kam und mich zum ersten Mal in unserer Wohnung als Gast fühlte. Er hatte sich gerade geduscht und wuselte mit nacktem Oberkörper durch die Wohnung. Santi hatte von seinem letzten München-Besuch Weißwürste mitgebracht, die er für uns im Kühlschrank ließ, und nahm auf dem Weg zu seinen Freunden noch den Müll mit. Bei Adriano verabschiedete er sich mit »Arrivederci, sweetness«. »Wenn er nicht extrahart feiert, geht er auf extraharte Radtouren«, beschrieb ihn Adriano, und für meinen Geschmack schwang da zu viel Bewunderung mit. »Hast du was mit dem?«, fragte ich ihn, und er schaute mich spöttisch an: »Ich verliebe mich nicht in Heteros. Das machen nur Typen, die sich selbst nicht mögen.« Das war eine seiner Lieblingsphrasen, aber ich beschloss, ihm zu glauben. Am zweiten Tag meines Besuchs kam Santi in unsere Wohnung, um frische Klamotten zu holen. Vorher hatte er per Textnachricht gefragt, ob uns das passte. Er zeigte mir seine Radfahrtrainingsvorrichtung für zu Hause, fragte nach den Radwegen auf Sizilien und mixte mir umständlich einen Espresso Martini. »Santí!«, rief er und sah trotz seines Lächelns verloren aus.

*Santi ist die Abkürzung von Santino, das heißt der kleine Heilige. Unpassender könnte ein Name nicht sein. Meine Freunde grinsten mich verschwörerisch an, als sie ihn kennenlernten. Bei dem ersten gemeinsamen Abendessen in unserer neuen WG hatten wir uns einen komplizierten Grillsaucentest vorgenommen. Wir lachten schon bei dem vierten Verkostungsschälchen – darin befand sich ein Klecks Bull's Eye Original Rauchige BBQ-Sauce – so heftig, dass Alexander ohnmächtig vom Stuhl fiel und seinen Teller mit sich riss. Es war einer dieser Momente, in denen man ganz kurz mit dem Schlimmsten rechnet und Euphorie in Todesahnung umschlägt. Aber er kam schnell wieder zu sich und schnaufte: »Ich brauche erst mal ein Bier.« Später hielt er Santi vor, dass dieser sein Leben vergeude, was komischerweise wie ein Versuch wirkte, ihn ins Bett zu kriegen. Diesen Versuch habe ich mir erspart. »Wenn ich mit einem Mann zusammen wäre, dann müsste der sein wie Timothée Chalamet«, hat Santi mir mal gesagt, aber wenn ich mit ihm in einer Bar stehe, geht er selten ohne die Telefonnummer von einem Mädchen nach Hause. In meinen Augen verkörpert er den neuen Mann, die ein-*

*zige Art Mann, die eine Zukunft hat: Er ist weich, aber nicht weinerlich. Verliebt in den eigenen Körper, aber umfassend interessiert. Ziemlich offen und total okay damit, ein Mann zu sein. Und er küsst alle seine Freunde auf den Mund. Außerdem hat er eine Profi-Espressomaschine mit in unsere WG gebracht und serviert mir jeden Morgen einen perfekten Espresso, mit einem Lächeln, als könne man sich auch gemeinsam noch mal hinlegen. Vielleicht ist das ein Trick, und ich falle darauf rein, aber ich will etwas anderes glauben: Santi ist einfach ein Mann, der beschlossen hat, nett zu sein.*

***

Dass Adriano durch ein Feuer gestorben ist, ist wie ein schlechter Witz. »Alle Männer lieben Feuer«, sagte er oft, aber seine Faszination dafür war extrem und fast beängstigend. Als wir unser Haus auf Sizilien planten, bestand er darauf, auch in unserem Schlafzimmer einen Kamin einzubauen. Ich fand das exzentrisch und nicht sehr umweltfreundlich, aber in dieser Sache ließ er nicht mit sich reden: »Das ist der einzige Grund, warum ich überhaupt ein Haus baue.« Wenn wir seine Mutter besuchten, fragte er nach spätestens drei Minuten, warum der Kamin noch nicht brenne. Und wenn wir auf Sizilien Gartenabfälle verbrannten, warf er nach, bis die Flammen gefährlich hoch waren. Einmal sprang ihm ein Funke ans Ohr und hinterließ eine Brandblase, die erstaunlich langlebig war. An diesen Feuern wartete er mit einem Bier in der Hand, bis das letzte Sonnenlicht erloschen und die allerletzte Glut verglimmt war. In den Monaten vor seinem Tod kamen mehrere Mahnungen, dass die gesetzlich vorgeschriebenen Rauchmelder in unsere Berliner Wohnung eingebaut werden müssten. Er schmiss sie einfach weg.

Wie Adrianos letzter Abend verlaufen ist, erzählte mir sein Freund Alexander, von dem ich nie ganz verstanden habe, was die beiden verband. Außer der Tatsache, dass die beiden voller Widersprüche steckten und sich fast andauernd gegenseitig zum Lachen brachten. »Ich bin ein Wahrsager auf Traktorschuhen von Prada«, hat Alexander, der eine sehr erfolgreiche Galerie betreibt, in gleich zwei Zeitungsinterviews erklärt. Zu seinem Erfolgsrezept gehört auch die Dreistheit, Pointen mehrfach zu benutzen. »Andy Warhol hat sein ganzes Leben lang nur ›Wow‹ gesagt!«, behauptet er gerne. Er ist so groß (und so breit) wie ein Haus und dampft unter seinen blondierten Haaren vor Energie. Am Abend vor seinem Tod war Adriano bei ihm zum Essen gewesen, in seiner Sichtbetonwohnung voller angeberischer Blumensträuße und mit einer Lavalampe von der Größe eines Profiküchenkühlschranks. Alexander hatte von einem Sternerestaurant das Take-out-Menü liefern lassen. Es kamen die Rohzutaten, unter anderem eine perfekt ausgenommene Dorade, Polentaplätzchen und ein Döschen Kaviar. Was nicht kam, war eine Anleitung, wie das alles zubereitet werden sollte. Alexander und Adriano häuften den Kaviar auf die Polentaplätzchen, die sich beim ersten Bissen als Zitronenkuchen erwiesen. Also spülten sie die eigenwillige Kombination mit zwei Flaschen Roederer runter. Weil bei der letzten Vernissageparty ein Gast sein Gras liegen gelassen hatte, rauchten die beiden einen Joint. Das war ein komisches Detail, denn Cannabis war die einzige Droge, die Adriano nicht mochte. »Die Gespräche werden fransig, und morgens kommt man nicht aus dem Bett«, sagte er. Beides lehnte er ab, denn auch nach sehr langen Nächten funktionierte er wie eine Maschine. Das wollte er zumindest glauben. Direkt nach dem Joint ließ er sich von Alexander ein Taxi rufen und umarmte ihn länger und inniger als sonst. »Ich dachte kurz, der wollte Sex«, sagte mir Alexander, der davon ausgeht, dass die ganze Welt ihn begehrt. Er lachte dabei, und dann schossen ihm Tränen in die Augen. »In Wirklichkeit war das Adrianos Abschiedsgruß.«

Nach dem Gespräch mit Alexander saß ich wie ausgeleert in unserer Wohnung und wusste nicht, auf wen ich wütend sein sollte. Alexander hätte auf ihn aufpassen müssen, dachte ich, wusste aber, dass das Unsinn war. Die beiden hatten sich gegenseitig angestachelt, wenn es um ungesunde Nächte ging. Und ich wusste, dass Adriano sich immer wehrte, wenn er sich überwacht, kontrolliert oder ermahnt fühlte. Er geriet dann in einen Zustand, den er die »weiße Wut« nannte, das hatte er von einem chinesischen Freund gelernt: »Das ist die Wut, die so heiß und hell ist, dass sie alles verbrennt.« Weder Alexander noch ich hätten ihn erreicht, wenn dieses Gefühl ihn beherrschte. Wenn es nicht so makaber wäre, würde ich sagen: Er liebte das Spiel mit dem Feuer.

Wenige Tage später traf ich Jenny und beschloss, nach Sizilien zu fahren. Ich hatte Angst davor, aber schlimmer als Berlin konnte es ja nicht sein. Ich buchte einen Flug nach Rom, wo ich Jack abholen und mit ihm die Fähre nach Palermo nehmen wollte. Die Proraso-Dose mit Adrianos Asche packte ich als Erstes ein. »Du darfst da nicht allein sein«, sagte Santi. Er war ein paar Tage auf einer Extremradtour im Riesengebirge gewesen und mit einem bedenklichen Sonnenbrand zurückgekommen. Er stopfte seine hauchdünne Funktionskleidung in die Waschmaschine und verkündete: »Ich komme für ein paar Tage nach. In der Agentur ist eh gerade nichts los.« Ich war so überrumpelt, dass ich nicht Nein sagen konnte.

***

»Ciaocescu«, lautet Santis erste WhatsApp-Nachricht. »Sono arrivato, amore.« Dahinter Herz, Sonne, Delfin, Vulkan, Kussmund, Rotweinglas, Italien-Flagge, Shrimp, Oktopus, Fisch, Sonnenschirm und Aubergine. Er hat darauf bestanden, vom Flughafen in Catania mit dem Bus nach Noto zu fahren. »Als Erstes will ich ins Meer hüpfen«, sagt er, als ich ihn am Busbahnhof abhole. Als Allererstes aber macht er Bekanntschaft mit Jack. Er fährt ihm sanft über die Ohren, lässt ihn zweimal schnappen, schimpft ihn aus, lobt ihn übertrieben für gar nichts, hockt sich zu ihm auf den Boden und nimmt ihn erst in den rechten, dann in den linken Arm. Dann umfasst er mit beiden Händen Jacks Schnauze: »Ciao Jack. Ich bin Santi«, sagt er. Und ich frage mich, ob unser Hund Adriano vermisst oder ihn schon vergessen hat.

Dann fahren wir zum Stadtstrand von Avola, ich schon zum zweiten Mal an diesem Tag. Auf dem Eisbett im Fischladen liegen Brassen in unterschiedlichen Formen und Größen, der Kopf eines Schwertfischs, zwei Fliegende Fische, was man selten sieht, ein aufgeschnittener Rochen, dem man in seine komplizierte Knorpelkonstruktion schauen kann. Miesmuscheln und Vongole in kleinen Netzsäcken, die krustigen und bunten Felsenfische für die Suppe. Außerdem diese silbernen, säbelförmigen Fische, deren Namen ich mir nicht merken kann, braun-violette Kraken, verschmierte, haufenförmige Sepie und winzige Calamari, die so frisch sind, dass man sie gleich roh essen möchte. »Wollt ihr Neonato? Jetzt ist gerade Saison«, fragt der Verkäufer und zeigt uns eine Plastikschachtel voller winziger glasiger Jungfische. *Neonato* heißt neugeboren, und die Sizilianer machen daraus kleine Omeletts. Ich ekle mich vor dem wimmeligen Schleim, Adriano aber hat ihn geliebt: »Als würde man das Leben selbst essen!«, sagte er. Weil Santi wirklich jeden einzelnen Fisch fotografiert, führt uns der Händler drei besonders große Calamari vor. »Die waren vor ein paar Stunden noch im Meer. Schaut mal!« Er streicht über ihre rot gesprenkelten Tuben, die bei der Berührung ihre Farbe wechseln. Wir bezahlen und lassen unseren Einkauf in den Kühlschrank des Ladens legen, um ihn später abzuholen.

Jetzt aalen wir uns am Strand vor dem Fischladen in der Spätsommersonne.

»Erklär mir Sizilien!«, verlangt Santi.

»Dafür müsste ich es selbst verstehen.«

Santi bohrt seinen türkis lackierten Zeh in den feuchten Sand: »Ist das so schwer?«

»Als ich zum zweiten Mal nach Sizilien kam, hatten Freunde ein Haus gemietet. Nicht weit von hier, an der Südspitze der Insel. Die letzten Kilometer zum Haus führten auf vermüllten Landstraßen an halb zerfetzten Tomatentreibhäusern und sonnenverbrannten Feldern entlang. Aber keiner im Auto wollte sich beschweren, um die Laune nicht zu vermiesen. Der alte Palazzo, den wir gemietet hatten, war lange nicht benutzt worden. In den

Badezimmern gab es keine Klobrillen, in den Schlafzimmern bröselte der Putz direkt von der Decke in die Betten. Das Grundstück wimmelte von Schlangen und Ratten. Am frühen Abend gingen wir joggen und kamen an einem toten Schäferhund vorbei, der im Laufe unseres Urlaubs langsam verweste.«

»Romantisch.«

»War es auch. Der Palazzo lag direkt über dem Meer. Abends schauten wir auf die Isola di Capo Passero mit ihrer rätselhaften alten Festung. Die Küche war riesig. Es gab kein einziges scharfes Messer, aber fünf Meter hohe Decken und einen holzbefeuerten Ofen. Nach dem Laufen stand Adriano mit nacktem Oberkörper am Waschbecken und putzte die Tintenfische. ›Vorher lohnt es sich nicht, zu duschen‹, sagte er und wischte seine Finger an seiner schweißnassen Brust ab. Wenn wir im Nachbardorf einkaufen gingen, lag beim Metzger einfach nur ein riesiges Stück Rindfleisch auf einem Holzblock. ›Wie viele seid ihr?‹, fragte er und säbelte ein Stück ab. Danach aßen wir Mandelgranita im *Caffè Ciclope*. Das war, bevor die sich auf Schlumpfeis spezialisierten.«

»Klingt alles gut, aber eine Erklärung ist das nicht. Was fasziniert die Leute an Sizilien? Was fasziniert dich?«

»Das ist ja wie ein Verhör. Ich denk beim Schwimmen mal drüber nach.«

Ich genieße das Schreckfrösteln, als die erste Welle an meinen Bauch schwappt, und gleite in die Schwerelosigkeit des Salzwassers. Um mich herum stehen Italiener im Wasser und plaudern. Was Santi wissen will, haben auch Adriano und ich immer wieder diskutiert. Weder die vernünftigen noch die romantischen Antworten haben uns befriedigt. Die griechischen, arabischen, normannischen Einflüsse, mit denen jeder Reiseführer angibt, spielen im Alltag kaum eine Rolle. Weder in der Architektur noch in der Sprache, noch beim Essen. Sizilien sei keine Insel, sondern ein Land, sagen manche, was gut klingt, aber nichts bedeutet. Mir fallen Momente und Details, Menschen und Pflanzen ein, die ich an Sizilien liebe, doch eine Erklärung für seine Einzigartigkeit habe ich nicht. Adriano fand eine Definition, die typisch für ihn war. In unserer verfallenen Palazzoküche wollte er an einem bewölkten Nachmittag ein Sorbet aus Kaktusfeigen zubereiten. Er hatte keine Erfahrung mit den Früchten und fasste sie mit bloßen Händen an. Tage später noch hatte er Stacheln in den Fingern, die zu tückisch und klein waren, um sie zu entfernen. »Sizilien ist wie eine Kaktusfeige«, sagte er: »Du spürst es zuerst kaum, aber es bohrt sich etwas in dein Fleisch, was du nie mehr rauskriegst.«

Ich trockne mich ab und lasse mich neben Santi fallen. »Bis vor einhunderttausend Jahren gab es auf Sizilien Zwergelefanten. Deren Schädel haben ein Loch an der Stelle, wo der Rüssel ansetzt, was ziemlich genau zwischen den zwei Augenhöhlen liegt. Zwei Skelette stehen im Archäologischen Museum von Siracusa, auch wenn die Frau an der Kasse noch nie davon gehört hat, wenn man sie darauf anspricht. Man vermutet, dass der Mythos von dem einäugigen Zyklopen, den Odysseus überlistet und blendet, seinen Ursprung in den gefundenen Zwergelefantenschädeln hat. Das erzählen jedenfalls die Tourguides.«

»Wie kommst du jetzt auf Zwergelefanten?«

»Mein Patensohn Loki hat die neulich erwähnt. Der wird dir das noch mal ausführlich erklären, vermute ich.

Die Elefanten sind nach Sizilien geschwommen und hier geschrumpft, weil es weniger Nahrung und keine natürlichen Feinde gab. Biologen nennen diesen Prozess Inselverzwergung.«

»Als kleiner Junge wollte ich Elefantenforscher werden«, sagt Santi, aber das ist so off-topic, dass ich darüber hinweggehe.

»Hier ist alles immer komisch und doppeldeutig, klein und groß gleichzeitig. Fünf Minuten von unserem Haus fließt der Asinaro. Da fand vor zweitausendfünfhundert Jahren eine Schlacht statt zwischen den Sizilianern, die mit Sparta verbündet waren, und der Armee des hellenischen Reiches. Die Sizilianer gewannen, und das war das Ende von Athen. Und damit der einzige Moment, an dem sich auf Sizilien Weltgeschichte abspielte. Außer vielleicht, als die Alliierten im Zweiten Weltkrieg hier landeten.«

»Wow. Gibt es da noch irgendwelche Spuren oder ein Denkmal?«

»Natürlich nicht. Man hat sogar Mühe, den Fluss überhaupt zu finden. Meine Mutter würde sagen: ›Lies doch ›Der Leopard‹. Da steht alles drin, was du über Sizilien wissen musst.‹ Aber ich habe manchmal das Gefühl, dass nicht der Roman von Sizilien erzählt. Sondern dass sich Sizilien nach dem Roman geformt hat. Ein Supermarktwein heißt Donnafugata, wie das Sommerschloss des Fürsten Salina, es gibt eine Kosmetikmarke mit zwei Leoparden als Logo, und der berühmteste Satz aus dem Roman verfolgt einen auf der ganzen Insel.«

»War deine Mutter schon mal hier?«, fragt Santi schon wieder am Thema vorbei; vielleicht hat er noch nie von dem Buch gehört.

»Ja, aber das spielt keine Rolle. Sie glaubt daran, dass Literatur der Schlüssel zur Welt ist. Es gibt eine Passage in dem Buch, in der der alte Fürst erklärt, dass diese Insel ein hoffnungsloser Fall ist. Und seitdem versucht Sizilien, dieser Rede gerecht zu werden.«

Der Wind hat ein paar Wolken weggeblasen, eine Seeschwalbe zupft im angeschwemmten Seegras. Wir rücken zusammen, um unter den Schatten zu passen, den der Sonnenschirm wirft.

»Hatte Alain Delon in dem Film ›Der Leopard‹ nicht diese superelegante Augenbinde? Meinst du, die würde mir stehen?«

»Klar. Aber zu welchem Anlass?«

»Cremst du mir den Rücken ein?«

Ich reibe Santis Rücken ein, der so perfekt ist wie bei einer Marmorstatue. Gerade deswegen verteile ich die Sonnencreme so sachlich wie möglich. Jack will bei dem Spiel mitmachen, wechselt die Position und schaufelt feuchten Sand zwischen seinen Beinen in mein Gesicht und auf Santis frisch eingecremten Rücken. »Yo, bitch! Spiel woanders!«, ruft Santi und wirft mit Sand nach dem Hund.

»Adriano hatte die Theorie, dass die Designer von Dolce & Gabbana die perfekten Sizilianer sind, weil sie alle lokalen Klischees ins Groteske übersteigern: die sexy Witwe, den muskulösen Fischerburschen, die schwarz-weiße Todesromantik. Er meinte, sie geben dem Publikum ganz schamlos, was es will. Das war seine Art, sich über die Frage nach der Seele Siziliens lustig zu machen.«

»Ich fand die Unterhosen von Dolce & Gabbana ja immer ganz hot, gerade weil sie so basic sind!«, sagt Santi, dreht sich auf den Bauch und fummelt seine Hose am Hintern zurecht. Er schaut sich um: »Sie geben dem Publikum, was es will? Kannte Adriano diesen Strand, als er das gesagt hat?«

Am rechten Ende steht die Ruine einer alten Thunfischfabrik, kein malerisches Säulenmonument wie am Strand von Vendicari, sondern alte Mauern, Bauschutt mit Unkraut, ein Rattennest. Vor der dem Strand zugewandten Bröckelwand stehen vier vergilbte Monobloc-Plastikstühle, auf denen im Sommer alte Männer sitzend spielen und rauchen. Am anderen Ende des Strandes schließt eine nicht bebaute, müllübersäte Senke an, hinter uns neben dem Fischladen ist ein weiterer Fischladen, gerahmt sind sie von zwei Bars, vor denen stark geschminkte junge Mütter Aperol Spritz trinken. In der Mitte der Strandpromenade steht eine kitschige Marienstatue aus Hartplastik wie aus dem Souvenirshop. »Das ist so geil Ghetto hier«, sagt Santi und macht ein Foto von den Plastikstühlen. Dann erhebt er sich so gekonnt, dass sein Körper funkelt: »Ich gehe noch mal ins Wasser.«

Er kommt viel schneller zurück, als ich gedacht habe: Eine Canadair-Maschine fliegt nur wenige Hundert Meter von uns entfernt über das Meer. Es ist eines dieser altmodisch aussehenden Amphibienflugzeuge, die im Fliegen Löschwasser in ihren bauchigen Rumpf aufnehmen können. Die Canadair sinkt langsam zum Wasser runter, scheint fünfzehn Sekunden lang den Meeresspiegel zu berühren und zieht dann wieder nach oben. »Sieht aus, als würde Indiana Jones damit zur Arbeit fliegen. Dass die überhaupt noch zugelassen sind! Aber krass!«, ruft Santi.

»Wenn du stundenlang auf ein Feuer geschaut hast, das die Landschaft verwüstet, sind diese Flugzeuge der schönste Anblick der Welt«, sage ich. Santi reagiert gar nicht, sondern macht ein Foto nach dem anderen, auch als das Flugzeug fast schon im Nachmittagsdunst verschwunden ist.

***

Zurück im Haus, sind wir erhitzt vom Strand, und der Wein ist kalt. »Ich habe noch was mitgebracht. Aber du musst sagen, ob das okay ist!« Santi packt eine Plastiktüte aus, die um eine Plastiktüte gewickelt ist, die noch mal um eine Plastiktüte gewickelt ist. »Ein paar Kleinigkeiten von der Telegram-Gruppe«, sagt er mit einem Lächeln, das überhaupt nicht entschuldigend aussieht. Die Telegram-Gruppe, erklärt er, sei das bestorganisierte Drogentaxi Berlins – mit einer herrlich langen Bestellliste von Produkten. Als er das Paket entwirrt hat, liegt vor uns eine Batterie von kleinen Kuverts: »Ketamin. MDMA. Koks. Und ein paar Pilze. Wir müssen aber auch gar nichts nehmen.«

Ich habe seit Jahren keine Drogen mehr genommen. Und ich weiß, dass ich gerade nicht besonders stabil bin. »Passen Sie auf mit dem Trinken. Und keine Drogen. Schon gar nicht in Kombination mit Alprazolam. Aber das ist bei Ihnen ja ohnehin nicht das Thema. Da sind Sie eine Seltenheit in Berlin«, hat meine Therapeutin Frau Reitbaur gesagt. Bis zu diesem Augenblick war das auch so. Und das erste mühsame Aufwachen nach der Schlaftablette, die mich dann im Halbnebel durch den Tag taumeln ließ, hat mir gereicht. Ich habe deshalb keine einzige mehr davon genommen. Jetzt aber habe ich schon eine dreiviertel Flasche Wein getrunken, und ich will vor Santi nicht als Spielverderber dastehen. Sein Leichtsinn steckt mich an, und sein Strandkörper lässt mich nicht los: Alles an ihm sah selbstverständlich aus, nichts an ihm wirkte antrainiert. Er hat einen Körper, wie es ihn heute gar nicht mehr gibt. »Dann lass uns doch mal dippen«, sage ich leichthin.

Was MDMA von den meisten anderen harten Drogen unterscheidet: Es befördert den Benutzer nicht in eine Sonderwelt, sondern es verstärkt vielmehr die Sehnsucht nach Kontakt. Alles wird weicher, näher, wärmer. Vor allem die Menschen.

Santi spielt das Album »This is My Truth Tell Me Yours« von den Manic Street Preachers. »Ecstasy-Stadionrock. Aus meinem Geburtsjahr. Das ist Musik, die die Arme ausbreitet«, sagt er und streckt sich in die untergehende Sonne. Er reicht mir noch mal das Tütchen mit dem grauen Pulver, das so bitter ist, als könne eine angefeuchtete Fingerspitze davon die Magenschleimhaut zersetzen. Aber es wirkt schnell, und bei Santi setzt es einen murmelnden Redefluss frei.

Er sei ein Glückskind gewesen. Seine Schwestern waren so viel älter, dass er sie nur zu Familienfeiern gesehen habe. »Ich war der Nachzügler. Ungeplant, heiß geliebt, immer im Mittelpunkt. Meine Eltern hatten ein schlechtes Gewissen, weil ich wie ein Einzelkind aufwuchs. Ich habe immer alles bekommen. Playstation, Handy mit zwölf, Designerklamotten. Als meine Freunde über Selbstmord oder die Klimakatastrophe nachdachten, hatte ich einfach nur gute Laune: Fahrrad fahren, Mädchen küssen, Joints in der großen Pause. Alle wollten mit mir befreundet sein. Oder fast alle, und die anderen waren mir egal. Durch die Schule habe ich mich durchgemogelt und durchgegoogelt. Und dann Architektur studiert, weil das irgendwie cool klang. So cool war es dann aber doch nicht. Statik, Haustechnik, Baurecht: Horror. Und echt viel Arbeit. Das Einzige, was mir Spaß gemacht hat, waren die Zeichenprogramme. Meine Kommilitonen haben in Architekturbüros die Nächte durchgeackert, ich habe mit 3-D-Modeling das Dreifache verdient. So bin ich auch in der Agentur gelandet. Offiziell bin ich noch Architekturstudent, aber ich geh da nie wieder hin.«

»Ist denn 3-D-Modeling so interessant?«, frage ich, denn eine sinnvollere Frage fällt mir nicht ein, und das macht mich ausnahmsweise gar nicht nervös.

»Nö. Aber es ist easy für mich. Ich habe alles Mögliche ausprobiert. Ich habe im hippsten Bike-Store von München gearbeitet, eine richtig gute Clubnacht veranstaltet, die sogar auf ›Dazed Digital‹ gefeiert wurde, in New York war ich eine Saison lang das Lieblingsmodel von Thomas Young. Bis er mir auf einer Party an den Arsch gefasst hat und ich nur mit den Schultern gezuckt habe. Aber Modeln war eh nichts für mich. Erst ein Ego-Boost, dann ein bisschen eklig und langweilig. Weißt du, wie schlimm das ist, wenn dir wirklich alles leichtfällt? Aber vielleicht vermeide ich auch alles, was mir nicht leichtfällt. Oder wo es ernst wird. Wenn ich sehe, wie meine Freunde für irgendwas brennen, bin ich neidisch, aber ich fühle das einfach nicht. Außer fürs Fahrradfahren, aber dafür bin ich eigentlich zu schwer. Eine Ex-Freundin hat mir mal gesagt, ich sei hübsch, aber flach.«

»Lieber flach als unhöflich. Vielleicht bist du ja noch auf der Suche«, sage ich und dann, wie aus Versehen und unvermeidlich: »Und Hauptsache, hübsch.«

Unsere Strandliegen stehen dicht beieinander auf der Terrasse, wir schauen auf das Lichtermeer von Noto, das in unserem Zustand wirklich aussieht wie Los Angeles. Ich rauche fast nie, aber heute Abend eine nach der anderen. Bei jeder neuen Zigarette gibt Santi mir Feuer. Seine Feuerzeughand berührt meine Rauchhand. Jedes Mal ein kleiner Schock aus Hitze und Scham. Bei irgendeiner Zigarette lassen wir uns nicht mehr los. Und wir vergessen das Rauchen und das Trinken, den Vorwurf der Flachheit und das Brennen für irgendwas, den Tod und die Stadt. Seine Finger sind kräftig und wahnsinnig zart. Sie reagieren auf jeden Druck mit Gegendruck. Wir spielen das eine lange oder kurze Weile. Ich fühle eine ganz leichte und ganz intensive Verbindung. Ich verliere mich in seinen Augen, und er schaut einfach nicht mehr weg. Ich schwebe, schmelze, ertrinke.

»Trink mal ein Glas Wasser!«, sagt Santi. Und dann: »Sag mal, Großer: Willst du nicht endlich zu mir auf die Liege kommen?«

# *Kapitel 4*
## *Vendesi! (Cat People)*

»Buongiörnchen«, sagt Santi. Er war schon in der Stadt und hat frische Cannoli mit Ricottafüllung gekauft. Jetzt steht er im Tanktop in der Küche, trippelt mit seinen kräftigen Beinen auf der Stelle wie ein Fußballspieler vor seinem Einsatz und fummelt an der Kaffeemaschine herum.

Ich stütze mich auf den Marmortresen und versuche, in meinem Kopf die letzte Nacht wieder zusammenzusetzen. Unsere Hände, seine Arme. Die ächzende Liege. Der Umzug ins Bett, bei dem unsere Körper sich nicht trennen wollten. Sein Schnurrbart an meinem Ohr, mein Gesicht im Kissen, seine Hände an meinen Oberschenkeln. Die Schönheit seines Nackens. Weiche Haut und raue Haut. Einige Momente sind im Nebel verschwunden, ich bin nicht sicher, was wirklich geschehen ist und was ich geträumt habe. Aber ich spüre unsere Wärme noch. Ich würde jetzt gern über seine Bauchhärchen streicheln. Oder einfach meine Finger auf seine Lippen legen, damit er nicht weiterredet. Noch lieber wäre es mir, er stünde nicht in meiner Küche.

»Keine Angst!«, sagt Santi. »Meine Unschuld hast du mir nicht geraubt. Eigentlich sollte ich beleidigt sein.«

Jack rettet die Situation. Er springt auf und bellt; nur einmal, aber wichtigtuerisch. Auf der Terrasse vor dem Esszimmer steht ein Grüppchen Menschen.

»Wir wussten nicht, ob wir das so ohne Weiteres finden. Auf Google Maps ist das etwas unübersichtlich. Deswegen sind wir leider zu früh dran«, sagt die Frau mit schmerzverzerrtem Gesicht. Sie heißt Mareile und hebt zur Begrüßung nur ihre Hand. Ihr Mann Boris ist so massig, dass selbst Santi neben ihm schmächtig wirkt, die drei Kinder sind blond und haben Namen, die mit P anfangen. »Wir haben uns das alles im Exposé angesehen. Die Sicht ist wirklich großartig. Und diese tolle Küche!«, sagt Mareile und betrachtet angeekelt die Granny-Smith-grünen Küchenschränke: »Das kann man doch sicher überstreichen?« Boris will noch wissen, ob die Zufahrtstraße mal in Ordnung gebracht würde. Das sei doch wahrscheinlich die Aufgabe der Kommune. Und noch wichtiger: »Ist das euer Hund? Davon gibt es ja echt viele auf Sizilien. Ich hatte mal eine schlimme Begegnung mit einem Boxerrüden. Ein durchtrennter Nerv und achtzehn Stiche. Ausgerechnet ein Boxer. Dabei wird einem immer erzählt, dass die so familienfreundlich sind. Na ja. Wir sind eher Katzenmenschen.« Als sie mit ihrer M-Klasse ganz vorsichtig den Berg wieder runterrollen, sagt Santi: »Die drei Lebensborn-Kinder haben kein einziges Wort gesagt.«

Dafür hat mich meine Maklerin Silvana genau informiert, was mich heute erwarten wird. Ich hatte sie nach meinem Gespräch mit Jenny angerufen und gefragt, was ich für das Haus bekommen würde. Sie hat sofort einen Probetag angesetzt. Ich hatte es fast vergessen, aber jetzt fällt mir ihre lange Liste von Interessenten wieder ein. Das wird ein anstrengender Morgen, aber ich bin ganz froh, dass ich nicht mit Santi allein bin.

Silvana lebt mit ihrem Sohn Elio und ihren fünf Katzen in einem renovierten Bauernhaus, im Zimmer des Jungen wohnt derzeit noch ein Falke mit gebrochenem Flügel. Das Haus sieht aus wie in einem Bildband über Sizilien: Die Dachbalken sind weiß gestrichen, auf den zahlreichen Tischen befinden sich angeknackste Schüsseln mit rustikaler Glasur, vor dem Mahagoni-Flügel steht ein mit Leopardenstoff bespannter Klavierhocker, auf dem immer eine weiße, flauschige Katze döst, die Silvana aus der Türkei mitgebracht hat. »Eine weniger kitschige Einrichtung wäre mir lieber. Aber so spare ich mir den Showroom«, sagt sie. Das Umland ist gepflastert mit Anwesen, die sie an Ausländer verkauft hat. Das Haus von Esther und Hans mit der Kunstscheune. Das Haus mit der gigantischen Dachterrasse von Wim, zu dessen Poolpartys wir nie eingeladen sind. Die Häuser des Bestsellerautors Enzo Pietradolce, in denen Tag und Nacht das Licht brennt.

Silvana ist in Noto geboren, hat aber lange in Mailand gelebt. Sie war mit dem deutschen CEO eines Designermöbelunternehmens verheiratet und arbeitete bei einer PR-Agentur für Mode. Die beiden hatten zusätzlich zu ihrer Designerküche eine Küche, in der das Personal arbeitete – und den jetzt zehnjährigen Sohn Elio. »In Mailand ist die Personalküche wichtiger als das Kind«, sagt Silvana nach dem zweiten Glas Grillo fast ohne Bitterkeit. Als das Unternehmen ihres Mannes an die Börse ging, verließ er sie für die Chefdesignerin, die er zu diesem Anlass geschwängert hatte. Es gab einen selbst für norditalienische Verhältnisse unappetitlichen Rechtsstreit um die Güterteilung. Er ließ die Ehe für ungültig erklären, weil es nur eine polynesische Zeremonie am Strand gegeben hatte. Silvana erhielt fast nichts und zog mit Elio zurück nach Sizilien. Sie liest immer noch jeden Morgen »Business of Fashion« und kennt jeden Look aus jeder Kollektion, aber sie spricht lieber über Kalkputz und handgemachte Keramikfliesen. Das Immobiliengeschäft in dieser Gegend läuft gut, aber Silvana ist keine Geschäftsfrau: Ich habe das Gefühl, dass sie zu gutmütig ist, um wirklich hart zu verhandeln, was sie in ihrem ersten Leben schließlich auch nie nötig hatte. Sie schafft es aber, mit schmalem Budget ein großzügiges Leben hinzukriegen. Nur wer sie besser kennt, weiß, dass sie ganz genau berechnet, welchen Weißwein sie serviert, wo der Ricotta salata noch nicht zu Touristenpreisen verkauft wird und wie sie ihre übrig gebliebenen Designerkleider pflegen muss, damit sie noch lange gut aussehen. Mit ihrem Sohn Elio hat sie ein Problem. Er ist ein auffällig höflicher Junge, den die Eltern zweisprachig erzogen haben und auf den seine früheren Privilegien kaum abgefärbt haben. Er spielt Fußball und Basketball, auch wenn er für das eine etwas zu feingliedrig und für das andere etwas zu klein ist, und er liebt es, den Gärtnern zu helfen. Silvana aber sieht nur ihren Ex-Mann in ihrem Sohn. Und je älter er wird, desto ähnlicher wird er seinem Vater: »Sogar die Art, wie er sich nach dem Schwimmen die Haare abtrocknet.« Er ist letztes Jahr sitzen geblieben, besucht ein Internat in der Nähe von Taormina und ist nur am Wochenende bei seiner Mutter. »Ihm habe ich gesagt, dass die Schulen in Noto zu schlecht seien. Ich bin mir nicht sicher, ob er das glaubt. In jedem Fall fühle ich mich schrecklich deswegen.«

Seit Silvana aufgehört hat, zu rauchen, kaut sie jede wache Minute ein Bleaching-Kaugummi der Marke »InstaWhite«, ein Produkt ihrer Freundin, der Superinfluencerin Donatella. Und sie misstraut den Friseuren in Noto. »Die schneiden mit der Gartenschere«, hat sie uns mal erklärt, und Adriano ergänzte: »Und Männerhaare mit dem Achselhaartrimmer.« Die Friseurproblematik ist der offizielle Grund für ihren monatlichen Flug nach Neapel, von dem sie stets übernächtigt und mit frisch getönten Haaren zurückkehrt. Ich habe sie noch nie ungeschminkt gesehen. »Sie ist im Haifischbecken Mailand nicht aufgefressen worden, und ihr Geschmack ist kugelsicher«, sagt Claudia, die sich nicht darum schert, wenn ihre Bilder schief ausfallen. »Aber sie hat ihr sizilianisches Herz nicht verloren.«

»Wie schrecklich. Ich dachte immer, ich würde vor Adriano sterben. Oder du«, hat Silvana geschluchzt, als ich sie anrief. Ich schilderte ihr seinen Tod und meine Situation so knapp wie möglich, sie sagte sechs Mal »Mamma mia«, dann schaltete sie um: »Was willst du für das Haus haben?«

Wahrscheinlich war ich zu bescheiden, denn die Liste der Käufer ist lang. Dabei hat Silvana schon die sogenannten Haustouristen ausgesiebt, also Urlauber, die »nur mal so« zur Besichtigung kommen, sich alle Unterlagen und Pläne schicken lassen und dann im EasyJet-Flieger ihren Traum mit einem Fläschchen ungekühltem Weißwein wieder runterspülen. Der Vormittag ist auch ohne sie voll genug.

Die deutsche Agenturchefin weist Santi an, doch bitte ihr Auto zu parken, und telefoniert während der gesamten Besichtigung. »Schön«, sagt sie zu den fliederfarbenen Wandschränken, vielleicht aber auch zu ihrem Gesprächspartner. Dann bellt sie »No way!« und ist wieder weg.

Es kommt ein Typ mit Einstecktuch von dieser internationalen Maklerfirma, die auf dem Corso Vittorio Emanuele in Noto ein Büro hat. Er habe gehört, dass eine Immobilie auf den Markt komme, und wolle »unverbindlich mal schauen«. Später überbietet er per SMS meinen Verkaufspreis um zwanzig Prozent, aber nur, wenn ich mich bis morgen Abend entscheide.

Auch Salvatore steht irgendwann auf der Terrasse. »Du weißt, dass du das Haus zuerst mir anbieten musst?«, sagt er. Nach sizilianischem Recht hat der Nachbar Vorkaufsrecht, wenn er einen landwirtschaftlichen Betrieb hat. »Bist du denn überhaupt ein Bauer?«, frage ich ihn. »Na klar. Ich habe fünf Esel. Und bald sind es sechs«, grinst er, als habe er die Stute selbst geschwängert. Bevor er geht, sagt er: »Lieber wäre mir, du behältst das Haus. Hier sind frische Sfincioni. Maria hat sie heute Morgen gebacken.«

Die Autodesigner aus Stuttgart mögen die sizilianischen Pizzen, die ich ihnen anbiete, denn Salvatore hat so viele davon dagelassen, dass sie für eine Woche reichen würden. Das Haus mögen sie auch. »Können wir die Kunst mitkaufen?«, fragt die Frau. Sie hat ein großes Tuch um Hals und Schultern geschlungen, obwohl es dafür viel zu warm ist, und winkt ab, als ich ihr die Preise der Bilder nenne: »Dann male ich lieber selbst was.« Ihr Freund läuft systematisch jede einzelne Terrasse ab und macht sich Notizen. Als er verschwitzt wieder oben ankommt, sagt er nur: »Herrlich. Ein Traum. Nur mit den Schlaglöchern muss man was machen.« Anscheinend kann kein Deutscher auf eine Bemerkung zur Straßenqualität verzichten. Während er die Terrassen inspiziert hat, hat Santi seiner Freundin einen Eistee serviert. Sie hat mittlerweile das Tuch abgelegt, und Santi erzählt ihr von seinen ersten Surf-Erfahrungen in Portugal und wie er plötzlich nackt auf dem Board in den Wellen stand. Sie lacht so laut, dass er es plötzlich eilig hat, den Berg wieder zu verlassen.

Es ist schon Ende September, aber die Mittagshitze fühlt sich an wie im Juli. »Wo ist der Pool, wenn man ihn braucht?«, stöhnt Santi. Statt einer Antwort kommen hörbar viele Pferdestärken die Straße hoch.

»Ciao a tutti«, trompetet es aus einem Schwall blonder Haare, der sich aus dem Fenster des mokkametallicfarbenen Porsche Cayenne beugt. Das Nächste, was man sieht, sind abenteuerlich hohe High Heels. Mit der linken Hand ruckelt sie noch ihren Minirock zurecht, mit der rechten winkt sie, als seien wir ihre ältesten Freunde: »Donatella! Freut mich!«

»Sorry, dass ich ohne Anmeldung reinschneie ... meine beste Freundin Silvana, die ich in Mailand furchtbar vermisse ... aber der Mann hat ja bekommen, was er verdient, Job und Designerin, beides weg ... diese untalentierte Heuchlerin ... Silvana jedenfalls hat mir von diesem wahnsinnigen Grundstück vorgeschwärmt ... Sizilien ist ja so *lit*, seit Mick Jagger den Lockdown hier verbracht hat und Madonna ihren Geburtstag mit ihren dressierten Adoptivkindern ... im Rest der Welt sind die schönen Sachen schon weg ... nur Albanien ist noch interessant, sagen meine Immobilienfreunde … wer ist denn dieser hübsche Kerl hier, hast du es schon mal mit Modeln versucht … Nur die Zähne könnten ein Problem sein, in Mailand gibt es einen erstklassigen Kieferchirurgen, sogar Billie Eilish ist schon bei dem gewesen … der Blick ist ja grandios, welche Insel sieht man dort hinten, und ist das da der Ätna? … Jetzt bitte nicht, Darling, ich bin beim House-Hunting! *(Sie stellt ihr funkelndes Telefon auf leise)* … Sind wir schon auf Instagram befreundet? … Hier ist der flavor of the month von meinem Bleaching-Kaugummi: Ingwer-Bergamotte … auf die Südseite muss ein ganzer Wald von Sukkulenten, meine Freunde von Vivai Cuba haben da ein paar Exemplare wie aus dem Parco dei Mostri … da hat dieser verrückte Architekt seinen Gärtner geheiratet … angeblich hat er drei Jahre um die Genehmigung gekämpft … Heidi Klum hatte bei der Party Sex mit zwei Typen auf dem Klo … ich mag sie ja gern, nur die Haare gehen gar nicht mehr … das neue Haus muss natürlich viel größer sein … wo ist eigentlich der Pool?«

***

»Ihre iPhone-Hülle kostet so viel, wie ich im Monat verdiene«, sagt Santi später.

»Ich mochte sie. Die würde garantiert ganz Noto um den Finger wickeln«, erwidere ich. Wir sind vor der Mittagshitze geflohen und steigen den schmalen Weg in einen Canyon runter, an den kleinen Höhlen vorbei, in denen früher Menschen und ihre Tiere gewohnt haben. Die einzigen Spuren heute sind zwei benutzte Taschentücher und eine leere Dose Chinotto. Unten kommen wir in ein schmales, dicht bewachsenes Tal, wo Eukalyptusbäume Schatten spenden und wilder Oleander wächst, an einem

Flüsschen, das an manchen Stellen kleine Becken zum Baden bildet. An einem davon machen wir Rast.

»Geil«, sagt Santi, während er an der mit Mangold und getrockneten Tomaten gefüllten Focaccia kaut. »Müssen wir über irgendwas reden? Wegen gestern Nacht?«, frage ich. Er schaut mich von der Seite an und zögert kurz. »Nö. Wieso? War doch super.« Er nimmt das leicht. Oder er tut zumindest so.

Ich frage mich, ob ich mich schlecht fühlen sollte, weil ich Adriano untreu geworden bin. Oder meinem Schmerz. Viel zu früh, noch dazu mit einem viel zu jungen Typen. Was will ich mir beweisen? Aber gestern Nacht mit Santi habe ich mich das erste Mal wieder gefühlt. Er hat mir die Nachricht von Adrianos Tod überbracht, und er hat mir auch den ersten echten Trost gespendet. Keine freundschaftliche Umarmung, kein mitfühlender Blick, kein lebenskluger Ratschlag hat mir so viel gegeben wie die Berührung mit Santis Haut. Vielleicht hatte Miju mit ihrem Entpanzern ja recht. »Schau mal, die Schmetterlinge haben auch Sex«, sagt er und zeigt auf zwei umeinander flatternde Schwalbenschwänze. »Für mich war es eine wunderschöne Nacht. Ich hoffe, dir war das nicht zu viel«, sagt er.

»Ich fand das auch super. Aber ich bin mir nicht sicher, ob es richtig war. Und was es bedeutet.«

»Muss es denn etwas bedeuten? Und was bedeutet es, dass du Adrianos Namen gemurmelt hast, als du in meinen Armen eingeschlafen warst?«

*Auf meinem Telefon zeigt der Screensaver eine Hand des Flussgottes Río de la Plata. Er ist Teil des Bernini-*

*Brunnens auf der Piazza Navona in Rom. Seine Hand ist verdreht und greift in den Himmel. Was sie bedeutet und warum sie mich berührt, weiß ich nicht. Auf Deinem Telefon aber ist ein Foto von mir in unserem Canyon – in kurzen Hosen, was selten ist. Die Blätter der Bäume zeichnen ein Schattenmuster auf mein Gesicht, ich blicke achtsam, schüchtern und scheu. Hier unten in unserem Canyon sind wir oft. Sobald wir den Abstieg beginnen, haben wir kein Netz mehr und stecken die Telefone in unsere Hosentaschen. Wenn wir am Fuß der Schlucht ankommen, betreten wir eine eigene, verwunschene Welt. Our own private paradise. Manchmal treffen wir eine Pfadfindergruppe, die frisch gebadet ihren Proviant verzehrt, manchmal australische Kiffer beim Meditieren. Oder einen streunenden Hund, mit dem Jack sich dann durch Büsche und Bäche jagt. Oft sind wir allein. Wir reden nicht viel, wenn wir hier unten sind, aber wir zeigen uns gegenseitig die Kaulquappen. Oder den fedrigen Acker-Schachtelhalm, der im flachen Wasser wächst und schon vor den Dinosauriern da war. Ich hoffe jedes Mal, dass wir eine Nixe treffen, die mit den Fröschen singt. Oder einen Jungen, der sein Spiegelbild im kühlen Wasser verloren hat. Jetzt frage ich mich, wie wenig Zeit vergehen wird, bis Du das Foto von mir auf Deinem Telefon durch ein anderes ersetzt.*

Das runde Wasserbecken im Felsen am Ende des Pfades ist vielleicht sieben Meter im Durchmesser und so perfekt, als hätten Menschen es in den Felsen gehauen. An einer Kante geht es ungefähr dreißig Meter senkrecht in ein Tal, das so üppig bewachsen und undurchdringlich ist wie ein

Dschungel. Wasser plätschert in einen überwachsenen Waldsee dort unten, den nur mittags die Sonne erreicht. Den Weg dorthin habe ich noch nicht gefunden. Weil kein Mensch außer uns hier ist, springen wir nackt in den Teich und schwimmen im Kreis und lachen über die Kälte des Wassers. Zum Trocknen legen wir uns so nah an den Abgrund, dass uns die modrige Brise von unten anhaucht. Irgendwo in der Ferne raucht es. Santi zündet meine Zigarette an, und wieder berühren sich unsere Hände. Aber diesmal zucke ich nur leicht.

***

Als wir aus dem Funkloch wieder auftauchen, erreicht mich eine Nachricht von Silvana.

»Wenn du wirklich verkaufen willst, hast du die Wahl: das nette Pärchen aus Stuttgart oder meine verrückte Freundin aus Mailand«, sagt sie stolz, als ich sie anrufe.

»Deine verrückte Freundin will das Haus abreißen und ein viel größeres bauen. Das kriegt sie nie genehmigt. Vielleicht solltest du ihr das sagen.«

»Habe ich schon. Sie meinte nur, sie kenne in Siracusa einen Fixer, der alles hinkriegt. ›Auf Sizilien kommt es nicht darauf an, was man beantragt – sondern wer es beantragt‹, soll er gesagt haben. Und Frauen wie Donatella kriegen in Italien immer alles, was sie wollen. Was die Stuttgarter betrifft …«

Während ich telefoniere, ist Santi in das Tal mit den Zitronenplantagen gebogen, von dem die Straße zu unserem Grundstück hochführt. Und jetzt wird uns klar, woher der Rauch kam, den wir vorhin gesehen und gleich wieder vergessen haben, weil es irgendwo auf Sizilien immer raucht. Der Fuß unseres Berges steht in Flammen.

»Fuck«, sagt Santi.

»Fahr schneller«, sage ich und verabschiede mich überstürzt von Silvana. Ein paar Hundert Meter weiter oben versperrt uns ein Feuerwehrwagen den Weg. »Hier geht es nicht weiter. Da oben ist es zu gefährlich. Too dangerous«, sagt der jüngste Feuerwehrmann. Wie oft auf Sizilien wiederholt er es zur Sicherheit auf Englisch, und auf seinem Unterarm hat er ein ausgewaschenes Tattoo mit dem Schriftzug »Fire Festival«. Am Wegesrand steht Maria, die ihren Mann Salvatore nicht erreichen kann: »Er hat sein Handy dabei, aber geht nicht ran. Er ist irgendwo da oben!« Sie fuchtelt in Richtung ihres Hauses, aber wir sehen nur ein Flammenmeer. Maria trägt ihre Backschürze und Plastikschuhe, ihr Klapptelefon muss zwanzig Jahre alt sein, über ihr rußverschmiertes Gesicht laufen die Tränen.

Das Feuer breitet sich nicht langsam aus, es knistert, kracht und erzeugt einen Hitzesturm, der es unheimlich schnell den Berg hochrasen lässt. Zehn Meter hohe orange Flammen, aber ich fürchte mich gar nicht vor ihnen, im Gegenteil, ich finde sie schrecklich und wunderschön: der reine, rote Zorn.

»Komm, der Weg ist wieder frei. Wir fahren da jetzt hoch«, sagt Santi. Tatsächlich ist der Feuerwehrwagen auf einen der Nebenwege abgebogen. Die Flammen sind bereits auf unsere Flanke des Berges übergesprungen, links und rechts von der schmalen Straße brennen Büsche, Gräser und Bäume. Santi gibt Gas, und wir fahren durch das

Feuer. Wie die Löwen im Zirkus, denke ich, weil einem ja oft bei Stress die abwegigsten Gedanken durch den Kopf schießen. Und: Sind Dompteure mit brennenden Reifen überhaupt noch legal?

Wir rasen die Straße hoch, über tiefe Schlaglöcher und aufgeplatzten Asphalt und große Steine, die heute Morgen noch nicht hier lagen. Die Stoßdämpfer ächzen und knacken, aber sie halten. Ich höre ein hektisches Trappeln und drehe mich um. Vier Esel galoppieren den Berg hoch, hinter ihnen die Flammenwand. Sie geben kein Geräusch von sich, rennen konzentriert und schnell um ihr Leben. Sie sind wie Geister, und fast holen sie uns ein. Aus der Ferne hören wir Eselsgeschrei, lauter als das Donnern des Feuers. Das muss die schwangere Stute sein. Das dicht bewachsene Nachbargrundstück brennt fast flächendeckend. Den ganzen Sommer über hat die unerbittliche Sonne Gräser, Disteln, Fenchel ausgetrocknet – die perfekte Flammennahrung. Nur die Bäume halten länger stand. Wenn ein Olivenbaum aber Feuer gefangen hat, explodieren die Blätter und fliegen glühend zum nächsten Baum. Eine höllische Kettenreaktion.

»Wir müssen die Bäume absägen, die in der Nähe der Häuser stehen«, keucht Santi, als wir aus dem Auto stürzen. »Lass uns da löschen, wo das Feuer zu uns überspringt«, sage ich. Kopflos suchen wir Eimer, füllen sie mit Wasser und stolpern über das Grundstück. Die Hälfte des Wassers verschütten wir, weil die Eimer schwer sind und das Gelände so steinig ist. Ich breche mir auf jeden Fall ein Bein, denke ich. Seltsam, dass ich das so genau weiß. Eine brennende Rasenfläche kann ich löschen, das Problem sind die Bäume. Ich gieße einen Eimer, den ich fast voll über die Terrassen gerettet habe, über einen brennenden Olivenbaum. Zischend und dampfend erlöschen die Flammen. Als ich wenige Minuten später zurückkehre, hat er schon wieder Feuer gefangen. Ist die Hitze einmal tief genug eingedrungen, in den Stamm und die Wurzeln, dann ist sie kaum noch zu bändigen. Ich bin verrußt, verschwitzt, verzweifelt. Vor allem bin ich wütend. Weil dieser Kampf so lächerlich ist, weil der Traum meines Lebens verbrennt. Und weil irgendjemand an diesem Feuer schuld ist.

Dann kommen die Hubschrauber. Erst sind sie nur ein fernes Grummeln, kaum zu unterscheiden von dem Lärm des Brandes. Dann dringt ihr ohrenzerfetzendes Knattern zu uns durch. Sie funkeln im Gegensonnenlicht, denn ihre Rotorblätter haben den Rauch weggewirbelt. Endlich Wasser! Ich kriege ein paar Tropfen auf mein glühendes Gesicht und möchte vor Dankbarkeit weinen. Ein Feuerwehrmann hat es bis zu unserem Land geschafft. Er schreit und winkt mich unter den Hubschraubern weg. Die sind allerdings schon wieder auf dem Weg zum Meer, um neues Löschwasser zu tanken. Es fühlt sich an wie im Film: Die Rettung ist da, das Happy End ist in Sicht. Wenn man bei den Verwüstungen von einem Happy End sprechen will. Das Feuer wird jetzt allmählich zu vielen kleinen Feuern: Manche erlöschen, andere flackern wieder auf. Wir versuchen noch, einen brennenden Baum zu retten, der weit oben in einer Trockenmauer wurzelt. Um ihn zu erreichen, muss ich in den bröckeligen Feldsteinen Halt finden und zugleich die Glutnester vermeiden, um meine Füße nicht zu verbrennen. Ein letztes, überflüssiges Heldenstück.

***

Später kommen Jenny, Loki und Skadi zurück. Sie haben bei den Leuten mit dem Katzenmausoleum übernachtet und waren heute den ganzen Tag am Strand. »Ein Kater hieß Scaturro. Fast wie ich«, sagt Skadi, und Loki ist beleidigt, dass er das Feuer verpasst hat. »Wie irre ist das denn!«, sagt Jenny. »Genau an der Grenze zu unserem Grundstück haben sie das Feuer gelöscht. Wir sollten San Corrado ein Opfer bringen.« Sie ist eigentlich nicht religiös, aber heute ist sie übernächtigt, denn Elio ist zweimal schreiend aufgewacht. Da Silvana starke Schlaftabletten nimmt, war es Jenny, die den zitternden Jungen beruhigen musste. Und dann später noch mal. »Hast du was von meinem Mann gehört?«, fragt sie.

Mit verquollenem Gesicht und roten Augen trifft Johannes ein. Auf dem Weg den Berg hoch hat er Salvatore getroffen. Der hat also überlebt, aber seine Eselstute nicht. Sie ist im Stall verbrannt. Johannes starrt ins Leere. Eine seiner schönsten Kindheitserinnerungen, das hat er uns mal erzählt, sind die Jagdausflüge mit seinem Großvater. Johannes musste den Dackel im Rucksack ins Revier tragen und spürte im Nacken und am Rücken das Schnüffeln, Zappeln und Zucken des Hundes, der mit jedem Schritt in Richtung Hochstand aufgeregter und blutdurstiger wurde. Es gibt viele Menschen, die behaupten, dass sie Tiere lieben. Aber Johannes spürt – glaube ich – gar keinen prinzipiellen Unterschied zu ihnen. Alles, was stoffwechselt, wie er in seiner komischen Geschraubtheit sagen würde, liegt ihm mit der gleichen Absolutheit am Herzen. Obwohl wir so oft auf die Esel von Salvatore geschimpft haben, weil sie die Rinde von unseren jungen Bäumen nagen, hat der Tod der Stute Johannes niedergeschmettert.

Weil er nicht anders kann, zieht er seine derbsten Schuhe an und will das Nachbargrundstück untersuchen. »Wir kommen mit«, sagt Loki, und keiner hat die Energie zu widersprechen. Zehn Minuten später steht der Junge wieder in der Tür: »Konrad, komm mal.« Er führt mich zu einer Ecke, in der Hang und Trockenmauer ein U beschreiben. Bisher stand dort ein großer, undurchdringlicher Busch. Der ist bis auf die Stümpfe abgebrannt, und in der Asche liegt das Gerippe einer Kuh. Während seine Schwester Sicherheitsabstand hält, stochert Loki mit einem Stock in den Knochen und fragt: »Woran die wohl gestorben ist?« Dann hält er den Schädel mit den monströsen Backenzähnen vor sein Gesicht und brummt: »Ciao, Skadi. Ich bin das Kuhmonster.«

»Hör auf damit«, fährt ihn Johannes an. »Du darfst die Toten nicht wecken. Schon gar keine toten Kühe.«

Es ist eine sternenklare Nacht mit schwachem Mondlicht. Santi und ich sind noch mal rausgegangen und betrachten den dunkelblauen Nachthimmel über dem schwarzen Berg. Dieser ist übersät mit roten Nestern, die in der Dunkelheit wabern und zucken, verlöschen und wieder aufflammen. »Wie Mordor«, sagt Santi. »Ist das nicht der Böse aus ›Herr der Ringe‹?«, frage ich ihn. »Wie kannst du zwölf Jahre mit Adriano zusammen sein und dich nicht in Mittelerde auskennen?«, fragt er. »Lächeln und weghören«, antworte ich.

Was ich nicht sage: Seine Frage berührt etwas Grundsätzlicheres, über das ich in den letzten Wochen nachgedacht habe. Mein Weghören bereue ich jetzt. Aber warum bewerten wir unser eigenes Verhalten nach dem Verlust eines Menschen plötzlich neu? Das alltägliche Aneinandervorbei-Leben, die nicht gestellten Fragen, das lässige Desinteresse, die unnötigen Lieblosigkeiten nehmen wir normalerweise hin, als gehörten sie dazu. Wir denken erst über sie nach, wenn nichts mehr wiedergutzumachen ist. Dabei wissen wir doch genau, dass das Leben in der nächsten Sekunde verbrennen kann. Aber erst, wenn wir vor der Asche stehen (oder sie in einer Rasiercremedose dabeihaben), bereuen wir unsere Versäumnisse. Vielleicht können wir das Leben nur aushalten, solange wir uns einreden: Morgen mache ich es besser. So wie die Erinnerung an Schmerzen verblassen muss, damit wir nicht in Panik vor künftigen Schmerzen erstarren, so ignorieren wir das Unvermeidliche und die Erbarmungslosigkeit und die Plötzlichkeit der Zukunft. Was ich sagen will: Heute wünschte ich, ich hätte Adrianos Leidenschaften, auch die peinlichen und banalen, ein bisschen genauer betrachtet. Und mit ihm geteilt. Aber gerade, weil ich das nicht tat, hatten wir das ganze Leben noch vor uns.

*Das ist der Kitsch, der uns seit Jahrhunderten eingeflößt wird. Die unverschämte Behauptung, dass es den einen Menschen gibt, für den man bestimmt ist. Der Lebensmensch – wie ich schon dieses Wort hasse! –, mit dem man alles teilen kann: Fetischsex und Ballerspiele, Kalbsbries und Gartenarbeit. Und auch die Freundschaften, die man selbst kaum versteht, und die Familie, die man selbst kaum erträgt. Uns allen ist aufgetragen, diesen Menschen zu finden. Scheitern wir daran, scheitert unsere Liebe. Ich aber will gar nicht alles mit Dir teilen. Ich brauche meine Schlösser und Inseln, zu denen Du keinen Zutritt hast. Vielleicht teile ich die mit anderen Menschen, vielleicht bin ich dort ganz allein. Du hast die Kraft und die Größe, das zu verstehen. Und Du bist stark genug, Deine eigenen Inseln zu finden. Deswegen kannst Du allein reisen, ohne Dich einsam zu fühlen. Oder Du magst das Gefühl der Einsamkeit. Deswegen bist Du manchmal so beschäftigt, dass jede meiner Bemerkungen Dich aus irgendetwas herausreißt und Du kaum die Nerven aufbringst, mich um Schweigen zu bitten. Wenn Dich aber ein Buch amüsiert und bewegt, dann liest Du mir lange Passagen daraus vor. Wie dieser Verleger, der jede gelesene Seite aus einem Buch rausriss, um sie seiner Frau weiterzureichen. Bei Dir ist es keine Geste der Unterwerfung, sondern der unbezähmbare Wunsch, Deine Begeisterung zu teilen. Das ist Dir nicht immer gelungen, aber schon der Versuch ist so liebenswert und lustig: wie ein Ankämpfen gegen die Gewissheit, dass zwei Menschen sich immer fremd bleiben müssen. Ich bin froh, dass Du kein Fantasy-Fan bist, denn das ermahnt mich, das Kindische unter Kontrolle zu halten. Ich will Dich in dieser Welt gar nicht haben, weil ich weiß, dass Du nicht eintreten würdest. Jedenfalls nicht mit ganzem Herzen und blau leuchtendem Elbendolch. Ich kann in Mittelerde auch ohne Dich Drachen jagen. Und ich komme immer wieder zu Dir zurück.*

»Vielleicht ist es noch das Zeug von gestern. Aber ich bin jetzt echt high«, sage ich zu Santi. Die Korksohlen meiner Sandalen sind schwarz von der Asche, glühender Eselkot hat meinen kleinen Zeh versengt, was jetzt höllisch wehtut. Aber selbst das geht unter in der Erschöpfung und der Dankbarkeit, dass wir fast alles retten konnten.

»Wenn man bedenkt, dass du den Berg verkaufen willst, hast du wie ein Wahnsinniger darum gekämpft«, sagt Santi, aber ich habe das Gefühl, dass er mit seinen Gedanken ganz woanders ist.

»Ich kann doch Donatella kein verkohltes Grundstück verkaufen. Und morgen kommt der Feuerforensiker.«

»Lass uns ins Bett gehen. Ich bin tot«, sagt Santi. Er dreht seinen Kopf nach links, sodass seine Nackenknochen knacken, und steht auf. Im Vorbeigehen legt er seine Hand auf meine Schulter: »Und du sahst auch schon mal lebendiger aus.«

Als ich meine Zähne geputzt habe, hat er sich schon in mein Bett gelegt und sieht mich müde an. Eigentlich hat er sein eigenes Zimmer, aber ich bin froh, dass er hier bei mir ist. Ich lege mich neben ihn und frage mich, ob er nackt ist. »Kannst du mir eine Zigarette anzünden? Was machen die Hubschrauberpiloten wohl jetzt? Feuerwehrmänner sind rein statistisch die häufigsten Brandstifter. Vielleicht feiern die ja gerade … Warum sind wir nicht eingeladen?«, murmelt er. Im Einschlafen hat er seine Hand auf meinen Oberschenkel gelegt, wahrscheinlich ist es Zufall. Aber es gibt mir das Gefühl, ich würde diesem Mann gehören.

Nach einer halben Stunde, vielleicht sind es auch zwei, gebe ich auf. Das Feuer und unser Kampf dagegen haben mich körperlich an meine Grenzen gebracht, aber auch aufgewühlt. Ich möchte mich an Santis warmem Körper in Sicherheit bringen – und ich möchte ihn nicht neben mir haben. Ich stehe auf und lege mich ins Nebenzimmer.

Weil ich das dem toten Adriano versprochen habe, schlage ich irgendeine Seite in »Der Herr der Ringe« auf. Der Hobbit Frodo und seine Begleiter versuchen, eine ehemalige Zwergenmine zu durchqueren, die mittlerweile von Höhlentrollen und Orks bewohnt wird. Eine Dummheit des neugierigen Pippin weckt diese Monster: Er wirft einen Stein in einen Brunnen. Der fallende Stein macht höllischen Lärm und verrät die Besucher. »Wirf dich nächstes Mal selbst hinein, dann kannst du uns in Zukunft keinen Ärger mehr bereiten«, faucht ihn der Zauberer Gandalf an. Wenig später werden die Hobbits und ihre Freunde von einem Flammendämon durch die Höhlen gejagt. Auf einer Brücke kommt es zum Showdown zwischen ihm und Gandalf. »Ich bin ein Diener des geheimen Feuers und Hüter der Flamme von Anor«, ruft der Zauberer. Dann reißt ihn der Balrog mit seiner Feuerpeitsche in den Abgrund.

Ich träume von Adriano. Er schwebt lachend hoch oben in der Luft auf einer Trapezschaukel. Unter ihm brennt die Welt. Er hat den Kopf in den Nacken geworfen. Etwas rinnt aus seinem Mund.

## *Kapitel 5*
## *Panic Rooms (Autogrill)*

»Das ist ja wirklich sehr interessant. Dabei sage ich normalerweise zu jedem Patienten: Lass uns bloß nicht über Träume sprechen. Das kostet zu viel Zeit und führt zu nichts«, sagt Frau Reitbaur, die offenbar noch eine Rechnung in Wien offen hat: »Außerdem war Sigmund Freud intellektuell schludrig und sprachlich pompös.«

Ich weiß nicht, was ich darauf antworten soll. Sie blickt mich quälend lange an, dann hilft sie mir.

»Was denken Sie selbst über den Traum?«

»Ich habe keine Ahnung, was er bedeutet. Oder ob er überhaupt etwas bedeutet. Mir kam es vor, als würde er nach Hilfe rufen und wäre gleichzeitig unerreichbar.«

Sie lässt das merkwürdigerweise unkommentiert, wo sie die Erwähnung des Traums doch so interessant fand, und wechselt stattdessen das Thema.

»Und was empfinden Sie für Santi?«

»Schon wenn Sie das fragen, fühle ich mich schlecht. Irgendwie ertappt. Als wäre ich Adriano untreu geworden. Ich weiß überhaupt nicht, ob ich im Moment etwas empfinden kann. Wenn ich Santi anschaue, möchte ich ihn küssen und berühren. Aber das würde jedem so gehen. Ich muss immer wieder an unsere Nacht denken und wie traumhaft schön sie war. Auch wenn ich weiß, dass es auch das MDMA war, das diese Schönheit produziert hat. Ich denke ständig an seinen nackten Körper und an sein Lachen und an die Wärme, wenn er neben mir im Auto sitzt. Ich möchte, dass er mir den ganzen Tag Feuer gibt und dabei meine Hand berührt.«

»Was machen diese Gefühle mit Ihnen?«

»Sie lenken mich ab. Sie sind mir peinlich. Sie machen mich aber auch glücklich. Von außen betrachtet würde ich sagen: Ich bin verliebt. Aber ich kämpfe dagegen an.«

»Warum tun Sie das?«

»Weil ich es nicht richtig finde. Mir gegenüber. Adriano gegenüber. Und weil ich noch nicht die Kraft für Ungewissheiten und Enttäuschungen habe. Es ist ja erst 3 Stunden und 34 Tage her.«

»Sie zählen die Stunden und Tage?«

»Die muss ich nicht zählen. Selbstverständlich weiß ich, wann mein Mann gestorben ist. Heute ist Santi früh raus und Fahrrad fahren gegangen. Ehrlich gesagt bin ich ganz froh darüber.«

Das ist nur die halbe Wahrheit, denn schon während ich ihn in seinen Radlerhosen die Straße runtersausen sah, fehlte er mir. Nach der Therapiestunde mache ich mich an die Arbeit. In den letzten Tagen habe ich mehr Menschen gesehen, Gespräche geführt, Lebenskrisen von anderen diskutiert, als ich derzeit bewältigen kann. Und jede Störung hat meine eigene Ratlosigkeit vergrößert, hat sich zwischen mich und meine Traurigkeit gedrängt. Jetzt höre ich die 5. Sinfonie von Mahler, räume das Haus auf, und jeder Handgriff ist ein gelöstes Problem. Den Keller rühre ich nicht an, den werde ich mit Gartengeräten, Hundefutterresten und übrig gebliebenen Fliesen einfach den Käufern überlassen. Ich frage mich, ob die

Entscheidung, das Haus zu verkaufen oder eben nicht, in Wirklichkeit schon gefallen ist – quasi, ohne dass ich es gemerkt habe. Die Schränke muss ich in jedem Fall sortieren, und das ist ein Albtraum. Alles, was Adriano berührt und gemocht hat, scheint mir unersetzlich und wertvoll. Selbst von seinem Lieblingsküchenmesser, das schon lange schartig und rostig ist, kann ich mich nicht trennen und fische es wieder aus dem Eimer für Metallmüll heraus. Und was mache ich mit seinen Klamotten? Die eine Hälfte ist mir zu klein, die andere Hälfte ist mir zu bunt. Ich packe sie in zwei besonders stabile Müllsäcke, die ich sorgfältig verschließe. Was damit passiert, soll Loki entscheiden, wenn er ein bisschen größer ist. Es hätte Adriano sehr glücklich gemacht, seinen Patensohn in seinen alten Designer-T-Shirts zu sehen.

Am schwierigsten sind die Bücher. Wir haben sie nie sortiert, aber ich weiß genau, welches zu wem gehört. Und wenn ich ehrlich bin, steht hier einiges von Adriano, das ich niemals wieder anrühren werde. Ich schlage einen Comic mit auberginefarbenem Einband auf: Einem Engel, der aussieht wie der ältere Bruder von Tadzio aus »Tod in Venedig«, werden von einem halb verwesten Wesen die Flügel abgetrennt. Daneben im Regal stehen Thriller mit Namen wie »Vengeance« und »Savages«, in denen Foltermethoden und Waffenmodelle die Hauptrolle spielen. Neben zwei Ausgaben von »Der Herr der Ringe« gibt es diverse Bücher, die sich mit Tolkien beschäftigen: Fragmente aus dem Nachlass, zwei Biografien, ein Bildband über die Verfilmung. Und eine zerfledderte Ausgabe von Rudyard Kiplings »Dschungelbuch«, mit einer Widmung: »Für Adri von seiner Wolfsmutter Barbara«.

Die Bücher, die mir am fremdesten waren, hat Adriano am heftigsten geliebt und immer wieder gelesen (seltsamerweise auch die »Buddenbrooks«). »Das sind meine Panic Rooms«, sagte er, und ich habe mir seinen schlechten Geschmack so erklärt: Er brauchte Welten, die ihn komplett absorbierten, sodass seine Ängste verblassen konnten. Es ist die Büchersammlung eines unreifen, unzufriedenen Jungen, der sich aus Trotz selbst unterfordert. Als hätte er das gering geschätzt, was ich mir hart erarbeiten musste. Ich mag mich nicht mit diesem Gedanken, aber er ist da, und die widersprüchlichen Gefühle, die Adriano in mir ausgelöst hat, sind mit seinem Tod nicht begraben worden. In einer Ecke finde ich ein amerikanisches DIN-A5-Notizbuch mit schwarz-weiß marmoriertem Einband. Adriano hat in Druckbuchstaben »Sicily, First Crush« darauf geschrieben, die Seiten sind im Laufe der Jahre leicht vergilbt und durchsichtig geworden.

Ich hatte vergessen, dass er sich auf unserer ersten Reise nach Sizilien vor elf Jahren Notizen gemacht hatte. »Kein Tagebuch. Nur die Sachen, die so nebensächlich sind, dass man sie sonst vergessen würde. Vielleicht mache ich mal was draus«, hatte er mir so beiläufig wie möglich erklärt. Und sich jeden zweiten Abend, nach dem Duschen und vor dem Essen, für ein paar Minuten zurückgezogen.

»Tag 1: Werbeplakat am Flughafen von Catania. Der Feuer speiende Vulkan, die glühende Lava. Konrad gähnt nur nach seinem Flugzeugschlaf. Die schwarzen Straßen von Catania, eine Stadt aus kalter Lava. Ein Baugerüst aus schwarzen Metallstangen und goldenen Gelenken. Wie die Rüstung eines Ritters, der jeden Gegner tötet«, schreibt er über unseren ersten Abend auf Sizilien. Ich lege das Buch neben die ständig defekte Tukanlampe.

Dabei hätte ich jetzt Zeit zum Lesen. Nach dem schrecklichen Feuer scheint jeder Zeit für sich zu brauchen. Johannes klappert weit weg im Garten, Jenny lässt sich nicht blicken. Und Silvana ist für zwei Wochen zum Wandern in Südtirol, »Abkühlen und den Gluteus maximus in Form bringen«, wie sie mir gesagt hat. Ich habe also zwei Wochen Zeit mit der Entscheidung, ob und an wen ich das Haus verkaufe: an die netten Stuttgarter mit dem Eheproblem oder an die forsche Donatella mit der Abrissbirne. »Fahr doch ein paar Tage nach Palermo«, hat Silvana noch gesagt: »Das ist die Stadt der Rätsel und Erkenntnisse.«

Vor seiner Radtour hat Santi seinen Aufenthalt einfach verlängert. »Ich mag's hier. Und du brauchst ja Hilfe beim Hausverkauf. Außerdem müssen wir noch einen Friedhof für die Asche finden«, war seine Begründung. Wir haben beschlossen, dass wir tatsächlich ein paar Tage nach Palermo fahren. Santis erste Hilfestellung bestand darin, sich mein Fahrrad auszuleihen: »Ich muss mal ein paar tausend Kilowatt verbrennen.« Seitdem ist es ruhig im Haus. Zum ersten Mal seit meiner Ankunft. »Sie zählen die Stunden und Tage?«, hat Frau Reitbaur gefragt, und ich beschließe, damit aufzuhören. Auch Mahler muss ich ausstellen, weil ich das Adagietto nicht ertrage. Die Stille hält nicht lang, denn Claudia ruft an. Weil ich weiß, wie hartnäckig sie ist und dass sie nicht aufgeben wird, stelle ich auf laut, um die Illusion von Abstand zu wahren, und sage fröhlich: »Pronto?«

***

»Wenn ihr ohnehin nach Palermo fahrt: Dieser belgische Sternekoch hat jetzt ein Pop-up in der Nähe von Cefalù. Ganz einfache Strandbude, alles auf dem offenen Feuer, Blick auf diese zauberhaften Inselchen, Alicudi und Pecorini glaube ich. Da muss man in diesem Sommer gegessen haben. Und die haben nur noch ein paar Wochen geöffnet«, plaudert sie drauflos, und ich frage mich, woher sie jetzt schon von meinen Plänen weiß. Der Grund für Claudias Anruf ist aber ein anderer: »Wir müssen ja noch über die Hochzeit sprechen.«

Die Hochzeit ist das Gesellschaftsereignis des Spätsommers. Zumindest für die Expats, wie sich die Ferienhausbesitzer auf Sizilien selbst gern nennen, weil das nach den Romanen von Graham Greene und einem exotischen Freundeskreis klingt. Hier sehen sich die Auswanderer nicht als Frührentner, sondern als Luxus-Drop-outs mit nachhaltig gereinigten Infinity-Pools. Und statt eines Strandkorbs haben sie einen Traktor vor der Tür.

Und da gute Freunde mit schönen Häusern auf Sizilien noch bessere Freunde sind, haben diese Expats stabile Kontakte nach Deutschland, was dazu führt, dass die meisten zu dieser Hochzeit eingeladen sind, auch wenn die Verbindungen zum Brautpaar nur lose sind. Es heiraten die junge CDU-Politikerin Annabelle von Gumpenberg und die Schriftstellerin Tabassom Osman, die sich von ihren vielen Freundinnen und Freunden Tabbi Taboo nennen lässt. Mit dem Titel ihres Debüts »Das Buch der angenehmen Frauen in fernen Ländern« bezieht sie sich auf den marokkanischen Biologen und Geografen Al-Idrisi, der 1099 in Marokko geboren wurde und am Hof des sizilianischen Normannenkönigs Roger in Palermo arbeitete. Er zeichnete für seinen Boss eine Karte der bekannten Welt und schrieb ein Buch mit dem Titel »Kitab nuzhat al-mushtaq fi ikhtiraq al afaq« (»Das Buch der angenehmen Reisen in ferne Länder«). Tabbi hat für ihr Buch ihre weit verstreute Familie besucht, die zwischen Los Angeles, Paris und Seoul lebt, und sich von ihren Tanten und Großtanten, Cousinen ersten bis dritten Grades, Großmüttern und Stiefgroßmüttern von deren Leben und den zugehörigen Mythen berichten lassen. Diese hat sie zu einer nichtlinearen, schwindelerregenden Erzählung montiert. »Man fragt sich auf jeder Seite, was wahr ist und was nicht. Und sobald man durch ist, will man es noch mal lesen«, hat Adriano gesagt, aber das Buch trotzdem nur einmal gelesen. Mit dieser »subjektiven, postfeministischen Geschichtsschreibung«, so eine Kritikerin, war Tabbi über Nacht zum Literaturstar geworden.

Adriano und ich trafen sie bei ihrer Buchpremiere im Goethe-Institut Palermo. »Sorry, aber der Wein ist undrinkable. Dein Buch ist dafür großartig«, sagte Adriano ihr zur Begrüßung, und ich blickte über seine Dreistheit zu Boden. »Dann gehst du jetzt in eine dieser Weinbars, die hier an jeder Ecke sind, und kaufst was Besseres«, antwortete Tabbi, ohne sich aus dem Konzept bringen zu lassen. Beide hatten sich vorher noch nie getroffen, aber verstanden sich sofort. Der Abend endete bei einem georgischen Künstlerpaar, das eine riesige Parkgarage in Castellammare zu ihrem Atelier umgebaut hatte, wo es antikapitalistische Leuchtkästen für eine Pariser Power-Galerie produzierte. Das Haustier des Paares war eine kleine Landschildkröte, die von dem ungewohnten Tumult so überrascht war, dass sie, üppige Kotspuren hinterlassend, über den Couchtisch kroch. Es war eine dieser Nächte, in denen sinnlose Ideen plausibel wirken, in diesem Fall der Plan, dass Annabelle und Tabbi auf Sizilien heiraten sollten, auch wenn keine von ihnen eine Beziehung zu der Insel hatte, die über die Buchpremiere hinausging. »Ich bin Nomadin. Irgendwo ist gerade richtig. Und ihr seid hier«, sagte Tabbi. Es war der Beginn unserer Freundschaft, die keiner allzu persönlich nahm und die gerade deswegen gute Chancen hatte.

Die Einladung erreichte mich am Tag von Adrianos Tod in Rom. Fliederfarbenes, seidenmattes Papier, darauf ausgeschnittene Buchstaben wie bei einem Erpresserbrief. Ich hatte sie bei meiner Weiterreise einfach liegen gelassen und nicht geantwortet.

»Natürlich kommst du. Ist doch egal, ob du zugesagt hast«, sagt Claudia.

»Die hat sich nach Adrianos Tod gar nicht bei mir gemeldet. Außerdem kenne ich ihre Frau nicht. Und nach Feiern ist mir auch nicht.«

»Tabbi wusste einfach nicht, was sie dir sagen sollte. Und wann der richtige Zeitpunkt wäre, sich bei dir zu melden. Sie ist noch so jung, sie hat keine Erfahrung mit Trauer und Tod. Außerdem hatte sie viel am Hals wegen der Hochzeit. Die meint es nicht so. Und Annabelle ist richtig nett. Leider kommt ihr Parteivorsitzender nicht. Eigentlich schade, ich hätte gern mit ihm über seine Ferrari-Sammlung geplaudert.«

»Ich komme nur, wenn ich Santi mitbringen kann.«

»Ihr seid ja unzertrennlich. Ist doch fantastisch!« Ihr Kichern soll vermutlich vielsagend klingen. »Pass einfach auf dich auf, okay? Ob er mitkommen kann, musst du mit

Tabbi klären. Mit Messer und Gabel kann er doch essen, oder? Und weißt du schon, was du anziehst?«

Der Dresscode für die Hochzeit lautet »Jungle Fever«, was mich ratlos macht. »Jungle Fever war bis in die 90er ein Begriff für Männer, die nur auf farbige Frauen stehen. So wie Boris Becker oder Robert de Niro«, sagt Claudia. »Typisch Tabbi. Einen rassistischen Schenkelklopferwitz des Patriarchats einfach zu kapern!« Vielleicht kann ich die psychedelische Seidenhose von Adriano anziehen. Darin werde ich nicht wie Robert de Niro aussehen, aber immerhin wie unsere Tukanlampe. Noch lieber würde ich einfach mein Telefon auf stumm stellen und nie wieder etwas von dieser Party hören.

***

Am frühen Abend fahre ich an den Strand. Jack lasse ich im Auto, um beim Schwimmen meine Ruhe zu haben. Nicht einmal ihn ertrage ich heute. Er liegt auf den umgeklappten Rücksitzen und schaut mich vorwurfsvoll an, als wisse er ganz genau, dass ich meine schlechte Laune selbst verursacht habe. »Lass uns doch dippen!«, habe ich zu Santi gesagt und in dem Augenblick die tückische Seite von MDMA vergessen. Zwei Tage nach der Euphorie setzt die Dunkelheit ein. Sie ist allumfassend und undurchdringlich: Die Mutlosigkeit und der Mangel an Energie sind so komplett, dass ich mir nicht vorstellen kann, aus diesem Zustand jemals wieder aufzutauchen. Ich zwinge meine letzte Willenskraft zusammen und schleppe mich zum Wasser. Die Abende werden im September schon frischer und feuchter, aber das Meer ist noch warm. Die flach stehende Sonne beleuchtet die

Fische, die heute überall sind – wie Sterne in einer klaren Nacht. In kleinen wimmelnden Konstellationen, als wären sie die Überbringer von Botschaften. Manche springen in kleinen Gruppen aus dem Wasser, manche schwimmen auch allein. Mit dem nervösen Zittern ihrer Schwanzflossen sind sie immer ein bisschen schneller als ich. Ich fühle mich schwergliedrig und plump. Auf dem Meeresboden sehe ich zwei sandfarbene Knurrhähne, nach den vorwitzigen Brassen greife ich vergeblich.

Ich entferne mich immer weiter vom Strand, unter mir wird es dunkel und tief, und ich überlege, wie weit ich ins Meer schwimmen müsste, bis es keinen Weg zurück gäbe. Ertrinken soll ein besonders scheußlicher Tod sein. Der Sog nach draußen. Der vergebliche Kampf gegen Erschöpfung und Schwerkraft. Die Reue, unweigerlich und zu spät. Die Panik und dann: die Todeskälte. Das krampfartige Eindringen des Wassers in die Lungen.

Als ich wieder am Strand bin, zittere ich, und der Sonnenuntergang bietet keinerlei Trost. So öde und feindlich habe ich Sizilien noch nie gesehen.

*Dann lass doch diese schlampige Insel einfach hinter Dir! Wo alles so armselig und dreckig und gemein ist. Der Flughafen Fontanarossa in Catania, dessen Autobahnzufahrt so lädiert ist, dass wir jedes Mal fürchten, den Jimny endgültig zu Schrott zu fahren. Die Supermärkte, deren Parkplätze mit Hundekot übersät sind und in denen ein paar Scheiben Schinken dreifach in Plastik verpackt und dann noch mal eingeschweißt werden und wo die Plastiktüten so dünn sind, dass die Kassiererinnen einem eine ganze Handvoll davon hinwerfen, weil die Hälfte davon schon auf dem Weg zum Auto reißt und weil es ja ohnehin egal ist, denn das ganze Plastik kann man einfach aus dem Autofenster werfen, weil die Insel sowieso voll davon ist. Die wilden Hunde, die jede Mülltüte aufreißen und den Inhalt verteilen, die Hofhunde, die im Rudel auf die Straße rennen und so bissig, wütend und wild sind, dass nur Lebensmüde mit dem Fahrrad fahren oder wandern gehen. Die Landarbeiterkneipen, in denen die Panini so dick mit Industriekäse und Qualfleisch belegt werden, dass sie Würgereiz erzeugen. Der Markt in Siracusa, der in den letzten Jahren zu einem Disneyland umgebaut worden ist, in dem getrocknete Tomaten so teuer verkauft werden wie Trüffel und die Probierhappen vom Käse keine großzügige Geste sind, sondern eine höhnische Erinnerung an eine Zeit, in der diese noch üblich waren. Die Fischhändler, die einem ungerührt nach Ammoniak stinkende Garnelen andrehen und die andere Hälfte des Einkaufs einfach nicht in die Tüte packen, weil sich ja keiner beschweren kommt, und wenn doch, auch egal. Die Restaurantwirte, die seit Jahrzehnten die gleichen Fische auf dem gleichen Tomaten-und-Kartoffelbett in billigem Öl aus dem Ofen holen, aber bei jedem Besuch mit stolzer Miene ihre angeblich wechselnden Tagesgerichte runterbeten und heimlich die Preise hochschrauben. Die mürrischen Kellnerinnen, die einen penetrant auf Englisch ansprechen – oder was sie dafür halten – und Antipasto, Primo und Secondo gleichzeitig auf den Tisch knallen, weil man die unverschämt teure Crudo-Platte mit Hepatitis-Austern und ranzigen Seeschnecken nicht bestellt hat. Die Strände im Naturschutzgebiet, vor deren Kassenhäus-*

*chen sich in der Mittagshitze Schlangen bilden, weil die Typen am Einlass jeden Namen und jede Telefonnummer notieren, was ohnehin überhaupt keinen Sinn ergibt. Die kleinen Jungen, die schon vor dem ersten Bartwuchs versuchen, mit grimmigen Gesichtern und breitbeinigem Gang jedes Gegenüber einzuschüchtern. Die jungen Frauen, die unterbezahlte Jobs erledigen und sich nach der ersten Schwangerschaft sehnen, damit sie schön schnell ihre Träume begraben können. Die immer gleichen Schokoladenläden in Modica, die immer gleichen Keramikläden in Caltagirone, die immer gleichen Eisläden mit ihrer übersüßten, von Geschmacksverstärkern und Industriearomen versauten Granita. Die Mafia-Beerdigungen, bei denen Männer mit glänzenden Anzügen vor der Kirche aus ihren Koks-Dealer-Limousinen steigen, mitten in einer offiziell autofreien Straße. Die irren Öffnungszeiten und Schikanen bei der Müllsammelstelle, die nur dafür gemacht sind, dass alles noch dreckiger wird.*

*Auf den Stufen, die zur Kathedrale von Noto hochführen, waren eine Saison lang riesige Fragmente von pseudoantiken Skulpturen des Künstlers Igor Mitoraj aufgestellt. Mal nur der Torso, mal die Beine bis zur Hüfte, mal ein Kopf. Die Penisse an den Figuren waren viel größer als bei den Vorbildern aus Athen oder Rom. Sie sprangen einem förmlich ins Gesicht. Diese Installation stand für alles, was am heutigen Sizilien falsch ist. Hängen geblieben in der Vergangenheit, mit aufgeblasenem Penis.*

*Und natürlich auch: die deutschen Hausbesitzer, die sich zu ihren Aperitivi mit Käsebrocken und Chips verabreden, mit feuchten Augen und vollen Gläsern den Sonnenuntergang loben und total freundschaftlich Handwerker- und Landwirtschaftstipps austauschen, dabei aber innerlich flehen, dass der andere nicht den besseren Deal gemacht, den größeren Olivenbaum gepflanzt oder die lukrativere EU-Förderung ergattert hat. Die davon fantasieren, dass sie ein altes Theater wiederbeleben, dass sie ihre Neurosen und Lebenslügen im verregneten Norden lassen können und hier zu glücklichen Menschen werden. Oder dass sie endlichendlich den Roman schreiben werden, der seit Jahrzehnten in ihnen steckt. All das tief Empfundene, gut Gemeinte, historisch Verankerte, tapfer Behauptete – also der Selbstbetrug, zu dem Sizilien uns einlädt, für den wir uns Sizilien ausgesucht haben. Eine Insel der Lügen und Illusionen, die oft auch noch schlecht riecht.*

Adrianos Wut tut mir gut, auch wenn sie ihn ungerecht macht. Der andere Adriano, der Adriano, den ich jetzt gern bei mir hätte, würde auf dem Corso Vittorio Emmanuele von Noto einen Gin Tonic trinken und dabei die aufgetakelten Einheimischen und die krampfhaft entspannten »White Lotus«-Paare loben – sein Name für die jungen, gut aussehenden Leute, die den Stress ihres Geldes nicht mal im Urlaub loswurden. Stattdessen kriege ich eine Nachricht von Santi: »Ich bin in der Stadt noch was trinken. Essen egal.« Wenig später liege ich im Bett und warte. Nicht auf Santi, das glaube ich zumindest. Schon gar nicht auf den Tod. Vielleicht darauf, dass Adriano sich noch mal zu mir dreht, sein Gesicht in meine Armbeuge schmiegt und danach auf dem Rücken einschläft, während er meine Hand hält. Die Geste habe ich immer geliebt. Es war null Druck in seiner Hand, aber eine Ruhe, die keine Frage stellte. Wie bei einer perfekt eingestellten Skibindung, die man kaum spürt, wenn man reinklickt, und die einen trotzdem sicher den Berg runterführt. »Sogni d'oro«, murmelte er manchmal noch.

*Es tut mir leid, ich kann Dir jetzt keine schönen Träume wünschen. Manche Nächte muss man wach bleiben und sich quälen. Du stürzt Dich in Aktivitäten, Du machst mit meinem Mitbewohner rum und verbietest es Dir dann wieder, Du gibst Dir keine Ruhe. Denn in der Stille wird Dein Gefühl lauter, dass Du jetzt endgültig allein bist. Ich war vielleicht nicht der perfekte Mann für Dich, aber ich war Dein Mann. Im Amerikanischen gibt es diesen Ausdruck, der »rock« in jemand anderes Leben zu sein, der unverrückbare Fels. Mir ist das unheimlich. Ich denke dabei an eine erstarrte, versteinerte Liebe. Oder an den Felsen, an den Prometheus gekettet wird, damit die Adler immer wieder seine Leber weghacken können. Weißt Du noch, das Silvester in Georgien? Unser Hotel gegenüber dem Berg, an dem diese Sage spielt. Der Schnee war so hoch, dass wir bis zum Bauchnabel einsackten, die Russen im Hotel sprachen kein Wort mit uns, mir rannen nachts die Tränen über die Wangen, weil ich ein trostloses Buch über einen Mann las, der fast alles haben könnte, aber sich immer wieder verstümmelt. Ich hasste das Buch und konnte es nicht weglegen. Du hast es geliebt, was mir bis heute ein Rätsel ist. Vielleicht ist dieser Mann, der sich selbst und das Leben nicht annehmen kann, weit genug weg von Dir. Was ich weiß: Es gibt keine Abkürzung aus dem Schmerz. Ich habe jedenfalls nie eine gefunden. Aber es gibt einen Morgen danach.*

»Die Sonne schien, weil sie keine Wahl hatte, auf nichts Neues«, lautet der berühmte erste Satz in dem Roman »Murphy« von Samuel Beckett, den ich im ersten Jahr unserer Beziehung im Original las.

»Schriftstellern, die wie Models aussehen, ist nicht zu trauen«, hat Adriano dazu gesagt und mir das Richard-Avedon-Porträt mit dem zu großen Wollsakko und den markanten Furchen im Gesicht gezeigt. Ich habe das Buch trotzdem zu Ende gelesen und ihm nie erzählt, dass ich es veraltet fand. Er musste schließlich nicht immer recht haben. In der letzten Nacht habe ich trotzdem wieder an den Anfang gedacht und die Vorstellung nicht aus dem Kopf bekommen, dass ich an einen Schaukelstuhl gefesselt in unseren Canyon schaue.

Meine Erfahrung mit der Sonne auf Sizilien jedenfalls ist eine andere. Sie ist so stark, dass man jede Vorstellung, dass sie keine Wahl haben könnte, für abwegig halten muss. Die Sonne auf Sizilien tut genau, was sie will. Wobei man sagen muss, dass sie oft genau das Gleiche will wie am Vortag. Auch an diesem Morgen weckt sie mich mit ihrer Herrlichkeit. Sie überstrahlt einfach die endlose, ruhelose, quälerische Nacht und brennt sie weg. Gewissenhaft macht Jack seine Dehn- und Streckübungen, während ich mich frage, was aus unserer Reise wird. Und wo mein Begleiter ist.

Wenig später lässt sich Santi auf einen Liegestuhl fallen und stöhnt: »Mamma mia!« Für einen Mann, der auf dem Fahrrad zweihundert Kilometer am Tag schafft, ist er wirklich außer Atem. Ohne einmal abzusetzen, trinkt er eine große Plastikflasche Wasser, dann kommt ungefragt die Bilanz seiner Fahrradtour: »Zweimal von Hundemeuten angegriffen, zweimal von Olivenlastwagen von der Straße abgedrängt, über tausend Höhenmeter. Aber mega!« Zum Abklingen habe er sich gestern vor eine Bar in Noto gestellt, um ein Bier zu trinken. »Es war wie immer im Süden: alte Männer auf den Bänken. Junge Typen beim Beinespreizen. Aber dann«, erzählt Santi, »drei Mailänderinnen. Auf totalen Profirädern. Genauso fertig wie ich. Und genauso durstig.« Den Rest des Abends lässt er im Ungefähren. Nur, dass eine der Frauen eine wirklich gemütliche Wohnung habe. Er sei dann bei »den chicas« auf dem Sofa eingeschlafen.

Als er seine Radfahrerschuhe auszieht, wackelt er so stark in den Knien, dass es kurz so aussieht, als würde er umfallen. Ich überlege, ob ich ihn stützen soll oder ob ich ihn auf den Betonboden knallen lasse, damit er sich das Nasenbein bricht und um Hilfe wimmert. Er hat mich in dieser Nacht allein gelassen, er hat sein Versprechen nicht gehalten. Mit rotem Kopf kommt Santi wieder hoch und schließt einmal theatralisch die Augen. »Wann geht's los?«, fragt er und dann ein bisschen zarter: »Kannst du fahren?«

Wir packen unsere Taschen ins Auto, als Jenny auftaucht. »Darf ich in deinem Haus arbeiten?«, fragt sie. »Ich drehe da unten in dem Chaos durch, und meinen Mann will ich auch nicht sehen.«

»Was ist denn das Problem?«, frage ich, als hörte ich davon zum ersten Mal.

»Das wüsste ich auch gern. Ich habe keine Ahnung, was er am Ätna genau gemacht hat, und wenn ich ihn frage, druckst er nur herum. Egal. Dafür kann er jetzt mit Loki unregelmäßige Verben üben und mit Skadi irgendeine Collage basteln.« Sie hat ihren Laptop, ein paar

Bücher, eine Strickjacke und insgesamt so viel Kram dabei, als wolle sie bei uns einziehen. Bei mir.

Als wir losfahren, drehe ich mich noch einmal um. Jenny starrt wütend auf ihren Bildschirm, und ich frage mich, ob sie in der Vormittagssonne, die direkt auf den großen Esstisch scheint, überhaupt irgendwas darauf erkennen kann. Sie müsste sich nur umsetzen, aber das findet sie bestimmt selbst heraus. Als hätte er auf uns gewartet, tritt noch mal Johannes auf. Er hat eine kleine Fleischwunde an der linken Hand, und an seinem Gürtel baumelt die Handsäge. »Die Kinder hören ›10000 Meilen unter dem Meer‹ und wollen heute das Haus nicht verlassen. Dabei lernen sie ohnehin mehr als bei ihren Hausaufgaben.« Dann erzählt er von seinem Ausflug zum Ätna. Zur Begrüßung gab es ein Abendessen, bei dem Kalbfleisch in Zitronenblättern gegrillt und die Wurst- und Schinkenspezialitäten der Region serviert wurden. Johannes musste Weine probieren, die so rar und exklusiv sind, dass man sie nirgends auf Sizilien kaufen kann. Die Winzer seien entschlossen, eine völlig neue Weinkultur zu etablieren. »Jahrzehntelang haben wir Masse produziert: Hauptsache, viel und schwer. Die Sonne hat uns verführt. Und unsere eigene Bequemlichkeit«, habe einer der jungen Weinmacher gesagt. »Die haben Önologie studiert und auf Weingütern in Kalifornien und im Burgund gearbeitet. Die wissen alles über Terroir – und über Marketing«, sagt Johannes. »Und die wollen, dass ich so eine Art Kreativdirektor werde, für das Logo, die Bildsprache, die ganze CI. Das ist ein Fulltime-Job.«

»Was sagt Jenny dazu?«

»Ich habe es ihr noch nicht erzählt. Ich würde sagen: Die reicht die Scheidung ein.«

Als er sich wieder dem Olivenbaum zuwendet, neben dem ein großer Haufen abgesägter Äste liegt, kann ich mir nicht vorstellen, dass er irgendwo anders auf der Welt leben möchte.

Santis und mein erster Stopp ist der Friedhof von Noto. Ich bin jahrelang direkt daran vorbeigefahren auf dem Weg zum Recyclinghof, jetzt will ich ihn endlich sehen. Italienische Friedhöfe haben nicht diese moosüberwachsene Brüder-Grimm-Atmosphäre, die ich aus Deutschland kenne, sie sind organisiert wie die Städte, in denen die Toten gelebt haben. Es gibt marmorverkleidete Familiengruften, durch deren Glastüren man in Räume mit Schließfächern für die einzelnen Urnen blickt. Es gibt die schlichteren Doppelgräber mit Schwarz-Weiß-Porträts der Verstorbenen, die in die Steinplatten eingelassen wurden. Und am Rande stehen mehrstöckige Bauten mit Metalltreppen, in denen die Urnen dicht übereinander und nebeneinander gestapelt werden. Die Organisation der Toten entspricht der Ökonomie der Lebenden: Villenviertel für die Reichen, bescheidener Wohlstand für das Bürgertum, Hochhaussiedlungen für die Armen. Und irgendwo ist noch eine Ecke für die gestorbenen Kinder.

»Willst du hier ein Grab kaufen?«, fragt Santi.

»Das fühlt sich an, als hätte man sich bei einer Party eingeschlichen, zu der man nicht eingeladen war«, sage ich. »Aber Adriano hätte es gefallen, neben der Familie Genovesi zu liegen, in der sämtliche Frauen Dottoressa-Titel hatten.«

Auf dem Weg zur Autobahn ist die Straße abschüssig. Wenn ich ein bisschen schneller fahren würde, denke ich, könnte ich direkt ins Mittelmeer rasen, dieses dunkelblaue arrogante Stück Ewigkeit. Wir sagen lange nichts. Ich bin in Gedanken verloren, und Santi schläft. Er murmelt dabei und streichelt sich über den linken Arm. Kurz fahre ich an einer Tankstelle raus, bestelle im *Autogrill* einen Kaffee und ein mit Pistaziencreme gefülltes Hörnchen. Die Kellnerin wartet, bis ich den letzten Krümel von meinem Mund gewischt habe, bevor sie den Espresso zubereitet. »Hier, bitte schön«, sagt sie so ernst, als sei auch ihr Mann vor fünf Wochen bei einem Schwelbrand erstickt. Aber vielleicht ist sie auch nur genervt, weil ihr Freund gestern keine Zeit für sie hatte und lieber mit einem Einspänner über die Landstraßen kutschiert ist, eskortiert von dem Rest der Clique auf Motorrädern. Oder sie wartet nervös auf die Zulassung zum Politecnico in Turin, weil sie in Zukunft wasserstoffbetriebene fliegende Autos bauen will. Die Geschichten in meinem Kopf werden von den Bildern abgelöst, die jetzt draußen vorbeiziehen. Vor dem ersten Tunnel das dystopische Szenario des Raffineriehafens bei Augusta, nach dem siebten Tunnel der vorher im Dunst verborgene Ätna plötzlich so schockartig nah und allmächtig. Ich lasse den Schmutz und die Pracht von Catania rechts liegen, verfehle die Abfahrt Richtung Palermo und lande in Misterbianco, einem Vorort Catanias voller Elektrogroßmärkte, Handwerksbetriebe und Favela-Häuser.

Adriano und ich haben den Namen Misterbianco nie verstanden. »Vielleicht irgendein Auswanderer, der in Amerika ein Vermögen gemacht hat und dann wieder zurückgekehrt ist«, war seine Theorie. Bis ich dann mal nachlas: Der Name der Stadt leitet sich vom Monasterium Album ab, einem Kloster in der Contrada Campanarazzu, dessen Mönche, wahrscheinlich Dominikaner, eine weiße Kutte trugen und deren Kloster zusammen mit dem alten Dorf beim Ausbruch des Ätna im Jahr 1669 zerstört wurde. Auf seine Art hatte Adriano trotzdem recht: Der heutige Name ist eine Verballhornung, Verächtlichmachung, Vereinnahmung. In dem Jahrtausende währenden Hin und Her von Sprachen, Herrschern und Kulturen ist auf Sizilien vieles deformiert hängen geblieben.

Dann, wieder auf dem richtigen Weg, die kargen, hoffnungslosen, majestätischen Weiten und Berge, durch die die Autobahn nach Palermo führt. Ziemlich genau in der Mitte der Strecke liegen die Städte Enna und Calascibetta. Beide sind auf riesige Felsen gebaut, die sich wie feindliche Backenzähne gegenüberstehen. Und tatsächlich bauten die Araber die kleine Stadt zur Festung aus, um von dort das strategisch wichtige Enna zu belagern und zu erobern.

Die *Pasticceria Kennedy* liegt in der Via Giulia, weit weg von dem touristischen Teil Ennas, wo die mit Kinderspielzeug und Mülltonnen dekorierte Panoramaterrasse die gelb gebrannten Weiten überblickt. Auf dem Weg zu unserer Pension klettern wir die schmalen Straßen rauf und runter, vorbei an Elektrozigarettenläden und dem CBD-Zubehörgeschäft Grinder. In einer Seitenstraße entdecken wir die Konditorei, auf deren Schild ein Foto von John F. Kennedy zu sehen ist. Es ist nicht der einzige Ort auf Sizilien, der nach dem jungenhaften Präsidenten benannt ist. Auch in Noto und Catania gibt es eine *Pasticceria Kennedy*, so wie es irgendwo auf der Insel eine Kennedy-Straße und einen Kennedy-Strand gibt.

Unter dem Codenamen »Operation Husky« landeten 1943 die Alliierten auf Sizilien. Ein Bild von Robert Capa zeigt einen GI, dem zwei sizilianische Bauern aus Sperlinga die Richtung weisen, in die die deutschen Soldaten geflohen sind. Auf dem Foto treffen zwei Welten und Epochen aufeinander; die einen hörten Benny Goodman und kauten Wrigley's, die anderen lebten mit ihren Ziegen in den Höhlen am Fuß der uralten Zitadelle. Der Krieg hat Sizilien erschüttert und gezeichnet. Die Insel ist voller Betonbunker, fast so klein wie die Umkleidehäuschen am Strand, die Bilder vom bombardierten Palermo gleichen denen aus Dresden oder Berlin, es gab Massaker und Kriegsverbrechen, aber die erfolgreiche Landung der Amerikaner war ein entscheidender Schritt. Auch wenn Benito Mussolini mithilfe der Deutschen noch knapp zwei Jahre in Salò am Gardasee sein schwindendes Wahnsinnsreich weiter regieren durfte.

Es gäbe also Gründe für ein schwieriges Verhältnis zwischen Sizilien und den USA. Aber Anfang des 20. Jahrhunderts wanderten auch Zehntausende von Sizilianern nach Amerika aus. Manche wurden sehr reich, keiner wurde Präsident. Kennedy war immerhin der erste Katholik, den die Amerikaner ins Weiße Haus wählten. Wie die Hollywoodstars, die in den 50ern zum Filmfestival in Taormina einschwebten, verkörperte er Reichtum, Hoffnung und eine Flucht aus der staubigen Armut Siziliens.

In der *Pasticceria Kennedy* jedenfalls gibt es Gebäck aus Johannisbrotmehl, das vage nach Kastanie und nach Fäulnis schmeckt. Ich kenne es aus Noto, wo man es manchmal noch findet, aber nur Adriano und Johannes fanden es genießbar. Im Verkaufsraum hängen dicht an dicht ungerahmte Gemälde, die mit Guglielmino Calabro signiert sind. Eines zeigt die Herstellung von Strattu: ein Blech voller Tomaten, die in der Sonne trocknen, bis sie zu einer aromatischen Paste werden. Ein anderes ist eine Komposition aus einer Blumenvase, einem Teller, einer Schüssel und einer Quitte. Auf einem Gemälde ist nur ein Korb voller Eier zu sehen. »Das kann mein vierjähriger Neffe aber besser«, kommentiert Santi.

Ich überhöre den Schwachsinn und frage den Verkäufer: »Wer hat diese Bilder gemalt? Die sind unglaublich.«

»Das ist ein Freund meines Großvaters. Ein wahrer Künstler. Hier seht ihr ihn.« Das Foto zeigt einen alten Mann mit spärlichen weißen Brauen über den Augen, von denen eines schräg im Schädel sitzt. Vor ihm auf dem Tisch liegt ein Apfel.

»Das hat eine junge Fotografin aus Palermo gemacht. Vittoria Vitale. Vielleicht habt ihr schon von ihr gehört. Ich bin übrigens Davide.«

Davide hat seine Haare mit einem Band zurückgebunden, und seine Hände flattern in der Luft. Wenn er lächelt, schließt sich sein rechtes Auge komplett, als teile er mit uns ein Geheimnis. Dabei erzählt er nur ein bisschen atemlos seine Geschichte. Er führe die *Pasticceria Kennedy* in dritter Generation und habe seine Ausbildung bei einem berühmten Konditor in Brescia gemacht, erklärt er und nickt zu seinem Meisterzeugnis, das ebenfalls an der Wand hängt – neben dem Jahreskalender einer Autowerkstatt. Es ist kurz vor halb zwei, und er fragt uns, ob wir die Geschichte des Malers hören wollen. »Kommt mit hoch. Wir essen die Parmigiana von gestern und trinken ein Bier.« Wir klettern die steile Treppe hoch, zu einer Wohnung, von deren verwinkeltem Flur alle möglichen Seitenflure abzweigen. Die Fenster zum Innenhof sind blind vor Taubendreck, man hört mindestens einen Fernseher und einen Streit zwischen Kindern. Aus einem der Zimmer keckert ein Papagei. Der Zentralraum ist eine riesige Küche, von der eine Treppe zur Dachterrasse führt. Wir schlängeln uns durch die Sukkulenten und Kakteen zu einem achteckigen Plastiktisch und hören zu.

Davides Großvater hieß auch Davide und war mit Calabro zur Schule gegangen. »Er war anders, sagte mein Opa. In Enna nannte man ihn nur das Wunderkind. Wenn er einen Esel malte, so hieß es, konnte man dessen Fleisch schmecken. Aber ›anders‹ war nicht unbedingt nur ein Lob im Sizilien der 50er-Jahre. Bei einem Dorffest wurde er so schlimm verprügelt, dass sein Jochbein gebrochen war, eigentlich war die ganze Augenhöhle Brei. Wie durch ein Wunder hat er sein Augenlicht nicht verloren. Einer seiner Lehrer empfahl den jungen Außenseiter für die Kunstakademie in Palermo, manche sagen: Er hat ihn in Sicherheit gebracht.«

Sein Studium in Palermo, so erzählt Davide weiter, habe er mit Porträts von den Konkubinen der Clan-Chefs finanziert. Sein bester Freund wurde ein anderer Maler, der sich nur Fausto nannte. Er war das Gegenstück zum schüchternen Calabro: ein Mann, der an einem Vormittag auf dem Pferd nach Cefalù und zurück ritt, ein »dreckiger Gott, wie aus einem Caravaggio-Gemälde«, sagt Davide. Obwohl die beiden Künstler so unterschiedlich waren, beseelte sie dieselbe Vision: Sie wollten neue Bilder ihrer Heimat Sizilien erschaffen. Guglielmino und Fausto wurden unzertrennlich, teilten sich ein Atelier, in dem sie auch hausten, denn Geld hatten sie nie. Dann kam ein berühmter New Yorker Galerist nach Palermo und besuchte die beiden. Ihm gefielen Faustos knallbunte Bilder – er lud ihn nach Amerika ein und versprach ihm eine Einzelausstellung. »Fausto wurde so berühmt wie David Hockney und kam nie wieder nach Sizilien«, erzählt Davide: »Vielleicht war es Neid auf den erfolgreichen Freund. Vielleicht war es ein gebrochenes Herz. Jedenfalls kam Guglielmino zurück nach Enna.«

Calabro zog in eine Klause am Fuß des Felsens, seine Heimatstadt betrat er fast nie. Er malte quälend langsam seine Bilder, lebte ohne Frau und sogar ohne Hund und eigentlich nur von dem Verkauf seiner Kunst an alte Freunde, vor allem an den Konditor Davide. Seit dessen Tod kümmert sich sein Enkel um den Maler. »Er hat unsere Gegend nie wieder verlassen und will vom Kunstmarkt nichts wissen«, sagt Davide und öffnet drei weitere Flaschen Messina. »In Enna ist man sehr stolz auf ihn, aber die wenigsten haben ihn je gesehen, und seine Bilder hängen nur bei uns in der Konditorei.« Und dann fast nebenbei, als sei das die ganze Zeit der Plan gewesen: »Wollt ihr ihn treffen?«

»Der Bäcker war ja hot. Und dich hat er mit seinen Blicken aufgefressen«, sagt Santi. Wir sind in unsere Pension gelaufen, um nach der Autofahrt zu duschen. Als ich aus dem Badezimmer komme, liegt Santi auf dem Bett und tippt konzentriert in sein Telefon. Er will den Maler nicht treffen. »Ich spreche kein Italienisch und kenne mich mit Kunst nicht aus. Da blamier ich uns nur.«

Ich parke bei der Adresse, die Davide mir gegeben hat. Von der Straße aus führt ein Weg an Mandarinenbäumen vorbei zu einer Hecke. In deren Mitte öffnet sich ein überwachsener Gang, an dessen Ende ich ein Tor sehe. Er sieht düster und drohend aus, als solle sich der Besucher genau überlegen, ob er weitergehen will. In dem Gang höre ich ein Rascheln, das leicht zitternde Tor aber öffnet sich ohne jedes Geräusch. Das Haus ist winzig und die Eingangstür olivenblattgrün gestrichen, davor wartet Guglielmino Calabro.

Er ist klein, aber das ist auf Sizilien nichts Außergewöhnliches, seine dünnen Haare liegen eng am Kopf, die Augen sitzen ungleich im Schädel, seine sehr blasse Haut gleicht trockenem Brot. Er spricht ein klares Italienisch, wie man es hier selten hört. »Davide hat mir gesagt, dass Sie kommen würden. Sehr erfreut, Sie kennenzulernen. Ich kann Ihnen leider nichts anbieten. Ich lebe hier ganz bescheiden. Nur meine Bilder und ich.« Das stimmt nicht ganz, denn auf dem kleinen Tisch in seinem Wohnraum stapeln sich Schachteln der *Pasticceria Kennedy*, nur eine Ecke ist frei geblieben, auf der ein Teller mit einem Apfel steht. »Die Wahrheit und die Schönheit liegen im Fastnichts«, sagt er und weist vage auf Leinwände, die dicht hintereinander an den Wänden stehen. Quasiniente.

Ohne Erklärung schlurft er in ein anderes Zimmer, hinter ihm fällt die Tür zu. Ich bin allein. Kein Küchengeklapper, keine Klospülung, nur Zikadengeratter von draußen. Mir ist die Situation unheimlich, langweilig ist sie auch. Vorsichtig öffne ich eine der Konfektschachteln. Der Inhalt ist überzogen von den weißen Ausflockungen, die sich auf alter Schokolade bilden. An einer Praline sind Fraßspuren. Schnell lasse ich den Deckel wieder fallen. »Sie sind ein schöner Mann«, sagt der Künstler, der plötzlich wieder im Zimmer steht, und fasst erstaunlich fest an mein Kinn. »Aber seit vielen Jahren male ich keine Menschen mehr.« Der Blick aus seinem Fenster geht in ein Tal ohne ein einziges Haus, zwei grüne Sittiche flattern zwischen den Bäumen. »Sie leben hier im Paradies«, sage ich, obwohl seine Wohnung modrig riecht. Er wischt durch die Luft, als wollte er eine Fliege fangen: »Das Paradies sehen immer nur die Fremden in Sizilien. Für uns ist es Zucker und Feuer.« Ob er denn seine Bilder noch verkaufe, frage ich. »Schauen Sie diesen Apfel an. Ich beobachte ihn seit einer Woche. Er spricht zu mir, aber nur leise. Vielleicht male ich ihn, vielleicht wird es ein Bild«, sagt er: »Aber jetzt muss ich schlafen. Ich hoffe, ich habe Sie nicht gelangweilt.« Fast verbeuge ich mich zum Abschied.

»Und wie war der Eremit?«, fragt Santi, als ich wieder in unser Pensionszimmer komme. Er hat sich offenbar in meiner Abwesenheit nicht von seinem Bett bewegt und wartet die Antwort gar nicht erst ab: »Ich habe diese Fotografin Vittoria Blablabla mal recherchiert. Die macht echt tolle Sachen. Wir sind schon auf Instagram befreundet. Morgen will sie uns in Palermo treffen.«

»Wieso uns?«

»Ich habe ihr gesagt, dass ich mit meinem Boyfriend unterwegs bin. Dann wirke ich nicht wie ein Stalker. Das kann man ja dann immer noch aufklären.«

Ich öffne den Mund – und schließe ihn wieder, denn ich finde Santi jeden Tag erstaunlicher. Er geht so unbeschwert durchs Leben, aber vielleicht weiß er genau, was er tut.

»Der Eremit ist ein einsamer alter Mann. Der lebt allein in seiner Hütte, nur mit altem Konfekt und einem verschrumpelnden Apfel. Irgendwie war es toll und gleichzeitig unendlich traurig. Als seien große Träume in ein kleines Leben gesperrt worden.«

»Wie klein war es denn?«

»Das ganze Haus war ungefähr so groß wie eine von deinen Supreme-Unterhosen.«

Ernsthaft betriebenes Fahrradfahren produziert gewaltige Oberschenkel und Gesäßmuskeln. Das fiel mir auf, als ich das erste Mal Santis Wäsche auf der Leine sah. Jetzt sitzt er auf seinem Bett, sagt etwas Halbgemeines über meine Unterhosen und vertieft sich in seine Italienisch-Lern-App, die bei jeder richtigen Antwort ein triumphierendes Läuten sendet. »Dov'è il mio libro d'inglese?«, spricht er sorgfältig nach und »Scusami, tesoro. Sono stanca. Lavoro tanto.« Wieso er jetzt Italienisch lernt, behält er für sich. »Non si sa mai«, sagt er nur. Am Abend schickt mir Davide eine WhatsApp-Nachricht, dass Calabro nicht wieder aufgewacht sei. Sofort danach noch eine: »Hast du morgen Nachmittag Zeit?«

Der Leichnam des Malers wurde am Morgen abgeholt. Und auch der Apfel ist verschwunden. Sonst ist alles wie bei meinem Besuch am Vortag.

Davide trägt Schwarz, und wir blättern durch die fertigen und halb fertigen Leinwände. Selbst bei seinen letzten Arbeiten ist Calabros Strich nicht zaghaft oder zittrig gewesen. Bei einem so langen Leben – der Mann muss Ende siebzig gewesen sein – erwartet man ein Haus voller Krempel und Erinnerungen. Aber die Klause ist fast unheimlich leer bis auf die *Pasticceria Kennedy*-Schachteln. Im einzigen Schrank hängen ein paar zerschlissene Hemden und Hosen. Das Bett besteht aus zwei hohen Metallbügeln, auf die Bretter und eine Matratze gelegt worden sind. »Eines dieser typischen Bauernbetten. Wahnsinnig unbequem. Aber die Alten und die Ausländer lieben sie«, sagt Davide. Er beugt sich runter und stutzt kurz. Dann zieht er einen großen Karton unter dem Bett hervor und pustet Staub weg, der gar nicht da ist. In dem Karton befindet sich ein Stapel Papier, als Oberstes eine Tuschezeichnung von einem Greis mit kahlem Kopf, tiefen Furchen neben den Augen und erschlafftem Hals. Seine Lippen aber sind jugendlich kühn und die mandelfarbenen Augen ein Versprechen.

Wir blättern weiter und sehen immer wieder den gleichen Mann. Er wird mit jedem Blatt jünger und unwiderstehlicher. »O mein Gott! Natürlich. Das sind alles Porträts von Fausto«, sagt Davide und legt die Bilder vorsichtig zurück in den Karton. »Lass uns gehen. Ich brauche jetzt einen Drink.«

Nach dem dritten Amaro stellt uns die Kellnerin die Flasche auf den Tisch. »Was für eine Tragödie!«, sage ich und muss über mein Operetten-Italienisch lächeln. »Ein Leben lang seiner großen Liebe nachtrauern. Und um sich selbst zu quälen, hat er ihn jedes Jahr wieder gemalt.«

»Vielleicht war das gar kein Unglück. Der Fausto auf seinen Bildern, das war der Fausto seiner Träume«, sagt Davide. »Guglielmino hat mit seinem Mann so gelebt, wie es das Leben ihm erlaubt hat.« Er lächelt, wobei sich wieder sein Auge schließt, und er lallt schon etwas. Als ich ihn zum Abschied umarme, merke ich, dass seine Haare nach Marzipan riechen.

Als ich in unser Pensionsbett krieche, säuselt Santi: »Endlich!«, und schläft weiter. Beim Frühstück am nächsten Vormittag bringt er mir zwei cremegefüllte Hörnchen vom kargen Büfett: »Hey, soldier«, sagt er und singt leise »Don't cha wish your girlfriend was fun like me? Don't cha?« Dann erklärt er mir, dass er vor Eifersucht die halbe Nacht auf mich gewartet habe und dass die Pussycat Dolls, von denen der Song stammt, das Elend der amerikanischen Dating-Kultur perfekt formuliert hätten. Und dass er eine Zeit lang ein Poster der Sängerin Nicole Scherzinger in seinem Zimmer hängen hatte. »Irgendwann fand ich das creepy.« Als wir auf der Autobahn sind, plaudert Santi von seinem bevorstehenden Date, das ja offiziell keines ist. Vittoria arbeitet seit Jahren an einer Serie mit dem Titel »Lost World«, für die sie bereits mehrere Auszeichnungen und Fotografiepreise erhalten hat. Es sind Bilder von Pferdezüchtern, Mandelbauern, Thunfischjägern und Wanderarbeitern. »Ich zeige Saurier, aussterbende Spezies, bevor sie von der Erde verschwinden. Ich will ein Stück Sizilien dokumentieren, das von den ökonomischen Realitäten und den technologisch-kulturellen Veränderungen weggefegt wird. Ich will meine Heimat finden, bevor sie verschwindet«, liest Santi aus einem ihrer Instagram-Posts vor.

»Puh. Klingt ein bisschen anstrengend!«, sagt Santi. »Aber die sieht super aus. Fast eine Unibrow und Tabakkrümel auf der Unterlippe.«

»Mach das Ding bitte weg, ich sehe die Straße nicht«, sage ich, weil er mir das Handy vors Gesicht hält. »Die sieht aus wie eine erwachsene Frau. Da musst du dich anstrengen.«

»Na und? Du bist ja auch erwachsen. Und ich bin Profisportler«, sagt er und wischt weiter. »Außerdem ist sie erst zweiunddreißig.«

Ich frage mich, warum ich nicht eifersüchtig bin. Oder zumindest ein bisschen beleidigt. Vielleicht kommt das noch. Aber Jenny hat mir mal von dem Konzept der Sprungbrettmänner erzählt. Das sind Typen, in die man sich verliebt, ohne wirklich daran zu glauben. Sie dienen vor allem dazu, sich selbst aus den Trümmern einer Beziehung zu katapultieren. Oder den Absprung zu schaffen. »Das ist mir zu mechanisch gedacht«, habe ich Jenny damals gesagt. Nun denke ich, dass es Situationen im Leben gibt, in denen Mechanik die Rettung sein kann.

Santi hat komischerweise vorgeschlagen, dass wir einen Schlenker nach Cefalù machen, um den berühmten Duomo anzuschauen, in dem normannische, romanische und arabische Elemente verbaut sind. Vor einem komplett aus Silber gefertigten Seitenaltar zünde ich zwei Kerzen an und sage leise zu Adriano: »Bitte bleib bei mir.« In diesem Augenblick wünsche ich mir, ich würde seine Stimme mal wieder hören. Aber ich höre nur das Stühlerücken im Hauptschiff, weil hier gerade alles für ein Konzert am Abend vorbereitet wird. Während meines Gebets hat Santi Fotos von afrikanischen Pilgern in eng geschnittenen Anzügen gemacht und posiert jetzt mit ihnen für ein Selfie. Als wir wieder ins Licht treten, legt er seinen Arm um meine Schultern und sagt: »Bier oder Bier?« Er fragt mich nicht, warum ich so nachdenklich bin. Und was bei jemand anderem wie Desinteresse wirken könnte, halte ich bei ihm für die Fähigkeit, mir Raum zum Atmen oder auch zum Luftanhalten zu lassen.

Vermutlich interpretieren wir das Verhalten von Menschen immer so, wie wir sie ohnehin schon sehen – auch wenn sie uns gelegentlich überraschen. »Am besten finde ich, dass der Duomo so eng an diesem Felsen klebt«, sagt Santi: »Aber die Cappella Palatina in Palermo ist noch mehr mindblowing. Das behauptet jedenfalls Michelle aus Austin auf The Thinking Traveller. Und die sieht aus, als habe sie alle Kirchen der Welt gesehen.«

Nachdem wir uns durch die Touristenmassen von Cefalù zum Parkplatz gedrängelt haben und wieder im Auto sitzen, kommen wir wenig später an den ehemaligen Fiat-Werken vorbei, einem trostlosen Monsterwrack am Tyrrhenischen Meer. Die Abendsonne ist noch nicht hinter dem Monte Pellegrino verschwunden, dem Hausberg der sizilianischen Hauptstadt. Sie taucht die Müllberge am Straßenrand in goldenes Licht. Auf dem Standstreifen brennt ein neuer BMW, und die Qualmwolke steigt majestätisch in den Himmel. Gleich sind wir in Palermo.

# *Kapitel 6*
# *Walking Dead (Mülltrennung)*

In dem Gässchen, in dem Kakteentöpfe und geparkte Motorräder eine Reihe bilden, liegt eine überfahrene, aber gut erhaltene Ratte. Die Luft ist um sieben Uhr morgens noch kühl, ein vielleicht zwölfjähriger Junge bellt uns von hinten an, Santi faucht wie eine wütende Katze zurück. Ich habe keine Ahnung, wo er das gelernt hat, aber es wirkt. Der Junge schaut uns entsetzt an, tritt vor Schreck rückwärts auf die Straße und wird fast von zwei Mädchen erwischt, die auf einem elektrischen Roller vorbeisurren. »Eat my pussy!«, ruft Santi ihm im Weitergehen hinterher.

In die monströsen Gummibäume des Botanischen Gartens von Palermo hat ein Künstler Fledermausskulpturen gehängt. Sie sind fast so groß wie Menschen, und wir sprechen darüber, durch welche alten Paläste sie wohl nachts geflattert sind, welchen Kindern sie Albträume bereitet haben, wessen Blut sie getrunken haben. Als wir vor dem monumentalen Gemälde »Trionfo della morte« im Palazzo Abatellis stehen, sagt Santi: »Der Typ mit dem Hund könntest du sein.«

»Jack ist besser gelaunt als der Hund auf dem Bild. Und ich bin nicht ganz so verzweifelt«, antworte ich. Kurz denke ich an Jack, der hoffentlich gerade mit Loki über unser Grundstück jagt. Eigentlich gefällt mir Santis Beobachtung: Der Mann mit dem Hund wirkt angestrengt, aber er ist der einzige Mensch auf dem Bild, über den der Tod noch nicht triumphiert hat. Das Bild hat viele Schäden und abgeplatzte Flecken, und Picasso muss es gekannt haben, als er »Guernica« malte. Fünfhundert Jahre liegen zwischen den Gemälden, aber auf beiden steht im Zentrum ein Pferd, das Schrecken und Schmerz verkörpert.

Auf dem Mercato del Capo sehen wir eine ältere Dame in einem Rock mit afrikanischem Muster, die einer Gruppe Amerikaner den Kauf von Tomaten erklärt. Wir stellen uns unauffällig daneben und hören zu: »Ich bin in Venedig aufgewachsen und vor vierzig Jahren nach Palermo gezogen. Was ich hier als Erstes lernen musste: Man geht nicht einfach einkaufen. Man geht einen Bund fürs Leben ein. Es gibt eine weltweite Übereinkunft der Kundentreue. Hier in Palermo ist sie noch wichtiger. Wenn ich heute meine Tomaten an einem anderen Stand kaufen würde, wäre das ein Schlag in das Gesicht meines Händlers, eine unverzeihliche Beleidigung. Auf Sizilien sagt ein Gemüseverkäufer nicht: Sie ist eine meiner Kundinnen. Er sagt: Sie gehört zu mir. Dafür kriege ich die besten Tomaten, aber ich muss diese Beziehung respektieren. Ich muss ihm treu bleiben. Ich gehöre zu ihm.«

Einer der Amerikaner hat sich währenddessen an einem anderen Stand einen Plastikbecher mit Wassermelonenstücken gekauft. Kauend schnauft er: »What happened to: The customer is always right?«

Die ältere Dame sagt im Weggehen zu Santi und mir: »Wenn Sie schon einfach zuhören, dann kaufen Sie doch bitte bei meinem Händler ein Kilo Pfirsiche. Die sind heute perfekt.« Dann treibt sie ihre Amerikaner an: »Wir sollten zurück in den Palazzo Lanza Tomasi fahren. Wir haben viel zu tun heute Vormittag. Die gefüllten Calamari kochen sich nicht von selbst. Und das Originalmanuskript meines Stiefvaters können Sie dort auch besichtigen. Er ist ja leider gestorben, bevor sein ›Gattopardo‹ einen Verleger fand.«

An der Cappella Palatina ist uns die Schlange zu lang, dafür fotografiert Santi den Hintern einer Statue im Vorraum. Jetzt sitzen wir im Garten des Palazzo Reale und wissen nicht weiter. Vittoria hat die Verabredung mit Santi von gestern auf heute Abend verschoben. Unsere Pläne hat sie damit aber nicht durcheinandergebracht, denn wir hatten keine. Ich sage zu Santi: »Lass uns zum ›Cretto di Burri‹ fahren. Jenny hat gesagt, wenn ich mir den nicht anschaue, brauche ich gar nicht wieder zurück nach Noto zu kommen.«

Die Stadt Gibellina wurde 1968 von einem Erdbeben zerstört. Hier hat der Künstler Alberto Burri eine riesige begehbare Betonskulptur entworfen, die auf dem Raster der Straßen, Häuser und Plätze basiert. Die Fertigstellung dauerte Jahrzehnte, weil der Bau immer wieder wegen Geldmangels unterbrochen werden musste. Heute gilt der »Cretto di Burri« als Meisterwerk der Land Art, so wichtig wie die Skulpturen von Donald Judd in Texas oder die »Spiral Jetty« von Robert Smithson im Großen Salzsee in Utah. Je näher man kommt, desto unwegsamer wird die Fahrt. Manchmal bricht eine Hälfte der Landstraße einfach weg. Vielleicht ist es nur der schlampige Straßenbau, den die Deutschen hier so gern kritisieren, aber mir kommt es wie eine spielerische Drohung der Natur vor. Als hätten sich nach dem großen Beben und den Reparaturarbeiten zwei Erdplatten noch einmal aneinandergerieben und ein paar zusätzliche Brüche und Faltungen produziert, wie ein Mensch, der seine Fingerknöchel knacken lässt, um eine Ahnung von Schrecken zu verbreiten. Wenige Kilometer vom »Cretto« entfernt halten wir an den Ruinen eines zerstörten Dorfes. Wir klettern über Mauerreste und kämpfen uns durch wuchernde Brombeerbüsche, deren dornige Zweige nach uns greifen und sich in unseren T-Shirts verhaken, als wollten sie uns nicht in ihr Reich einlassen. In den Ruinen wachsen Feigenbäume. Ein Pfad führt zu einer Mauer, die an zwei Stellen weggebröckelt ist, sodass wir rüberklettern können. Dahinter liegt der Friedhof. Oder genauer: der Friedhof eines Friedhofs. Die Tür der Kapelle ist aufgebrochen, der Andachtsraum ist komplett leer bis auf Berge von Taubenkot. Drei winzige Holzkreuze lehnen an einer der Außenwände, keines der Kinder wurde älter als acht Jahre. Manche der Gräber sehen aus wie halb in die Erde gebaute flache Häuser. Die Platten von anderen Gräbern sind zerbrochen und in die Gruben gerutscht. »Wo die Toten wohl hin sind?«, fragt Santi beim Weiterfahren und beißt in einen Pfirsich, dessen Saft auf den Beifahrersitz tropft.

Hinter der zweiten Kurve stehen am Straßenrand zwei Autos, seltsam dicht hintereinander. Ein dicker Mann mit schweißgetränktem Schnurrbart schreit in sein Telefon, ein Mädchen im »Hello Kitty«-T-Shirt sitzt weinend auf einem Stein, daneben ihre ratlos erregte Mutter. »Können wir helfen?«, frage ich.

»Ihr Kater Lucian ist tot«, sagt sie mit britischem Akzent: »Kannst du ihn wieder zum Leben erwecken?« Dann stellt sie sich als Amy vor und erzählt, was passiert ist. An einer unübersichtlichen Stelle sind die Autos leicht ineinandergefahren. Ein paar Beulen, etwas Lack ab, ein Routineunfall, nach dem man auf Sizilien kurz flucht und weiterfährt. Leider hatte ihre Tochter Kathleen ihren jungen Kater in der Hand. Bei dem Aufprall packte sie vor Schreck fester zu, knallte mit dem Tier in den Fäusten gegen den Vordersitz und brach ihm das Genick. Das tote Tier liegt am Straßenrand, mit grotesk verdrehtem Hals. Ich muss den Impuls unterdrücken, ein Tuch drüberzulegen.

Der Mann hat sein Telefonat beendet und kommt auf Amy zugewatschelt. »Wir haben gerade einen jungen Wurf. Sieben Stück. Die Augen sind schon offen, aber sie sind noch ganz klein und weich. Du kannst eine haben, wenn du willst«, sagt er und streicht dem Mädchen übers Haar.

»Ich will aber Lucian zurück«, weint sie.

»Wenn wir unsere nicht loswerden, müssen wir sie ertränken«, sagt der Mann: »Eine lebende Katze ist besser als eine tote.« Über den Kopf der schluchzenden Tochter hinweg lässt sich ihre Mutter seine Geolocation geben.

Wenn man ein 350 mal 280 Meter großes Argument für die Verkommenheit und den Hochmut Siziliens sucht, dann ist der »Cretto di Burri« die perfekte Wahl. Das dazugehörige Museum ist gerade geschlossen und sieht nicht so aus, als würde es in naher Zukunft wieder öffnen, das Monument wird von Windrädern, Ruinen und verwahrlosten Parkplätzen eingerahmt. Sobald wir aber die Gänge rauf und runter laufen, die die Straßen und Kreuzungen der zerstörten Bergstadt nachbilden, gerät diese Skulptur ins Wogen. Wir sind sprachlos. Zumindest fast. »Wo war wohl das Bordell?«, fragt Santi, und das ist ausnahmsweise mal nicht nur ein Witz: Tatsächlich ist dieses

Labyrinth ein Abdruck des Lebens, das es hier mal gab. Santi besteht darauf, wirklich jeden Gang abzulaufen, und ich habe den Verdacht, dass er die körperliche Anstrengung genießt. »Pass auf!«, reißt er mich plötzlich zurück. Im Schatten der Betonmauer hat sich eine braun gefleckte Schlange zum Zustoßen aufgerichtet. Wir sehen ihre haarfeine Zunge rein und raus schnellen und hören ihr Zischen. Ohne sie aus den Augen zu lassen, entfernen wir uns Schritt für Schritt rückwärts, denn der Biss der Aspisviper soll tödlich sein.

»Wie oft willst du mir noch das Leben retten?«, frage ich.

»So oft ich kann, Master Frodo«, sagt Santi, und Hand in Hand verlassen wir dieses Meer aus Beton.

Ein paar Kilometer weiter hat man nach dem Erdbeben Gibellina Nuova gebaut, viele berühmte Künstler und Architekten verpflichtet, aber alles nur halb fertiggestellt. Wir stehen mit unseren Orangenlimonaden an einem Fass der Zigarettenautomatenfirma Baroas, als ein Leichenwagen mit Neonkreuz auf dem Dach auf die Tankstelle rollt. Die Fahrerin im dunklen Anzug hat iPods im Ohr, betankt ihr Auto und schlendert dann auf uns zu. »Hey, Mädels. Habt ihr eine Zigarette für mich?«, fragt sie. Ihre schwarzen Haare sind an den Wurzeln ganz hell, und ihre Haut ist fast besorgniserregend blass: »Was sucht ihr hier? Corleone? Das Kuhdorf wollen seltsamerweise immer alle sehen. Vor allem die Deutschen. Dabei gibt es viel interessantere Dinge in dieser Gegend.«

Giovanna holt sich einen Espresso in einem Plastikbecher und erklärt ihr Geschäftsmodell. »Ich organisiere Reisen zu den Toten. In und um Palermo. Von den Folterzellen im

Palazzo Chiaramonte über die Stadtautobahn, auf der Giovanni Falcone in die Luft gesprengt wurde, bis zu diesem absurden Friedhof hier um die Ecke.«

»Genial. Und wer sind deine Kunden – Zombies und Vampire?«, fragt Santi.

»Vor allem Familien mit kleinen Kindern. Die interessieren sich nicht für Kirchen oder Weingüter, sondern für Grusel. So wie ich. Ich habe Kunstgeschichte studiert, wollte aber nicht als frustrierte Lehrerin enden. Die werden in Italien noch schlechter bezahlt als in Rumänien. Was mich schon als kleines Mädchen fasziniert hat, ist der Tod; für meine Puppen habe ich Särge aus Pappe gebaut und sie alle schwarz angezogen. Was ist schon ein Fischmarkt oder ein Barockgemälde, wenn wir das Spektakel der Schmerzen erleben können? Aber entschuldigt bitte, ich bin schon wieder im Pitch-Modus.« Sie sagt wirklich *modo pitch*. Dann holt sie tief Luft und zündet an der bis zum Filter runtergebrannten Zigarette eine neue an, die sie Santi nebenbei abgenommen hat. »Soll ich euch was zeigen?«

Es sind nur wenige Minuten bis zum Friedhof, der leicht außerhalb von Gibellina liegt. Die Familienmausoleen haben Kuppeldächer und sind in Grüppchen angeordnet, in deren Mitte sich jeweils ein Dorfplatz bildet. »Ein total irrer Stilmix aus der Architektur Apuliens und dem Baustil der Schlümpfe«, sagt Giovanna. Ein Polizeiauto fährt im Schritttempo Streife, und der Fahrer mustert uns wie Eindringlinge. »Ist das nicht großartig: der Tod als Feier des Lebens und der Kuppelhäuschen?«, fragt Giovanna und winkt dem Polizisten übertrieben freundlich zu: »Meine zwei Töchter lieben diesen Friedhof. Manchmal kommen wir zum Picknick hierher. Das sehen die Angehörigen aber nicht so gern.« Wir erzählen ihr von dem zerfallenen Friedhof in dem Erdbebendorf, den sie vielleicht in ihre Tour einbauen könnte. »Das ist ein schlimmer Ort. Da hättet ihr nicht hingehen sollen«, meint sie. Und mehr will sie dazu nicht sagen.

Wir stehen in der Nachmittagssonne, mein T-Shirt klebt nass am Rücken, und ich habe für heute genug von Friedhöfen und Toten. Zum Abschied gibt uns Giovanna ihre Karte: »Un giorno con Morticia – Alternative Tours to death and beyond (and back)«. Auf dem Weg zurück nach Palermo sagt Santi: »Morticia? Mich hat sie eher an Thursday erinnert. Wäre das etwas für Adrianos Asche: eins der Schlumpfhäuser?«

»Die hätten ihm gefallen. Vor allem das mit der Memphis-Fassade. Aber was soll er hier? Und wer wird jemals sein Grab besuchen?«

*Die Schlumpf-Familiengrüfte sind genial. Ich liebe es, dass sie zu kleinen Minidörfern arrangiert wurden. So können sich die Toten nachts auf ihrer Piazzetta treffen und gemeinsam über das Nachbardorf lästern. Oder ihre Totenkriege führen. Aber ich brauche kein Schlumpfhaus. Und Du auch nicht. Du weißt doch, wo Du mich findest. Wir haben kaum über den Tod gesprochen. Er interessiert mich auch nicht, aber zweimal habe ich ihn getroffen. Einmal warst Du dabei. Als kleiner Junge kletterte ich in einem Freibad auf ein Klettergerüst in Form eines Segelschiffes. Von der Spitze des Mastes blickte ich in die Tiefe und auf die vielen Metallstangen dazwischen und dachte: »Was wohl passiert, wenn ich falle?« Wie durch ein Wunder blieb ich unverletzt und habe meinen Eltern nie ver-*

*raten, dass ich absichtlich losgelassen habe. Viele Jahre später, an einem Vormittag in unserer New Yorker Wohnung, begann mein ganzer Körper zu jucken, meine Lippen schwollen an, vor allem schwoll meine Luftröhre zu. Ich hatte Angst, zu ersticken, und auf dem Weg zum Krankenhaus wurde ich mit jedem Atemzug panischer. Im Mount Sinai Hospital kriegte ich sofort eine Nadel in den Arm: Adrenalin, Kortison, Antihistamin. In der gleichen Sekunde durchspülte mich eine Welle, und ich wusste, dass ich leben würde. Als ich nach zwei Stunden wieder aufwachte, saßt Du neben meiner Liege; wie ein treuer Hund, wie ein Leibwächter, wie der Mann, der mich niemals sterben lassen würde.*

*Ansonsten ist der Tod banal und brutal. Natürlich: Nur weil das Leben ein Ende hat, stehen wir morgens auf, verlieben wir uns, erfinden wir künstliche Intelligenzen, schreiben wir Romane. Aber das hilft Dir jetzt nicht. Mein Tod ist ein Stück Fleisch, das aus Deinem Leib gerissen wurde. Du kannst ihn überleben, das wirst Du auch. Die Narbe wirst Du für immer tragen, und manchmal wird sie noch schmerzen. Trost gibt es keinen, es gibt nur ein schwarzes Loch ohne Boden. Wenn Du nicht hineinfallen willst, drehst Du Dich besser um und rennst um Dein Leben.*

Auf dem Rückweg denke ich an Silvanas rätselhaften Satz über Palermo: Stadt der Rätsel und Erkenntnisse. Ich habe an diesem Tag den Tod und seine Folgen in vielen Varianten gesehen, aber ich denke vor allem über die zerbrochenen Marmorplatten und eingestürzten Gräber nach. Santi spekulierte, wo jetzt wohl die Toten seien, als wären sie wieder ausgeschwärmt. Ich glaube nicht an

Geister, aber der Anblick hat mich deprimiert. Die Vorstellung, dass ich Adrianos Asche in einem Grab oder Mausoleum verstaue, das dann irgendwann von einem Erdbeben oder einem Investor verwüstet wird, ist für mich unerträglich. Steine sind ebenso zerbrechlich wie ein Mensch. Ich rede mit Santi erst mal nicht darüber, aber ich weiß, dass ich nicht weiter nach einem Grab suchen werde.

Damit ist meine Aufgabe aber nicht erledigt. Ich weiß, es ist nur Asche, aber es ist die Asche seiner kurvigen Taille, seiner knochigen Hände, seiner großen Ohren, seiner Augen, die meist zusammengekniffen waren, aber auf wen sie fielen, der fühlte sich gesehen. Dass in dieser Rasiercremedose irgendwas von Adriano steckt, ist für mich mit jedem Tag unvorstellbarer. Früher haben Kirchen und Städte Prestige und Reichtum daraus gezogen, dass sie einen Fußnagel oder einen Handmittelknochen von Jesus besaßen. Als Geschäftsmodell verstehe ich das, die Vergötterung von Körperresten finde ich aber barbarisch. Und trotzdem. Als ich mit Adrianos Mutter und dann mit dem Bestatter gesprochen habe, konnte ich die Endgültigkeit des Abschiedes nicht ertragen und wollte seine Asche auf Sizilien beisetzen. Heute weiß ich, dass ich damit Zeit gewinnen wollte. Am liebsten würde ich Adriano fragen, was ich nun tun soll, aber er schweigt.

***

Am frühen Abend sitzen wir am Yachthafen von Palermo. Neben uns erklären zwei junge Engländer dem Kellner, dass sie auf keinen Fall etwas zu essen bestellen werden: »Just drinks, mate«, sagt der Dicke mit dem Arsenal-London-Shirt. Vor uns lenkt ein Fotograf seine Drohne vor eine Familie, die auf der Kaimauer sitzend posiert, und schreit ihr Anweisungen zu. Drei Jungs kurz vor den ersten Bartschatten schlendern vorbei, in Anzughosen und weißen Hemden. Sie müssen sich von einem Familienfest davongestohlen haben und gestikulieren, als lägen hier im Yachthafen ihre Schiffe. Mit ihren unfertigen Körpern imitieren sie die Angebergesten ihrer Väter, wie Welpen beim Training für den Rudelkampf.

»Ganz schön dark, der Tag«, sagt Santi. »Vielleicht nicht, was du gerade brauchst.«

»Dachte ich auch zwischendurch. Vor allem auf dem verwilderten Friedhof mit den offenen Gräbern. Und dann diese komische Andeutung von Giovanna. Aber das gehört vielleicht zu ihrem Job.«

Dann marschiert der Anwalt Giuseppe Puglisi aus Noto auf uns zu, fast ebenso gut angezogen wie die Jungs und auffällig glatt rasiert. Ich habe ihn mal bei einem Aperitivo getroffen und mit ihm über die europäische Finanzpolitik diskutiert. »Ah, der deutsche Ökonom!«, ruft er über einige Tische hinweg. »Darf ich?«, zieht er an einem der Stühle und setzt sich hin, ohne die Antwort abzuwarten. »Diese Stadt ist ein Drecksloch«, seufzt er, weil er den ganzen Tag ergebnislos in einer Behörde gesessen hat. »Aber auf dem Weg nach Palermo hatte ich eine Vision, wie man Sizilien retten kann.« Puglisi unterstreicht jeden Satz mit Gesten, die so übertrieben sind, als spiele er einen Sizilianer in einer deutschen Fernsehserie.

Er sei durch die gelben Hügelfelder gefahren, berichtet er, deren Bewirtschaftung nur durch Subventionen möglich ist, und habe die Berge gesehen, deren Bäume vor Jahrhunderten abgeholzt wurden und die nun durch Erosion des Erdreiches zu ewiger Nacktheit verurteilt seien. »Sizilien ist ein gigantischer Friedhof. Hier haben wir Menschen die erste ökologische Katastrophe verursacht. Die Insel ist voller Wasser, wir haben sie trotzdem zur Wüste gemacht. Und jetzt wird es jeden Sommer heißer und trockener.«

Ob aus Neugier oder Durchtriebenheit: Santi kann es einfach nicht lassen, Menschen dazu zu ermutigen, ihre Herzensangelegenheiten und Wahnsinnsprojekte auszubreiten, selbst wenn er mit seinem Duolingo-Italienisch bestimmt nur einen Bruchteil versteht. Er bestellt noch eine Runde Aperol Spritz, denn der Weißwein hat sich als ungenießbar erwiesen, und spornt den Anwalt an: »Na los. Wie retten wir Sizilien?«

»Ich habe meine PowerPoint-Präsentation leider nicht dabei«, sagt Puglisi mit vollem Ernst: »Aber das kriegen wir auch so hin.« Das klingt wie eine Drohung, aber er macht es einigermaßen kurz:

»Landflucht und Arbeitslosigkeit, katastrophale Infrastruktur und unfähige Behörden. Wenn die Touristen, die derzeit nach Sizilien strömen, genug haben vom Müll und den überteuerten Restaurants, wird die Insel wieder da sein, wo sie vor einhundert Jahren war. Ein hoffnungsloses Land mit großer Geschichte, in dem nichts, aber auch gar nichts passiert.

Wirklicher Fortschritt ist nur mit einer Revolution zu erreichen. Die aber muss anders aussehen als alle Revolutionen, Reformen, Modernisierungsansätze, die in den letzten Jahrzehnten gescheitert sind. Sie muss so radikal sein wie die Mafia-Prozesse in den 80ern und 90ern. Und sie muss die Sizilianer in ihrem Wesen verstehen und ansprechen.

Um einen nachhaltigen wirtschaftlichen Boom zu erreichen, muss man beim Wertvollsten ansetzen, was die Insel zu bieten hat. Das sind nicht die schönen Strände, nicht die malerischen Dörfer und auch nicht der völlig überschätzte Weinbau. Das Wertvollste auf Sizilien ist die Sonne.

Jahrtausendelang hat sie uns Sizilianer gequält, heute ist sie die sinnvollste Energiequelle, die wir auf der Welt haben. Sie macht uns politisch unabhängig, sie ist auf absehbare Zeit unerschöpflich, und sie richtet nur überschaubaren ökologischen Schaden an.

Ich rede nicht von ein paar Solardächern hier, ein paar Solarfeldern dort. Wir müssen den größten Solarpark der Welt bauen, in den sonnendurchglühten Bergen, deren Bewirtschaftung ohnehin nicht mehr lukrativ ist, von denen die Touristen nichts wissen, die den Bewohnern egal sind. Die Idee ist eine riesige Feld- und Berglandschaft aus Solarzellen: der ›Planeta Solar‹. Das größte Kraftwerk der Welt, ein Forschungszentrum und eine Touristenattraktion. So weitläufig und futuristisch, dass Besucher aus aller Welt hierherkommen, um sie zu bestaunen.

Ihr müsst verstehen: Der Vorteil Siziliens ist, dass es politisch stabiler ist und näher an den stromfressenden Industriestaaten Europas liegt als die arabische Halbinsel oder die Sahara.

Das Projekt sollte zumindest zum Teil über eine Art Volksaktie finanziert werden. Damit werden die Landbesitzer entschädigt und zu Teilhabern von ›Planeta Solar‹ gemacht, wodurch jeder Sizilianer an diesem gewaltigen

Strukturwandel mitverdienen kann. Denn nur, wenn jeder Einzelne seinen persönlichen Vorteil sieht, kann dieses Wagnis gelingen. Und außerdem noch ganz wichtig: Um auch die Umweltschützer zu überzeugen, werden fünf Prozent des Gewinns in die Wiederbewaldung Siziliens investiert. Die Schwefelminen und die Ölindustrie haben Sizilien verschandelt und nur wenige reich gemacht. ›Planeta Solar‹ bringt Wohlstand für alle und wird im Laufe der Jahre Sizilien in eine grünere Insel verwandeln. ›Planeta Solar‹ gibt Sizilien die Zukunft, auf die es seit Jahrhunderten wartet.«

Ich bin sprachlos darüber, wie verrückt das klingt. Auf einer Insel, wo eine Eisdiele von siebzehn Behörden genehmigt werden muss und der Kauf eines Grundstücks endlose Stunden beim Notar kostet, nach denen immer noch nicht geklärt ist, ob es noch offene Ansprüche oder Fragen gibt.

»Aber es gibt doch schon diese gigantischen Solarfelder zwischen Gela und Trapani«, wende ich ein.

»Alles noch zu klein. Und in den Händen von Energiemultis oder den paar wenigen Großgrundbesitzern, die rechnen können. Ich rede von einem Fortschritt für ganz Sizilien und für alle Sizilianer. Das gab es noch nie!«

»Und was hättest du davon?«

»Einen Posten im Aufsichtsrat und vielleicht noch einen alten Palazzo möglichst weit weg vom ›Planeta Solar‹. So, ich muss los. Heute Abend treffe ich einen Finnen, der ein Viertel der Papierproduktion Skandinaviens geerbt hat. Dummes Geld aus Nordeuropa!« Er verabschiedet sich mit einer theatralischen Geste, die alles und nichts bedeuten kann, und begleicht im Vorbeigehen die Rechnung.

»Endlich mal jemand, der nicht vom Tod spricht«, sagt Santi.

»Sein Plan kann nur klappen, wenn Sizilien an China verkauft wird. Die meisten Norditaliener hätten damit bestimmt kein Problem«, sage ich, während wir die Via Maqueda in Richtung Westen hochschlendern. Früher, so hatte mir die georgische Künstlerin nach der Buchpremiere erzählt, machten die Palermitaner hier abends ihre Spaziergänge, von der Piazza Quattro Canti zum Teatro Massimo mit der berühmten blutigen Treppe: »Heute haben die Restaurants die Straße mit Tischen für Touristen vollgestellt. Der Abendspaziergang wird zum Hindernislauf. Die Straße wird privatisiert und gehört nur noch denen, die konsumieren.«

*Wir Hausbauer und Eindringlinge grübeln über die Probleme Siziliens, als wären es unsere eigenen. Unsere Arroganz bemerken wir vor lauter Pragmatismus nicht, denn immerhin tun wir ja was: Wir befreien die Ufer des Asinaro von Schilf und Autowracks, wir sammeln bei vierzig Grad Hitze den Müll an den Landstraßen auf! Bei einer dieser Aktionen zog ich den Kadaver eines Hundes aus einem Haufen Unrat. Er musste ungefähr so groß gewesen sein wie Jack, und die Verwesung war so weit fortgeschritten, dass mir Teile des Tieres von der Mistgabel fielen, wie bei einem überlang gekochten Suppenhuhn. Der Leichengestank war so ekelerregend, dass ich mich trotz Atemmaske über die Leitplanken übergab. Wenn Autos an unserem Einsatztrupp verbeikamen, gaben die Fahrer Gas, vielleicht aus Angst, dass sie bei der schweißtreibenden, monotonen Arbeit mitmachen müssten. Oder aus Scham. Oder aber aus Wut über unsere Anmaßung.*

*Ich näherte mich einem Sonnenstich und entwickelte eine Müll-Fieberfantasie. Da die Sizilianer eine abergläubische Angst vor Müllverbrennungsanlagen haben, werfen sie ihre Abfälle einfach in die Landschaft. Oder sie legen wilde, illegale Deponien an. Dort sickern Batteriesäure und Sondergifte in die Erde, und, wer weiß, vielleicht brütet die Schöpfung (oder ihr Gegenteil) dort gerade neue Wesen aus: mannsgroße Fledermäuse, Frösche mit acht Beinen oder riesige Schlangen mit Flügeln. Vielleicht sind die Drachen auf den normannischen Holzbalken im Palazzo Chiaramonte oder auf dem Restaurantschild in Randazzo gar keine Erfindungen, um die Ungeheuerlichkeit der Gewitter oder des Vulkans zu erklären. Vielleicht sind die Drachen aus unseren Märchen ein Blick in die perverse Zukunft, die wir gerade erschaffen.*

Nach dem Müllsammeln schwammen Adriano und ich so lange im Meer, bis der Gestank und der Dreck weggewaschen waren und wir einen Sonnenbrand auf den Schultern hatten. »Dieses Wasser hier gibt einem das Gefühl, unsterblich zu sein. Oder zumindest keinen Hüftspeck zu haben«, sagte Adriano, während er in die Ferne schaute. »Ist das ein Schiff von Frontex oder eine Luxusyacht?« Diese Gleichzeitigkeit von Elend und Pracht ist vermutlich das, was Sizilien so unwiderstehlich macht. Diese Insel erinnert einen permanent daran, dass es kein Paradies gibt.

***

In der Weinbar, in die uns Vittoria bestellt hat, diskutieren drei dicke Kellner lautstark über einen neuen Cocktail, der Penicillina heißt. Ein Glas fällt auf den Boden, und einer von ihnen bückt sich, um die Scherben aufzuheben. Seine Hose rutscht über den Hintern und offenbart ein Gebirge aus Hautunreinheiten, schwarzen Borsten und Cellulite. Dann steht er wieder an der Bar – den Fuß kokett auf die Stange gestützt, die Schürze sauber gebunden, die Finger fast zärtlich aneinanderreibend – und lobt das Raucharoma des Laphroaig-Whisky in dem Drink. Und einfach gar nichts an diesem Mann ist falsch oder unwürdig.

Dann ist sie endlich da. »Mein Flug aus Madrid hatte Verspätung«, sagt Vittoria, küsst uns jeweils erst rechts, dann links, was mich jedes Mal durcheinanderbringt. Sie verliert keine Zeit: »Ihr seid doch nie im Leben ein Paar. Egal. Lasst uns den Hauswein nehmen. Den bauen die bei Camporeale selbst an.« Heute hat sie keine Tabakkrümel an der Lippe, aber die verschwitzte Aura einer Vielfliegerin, die sich vor der Landung nicht das Make-up auffrischt. Während der ersten fünf Minuten hat sie ihre Haare zweimal hochgesteckt und wieder gelöst. Sie hat von drei Fotobüchern erzählt, an denen sie gerade arbeitet, eines davon über sizilianische Seiltänzer. Sie hat diverse Freunde erwähnt, die alle angeblich komplett verrückt sind und die wir unbedingt treffen müssen. Und sie hat eine Hassrede auf den aktuellen Bürgermeister von Palermo gehalten, die mit sizilianischen Schimpfwörtern gespickt und für Santi und mich komplett unverständlich war. Nach einem Teller roher Garnelen und einer Scheibe in Olivenöl getränktem Brotes, hat sie sich beruhigt und fragt: »Und wer seid ihr wirklich?«

»Wir sind Frodo und Sam auf dem Weg zum Schicksalsberg«, sagt Santi.

»Schrecklicher Film«, schnappt Vittoria. »Keine einzige erträgliche Frauenrolle. Und die bösen Südländer, die für das Auge kämpfen, sind Schwarze mit Tattoos und Piercings. Keine Ahnung, warum der nicht gecancelt wurde.«

Ihr Telefon brummt und wandert über den Tisch. Sie schaut blitzschnell drauf und trifft ebenso schnell eine Entscheidung: »Gerade hat sich was verschoben. Die nächsten Tage habe ich frei. Wenn ihr wirklich zum Ätna wollt, komm ich mit. Wie gut könnt ihr reiten?«

# *Kapitel 7*
## *First Crush (Adrianos Tagebuch)*

Vor dem Einschlafen sprechen wir über Vittoria.

»Die sieht aus wie die Annunziata im Palazzo Abatellis«, sagt Santi träumerisch. »Natürlich trägt sie kein blaues Kopftuch, aber sie hat auch diesen irren Schwung von den Augenbrauen bis zu den Nasenflügeln und so sexy gepolsterte Wangenknochen. Leider hat sie mich kein einziges Mal angeschaut.«

»Das ist mir überhaupt nicht aufgefallen. Vielleicht hat sie kein Interesse an jungen Typen.«

»Oder sie steht nicht auf junge Typen, die sie in der Direct Message anlügen.«

»Ich glaube, das ist ihr total egal. Wer erwartet denn, dass man auf Instagram die Wahrheit sagt? Wenn Vittoria dich nicht interessant fände, würde sie doch nicht mit uns diesen Trip morgen machen. Kannst du wenigstens reiten, oder war das auch erfunden?«

»Ich dachte, auf eine Notlüge mehr oder weniger kommt es nicht an. So schwer kann es ja nicht sein. Was ist mit dir? Wie viele Hengste bist du schon geritten?«

»O Mann. Wer schreibt eigentlich deine Witze? Und wie kamst du darauf, dass wir zum Ätna wollen?«

»War das nicht die ganze Zeit klar? Wo willst du die Asche sonst verstreuen?«

»Das ist mir jetzt zu groß, und dafür bin ich zu müde. Schlaf gut.«

»Ich dich auch!«

Am nächsten Morgen bin ich sehr früh wach und frage mich, zum wievielten Mal eigentlich, ob einem der Geliebte bei seinem Tod Eigenschaften, Neurosen und Schlaflosigkeit weitergibt. »Entschuldigen Sie, aber das ist sehr mechanisch gedacht«, hat meine Therapeutin Frau Reitbaur dazu gesagt. »Und dass Ihr Biorhythmus durcheinandergeraten ist, ist völlig normal. Es wäre doch seltsam, wenn Sie nach dem Tod Ihres Partners gesund essen und ruhig schlafen würden.« Das klingt logisch, ein Trost ist es nicht. Der ungewohnte Schlafmangel erzeugt in mir ein Gefühl, als seien die Schichten von Haut, Knochen und Flüssigkeit, die das Gehirn normalerweise schützen, so dünn geworden, dass alle Informationen ungefiltert in mich eindringen. Ich bin reizbarer als sonst und fühle mich gespannt wie ein Schiffstau beim Anlegemanöver, über das man vorsorglich Wasser gießen muss, damit es nicht anfängt zu qualmen oder gar reißt.

Währenddessen atmet Santi ganz ruhig und gleichmäßig. Heute Morgen liegt er mit soldatischer Präzision auf seiner Seite des Bettes, kein Bein oder Arm ist zu mir gewandert, was ich ein bisschen schade finde. Sein Mund ist leicht geöffnet, ich rieche seinen Schlaf und spüre seine Wärme. Ich habe mich in den letzten Tagen an seine Nähe gewöhnt. Dass er schläft und ich nicht, schafft eine Distanz zwischen uns, die mich nervös macht. Ich würde ihn gern wecken, aber ich wüsste nicht, was ich ihm dann sagen sollte. »Es gibt unendlich viele Formen der Verliebtheit«, hat Adriano mir mal erklärt, und ich hielt das damals für eine Ausrede. Jetzt ahne ich, was er meinte.

Die Proraso-Dose steht wie jede Nacht neben mir. Santi hat nichts dazu gesagt. Nur vorgestern bei der hektischen

Abreise aus Enna meinte er: »Vergiss Adriano nicht.« Und dann hat er gestern Abend einfach so entschieden, was wir damit machen. Und weil es eben Santi ist, der das entschieden hat, habe ich das nicht als Anmaßung empfunden, sondern war damit einverstanden. Ich habe bestimmt noch eine halbe Stunde Zeit, bis er mit Aufwachen und Duschen fertig ist, denn er braucht erstaunlich lange im Badezimmer. Ich würde ihn gern mal nach seiner Beauty-Routine fragen, aber fürchte mich vor der Antwort. Wenn er mir erklären würde, wie er seine Augenbrauen zupft, eine Feuchtigkeitsmaske aufträgt oder sein Schamhaar trimmt, würde das seinen Zauber zerstören. Oder ihn noch zauberhafter machen. Beides möchte ich vermeiden. Da ich ihn nicht stören will, stehe ich behutsam auf, hole mir das Buch mit dem Marmoreinband, auf den er »Sicily, First Crush« geschrieben hat, falte mein Kissen und fange an.

***

Tag 1: Werbeplakat am Flughafen von Catania. Der Feuer speiende Vulkan, die glühende Lava. Konrad gähnt nur nach seinem Flugzeugschlaf. Die schwarzen Straßen von Catania, eine Stadt aus kalter Lava. Ein Baugerüst aus schwarzen Metallstangen und goldenen Gelenken. Wie die Rüstung eines Ritters, der jeden Gegner tötet. Es ist schon fast Mitternacht, die ganze Stadt auf der Straße. Hilflos fein gemachte Eltern, Jungs in Trainingshosen und Gucci-Fakes, Mädchen mit Paris-Hilton-Make-up. Auch die Männer schlecken Eis; unmännlich wie hypermännlich. Die erste Pistaziengranita meines Lebens: erdig, nussig, zuckrig, kalt wie der Tod.

Tag 2: Wir schlafen in einer Baustelle. Außer mir und Konrad ist niemand da. In unserem Zimmer steht ein Doppelbett auf Betonfliesen, wie eines der unzähligen Stahlbetongerippe an den Straßenrändern.

Mein erster Vulkan, der Vesuv, mächtig und erloschen an der Küstenkurve von Neapel. Dort hatte ich Sex mit Sebastiano, dem Prinzen der Stadt. Mein Gastgeber Tomaso war sein Cousin zweiten Grades. Sein Urgroßvater hatte die Zoologische Station in der Via Comunale gegründet, die erste naturwissenschaftliche Forschungseinrichtung Europas. Tomaso wohnte in einer Dachwohnung mit Collagen von Aldo Rossi an den Wänden. Einer seiner jungen Freunde hieß Calogero, er führte mich durch Neapel und dann zu sich nach Hause. Schnell und schwitzig, denn er wohnte noch bei seiner Mutter. Am Wochenende Party mit Straßenjungs, die zu italienischen Schlagern den Catwalk-Walk von Naomi nachahmten. Mit Sebastiano auf dem Motorrad zu seinem Palast. Intensiver, seltsamer Sex. Vielleicht wegen der vielen Antidepressiva. Deswegen auch sein trauriges Dauerlächeln. Am nächsten Morgen erwartete ihn seine Mutter in einem anderen Flügel des Palastes zum Oster-Lunch. Draußen stand der Boyfriend. Als ich ihm in die Augen schaute, glaubte ich kurz, dass ich zu Stein würde.

Konrad findet die Neapel-Geschichten nervig. Er sucht seine Wanderschuhe. Ich nenne den Ätna Schicksalsberg, was er höflich/unhöflich ignoriert. »Wenn ich noch einen Schritt weiter gehe, bin ich weiter weg von zu Hause, als ich jemals gewesen bin«, sagt Sam Gamdschie in der Verfilmung (im Buch glaube ich nicht). Mein Problem: dass ich diesen Schritt nie gegangen bin. Das andere Problem: dass ich kein Zuhause habe, zu dem ich zurückkehren könnte.

Auf dem Weg zum Ätna. Ich schmeiße den Reiseführer aus dem Autofenster, Konrad dreht um und sammelt das Buch wieder ein. Wir fahren durch Kastanienwälder die Ostflanke des Berges hoch. Dann wandern wir los. Disteln, Ginster, Moose, Sträucher, Geröll. Lavakies, der unter unseren Schritten wegrutscht. Kein einziger anderer Wanderer, kein Vogel, nur Fliegen. Im Nacken, auf den Augenlidern, auf dem angebissenen Apfel. Wir streifen die Fliegen ab, aber sie sind schneller. Und es werden immer mehr. Wie die Schnecken bei Highsmith. Der Grat zum Valle del Bove, Ströme von grauem Kies, riesige Felsbrocken, die kreisrunde Talsohle flach und schwarz. Ein See aus kalter Lava. Hässlich, trostlos, gewaltig.

Wir folgen dem Grat und steigen weiter. Sobald der Wind vom Meer nachlässt, spüren wir die Hitze vom Hauptkrater. Ich habe Schmerzen im linken Knie. Und ein bisschen Angst. Ich bettle Konrad an, dass wir umdrehen. Wir haben das Feuer des Vulkans gespürt, aber keine glühende Lava gesehen. Dieser Vulkan habe drei Namen: »Ätna, Mongibello, und der dritte Name ist geheim«, schreibt Sciascia. Supersatz, Romantitel. Der Berg hat sein Geheimnis bewahrt, und das Leder der Wanderschuhe ist voller kleiner Schnitte.

Tag 3: Konrad liest »Im Schatten junger Mädchenblüte«, natürlich auf Französisch, ich lese »Imperial Bedrooms«. Langweilig bis auf die Sex- und Drogenorgie. Abends dirigiert James Levine im Amphitheater von Taormina. Million-Dollar-Volcano-View. Als Zugabe der »Ungarische Tanz Nr. 5« von Brahms. Konrad lässt dabei meine Hand nicht los, und ich bin frisch verliebt – in dieses hastige kleine Stück Musik und in die Hand meines Mannes. Früher haben sich hier Raubtiere zerfleischt.

Tag 4: Das San Domenico Palace war mal ein Kloster und wurde zum Luxushotel umgebaut. So wie die ganze Welt zu Luxushotels umgebaut wird. Viele der Zimmer im San Domenico sind ehemalige Zellen mit Türen, die selbst mir zu niedrig sind. Plastiknasszellen im Dominikanerkloster.

Auf der Hotelterrasse trinken wir warmen Weißwein. Am Nebentisch sitzt Levine mit seiner Entourage. Neben ihm ein viel zu hübscher Jüngling. Er sagt nichts, vielleicht kann er kein Englisch. Volle Lippen, wirre Locken, ranke Taille. Konrad Helbig, Wilhelm von Gloeden, Herbert List. Böse, traurige, schwule Männer. Ich verachte Levine, aber den Jungen würde ich gern für eine Nacht mitnehmen. Konrad glaubt, er könne auch ein ausnahmebegabter Fagottist sein.

Tag 6: Zweiter Grund, nach Sizilien zu fahren: die *mattanza*. Zum ersten Mal habe ich sie in »Stromboli« gesehen. Als Karin/Ingrid Bergman ihren Mann bei der Thunfischjagd besucht, sieht sie die *mattanza*. Die Fischer holen die Netze ein und singen ein hypnotisches Lied auf Sizilianisch. Dann das große Schlachten.

Auf Favignana werden Thunfische noch immer so gejagt. Sie ist eine der Ägadischen Inseln, fünf Felsbrocken im Mittelmeer vor Trapani. Auf Levanzo gibt es Höhlenzeichnungen, aber der Weg durch den Felsen ist so eng, dass ich Panik kriege. Bei der Ankunft auf der ehemaligen Gefängnisinsel Favignana beobachten uns ein paar Jungs. Am Abend ist das Bremsseil unseres Autos durchschnitten. Konrad tut so, als sei das ein dummer Zufall. Ich bin sicher, dass sie uns gern die Kehle durchschneiden würden. Und ihre Väter würden wegschauen.

Tag 7: 6.30 Uhr am Hafen von Favignana. Ein paar Touristen, ein paar Einheimische. Alle warten. Ein Fischer fährt mit seinem Boot raus. Eine Stunde später kommt er zurück und zuckt mit den Achseln.

Tag 8: 6.30 Uhr am Hafen von Favignana. Konrad wollte nicht aufstehen. Er hat auf die Thunfischjagd keine Lust. Er kann kein Blut sehen und wird beim Arzt ohnmächtig. Das Kundschafterboot kommt mit einem Thunfisch zurück, so groß wie ein Hausschwein. Mit der Schubkarre durchs Dorf, vor dem Fischladen wird er am Schwanz aufgehängt. Tiefrotes, tropfendes Fleisch. Es schmeckt animalisch, kaum fischig und rein. »Glaubst du, wir finden noch einen Schwarm?«, frage ich Konrad nach dem Essen. Er liegt mit Klamotten auf dem Bett, die Augen schon halb zu. »Natürlich, Adri. Den größten im ganzen Mittelmeer«, sagt er. Von draußen das Glucksen der Wellen, die Zehen seines linken Fußes zucken. Vielleicht sucht er etwas.

Tag 9: 7.30 Uhr am Hafen von Favignana. Ein paar schnelle, laute Worte auf Sizilianisch, die Wartenden werden auf die Boote verteilt. Draußen auf dem Meer kreuzen und queren wir, bis die Boote ein Quadrat bilden. Die Fischer ziehen das riesige Netz bis knapp unter die Wasseroberfläche hoch. Zwei Dutzend zappelnde Thunfische. Nicht so riesig wie auf den Schwarz-Weiß-Fotos in den Hafenrestaurants. Aber immer noch groß.

Ein bärtiger Hüne steht auf dem Netz, rammt seinen Enterhaken in das Fleisch der Tiere und schleudert sie in die Boote. Er watet im Thunfischblut, das sich mit dem Meerwasser vermischt. Ein schwitzender Gott bei der Arbeit. Erregendes, abstoßendes Schauspiel, ich will keinen Spritzer verpassen. Hinterher klebt meine Haut vom Salz, und ich fühle mich leer. Die *mattanza* ist tot, nur noch Spektakel für Idioten wie mich. Am Nachmittag stehen wir in der Autoschlange für die Fähre zurück. Ein Händler mit hölzerner Schubkarre verkauft aufgeschnittene Seeigel. In der Nachmittagssonne leuchtet ihr Fleisch in obszönem Orange.

***

»Wir müssen echt los. Vittoria wartet«, sagt Santi. Seine Haare sind noch nass, er läuft in unserem kleinen Zimmer auf und ab und wedelt seine Fingernägel trocken.

»Wie findest du die Farbe? Sie heißt Berlin Tempelhof.«

»Ziemlich grau. Wie lange bist du schon wach?« Ich fühle mich erwischt.

»Lange genug. Weißt du, dass du beim Lesen deine Lippen bewegst?«

Die Zärtlichkeit, die ich für den schlafenden Santi empfunden habe, ist gewichen. Jetzt sind wir weit weg voneinander, und ich hänge noch in dem Tagebuch von Adriano. Er klingt darin kalt und selbstsüchtig, wie ein anderer Mann. Nicht der, den ich verloren habe und den ich vermisse. Ich erinnere mich, wie der ganze Urlaub auf diese Thunfischjagd zusteuern musste. Und ich erinnere mich an seine rabiaten Stimmungswechsel, die mich eingeschüchtert haben. »Manche empfinden diese Art Unberechenbarkeit als ungesund«, hat Frau Reitbaur dazu gesagt. »Sie zwingt einen, ständig auf der Hut zu sein. Wie ging es Ihnen damit?« Als er noch lebte, habe ich Adriano manchmal verteidigt und manchmal nicht. Seit er gestorben ist, macht mich jede Kritik an ihm wütend. »Immer noch besser als Berechenbarkeit. Langeweile ist der sicherste Tod einer Beziehung«, habe ich geantwortet.

»Ist das Ihre Meinung oder einer der apodiktischen Aphorismen von Adriano?«

»Es ist eine Sache, die ich ihm geglaubt habe.«

Tatsächlich waren seine Stimmungsschwankungen anstrengend, aber ich spürte die dahinterliegende Verletzlichkeit. Ich fand unsere Reise damals zeitweise nervig, aber insgesamt großartig, nun hat mir sein Tagebuch viele Jahre später vor Augen geführt, wie weit entfernt er sich manchmal gefühlt hat. Wir hatten seine sizilianische Fantasie wahr gemacht, danach saß er abgekämpft und sonnenverbrannt in dem Fischerboot. Das ganze Blut hatte ihn nicht satt gemacht, nach der Ekstase des Schlachtens schien ihm sein Traum nur noch fahl. Das Tagebuch von Adriano hat mir nicht die Augen geöffnet, denn ich bin nicht blind durch unser gemeinsames Leben gegangen. Aber seit seinem Tod wurde das Bild in meinem Kopf immer undeutlicher, vernebelt von Trauer und

Sehnsucht. Nach der Lektüre sehe ihn wieder schärfer: ein Fantast, der sich selbst durchschaute. Und der nicht wusste, ob er über sich lachen oder weinen sollte. Ich konnte ihn auf dem Fischerboot vor Favignana nicht trösten, denn in solchen Momenten gab es für ihn keinen Trost. Und trotzdem war ich mir sicher, dass er mich dann am meisten brauchte, wenn er unwirsch und abweisend in sich versank.

***

»Meine Familie ist eine Tragikomödie«, hat Adriano oft gesagt. Bei einem Sturz von einem Dromedar in der Sahara hat sich Adrianos Vater Felix vor einigen Jahren die Hüfte gebrochen. Das war das endgültige Ende seines Nomadenlebens als Reportagefotograf. Als Adriano zwölf Jahre alt war, hatte seine Mutter Barbara ihren Mann, also Adrianos Vater, rausgeschmissen. »Er hätte sich eben mal für uns entscheiden müssen«, war alles, was sie ihm dazu sagte. Adriano wäre gern mit seinem Vater um die Welt gereist, aber in dieser einen Sache waren sich seine Eltern einig: Er musste zu Hause bei seiner Mutter bleiben. Dafür brachte ihm sein Vater von fast jeder Reise etwas Exotisches mit: einen geschwärzten Schemel von einer japanischen Insel, afrikanische und mexikanische Masken, präparierte Piranhas mit offenen Mäulern und die säbelförmigen Hörner einer Oryxantilope, die Adriano später in sein Arbeitszimmer hängte. Seit dem Sturz lebt Felix in einer gut gelegenen, aber völlig chaotischen Altbauwohnung in Hamburg. Bei jedem Besuch hat Adriano verschimmelte vegetarische Brotaufstriche aus dem Kühlschrank entsorgt, was sein Vater mit der Lässigkeit eines Mannes hinnahm, dem

Ideologie wichtiger war als Verfallsdaten – und der immer eine Frau hatte, die sich um ihn kümmerte. Mich hatte er anfangs im Verdacht, die CDU zu wählen. »Was dein neoliberaler Freund wohl über deinen Hippievater denkt«, hatte er Adriano mal gesagt, mit der Koketterie, die für seine Generation typisch ist. Adriano hatte danach ein halbes Jahr nicht mit ihm gesprochen und seine Anrufe weggedrückt. Zur Entschuldigung schickte ihm sein Vater ein gerahmtes Foto, das er mit Selbstauslöser von sich und seinem Sohn gemacht hatte, als dieser vier Jahre alt war. Es zeigt Adriano mit schwarzen Locken und in Kinder-Cargo-Pants. Er richtet einen Spielzeugrevolver auf seinen Vater, der vor ihm kniet und die Arme hebt, um sich zu ergeben. Das Schönste an dem Bild ist Adrianos Gesichtsausdruck. Er schaut nicht seinen Gegner an, sondern in die Kamera, denn er weiß gar nicht, was er mit seinem Sieg anfangen soll. Das Schönste an dem Bild, aus Adrianos Sicht, war die Tatsache, dass sein Vater vor ihm kniete. »Er ist ein eitler Egoist, aber er hat mich schon ernst genommen, als ich noch Milchzähne hatte«, sagte er. Und Felix hat ihm nie das Gefühl gegeben, dass er sich ein anderes Leben für seinen einzigen Sohn gewünscht hätte. Vielleicht war er dafür aber auch zu sehr mit sich selbst beschäftigt.

Seit seinem Dromedar-Unfall unternimmt er kaum noch Reisen – und seine alten Freunde in Redaktionen und Werbeagenturen, die ihn früher mit Aufträgen versorgten, sind mittlerweile pensioniert oder gestorben. Felix arbeitet zu Hause an seinem Vermächtnis aus Bildern, Geschichten, Collagen. »Wie Peter Beard, aber politisch«, nennt er das Konzept, aber hängt seit Langem bei seinem Trip nach Kuba in den späten 70ern fest. Er hadert mit seinem Lebenswerk und hört nur noch schlecht. Seine aktuelle Freundin ist nicht unglücklich darüber, dass sein sexueller Appetit fast erloschen ist, wie sie mir mal verraten hat. Adriano konnte sie nicht leiden und nannte sie »Gold diggin bitch«. »Ein Glück, dass es bei meinem Vater nichts zu holen gibt.«

Als sie noch ein Paar waren, war Adrianos Mutter Barbara die inoffizielle Managerin ihres Mannes: Sie schrieb die Rechnungen, sie verhandelte die Honorare, sie organisierte das Archiv. Nach der Trennung lief sein Job dramatisch schlechter, sie arbeitete in einer Anwaltskanzlei, die regelmäßig in den Top-100-Listen der Wirtschaftsmagazine auftaucht. Außerdem gelang es ihr, sich noch dreimal unglücklich zu verlieben. In eine Philosophieprofessorin, die eine sehr kritische Meinung über Adrianos berufliche Laufbahn hatte und die auffällig schnell wieder aus Barbaras Leben verschwand. In den Guru einer Sekte, der ihr eine aufwendige Ausbildung zur Heilerin verordnete. Sie gab für die Seminare viel Geld aus, bis sie merkte, dass die tiefe innere Verbindung mit ihrem Guru ziemlich einseitig war. Zuletzt traf sie Enrico, einen sanftstimmigen Witwer aus der Basilikata. Die beiden beschlossen, in Berlin eine Weinbar zu eröffnen, und bestellten handgefertigte Möbel aus Enricos Heimatdorf. Dann war er plötzlich verschwunden, die Tischlerrechnung aus der Basilikata war sein Abschiedsgruß. Ihr Esstisch mit den absurd vielen Stühlen aus Walnussholz stammt aus dem Nachlass der unvollendeten Weinbar, und Barbara bringt es nicht über sich, auch nur einen der Stühle wegzuschmeißen. Danach hat sie beschlossen, dass sie keinen Mann mehr in ihrem Leben braucht. Außer einem: In ihrer Küche hängt ein Foto von Adriano beim Füllen eines Thanksgiving Turkey, die eine Hand steckt tief im Truthahn, mit der anderen macht er eine abwehrende Geste in Richtung Kamera wie ein Filmstar, der Paparazzi verscheuchen will. »Am nächsten sind wir uns, wenn wir gemeinsam kochen«, hat sie mir mal gesagt. Ich hatte immer das Gefühl, dass Adriano etwas von Barbaras Qualitäten hätte gebrauchen können: Sie wurde enttäuscht, doch sie ist nicht hart geworden. Und fast noch wichtiger: Sie mag sich selbst.

Im Krematorium schaffte ich es kaum, sie anzusehen. Meinen eigenen Eltern hatte ich gesagt, dass sie nicht kommen müssen. Und sie hatten dieses Angebot für meinen Geschmack etwas zu bereitwillig angenommen. Ich war von ihnen enttäuscht – und von mir selbst, weil ich sie gebraucht hätte und es nicht über mich brachte, ihnen das zu sagen. Adrianos Eltern waren natürlich gekommen, allerdings jeder für sich. Ihr Sohn war immer davon überzeugt gewesen, dass ihre Trennung ein Irrtum war, und seine Eltern so weit weg voneinander zu sehen, wie es der kahle Raum mit der Ofenklappe eben erlaubte, hätte ihn noch einmal umgebracht. Sein Vater heulte hemmungslos und vergrub den Kopf im Arm seiner Begleiterin, die etwas betreten wirkte.

Adrianos Mutter weinte nicht und sah in ihrem schwarzen Kostüm aus wie eine zerrupfte Krähe. Sie griff nach meiner Hand. »Danke für das, was du für ihn warst. Bei dir war er in Sicherheit.« Ich konnte nicht aussprechen, was ich in dem Augenblick dachte – dass diese Sicherheit nicht sicher genug für Adriano war oder nicht das, was er suchte, dass ich nicht genug für ihn war. Und dass ich nicht da war, als er mich brauchte. Ich sah sie an und bewahrte die Fassung, aber mich zermalmten meine eigenen Vorwürfe. »Vergiss nie, dass es ein Unfall war«, sagte seine Mutter, als könne sie Gefühle lesen, und wahrscheinlich war dieser Gedanke für sie selbst genauso wichtig wie für mich. Sie verschwand ohne Abschied, und die Vorstellung, wie sie aus dem Krematorium in ihre Wohnung mit den Walnussholzstühlen und dem albernen Thanksgiving-Foto ihres Sohnes zurückfuhr, war für mich kaum zu ertragen. »Schade. Aber das wird wohl das Beste sein«, sagte sie, als ich ihr am Telefon erklärte, dass ich unser Haus verkaufen will. Dann wussten wir beide nicht mehr, was es noch zu sagen gab.

Seinen Vater hat Adriano das letzte Mal in Taormina gesehen. Er erzählte mir später von dem Abend, als sei es eine amüsante Begegnung gewesen, aber das war es nicht, und das wussten wir beide. Sie hatten auf der Terrasse vor Felix' Hotelzimmer gesessen und die durchtrainierten Powerpaare beobachtet, die zur kleinen Felsinsel schwammen, auf der sie ihre Körper den anderen Gästen präsentierten, und dann wieder ins Meer sprangen. Sein Vater war alt geworden. Er schaute auf seine Hände und fragte: »Wie geht es dir auf Sizilien?«

»Gut. Aber mir geht es wie dem Groupie in den 70ern, das nach jedem Rockstar auf die Frage, wie er gewesen ist, sagte: ›Toll, aber es war nicht Mick Jagger.‹ Als sie dann endlich Sex mit Mick Jagger gehabt hatte, sagte sie: ›Toll, aber es war nicht Mick Jagger.‹ So geht es mir mit Sizilien.«

»Das tut mir leid. Das Gefühl kenne ich. Ich habe ihn mal getroffen, aber da war er so auf Koks, dass er mich Charlie genannt hat.«

»Warum hast du uns damals verlassen?«

»Du weißt doch, ich war in Silvia verliebt. Und das Leben mit deiner Mutter fühlte sich an wie ein Gefängnis.«

»Aber mit Silvia war es doch auch wieder ein Gefängnis. Und mit der danach auch.«

»Meinst du, das weiß ich nicht? Ich habe halt weitergesucht. Ich war immer ein Wanderer. Manche Menschen finden kein Zuhause. Sei froh, dass du Konrad hast.«

»Sei du froh, dass ich Konrad habe!«

»Das bin ich, Adriano. Das bin ich wirklich.«

Nur wenige Meter unter den beiden schmatzte das Meer, diese trügerischste aller Freundinnen. Adrianos Vater schien einzudösen. Dann wachte er wieder auf, und sein Blick war einen kurzen Moment wieder klar und voller Abenteuerlust: »Kalabrien! Jetzt in der Dämmerung sieht man es viel besser! Da war ich noch nie …«

*Man ist erst erwachsen, wenn man seinen Eltern verziehen hat. Und man wird alt, wenn sie einem leidtun. Als kleiner Junge habe ich meinen Vater bewundert, denn ich sah ihn als Abenteurer. Als meine Eltern sich getrennt haben, wäre ich am liebsten mitgegangen. Später habe ich über seine Getriebenheit gelächelt, heute weiß ich, dass ich sie geerbt habe. Dass er adoptiert war, spiele keine Rolle, sagt er: »Ich habe das Konzept Familie nie verstanden: Meine Mutter war ein Geist. Und mein Vater ein Nazi.« Seine leiblichen Eltern hat er nie gesucht, und seine Adoptiveltern hat er verlassen, sobald er alt genug war. Welche andere Chance hat er gehabt, als immer nur weiterzurennen? Und wahrscheinlich bin ich genau wie er. Selbst in den schönsten Momenten bin ich mir sicher, dass Sizilien nicht mein Zuhause wird. Auch hier herrscht in mir kein Frieden. Aber anders als er kann ich da-*

*mit leben: Ich glaube nicht ans Ankommen und versuche es trotzdem.*

***

»Woran denkst du?«, fragt Santi. Ich zucke mit den Achseln, und weil er spürt, dass er nicht weiterkommt, schaltet er um. »Pferde sind Spiegel. Pferde urteilen nicht. Sie nehmen die Energie auf, die man mitbringt«, sagt er.

»In welchem YouTube-Tutorial hast du das gehört?«, frage ich, froh über den Stimmungswechsel.

»Das weiß ich von Stella McCartney. Los! Zähne putzen. Und dann Abfahrt. Ich gehe schon mal runter und kaufe Frühstück.«

Er hat seine Enttäuschung über Vittorias kalte Schulter schon wieder verwunden und macht sich Sorgen, weil wir Jacks Haare nicht mehr von der Rückbank gesaugt haben. »Das ist ihr garantiert vollkommen egal. Alle Sizilianer lieben Hunde. Und hinterher sitzen wir auf Pferden. Die haben auch Haare«, sage ich. Aber Vittoria kommt auf einer Kawasaki Scrambler mit gelb-orange-roter Lackierung zu unserem Treffpunkt, einem Parkplatz an der Strandpromenade von Palermo, wo morgens die Frühaufsteher mit ihren Personal Trainern schwitzen und ein Wellblechzaun mit Graffiti den Containerhafen eingrenzt. Vittoria trägt Jeansjacke und Reitstiefel, dazu einen goldenen Helm wie aus einem Daft-Punk-Video. »Meine Freundin Lucy will mitkommen. Wir müssen die in Cefalù abholen. Das liegt ja auf dem Weg«, sagt sie. Das stimmt nicht ganz, aber sie macht nicht den Eindruck, als ob es etwas zu diskutieren gäbe. »Toller Look«, sage ich, und Santi fragt: »Darf ich auch mal fahren?« Vittoria klopft auf den hinteren Teil des Sitzes: »Auf keinen Fall. Aber du kannst mitfahren. Spring auf!« Auf der Küstenstraße von Palermo nach Cefalù dreht sie auf, schlängelt sich an Autos vorbei und fährt noch ein bisschen schneller als auf Sizilien ohnehin üblich. Immer wieder muss sie anhalten, weil ich nicht hinterherkomme. »Ihr Deutschen mit euren Autobahnen. Auf echten Straßen macht ihr schlapp«, spottet sie bei einer dieser Pausen und bittet Santi, ihr eine Zigarette zu drehen, während sie Lucy anruft. Dabei dauert das Gespräch genau fünfzehn Sekunden. »Wir holen sie in dieser Strandbude ab«, sagt Vittoria. »Wenn wir Glück haben, schaffen wir es zum Mittagessen.«

Lucy ist Köchin und hat in Lima und in ihrer Heimatstadt Singapur in weltberühmten Restaurants gearbeitet. »Meine Mutter findet, dass ich lieber heiraten soll. Als Ehefrau könne ich ja auch kochen.« Sie hat schwarze Augen und die Figur einer Actionheldin: Alles an ihr wirkt funktional und riskant. Seit einigen Monaten arbeitet sie in der Strandbude mit dem belgischen Sternekoch. Der hatte nach seinem blitzschnellen Aufstieg in der 50-Best-Liste ein Burn-out, über das die ganze Feinschmeckerwelt redete: Er zündete seine Brüsseler Restaurantküche an. Nur die weißen Trüffel rettete er. Dem Thema Feuer ist er treu geblieben. Er kocht in seinem neuen Restaurant ausschließlich auf offener Flamme und glühender Kohle. Lucy röstet gerade die Karkassen von riesigen Petersfischen über den Flammen, was sie noch superheldinnenhafter wirken lässt. »Ich bin gespannt auf die Pferde«, sagt sie. »Ich bin mein Leben lang geritten. Das ist eine der drei Sachen, die man in Singapur machen kann: Antidepressiva, Essen und Reitsport.«

Dann ruft mich mein Anwalt Tuttoaposto an.

Offiziell heißt er Giancarlo Dorato, aber seit Adriano und ich das erste Mal in seinem stark gekühlten Büro gesessen hatten, lautete, egal bei welchem Problem, seine Antwort stets: »Tutto a posto.« Alles ist gut. Kein Problem. Adriano fand deshalb, das sei der perfekte Name für ihn. »Der *Better Call Saul* von Sizilien«, charakterisierte er ihn, nach dem windigen Anwalt aus »Breaking Bad«. Wie bei Saul Goodman stellte sich bei unserem Anwalt dann leider oft heraus, dass doch nicht alles gut war. Genauso oft stellte sich raus, dass Probleme sich durch Verschleppen lösen ließen. Insofern ist Tuttoapostos Strategie immerhin zu fünfzig Prozent erfolgreich. Und er hat mir bis heute noch nie eine Rechnung gestellt.

»Salve, Corrado. Tutto a posto?«, fragt er jetzt, denn er ahnt ja nichts von seinem Spitznamen. Wie immer bin ich angenehm irritiert, wenn jemand mich mit meinem italienischen Namen anspricht. Aber dies ist kein Höflichkeitsanruf: »Corrado, wir haben ein Riesenproblem. Du musst sofort zurück nach Noto kommen.«

# *Kapitel 8*
# *Fuck Sicily (Fire Walk With Me)*

Mal ist es eine aus dem Auto geworfene Zigarette oder eine zerbrochene Flasche. Mal ist es Vandalismus oder Spekulation. Und oft ist es einfach nur Wut auf die Welt.

In manchen Jahren ist es nicht so dramatisch, da brennt es in einem Naturschutzgebiet, steigt von einem Schrottplatz klebriger schwarzer Rauch auf, und am Rande eines Orangenhains hängen verbrannte Strommasten schräg über dem Boden. Sizilianischer Sommeralltag. In anderen Jahren ist es blanker Terror. Es qualmt, züngelt, brennt von Mai bis Oktober. Irgendwo sind immer Flammen oder Rauch zu sehen – am Horizont oder gleich nebenan. Ganze Berge werden an einem Nachmittag verwüstet, die WhatsApp-Chats der Selbsthilfegruppen piepen ohne Unterbrechung, der Sommerdunst riecht nach brennendem Gummi, das Rattern der Löschhubschrauber übertönt den Lärm der Zikaden, die lokalen Zeitungen schreiben von Krieg.

Wer diesen Krieg jedoch führt und warum, kann keiner so sicher sagen. »Vielleicht sind sie vorsichtiger geworden«, ist der Feuerwehrmann ausgewichen, als ich ihn fragte, warum der Brand bei uns einer der ganz wenigen in diesem Sommer war. Was wohl auch heißen kann: Nächstes Jahr könnten sie wieder zuschlagen oder vielleicht morgen. Wobei einem keiner sagt, wer *sie* sind: die

Mafia, die es angeblich im Südosten gar nicht gibt? Die Feuerwehr selbst? Die wütenden Bauern, die früher nomadischen Caminanti aus dem Südteil von Noto, die arbeitslosen Jugendlichen, die Spekulanten? Keiner weiß es genau, jeder hat einen Verdacht, alle ballen die Fäuste und zucken mit den Schultern. Am gefährlichsten sind die verwilderten Grundstücke und Landstriche, deren trockenes Gestrüpp nur auf den entscheidenden Funken zu warten scheint. Die *incendi dolosi*, die gelegten Feuer auf Sizilien, schüren Angst und Wut und das schreckliche Gefühl des Ausgeliefertseins. Als wären sie eine Gottesstrafe. Und sie können jederzeit überall aufflammen. Ein Grundstück, auf dem es gebrannt hat, darf offiziell zehn Jahre lang nicht verkauft und nicht bebaut werden. In anderen Teilen Italiens hat das die Zahl der Brände mehr als halbiert. Auf Sizilien einigen sich Käufer, Verkäufer und Notar einfach darauf, dass es das Feuer nicht gegeben hat.

»Bei dem Inferno auf eurem Berg gab es zwei Brandherde«, hat mir Tuttoaposto am Telefon erklärt. »Und was ganz selten ist: Es gibt zwei Zeugen. Leider belasten die dich.« Ich müsse bitte sofort nach Noto kommen, denn ohne eine Strategie könnte das richtig böse für mich ausgehen. »Wir sprechen von fünf Jahren Gefängnis. Und fünf Jahre in einem sizilianischen Gefängnis sind die Hölle, noch dazu für einen Mann wie dich.«

»Das ist total absurd. Ich zünde doch nicht meinen eigenen Berg an. Wer sollen diese Zeugen denn sein?«

»Komm einfach. Wir sehen uns heute Abend um sieben in meinem Büro.«

Lucy reagiert blitzschnell, als ich von dem Anruf erzähle, und zeigt mit ihrem Messer auf Vittoria und Santi: »Ohne

Konrad fahren wir nicht zum Ätna. Dann geht ihr beiden jetzt schwimmen und bleibt zum Abendessen. Unser Fischer hat uns heute Morgen fantastische Goldmakrelen gebracht. Und es gibt Pasta mit wildem Fenchel und gehobelter Seeschnecke.« Santi mag es nicht, wenn andere für ihn Pläne schmieden. »Komm, wir fahren. Ich lass dich doch nicht allein mit der korrupten sizilianischen Polizei«, sagt er. Vittoria hat uns gleich am ersten Abend zwei Narben gezeigt, die von Gummiknüppeln der Carabinieri stammen: »Sizilianische Männer. Wenn sie dich nicht vergewaltigen können, verprügeln sie dich. Und die Bullen sind die Schlimmsten.« Obwohl ich Santi gern dabeihätte (und ich ihn um die Seeschnecke beneide), wehre ich ab: »Bleib ruhig hier und iss für mich mit. Du kannst da sowieso nicht helfen. Ich mache das mit meinem Anwalt.«

Fünf Stunden später sitze ich in dem kühlen Büro von Tuttoaposto. Er trägt Schuhe mit Stahlkappen, weil er am Nachmittag einen Baustellentermin hatte, seine Anzughose ist zerknittert. In sein Button-Down-Hemd hat er in Höhe der Milz seine Initialen sticken lassen, einer der kleinen Kragenknöpfe fehlt. »Mein siebter Espresso heute. Was ist bloß aus Sizilien geworden?« Er lässt offen, ob er das Feuer meint oder seinen exzessiven Koffeinkonsum. Der Feuerforensiker kam bei seiner Spurensuche zu dem Ergebnis, dass es zwei Brandherde gab. Der eine befand sich weit unten im Tal, und der Urheber war Giambattista Catania, ein Rentner, den seine Tochter bei der Vernehmung als »ein bisschen vergesslich, aber harmlos« beschrieben hat. Er hatte im Hinterhof Gartenabfälle verbrannt, dann war der alte Mann mit seiner fast genauso alten Vespa in die Stadt gefahren, um mit seinen

Freunden auf den Bänken der Piazza XVI Maggio beim Theater zu sitzen. »Er war wie immer. Vielleicht noch ein bisschen schweigsamer als die Tage vorher. Aber was gibt es schon noch zu sagen?«, hat einer von ihnen hinterher erklärt. Während Giambattista Catania also seinen besten Freunden lauschte, die er jeden Tag ein bisschen weniger verstand, sprang das Feuer aus seinem Hinterhof auf den ersten Baum über. Den Rest erledigte der Wind.

Das Problem ist der zweite Brandherd. Er befand sich weiter oben am Berg, auf einem verwilderten Grundstück an einer spitzen Kehre. »Zwei Typen haben sich bei der Polizei gemeldet. Sie haben gesehen, wie du aus dem Auto eine brennende Zigarette geworfen hast. Das Seltsame ist: Das muss erst stundenlang geschwelt haben, bevor es die richtige Nahrung gefunden hat. Dann gab es diesen Kamineffekt.«

Ab Mitte September stehen in den sizilianischen Städten Händler auf der Straße mit schmalen, ein Meter hohen Metallzylindern, in denen sie Esskastanien rösten. Es sind banale kleine Öfen, und sie erinnern an ein unerbittliches physikalisches Gesetz: Hitze will nach oben. Das wollte sie auch auf unserem Berg.

»Es geht leider wie immer um Politik. Der neue Bürgermeister braucht einen Sündenbock, weil ihm das Feuerthema über den Kopf wächst und die Medien durchdrehen. ›Der Krieg auf Sizilien‹ war auf Seite Eins der ›La Repubblica‹, da funktioniert das übliche Vertuschen nicht mehr. Und in unserem Fall ist der senile Großvater ja nicht haftfähig. Außerdem betreibt seine Familie den größten Supermarkt der Stadt. Sich mit denen anzulegen, ist politischer Selbstmord.« Und Tuttoaposto fügt mit einem vergnügten Schulterzucken hinzu: »Ein leichtsinniger Deutscher ist dagegen ideal.«

»Du musst rauskriegen, wer diese Typen sind und warum sie diese Lüge erzählen«, sage ich.

»Ich bin schon dabei. Ich kenne deren Anwalt ganz gut. Puglisi. Windiger Typ und sehr von sich eingenommen. Aber mit dem kann man reden. Ich treffe ihn morgen Vormittag. Bleib bitte in Noto und sei erreichbar!«

***

Ich fahre langsam den Berg zu meinem Haus hoch. An einer engen Stelle der Straße kommt mir ein Auto entgegen. Die Fahrerin müsste eigentlich nur ein kleines Stück zurücksetzen, um mich vorbeizulassen. Stattdessen wartet sie ungerührt, bis ich vierzig Meter rückwärts den Berg runterrolle, dann zieht sie grußlos an mir vorbei. Die Nachbarshunde rennen wütend und kläffend hinter mir her, einer springt am Auto hoch, ihr Besitzer starrt mich nur an. An anderen Tagen lache ich drüber oder lasse zum Spaß Jack aus dem Auto, der sie mit einem Knurren vertreibt. Heute nehme ich die Sturheit der Autofahrerin und den Angriff der Hunde persönlich. Und ich frage mich, ob Puglisi schon von der Sache wusste, als wir ihn in Palermo getroffen haben. Er hat sich nichts anmerken lassen, aber das muss nichts bedeuten. Hintertrieben genug scheint er zu sein. Trotzdem wird sich die Sache mit der Brandstiftung in Luft auflösen, da bin ich mir sicher. Aber sie verändert meinen Blick. Seit Jahren bauen wir hier, träumen wir hier, ernten unsere Oliven und das Johannisbrot, lassen die Straße ausbessern und erlauben jedem, auf unserem Grundstück den wilden Spargel zu sammeln, wie es auf Sizilien Tradition ist. Wir versuchen, gute Nachbarn zu sein. Ob die Leute hier uns als Nachbarn wollen, haben wir nicht gefragt. Nun habe ich die Antwort.

Im Haus von Jenny und Johannes brennt kein Licht. Dafür sieht der Esstisch in meinem Haus aus, als habe meine beste Freundin endgültig ihr Büro bei mir eingerichtet. Teller mit angebissenen Broten in verschiedenen Vertrocknungsstadien, aufgeblätterte Bildbände, ein Glas mit Rotweinresten, drei Zitronenhälften und ein paar ausgedruckte Manuskriptseiten. Ich schiebe den Kram zur Seite und setze mich, um eine E-Mail von Jenny lesen.

Ciao, Konrad.

Ich hoffe, Ihr habt Spaß auf Eurem Trip – läuft da eigentlich was mit dem geilen Deppen?

Hier ein kurzes Update, das ich am Flughafen Fontanarossa in den Laptop hacke. Vor mir steht ein Glas Grillo, schon das zweite. Ich bin auf dem Weg nach München, zu einer Ausstellungseröffnung, die Nicolaus, der Vollidiot und Grapscher, kuratiert hat. Die Kinder sind über Nacht bei Silvana, obwohl Elio mal wieder krank ist, und Johannes musste noch mal zu den Ätna-Winzern oder hat das zumindest behauptet. Er war in den letzten Tagen total schweigsam, selbst die Kinder waren eingeschüchtert.

Ich habe allerdings keine Zeit, mir darüber Gedanken zu machen, denn ich habe die wahnsinnigsten Neuigkeiten. Heute habe ich die endgültige Zusage gekriegt, dass ich im Kunstpalais in Erlangen eine

Ausstellung mit Valerie Stahl kuratieren werde. Du weißt es ja selbst, aber es fühlt sich so irre an, dass ich es noch mal aufschreiben muss: Sie ist die wichtigste Künstlerin Deutschlands und regelmäßig in den Top 10 der bestverdienenden KünstlerInnen DER WELT. Dass sie in Erlangen ausstellt, ist vollkommen GAGA. Sie ist in einem der Nachbardörfer aufgewachsen, und ich habe sie letztes Jahr mal bei einem Konzert in der Neuen Nationalgalerie kennengelernt. »Meine Kunst hängt in den größten Museen der Welt, aber zu Hause kennt mich niemand«, hat sie gesagt. Sie will bei uns, und das ist fast noch krasser, nur frühe Arbeiten zeigen, die Stickbilder, die Waschmaschinen aus Beton usw. »Domestic Bliss« soll die Ausstellung heißen. Und fast am ALLERKRASSESTEN ist: Sie macht einen dreitägigen Stickkurs für Kinder bei uns im Museum. Ihre Berliner Galerie, die inzwischen auch Filialen in Mexico City und Seoul hat, war erst total dagegen. Die Direktorin ließ ihre Assistentin anrufen und sich durchstellen. Dann schrie sie mich fünf Minuten lang an und hatte einen Heulanfall, weil ihre Künstlerin wegen meiner »Provinzklitsche« nicht zur Art Basel Shanghai kommen kann und ich also »Valis« Karriere zerstöre und weil gerade jetzt ihre Pilateslehrerin einen Hörsturz hatte und weil sie plötzlich eine Glutenunverträglichkeit entwickelt habe und gar nicht mehr wisse, was sie während der Kunstmessen essen solle, weil sie sich ja seit Jahren nur von Brot ernährt habe. Und seit der Hodenkrebs ihres Mannes geheilt ist, laufe er noch mehr Marathons, die Haushälterin käme mit seiner Sportwäsche nicht mehr hinterher, und die Kühlschränke seien vollgestopft mit isotonischen Getränken. Am Ende hat sie sich schluchzend bedankt, weil ihr endlich mal jemand zugehört hat. Ein total übergriffiges Telefonat und eigentlich ein Stück Performance Art.

Aber jetzt setzt sie alles in Bewegung. Die »New York Times« hat schon angefragt, ob sie bei dem Stickkurs dabei sein können, obwohl es noch fast ein Jahr hin ist. Natürlich ist das Team in Erlangen am Durchdrehen. Und ich auch. Eigentlich müsste ich von München aus direkt dorthin fahren und danach nach Berlin. Das geht aber nicht, weil die Kinder auf Sizilien warten und ich keine Ahnung habe, wann Johannes von seinem Ätna-Trip zurückkommt. Oder ob überhaupt.

Aber eigentlich und vor allem schreibe ich Dir, weil ich in den letzten Tagen so viel an Dich denken musste. Und was ich Dir vielleicht nicht deutlich genug gesagt habe: Mir ist es vollkommen egal, ob Du das Haus verkaufst. Oder nicht egal, aber Du musst tun, was für Dich richtig ist. Zwischen uns wird das nichts ändern. Auch wenn es wehtut und die Kinder gestern beim Gute-Nacht-Sagen schon wieder geweint haben. Ich wünschte, ich könnte auch einfach die Tür schließen und neu anfangen.

Wie Du weißt, habe ich das dritte Auge, seherische Kräfte oder einfach ein Gespür für Dich. Ich weiß, Du brauchst jetzt Hilfe und Liebe. Um mit Sigmar Polke zu sprechen: Höhere Wesen befahlen: Umarmung für Konrad.

Fühl Dich also umarmt. Und melde Dich, wenn Du reden, weinen oder lachen willst. Ich bin immer für Dich da.

Bacissimo. Jenny

Die E-Mail soll mir gute Laune machen, aber sie bewirkt das Gegenteil. Während für meine beste Freundin das Leben jetzt doch weitergeht, hänge ich meinen Gedanken und Gefühlen nach und drehe mich im Kreis. Außerdem droht mir eine Anklage wegen Brandstiftung, obwohl ich unschuldig bin und ich bei den Löscharbeiten mein Leben riskiert habe. Am liebsten würde ich eine Decke über meinen Kopf ziehen und sehr lange nicht wieder auftauchen.

Weil ich das nicht schnell genug getan habe, kommt als Nächster Johannes vorbei, wie in einem schlampig geschriebenen Theaterstück. Er ist unrasiert, seine Hose ist voller hellbrauner und schwarzer Schlieren, er glüht von der langen Autofahrt. »Ich habe was mitgebracht. Die beste Lage am Nordhang des Ätna. Nur autochthone Trauben und natürlich biodynamisch. Davon gibt es nur siebenhundert Flaschen im Jahr. Die Hälfte davon geht nach China«, sagt er und zeigt mir die Flasche mit einem wie von Kinderhand gezeichneten Etikett.

»Ich bin ehrlich gesagt gerade nicht in Partystimmung«, sage ich und erzähle ihm von den idiotischen Zeugenaussagen. Johannes ist ein ungewöhnlicher, fast altmodischer Zuhörer. Es gibt bei ihm keine Unterbrechungen, keine vorschnellen Urteile, keine Konzentrationsschwächen. Er gießt vorsichtig den Rotwein in zwei Gläser ein, schwenkt ihn ohne Getue und nimmt einen kleinen Schluck, während er sich meine Geschichte anhört.

Dann lächelt er und sagt: »Das wussten wir doch alles schon. Die Leute sind arm, viele mogeln sich durch, hangeln sich von Deal zu Deal, jetzt hat es uns mal erwischt. Das ist psychologisch bedauerlich, aber ökonomisch unvermeidlich.«

»Ich will trotzdem nicht ins Gefängnis wegen einer Lüge.«

»Musst du ja auch nicht. Das wird sich aufklären. Nimm es nicht persönlich. Die wittern einfach nur ein bisschen Geld.«

Ich weiß, dass er recht hat, aber unser Gespräch stockt, denn er bietet eine Erklärung, und ich will mich ausweinen. Johannes lässt seinen Jahrhundertwein stehen und sagt freundlich: »Schlaf dich mal aus.« Als ich die Gläser abtrockne, fällt mir auf, dass er mit keinem Wort erwähnt hat, warum er in Feierlaune zu mir gekommen ist.

***

Es geht schneller, als ich gedacht habe. Schon am nächsten Morgen bestellt Tuttoaposto mich wieder in sein Büro. Auf seinem Schreibtisch hat er flächendeckend Krümel verteilt, und er gießt sich ständig Wasser in ein winziges Gläschen. »Das viele Koffein bekommt mir nicht. Das ist eine üble Angewohnheit, die wir von diesen Ausländern übernommen haben. Ein echter Sizilianer trinkt allerhöchstens zwei Kaffee am Tag.« Beim Absetzen des Wassers bespritzt er seine nachlässig gebundene Cockerspaniel-Krawatte und kommt zum Punkt. Die beiden Zeugen heißen Pepe und Salvatore, sie haben als Klempner bei unserem Hausbau mitgewirkt. Oder besser gesagt: Sie gaben sich als Klempner aus. Dann tauchten sie wochenlang nicht auf, bauten schließlich eine falsche Toilette ein und eine Heizungsanlage, die nur über eine App gesteuert werden kann. Diese App aber verstanden sie selbst nicht, was sie mit vielen Worten und Ausflüchten verschleierten. Wir haben Pepe und Salvatore irgendwann gesagt, dass wir sie nie wieder auf der Baustelle sehen wollen.

»Das war ein Riesenfehler!«, erklärt mir jetzt Tuttoaposto streng: »Ihr habt sie in ihrem Stolz verletzt. Das kann man nicht machen auf Sizilien. Ihr hättet das damals euren Bauleiter erledigen lassen sollen.«

»Den konnten wir mal wieder nicht erreichen. Und die beiden haben uns betrogen und den Hausbau sabotiert. Und außerdem hat das nichts mit dem Brand zu tun. Die würden doch nicht aus Rache einen Meineid schwören.«

»Warum denn nicht? Sie riskieren ja nichts. Es stehen zwei Aussagen gegen eine.«

Die Aussichtslosigkeit der Situation hat eine anregende Wirkung auf meinen Anwalt. Er wischt einige der Krümel von seinem Tisch auf seine Hose und sagt: »Aber vermutlich wollen die nur Geld. Was wäre es dir denn wert, die Sache aus der Welt zu schaffen?«

»Ist das nicht wahnsinnig riskant? Dann kommt zu Brandstiftung noch Rechtsbeugung.«

»Überlass das ruhig mir. Ich spreche mal mit Puglisi, was das kostet. Wenn ich an seiner Stelle wäre, würde ich sagen: fünftausend Euro.«

»Das ist mir zu sizilianisch. Danach haben diese beiden Verbrecher für immer was gegen mich in der Hand. Das machen wir auf keinen Fall.«

Seit gestern hängt eine graue Wolke über Noto, die sich weigert, abzuregnen oder zu verwehen. Um mich zu beruhigen, spaziere ich durch das Naturschutzgebiet in Vendicari, wo Flamingofamilien im flachen Wasser der Lagune nach Krebsen picken, ganze Felder voller Kakteen stehen und die Feigenbäume vom Seewind zu flachen Labyrinthen geformt wurden. »Für einen Mann wie dich«, hatte Tuttoaposto gesagt, was eine Unverschämtheit ist, aber vermutlich wahr. Das Gefängnis in Noto liegt im oberen Teil der Stadt. Es ist ein riesiger Kasten mit Gittern vor den kleinen Fenstern, direkt neben einem Platz, auf dem Kinder spielen und Paare bei Volksfesten tanzen. Die Anlage ist perfide: Die Gefangenen hören in ihren Zellen das Kinderlachen von draußen, die Anwohner haben ständig vor Augen, was ihnen blühen kann. Und was hinter diesen Mauern passiert, hat mir mein Anwalt ja deutlich zu verstehen gegeben.

Ich erinnere mich an Gespräche mit Männern, die Internate besucht hatten, in denen Jungen missbraucht wurden. Die Geschichten ähnelten sich. Die Täter suchten sich nie die Starken und Attraktiven aus, sondern die Traumatisierten und Schwachen, denen man Angst einjagen und deren Schweigen man erpressen konnte. Zu welcher Gruppe würde ich gehören?

Auf dem Weg liegt ein toter Fischreiher, dem ganze Fetzen von Federn rausgerissen worden waren. Sein Hals ist komplett abgenagt. Vielleicht von einem Fuchs oder einem Waschbären. Ich schicke Loki ein Bild von dem Kadaver. Die schwarze Fläche neben dem See stinkt noch nach einem Brand, der hier vor einigen Tagen gewütet hat. Als ich zurückfahre, liegt ein überfahrener

Hund in einer Blutlache auf der Straße. Ich weiche ihm aus und sehe aus dem Augenwinkel, wie er eine seiner Pfoten hebt. Ich drehe und fahre zurück. Eins seiner Augen ist aus der Höhle gequetscht und wieder zuckt seine Pfote. Das Tier ist fast noch ein Welpe und offenbar nicht mehr zu retten. Weil ich sein Leiden nicht ertrage, drehe ich noch einmal und überfahre den sterbenden Hund.

Wenige Kilometer weiter komme ich an den seit Jahren ungenutzten Mautstationen an der Autobahnauffahrt vorbei. Karsten hat mir erzählt, dass der Auftrag für den Straßenbau ordnungsgemäß ausgeschrieben – und dann an den lokalen Mafia-Clan vergeben wurde: »Die haben dann so gepfuscht, dass die Autobahn hinterher nicht als Autobahn anerkannt wurde. Deswegen dürfen die auch keine Gebühren nehmen. So funktioniert das hier. Erst machen sich manche die Taschen voll, dann fühlen sich alle schlecht behandelt. Schuld sind immer die anderen: die Regierung, die Norditaliener, Europa. Egal. Hauptsache, man kann gierig und faul bleiben.«

Adriano konnte sich über die dunklen und dysfunktionalen Seiten von Sizilien wahnsinnig aufregen. Dann nahm er jeden Müllhaufen am Straßenrand persönlich und empfand die scheußliche Neubauarchitektur und die unzähligen Bauruinen in der Landschaft als Beleidigung. »Schau doch einfach nicht hin. Du kannst es nicht ändern. Hast du diese Distel gesehen? Die sieht aus wie eine Skulptur«, besänftigte ich ihn und wusste, dass ihn meine aufgesetzte Sonnigkeit nur anstachelte. Aber heute fühle ich mich wie er in jenen Momenten: wie ein betrogener Liebender.

*Du bist enttäuscht und verletzt? Du hast Sizilien satt? Auch wenn ich mich wiederhole: Dann geh doch endlich! Als wir unser Haus bauten, erzählten uns so viele Freunde, dass sie genau davon auch träumten. Und sofort danach zählten sie ihre Argumente dagegen auf. Das wichtigste war: »Wenn ich ein Haus in Sizilien habe, muss ich immer dorthin fahren.« Dabei gibt es kein Gesetz auf der Welt, keinen moralischen Imperativ, dass man sich zum Sklaven seiner eigenen Entscheidung macht. Das Haus war richtig, als wir es beschlossen haben. Das gilt heute eben nicht mehr. Uns ging es ja nie um Wertsteigerung oder einen Alterssitz, sondern um das Abenteuer, etwas zu tun, was wir noch nie getan hatten und von dem wir nicht wussten, wie es funktioniert. Wozu aber baut man ein Haus, wenn man danach nicht die Freiheit hat, es jederzeit wieder zu verkaufen? Wenn ich mich frage, warum wir so lange ein Paar waren, was wir richtiger gemacht haben, als viele andere, denen das nicht gelingt, dann gibt es eine harte, ehrliche Antwort. Weil ich jeden Tag wusste, dass ich Dich verlassen kann. Nur deswegen konnte ich mich jeden Tag wieder für Dich entscheiden.*

***

Dann kommt der Bus aus Palermo an. Ich hole Santi ab, an dem futuristischen Pavillon direkt neben der Bushaltestelle, wo man weder Informationen noch Fahrkarten erhält. Er sieht nicht aus wie ein Mann, der ein fantastisches Abendessen am Strand mit zwei Superheldinnen hinter sich hat. »Die Seeschnecke war nicht so meins«, ist alles, was er über die letzten sechsunddreißig Stunden erzählen mag. Wir fahren schweigend nach Hause, wo er direkt in sein Zimmer geht und die Tür auf eine Art schließt, die eindeutig ist: Heute wird die sich nicht mehr öffnen.

So habe ich Santi noch nie gesehen, fast mache ich mir Sorgen, aber jetzt bin ich mit Frau Reitbaur verabredet. Was ich in den letzten Jahren bemerkenswert fand: Sie sagte fast nichts und trieb mich mit ihrem Schweigen vor sich her. Jenny erklärte mir, dass jede ordentliche Therapeutin so arbeitet, aber manchmal hörte ich mir beim Sprechen zu und fragte mich, wie sie das aushält. Oder ob sie die gleichen Ängste und Zweifel nicht schon so oft gehört hat, dass sie innerlich ein Gähnen unterdrückte. Trotzdem habe ich mich nach wirklich jeder Sitzung besser gefühlt. Heute aber empfinde ich das mineralische Grün ihrer Augen als Zumutung.

»Das Tagebuch fand ich interessant. Wie ging es Ihnen dabei, es noch mal zu lesen?«

»Ich habe es damals gar nicht gelesen. Adriano sagte immer, dass es vielleicht mal ein Buch werden sollte. Und er mochte es nicht, wenn man ihm über die Schulter guckt. Mir ging es gut und schlecht dabei. Er war mir plötzlich wieder ganz nah. Ich habe gemerkt, was ich an ihm geliebt habe. Und es hat mir seine schwierigen Seiten vor Augen geführt.«

»Waren die neu für Sie?«

»Geht so. Es hat mich einfach daran erinnert, wie unterschiedlich wir waren und wie ich seine Einsamkeit nie ganz durchdringen konnte. Das war immer schon schrecklich und hat mir jetzt noch mal den Boden unter den Füßen weggezogen. Als wäre unsere Liebe gar nicht so perfekt gewesen, wie ich sie immer gesehen habe.«

»Klingt die Stimme Ihres verstorbenen Partners, die Sie manchmal hören, wie der Autor dieses Tagebuchs?«, fragt Frau Reitbaur.

»Ganz ähnlich und total anders.«

»Wie würden Sie den Unterschied beschreiben?«

»Das Tagebuch hat der Adriano geschrieben, der er tatsächlich war. Die Stimme, die ich höre, ist von dem Adriano, den ich geliebt habe.«

»Soso. So ähnlich und ganz anders.«

»... und es macht mir Angst, dass ich von ihm nicht wegkomme, sondern auf der Stelle trete.«

»Finden Sie? In Ihren Aufzeichnungen ist ziemlich viel Bewegung.«

Ich sollte mich über das Lob freuen. Wenn es eines ist. Aber es war Adriano, der ein Buch über Sizilien schreiben wollte. Er war es, den das Schreiben glücklich machte. Manchmal habe ich ihn dabei beobachtet. Er war so konzentriert, dass er sogar vergaß, Wasser zu trinken, manchmal lachte er laut oder schluchzte über sein Geschriebenes. Das waren merkwürdige Momente, denn er war unerreichbar weit weg und gleichzeitig so bei sich wie nur selten. Es machte mich glücklich, ihn so zu sehen, aber es war kein geteilter Moment. Mir selbst ist das Schreiben immer schwergefallen. Nie gelingt es mir, meinen eigenen Ton zu treffen, und ich habe mich damit abgefunden, dass es den möglicherweise nicht gibt. Deswegen schien mir zwischen uns das Talent klar verteilt.

»Sind Sie sicher? Mir kommen die letzten Wochen hektisch vor, aber ich habe nicht das Gefühl, irgendeinen Fortschritt zu machen. An manchen Tagen bin ich genauso ratlos wie direkt nach seinem Tod.«

»Was ist an den anderen Tagen?«

»An denen bin ich so beschäftigt, dass ich keine Zeit habe, darüber nachzudenken. Oder ich kümmere mich um die Probleme meiner Freunde. Oder ich frage mich, warum Santi plötzlich eine Freundin hat.«

»Hat er das?«, fragt sie und schaut auf ihren Braun-Wecker. »Darüber würde ich gern mehr hören. Beim nächsten Mal. Und klären Sie das mit der Brandstiftung! Sonst verliere ich meinen Lieblingsklienten.«

***

Was ich Frau Reitbaur gesagt habe, trifft es nicht ganz. Ich habe mich nicht im Kreis bewegt. Sondern auf eine Entscheidung zu, die ich nicht treffen wollte: den Abschied von Sizilien. Diese Insel ist mir so vertraut geworden, dass selbst das baufällige Haus in der Kurve zum Gemüseladen, mit der Lichterkette auf der Dachterrasse, ein Heimatgefühl erzeugt. Aber mit Orten ist es wie mit Menschen. Man liebt sie so sehr, dass man die Fehler zu übersehen bereit ist. Oder auch: Man kann sie nur lieben, weil sie Fehler haben. Und dann ist man plötzlich an einem Punkt, an dem man das nicht mehr kann.

Ich habe mit mir gekämpft, ob ich das Haus behalten oder verkaufen soll. Ich habe mich gequält mit der Frage, wen oder was ich verrate, wenn ich es tue. Ich habe diese verschlungene Reise gebraucht, um mich selbst zu verstehen. Dabei war es im Rückblick von Anfang an klar. Und ausgerechnet Miju mit ihrer unverschämten Ansprache vor dem Café in Neukölln hat recht behalten. Ich muss jetzt loslassen. Nicht wegen der zwei Klempner, die mich erpressen wollen. Nicht wegen der unfreundlichen, rücksichtslosen Autofahrerin. Nicht wegen des Plastikbeutels mit der Tierleiche gleich nebenan. Nicht wegen irgendwelcher Makel im Paradies, sondern weil ich mich bewegen muss. Der Verkauf des Hauses macht mich wahnsinnig traurig, denn eines der deutschen Wörter, die ich wirklich nicht mag, heißt Schlussstrich. Es ist für Nichtdeutsche kaum auszusprechen, mit hässlichem Dreifach-s und von bürokratischer Kaltherzigkeit. Manchmal sind es die vernünftigen Entscheidungen, die einen am tiefsten verzweifeln lassen.

Ich rufe meine Mutter an, die es in den letzten Tagen immer wieder mal bei mir versucht hat. Sie bügelt gerade und schaut dabei auf 3sat ein klassisches Konzert. »Dein Vater spricht ja kaum noch mit mir. Der vergräbt sich in der Werkstatt und bastelt an seinen Geheimfächern«, sagt sie. Und dass sie ständig friere, obwohl es ja erst Anfang Oktober sei. Und dass die Schmerzen in ihren Fingern jeden Tag schlimmer würden: »Dieses Jahr gibt es keine Weihnachtskekse. Ich kann einfach nicht mehr. Ich habe genug geschuftet im Leben.«

»Dann gibt es eben Spekulatius von Lidl«, sage ich und weiß, wie herzlos das ist.

Doch Mütter gewinnen fast immer. »Schläfst du genug?«, fragt sie zum Abschied. »Du klingst furchtbar.«

## *Kapitel 9*
## *Dumm und dümmer! (Sancho Punk)*

Die Sizilianer halten sich für Götter. Das jedenfalls behauptet der Titelheld in »Der Leopard« in seinem berühmten Monolog, in dem erklärt wird, warum Sizilien niemals echten Fortschritt erleben wird. Ich dagegen glaube nicht, dass sich die Sizilianer für Götter halten. Sie haben einfach ein pragmatisches Verhältnis zu höheren Mächten. Bei einer Prozession in Siracusa stand ich am Straßenrand, während eine Statue der heiligen Lucia durch die engen Gassen getragen wurde. Auf den wackligen Balkonen der alten Häuser drängelten sich Familien und reichten zusammengefaltete Geldscheine nach unten, die mit Büroklammern am Rocksaum der Heiligenfigur befestigt wurden. Als für alle Nachbarn sichtbare Geste, dass sie für die gute Laune Gottes bereits bezahlt haben, auch wenn sie es sich kaum leisten können. Dieser Pragmatismus reicht weit zurück. Zwischen dem 16. und 18. Jahrhundert suchten sich die Anwohner neue Schutzheilige für ihre Städte und Dörfer, wenn die alten bei Seuchen, Hungersnöten, Erdbeben oder Vulkanausbrüchen ihren Job nicht ordentlich erledigt und den Ort nicht vor den Katastrophen geschützt hatten. Die heilige Christina wurde in Palermo durch die heilige Rosalia ersetzt. Von eben dieser Eremitin, die auf dem Monte Pellegrino gelebt haben soll, übernimmt in Vittoria Johannes der Täufer die Rolle; in Nicosia erobert der heilige Nicolaus den Posten des heiligen Luca Casale. Das hat offenbar dazu geführt, dass die Betroffenen und ihr oberster Dienstherr ihren Job alles in allem gut erledigen. Ein Kellerraum der Wallfahrtskirche Santuario della Madonna delle Lacrime in Siracusa ist voller Krücken und Prothesen und Dankesschreiben für erbrachte Wunderheilungen.

Heute Morgen könnte man auf den Gedanken kommen, die Götter hätten sich vorgenommen, meine Wut von gestern wegzublasen, damit ich meine Entscheidung überdenke. Es hat nachts geregnet, die Erde duftet nach Wachstum und Fruchtbarkeit. Die Wolkenschicht der letzten Tage ist rissig geworden, und der Himmel ist komplex und kitschig wie ein Bühnenbild. Ich sehe einen vertikalen Regenbogen, aufreißende Wolkenballen und noch immer unendliche Schattierungen von Grau. Wo die Sonne auf die regenfeuchte Natur fällt, wirken die Farben verstärkt und versüßt wie durch eine rosa Sonnenbrille. Na und?, zwinge ich mich zu denken: Woanders gibt es auch Sonnenaufgänge.

Hinter mir keucht es. Santi und Jack sind zurück von ihrem Morgenlauf. Jetzt steht der eine stolz und mit weit herausschlappender Zunge vor mir, der andere stützt seine Hände auf den Knien ab und schaut zu Boden. Er braucht ein paar Atemzüge, bis er wieder sprechen kann. Santi sieht mich eindringlich an und sagt: »Wir müssen reden. Passt es jetzt?« »Klar. Was ist passiert?«, antworte ich und habe kein gutes Gefühl dabei.

Wer zufälligerweise einen Kurzfilm darüber drehen wollte, wie Hinauszögern und Das-Unvermeidliche-Vermeiden aussieht, könnte jetzt einfach die Kamera auf Santi halten.

Er sucht in jedem Küchenschrank nach Kaffeebohnen. Er mahlt die Bohnen. Er geht nach draußen und leert das Sieb der Kaffeemaschine mit einem Schlag gegen einen der Olivenbäume. Er rückt den Aufsatz für die Gasflamme zurecht. Er stellt die Kaffeemaschine auf diesen Aufsatz und zündet erst das falsche, dann das richtige Kochfeld an. Er wäscht zwei Wassergläser ab, holt ein frisches Geschirrhandtuch aus der Schublade, trocknet die Gläser ab und stellt sie ins Regal. Er sortiert die anderen Gläser in saubere Reihen. Er nimmt zwei der Gläser wieder raus und gießt Wasser ein. Er stellt zwei neue Wasserflaschen in den Kühlschrank. »Moment«, sagt er zwischendurch, wie um die Spannung zu erhöhen. Er schraubt den Deckel von der leeren Plastikflasche ab, um sie zusammenquetschen zu können. Er knotet die Tüte mit dem Plastikmüll zu und nimmt sie heraus. Er hängt eine neue Tüte in den Plastikmülleimer. Er nimmt zwei Tassen aus dem Schrank und gießt den Kaffee ein. Er fragt mich, ob ich Honig oder Zucker will, aber der Honig sei leider alle. Oder wisse ich, ob wir noch Honig haben? »Santi. Was ist los?«, frage ich, und er gibt endlich auf.

»Ich habe Scheiße gebaut. Und zwar richtig. Du wirst mich hassen«, fängt er ein bisschen unoriginell an. »Weißt du noch der Morgen nach unserer MDMA-Nacht? Als du noch geschlafen hast und ich ins Dorf gefahren bin, um Cannoli zu holen?«

Komische Frage, ob ich mich an den Tag erinnere, an dem ich mit seinem Geschmack auf der Zunge aufgewacht bin und unser Berg fast komplett verbrannt ist. Ich ahne, dass es nicht gut weitergeht.

»Ich hatte super Laune an dem Morgen. Ich war total glücklich, vielleicht war ich auch noch ein bisschen high. Auf dem Weg zurück habe ich mir im Auto eine Zigarette angezündet …«

Jetzt sollte ich vermutlich entsetzt reagieren, aber ich bleibe merkwürdig kühl. »Das kann nicht sein«, sage ich, aber weiß natürlich, dass es stimmt, und gehe einfach aus dem Haus. Ich schaue auf die verbrannten Bäume weiter unten im Tal und höre nur dumpf, dass Santi hinter mir etwas sagt. Ich rufe Jack, der sofort zu mir kommt und ohne sein übliches Zögern ins Auto springt. Er legt vom Rücksitz aus seine Schnauze auf meine Schulter und schnauft mir ins Ohr. Im Rückspiegel sehe ich Santi, der in der Tür steht und uns hinterherschaut. Langsam rollen wir den Berg runter. Wohin eigentlich?

*Ein Glück, dass mir das nicht passiert ist. Ich habe auch oft genug Zigaretten aus dem Auto geworfen und gehofft, dass sie vom Fahrtwind gelöscht werden. Einmal musste ich zurückfahren und einen blitzschnell wachsenden Brandherd austreten. Am Ende ist das, was Dir jetzt wie eine Katastrophe vorkommt, die alles infrage stellt, nur ein weiteres Feuer auf Sizilien; durch Dummheit entzündet, durch Bosheit zum Problem geworden. Irgendwann musste es uns erwischen. Und Santi? Typen wie er machen Probleme. So ist es nun mal. Jetzt ist er bestimmt total zerknirscht – und hat das Ganze in ein paar Wochen wieder vergessen. Wir glauben so gern, dass es Wendepunkte im Leben gibt, Erfahrungen, die uns prägen und verändern, denn wir wollen an Fortschritt und Erlösung glauben. Meist aber rasen wir einfach weiter, und wenn der Abstand groß genug ist, begehen wir die gleichen Fehler erneut, werfen die nächste Zigarette aus dem Auto. Du kannst Santi jetzt irgendwie bestrafen, aber wem hilft das? Du wirst ihn nicht verbessern, und Du verlierst einen Freund. Unser Freund Sautin würde sagen: Suck it up and fuck it.*

Ich will wegfahren, um meinen Zorn verrauchen zu lassen, aber weil Jenny vor ihrem Haus gerade aus dem Auto steigt und weil diese Flucht mir in Wirklichkeit zu melodramatisch ist, halte ich bei ihr an. »What the fuck? Wie siehst du denn aus? Dabei müsste ich doch im Arsch sein. Mein Flug von München ging um sechs«, sagt sie. Ich erzähle ihr von Santis Zigarette, und wie nicht anders zu erwarten war, explodiert sie.

»So ein Penner! Der betritt nie wieder mein Grundstück. Das ist die erste und einfachste Regel Siziliens: Keine Zigaretten aus dem Auto werfen. Egal, wo oder auf was du gerade bist. Gott schütze die Welt vor schönen Männern. Oder überhaupt vor Männern.«

»Ich bin auch einer.«

»Du bist eine Ausnahme. Vielleicht wird er im Gefängnis endlich mal erwachsen. Da wird er auf jeden Fall viele Fans haben.«

Wir müssen beide lachen, als wir uns Santi im Niedrigsicherheitstrakt des Gefängnisbunkers in Noto vorstellen, mit seinen Fingernägeln in Berlin-Tempelhof-Grau. Skadi schlurft aus dem Haus zu uns.

»Hallo, Mama. Worüber lacht ihr? Mir ist langweilig!«

»Tolle Begrüßung! Du bist doch gerade erst aufgestanden. Spielt doch was!«, fährt Jenny sie an und streichelt ihr durchs Haar.

»Meine Spiele sind in Berlin. Und Loki flüstert die ganze Zeit mit Elio.«

»Dann flüster *du mir* was ins Ohr, das die beiden auf keinen Fall wissen dürfen«, sagt Jenny, deren Erziehungsmethoden oft widersprüchlich sind, die aber nie vergessen hat, wie Kinder fühlen. »Spuck mir nicht ins Ohr«, schreit sie, als Skadi ihr halblaut eine gar nicht so kurze Geschichte erzählt. Soweit ich es verstehen kann, geht es um eine Gucci-Mütze, ein Autoquartett und um Erbrochenes. Dann lacht Jenny fast hysterisch und null gekünstelt, was ein weiteres ihrer Muttertalente ist: »Das dürfen die niemals erfahren!« Skadi kichert wie ein Kätzchen und umarmt das Bein ihrer Mutter, deren Telefon klingelt. »Das ist dein Vater. Der kann ja texten«, sagt Jenny und legt das Telefon weg. »Hast du schon mit Tuttoaposto gesprochen?«

Wenig später sitze ich schon wieder bei meinem Anwalt. Erst war ihm der Spontanbesuch gar nicht recht, aber ich habe darauf bestanden. »Großartig«, sagt Tuttoaposto und tippt in seinen leicht vergilbten Computer: »Möchtest du auch eine Cola?« Trotz der eisigen Luft trinkt er seine Coke Zero aus einem Kristallglas voller Eiswürfel und trägt nur ein aprikoseneisfarbenes Polohemd mit hochgeklapptem Kragen. Sein etwas zu langes graues Haar weht unternehmungslustig im Wind der Klimaanlage. »Und er hat es schon zugegeben? Das erspart uns viel Arbeit und Zeit. Natürlich werden wir für eine milde Strafe kämpfen. Das könnte allerdings schwer werden. Der hübsche deutsche Feuerteufel – den werden sie lieben in Noto! Heißt er wirklich Santi? Klingt gar nicht so deutsch. Eher sizilianisch.«

Als ich zurückkehre, bauen Loki, Skadi und Elio eine Burg aus Feldsteinen. »Du darfst nicht hier rein!«, sagt Elio, obwohl die Mauer erst kniehoch ist. Er schleppt einen schweren Stein, taumelt und wird rot vor Anstrengung, aber wuchtet ihn auf das Bauwerk: »Eine Empfangshalle und ein Zimmer für jeden«, sagt er.

»Wozu die Empfangshalle, wenn niemand reindarf?«, frage ich.

»Du darfst kommen, aber nur, wenn du eine Einladung von uns hast«, sagt Loki.

»Und wenn du ein Gastgeschenk mitbringst«, sagt Skadi.

»Das sind aber viele Bedingungen. Mal sehen, ob ich überhaupt Zeit habe.«

»Du kannst Champagner mitbringen oder eine Torte von Marchesi. So haben das unsere Gäste in Mailand immer gemacht«, sagt Elio und tut mir plötzlich wahnsinnig leid.

»Vermisst du Mailand?«

»Ich mag Sizilien lieber. Aber in Mailand hatte ich noch eine Familie. Jetzt bin ich am Wochenende bei Mama, und die ist immer nur am Telefon. Und ich hasse das Internat in Taormina.« Elio dreht sich weg und sucht nach weiteren Steinen.

Hinter meinem Haus steht Santi und rasiert sich die Beine. Als er mich bemerkt, legt er den Rasierer auf den Baumstumpf für das Duschgel und sagt: »Und?«

»Sieht schlecht aus für dich. Jenny will dich nie wiedersehen. Mein Anwalt will ein schriftliches Geständnis.«

»Am meisten tut es mir für die Eselin leid.« Santi schaut mich an, als habe er Angst, etwas zu verlieren. »Und was willst du?«

»Ich will vor allem wissen, warum du deine Beine rasierst.«

»Rasierte Beine minimieren den Luftwiderstand. Ich dachte, ich tobe mich noch mal auf dem Fahrrad aus. Wer weiß, wie lange das noch geht«, sagt er mit schiefem Lächeln.

»Irgendwas mit Elefanten«, hat Santi geantwortet, als ich ihn vor ein paar Tagen gefragt habe, was er in seinem Leben machen wolle: »Oder reich heiraten und mich um die Kinder kümmern.« Jetzt steht er so zerknirscht da, dass ich nicht wütend auf ihn sein kann. Trotz der uralten verbrannten Bäume, trotz der Todesschreie der Eselmutter. Gestern habe ich meinem Anwalt noch gesagt, dass ich die beiden Zeugen nicht mit fünftausend Euro zum Schweigen bringen will. Heute ist klar: Sie sagen die Wahrheit. Das macht die Sache moralisch komplizierter. Oder anders gesagt, jetzt ist es nicht mehr nur eine Frage der Moral. Es geht dabei nicht um meine Auffassung von Gerechtigkeit – es geht um Santi. Als er in unsere Berliner Wohnung einzog, habe ich mich gefragt, was Adriano mit ihm vorhat. Als ich ihn kennenlernte, fand ich ihn liebenswert und egal. Und seitdem wir auf Sizilien in einer Nacht und ein paar Tagen so eng zusammengewachsen sind, habe ich alle möglichen Gefühle für ihn entwickelt, die ich noch nicht richtig sortieren konnte. Aber ich weiß, dass ich ihn nicht ins Gefängnis gehen lassen kann.

»Wir machen den Deal und zahlen diesen Typen die fünftausend Euro«, sage ich.

»Ich zahl dir das zurück. Egal wie!«

»Klar. Wichtig ist erst mal, dass das vom Tisch ist.«

Santi nimmt mich in die Arme. Es ist eine Vollkontaktumarmung, bei der ich seinen Herzschlag spüre. Eine erotische Berührung, in der aber nicht unbedingt das Versprechen von Sex liegt. Und auch wenn das seltsam klingt, Santis Umarmung macht mich glücklich.

Dann dröhnt der Berg. So wie jeden Sonntagvormittag, wenn ein paar bunt verpackte Typen auf ihren Enduros die Straße raufknattern. Jack schaut mich vorwurfsvoll an, weil doch noch gar nicht Wochenende ist. Tatsächlich ist es Vittoria, die sich nun den goldenen Helm vom Kopf zieht und fragt: »Fahren wir jetzt endlich zum Vulkan?«

»Wenn Santi seinen Turnbeutel gepackt hat, können wir los«, sage ich.

»Endlich. Ich frage mich, wer den Mythos von deutscher Effizienz erfunden hat. Vorsprung durch Technik? Eigentlich warte ich ständig auf euch. Oder ich muss euch sogar abholen kommen!«

Dann will sie aber doch erst das verbrannte Nachbargrundstück sehen. Ich klettere mit ihr durch die Verwüstung. Hier hatten riesige Bäume gestanden, wer weiß, wie alt, von denen jetzt nur noch schwarze Stümpfe übrig sind, aus denen vereinzelte verkohlte Äste wie Fingerknochen in den Himmel ragen. »Furchtbar«, sagt sie mehrmals leise. »Diese furchtbare Insel.« Einen der toten Bäume untersucht sie ganz genau, bückt sich zu den schwarzen Wurzeln und umrundet ihn. »Das sind Hunderte Jahre Wachstum und Widerstand, die völlig sinnlos in Flammen aufgegangen sind«, sagt sie. »Aber die kommen wieder. In ein oder zwei Jahren wirst du das Grundstück nicht wiedererkennen. Lass uns fahren.«

Jack spürt die Aufbruchstimmung und schleicht vom Haus weg. Er hasst es, allein gelassen zu werden. Ich locke ihn mit einem Stück rohem Rinderherz in die Küche und schließe die Tür von außen. Später wird ihn Johannes befreien und vermutlich erst mal einen langen Spaziergang mit ihm machen. Ich habe ein schlechtes Gewissen, weil ich vor dem Konflikt zwischen Johannes und Jenny davonlaufe. Auch wenn ich keine Ahnung habe, wie ich den beiden helfen soll. Oder ob es für ihren Konflikt überhaupt eine Lösung gibt.

*Fahr einfach los. Das müssen die selbst regeln. Und außerdem hast Du am Ätna was zu erledigen.*

***

Santi fährt wie ein frisch Begnadigter. Er lässt die Hausfrauen in ihren Fiat Unos am Kreisel vordrängeln, winkt den Einspännerjungs zu, als wir sie endlich überholen können, und wechselt ständig die Musik. Erst als er »Waiting for The Stars« von Vitalic findet, ist er zufrieden. Das Lied sei eine Hommage an die Disco-Hymnen von Giorgio Moroder, schwärmt er. »Und es war der Soundtrack von einer der besten Gucci-Shows. Erst liefen die Models durch ein abstraktes Blitzlichtgewitter, dann waren sie in einem Darkroom und dann in einem Paradiesgarten mit Pferden, die sich in Zeitlupe bewegten. Adriano hat diesen Song geliebt.« Mir hat er nie davon erzählt, weil er wusste, dass ich klassische Musik lieber mag. Mein Unverständnis für Pop hat er belächelt. Aber das ist mir jetzt gerade egal. Ich habe eine, nein: zwei Entscheidungen getroffen. Ich weiß, wo ich hinwill, und schaue nicht zurück.

»Wie war denn jetzt eigentlich euer Abend in Cefalù??«

»So mittel. Erst hat mich Vittoria ausgequetscht, über meine Ex-Freundinnen und über meine Lebensplanung. Dann hat sie sich den Rest des Abends mit Lucy unterhalten. So konnte ich in aller Ruhe über das Feuer nachdenken und habe immer schlechtere Laune gekriegt. Beim Espresso meinte Vittoria noch, wir könnten ja später mal schauen, ob ich für irgendwas gut sei.«

»Und?«

»Ich habe die beiden sitzen lassen und bin ins Bett gegangen. Ich glaube, sie war erleichtert.«

»Vielleicht ist sie netter, als sie tut«, sage ich, und Santi macht ein Geräusch, für das mir jetzt kein Verb einfällt.

»Auf nett wäre ich jetzt nicht gekommen. Aber der goldene Helm steht ihr gut.«

Bei einer Pause am *Autogrill* auf der Autostrada 19 zwischen Catania und Palermo isst Vittoria ein Cornetto mit Nutella-Füllung und verschickt Fotos an die Modebeilage vom »Corriere della Sera«, Santi kauft einen rosa Plüsch-Oktopus fürs Auto und fummelt an seinem prall gefüllten Rucksack, ich rufe Johannes an.

Er hat auf dem Rückweg auf dem Markt in Catania einen Babyschwertfisch gekauft, was genau genommen illegal ist. Aber selbst das scheint keine Lösung gewesen zu sein. »Wie ist die Stimmung?«, frage ich ihn.

»Auf dem Gefrierpunkt von Methanol, also bei minus

97,6 Grad. Loki und Elio wollten eigentlich noch auf die Kartbahn, aber Elio hat Schüttelfrost und liegt im Bett der Kinder. Loki stapft beleidigt irgendwo draußen herum, er hatte sich schon sein Rennfahrer-Outfit angezogen und will sich jetzt allein zur Kartbahn durchschlagen. Skadi gibt mir die Schuld, aber ich weiß gar nicht genau, woran. Warte. Ich gehe mal eben raus.«

Dann sagt er mit gedämpfter Stimme: »Jenny hat kein Wort mit mir gesprochen und ist seit mehr als einer Stunde in einem Conference Call. Mein innerer Seismograf spürt das Niedrigfrequenzbeben und sagt mir, dass sie kurz vor einem Paroxysmus steht.«

»Ich habe leider keine Ahnung, was das bedeutet.«

»Das ist eine Abfolge von sich steigernden Vulkanausbrüchen. Ich halte dich auf dem Laufenden, solange ich kann.«

Währenddessen ist auch vor dem *Autogrill* die Stimmung gekippt. Santi tut so, als würde er mit seinen Füßen Steine sortieren, Vittoria schaut durch ihre Sonnenbrille in die Ferne, während ihr Unterkiefer mahlt. »Lucy schafft es nicht. Bei denen hat sich eine Riesengruppe von Foodbloggern kurzfristig angemeldet. Und ich würde auch am liebsten wieder nach Palermo.« Dann steigt sie auf ihr Motorrad und gibt Gas.

»Was ist bei euch los? Erste Krise?«, frage ich, während ich mich auf die Autobahn einfädele.

»Ich habe ihr von dem Feuer erzählt. Sie ist explodiert. Ich glaube, ich heiße jetzt offiziell *Stupido*. Ich sei noch dümmer, als ich aussehe, meinte sie und: ›Konrad verzeiht dir vielleicht, aber Sizilien nie!‹ Das war wieder ein echter Santi: Scheiße bauen und hoffen, dass man irgendwie davonkommt.« Er knabbert mit seinen etwas zu großen Schneidezähnen an der Unterlippe.

»Wo fahren wir eigentlich hin?«

»Ein Agriturismo, den ihre Freunde betreiben, in der Nähe von Randazzo. Der Besitzer soll ein echter Ätna-Typ sein, sagt sie. Was auch immer das heißt.«

***

Gianpaolo trägt tatsächlich ein rotbraunes Fohlen über den Schultern, als wir auf seinen Hof fahren. Er kann das, denn er ist der größte Sizilianer, den ich je gesehen habe. Weißer Bart, Tonnenbauch, oranger Overall, einer seiner Schneidezähne fehlt. »Ruby ist umgeknickt. Die wird mal eine ganz Wilde. Nennt mich Gigi«, sagt er und zu Vittoria: »Hallo, Prinzessin. Was macht die Politik? Wann wirst du endlich Bürgermeisterin von Palermo und räumst auf?«

»Sobald ich die beiden sicher vom Ätna zurückgebracht habe.«

»Der eine ist ganz schön dünn. Die Pferde werden ihren Spaß mit euch haben«, sagt er.

Gigi führt uns über seinen Hof mit einem Stolz, als schiene die Sonne nur für sein Reich. »Wir sind komplett autark. Strom produzieren wir selbst, Wein auch, das Wasser kommt aus dem Fluss. Ich habe seit Jahren keine Plastikflasche mehr gesehen.« Auf einer Weide hat er für Übernachtungsgäste drei geodätische Kuppeln gebaut, die im Schatten von gewaltigen Johannisbrotbäumen stehen: »Sonst stirbst du im Sommer vor Hitze.« In den Ställen schaut er uns noch mal prüfend an und fragt nach unserer Reiterfahrung. »Null«, gibt Santi zu, und Vittoria rollt mit den Augen. »Ein bisschen«, sage ich.

»Das ist das einzige gutmütige Maultier von Sizilien: Rucio. Manchmal macht er sogar, was du von ihm willst«, sagt er zu Santi. Mir gibt er eine weiß-braun gescheckte Stute. »Die sieht ja aus wie eine Kuh«, sagt Santi, der sich offenbar degradiert fühlt. »Pass auf, was du sagst. Pferde verstehen alles. Maultiere auch. Und das ist eine echte Sanfratellana – sizilianischer Pferdeadel«, sagt Vittoria. Sie schaut in eine der Boxen: »Was ist mit dem? Der gefällt mir.« In der Box steht ein graues Pferd, das nicht wie die anderen zur Begrüßung den Kopf hebt. Es steht einfach da und atmet. »Das kann ich mir vorstellen«, sagt Gigi. »Das ist der König meines Gestüts. Ich habe viele Pferde in meinem Leben gesehen, aber noch nie einen wie ihn. Er heißt Love. Blöder Name, aber ich wollte ihn nicht mehr ändern, nachdem ich ihn gekauft habe. Und ich lasse ihn nur von Menschen reiten, denen ich hundertprozentig vertraue. Leider ist er schon vergeben.« Er führt Vittoria zu einem pechschwarzen Hengst, der sie anstupst und leise wiehert. »Dich kenne ich doch. Bravo, Cesare«, sagt sie, und während sie dem Pferd durch die Mähne fährt, fragt sie misstrauisch: »Wer kommt denn noch mit?«

Gigis Frau Chiara ist winzig. Sie hat noch mehr Lachfalten als ihr Mann, zwei kurze, schief abstehende Zöpfe und eine leicht überlange Nase, die einmal gebrochen war. Auch sie trägt einen Overall, allerdings in Grün, was die beiden als Paar spektakulär aussehen lässt. »Ich habe meine Version der Pasta Genovese gemacht. Ich hoffe, ihr habt Hunger«, sagt sie. »Vicenzo hält es kaum noch aus. Der hat ein paar harte Tage hinter sich.« Auf einem Hocker in der dunkelsten Ecke der Küche sitzt ein Mann, die Beine weit von sich gestreckt. Als er an seiner Zigarette zieht, sieht man beim Aufglühen sein Gesicht – mittelbraune Haut, rasierter Schädel, Züge wie von dem japanischen Sushi-Meister Jiro Ono geschnitten: kantig, präzise und eigenartig schön.

Er erhebt sich in Zeitlupe, als müsse er seine steifen Glieder erst wieder in Gang bringen, und stellt sich sehr höflich vor. Sein Händedruck geht genau bis zur Schmerzgrenze, aber nicht darüber. Vicenzo fliegt ein Löschflugzeug der Marke Canadair. Er hatte die letzten zwei Wochen im Dauereinsatz verbracht, denn es hat in den Weinbergen am Ätna eine Reihe von schweren Bränden gegeben. »So schlimm war es noch nie. Da geht es um Marktanteile. Typisch Sizilien: Wenn der andere erfolgreicher ist, dann verbrenne ich sein Feld.« Vicenzo stammt aus Messina, hat aber ein paar Jahre in Montana gelebt. »Die Verwüstungen der Waldbrände sind da noch schrecklicher«, sagt er: »Dort brennen halbe Naturschutzparks ab, in denen Grizzlys und Berglöwen, Bisons und Elche leben. Die Natur ist grausam. Aber noch grausamer ist der Mensch. Was dort ein Unglück ist, erledigen hier Habgier und Neid.«

Nach der Pasta mit Basilikum, wildem Rucola, Schafskäse und ungeschälten Mandeln gießt Gigi seinen selbstgemachten Amaro in sehr kleine Gläser. Der ist so kalt, dass die Gläser beschlagen, und schmeckt nach Lakritz. »Jeder nur einen. Ihr habt zwei harte Tage vor euch. Und das Wetter spielt gerade verrückt. Eigentlich sollte ich euch gar nicht reiten lassen.«

Während des Essens ist etwas Seltsames mit Santi geschehen. Er hat sich auf der Fahrt zuerst aufgeführt wie in einer etwas zu schnell abgespielten Komödie, nach dem Gespräch mit Vittoria wie ein geprügelter Hund. Jetzt hat er sich halb von ihr weg und zu Vicenzo gedreht. »Wie bist du zum Fliegen gekommen?«, fragt er ihn und schaut ihn an wie ein kleiner Junge, der das erste Mal Batman begegnet: verzaubert. Er lacht über jeden von Vicenzos Witzen, schenkt ihm viel zu oft nach, berührt im Gespräch seinen Arm, lächelt und hat für niemand anderen Augen. Außer für Chiara, als sie Kaffee serviert: »Gentilissima. Grazie, cara Chiara«, sagt er und grinst erst sie, dann Vicenzo an. Ich weiß nicht, was er vorhat, aber er flirtet tatsächlich mit ihm.

Es ist feucht in der geodätischen Kuppel. Wir liegen in dünnen Schlafsäcken auf Thermomatten aus recyceltem Kunststoff. Ich träume von einer Pferdeherde, die wahnsinnig vor Angst auf einen Abgrund zu galoppiert, angeführt wird sie von Gigis grauem Hengst Love. Adriano schafft es in letzter Sekunde, sich auf dessen Rücken zu schwingen und ihn zum Einlenken zu zwingen. Die Herde kann vor dem Abgrund noch stoppen, aber unter Adriano und Love bricht ein Stück Felsen ab, und die beiden stürzen in die tiefe Schlucht. Ganz langsam fallen Pferd und Mensch, drehen und wenden sich in der Luft, als würden sie den Fall genießen. Weit unten sieht man einen dichten grünen Dschungel und einen See. »Love conquers all!«, ruft das Pferd, breitet seine Flügel aus und steigt in elegantem Schwung Richtung Sonne. Adriano fällt weiter. Ich wache auf.

***

Bevor wir losreiten, macht Vittoria ein Foto von Santi und mir. Er krümmt auf seinem Maultier den Rücken, um extra klein auszusehen. »Ich bin der Sancho Punk«, sagt er danach: »Und ich muss meinen verwirrten Herrn vor dem Schlimmsten bewahren.« Er habe im Deutsch-Leistungskurs mal eine Arbeit geschrieben mit dem Titel »Psychoaktive Drogen bei Shakespeare und Cervantes«. Dafür habe er jeweils ein paar Seiten aus »Ein Sommernachtstraum« und »Don Quijote« dreimal gelesen, einmal auf LSD, einmal auf Meskalin und einmal nach einem Joint. »Das haben wir in den 70ern auch schon gemacht«, habe ihm sein Lehrer gesagt. »Nur dass unser Gras noch bio war. Aber deine Abenteuerlust gefällt mir. Du hast im Leben mehr verloren als in Büchern.« Seitdem lese er keine Romane mehr, sagt Santi.

»Auf welcher Droge waren die Bücher am besten?«, fragt Vittoria.

»Weiß ich nicht mehr. Nur, dass ich nach dem Joint über Don Quijote eingeschlafen bin.«

Gigi klopft Hope an den Hals und spricht eindringlich mit Vicenzo. Dann dreht er sich um und befiehlt: »Los jetzt. Und vertraut den Pferden. Die kennen die Wege und die Gefahren.«

»Gibt es am Ätna Bären?«, fragt Santi.

»Klar. Und Dinosaurier«, sagt Vittoria und schaut ihn von oben herab an. Es gibt viele Beschreibungen davon, wie Menschen auf dem Pferd sitzen. Meistens geht es darum, dass man an ihrer Haltung und an ihrer Verschmelzung mit dem Tier eine höhere Bestimmung oder edle Herkunft ablesen kann. Santi dagegen sieht wirklich nicht aus wie ein Prinz, aber er hat sich mit seinem Maultier abgefunden und ihm zur Versöhnung einen Apfel angeboten. Jetzt gibt er sich Mühe, den aufrechten und geschmeidigen Sitz von Vicenzo zu kopieren. Wie viele Menschen mit trainierten Muskeln lernt er neue Bewegungsabläufe schnell.

»Als ich ein kleiner Junge war, hatte ich ein Buch, das meine Eltern mir immer wieder vorlesen mussten«, erzählt Vicenzo. »Es handelte davon, wie die Bären Sizilien eroberten und regierten. Sie lebten in Häusern, trugen schicke Kleidung und feierten Dinnerpartys. Bis sie erkannten, dass das Leben der Menschen sie kaputt machte und dass sie nur fern der Zivilisation überleben würden. Die Bären zogen sich wieder in die Berge zurück und wurden nie wieder gesehen. Ich liebe die Vorstellung, dass sie heute weit oben in den Bergen Siziliens ihr glückliches, geheimes Bärenleben führen.«

Vittoria ist ein Stück vorausgeritten. Wir sind in einem dichten Eichenwald voller Sträucher und Unterholz und haben sie aus dem Blick verloren. Gelegentlich hören wir sie noch schnalzen und das entfernte Klappern von Hufen auf Sandstein. Dann kommt sie uns wieder entgegen.

»Das müsst ihr sehen! Aber seid leise.«

## *Kapitel 10*

## *Mount Doom (Ein mögliches Ende)*

Vittoria lässt Cesare stehen und klettert ein paar Meter einen sanft ansteigenden Felsen hoch. Auch wir sind abgestiegen und folgen ihr wie auf Zehenspitzen durch die Oleanderbüsche, die den schmalen Weg säumen. Zwischen verwachsenen Eichen sehen wir eine Lichtung. In der Mitte liegt ein dickes Pferd. »Was ist mit ihm?«, frage ich. »Die ist nicht tot. Im Gegenteil«, sagt Vittoria. Tatsächlich schiebt sich genau in dem Moment mit erstaunlicher Geschwindigkeit ein mit einer dicken weißen Membran überzogenes Wesen aus der Stute. Der Kopf ist schon befreit von der Hülle, und selbst aus unserer Entfernung sehen wir, wie die Nüstern des Fohlens sich gierig öffnen und schließen, als müsse es sich versichern, dass es auch wirklich genug Sauerstoff in die Lungen ziehen kann. Das Fohlen ist noch nicht ganz draußen, aber die Mutter stupst es mit ihrem gewaltigen Pferdekopf an, als wolle sie sagen: Keine Angst, du schaffst das schon.

Wir schleichen vorsichtig näher, die Stute hebt misstrauisch den Kopf und schnaubt leise in unsere Richtung. Das feucht glänzende Fohlen windet sich aus dem Mutterkörper und aus der Fruchtblase und versucht sofort, sich aufzurichten. Beim dritten Anlauf knickt es nicht mehr ein, sondern stakst und schwankt zur Mutter, die sich ebenfalls erhoben hat und aus deren Hinterteil noch Fetzen hängen. Das Fohlen sucht und schnuppert, fällt noch einmal auf den Boden und bekommt einen Aufmunterungskuss. Dann findet es den Weg zur Milch. Es muss eine warme Erinnerung an die Sicherheit sein, der es gerade entschlüpft ist, eine Stärkung für die gefährliche und interessante Welt, der es nun auf dünnen Beinen entgegenstöckelt.

»Das ist eins der Wildpferde aus den Nebrodi-Bergen«, sagt Vicenzo. »Hier in dieser Gegend habe ich sie noch nie gesehen.« Vittoria sagt ausnahmsweise nichts, aber ihre Augen schimmern. Ich habe nach Adrianos Tod so oft wach gelegen und war gleichzeitig wie betäubt, aber richtig weinen konnte ich nicht. Jetzt sehe ich die Geburt dieses Fohlens, und etwas löst sich. Erst fließen ein paar Tränen über meine Wangen, die ich noch verschämt wegwische. »Lass doch. Das ist normal«, sagt Santi. Und in dem Moment bin ich von meiner Zuneigung zu diesem Mann, dem Schmerz um Adriano und diesem monströsen Berg mit seiner Rauchfahne so überwältigt, dass ich die Kontrolle verliere. Ich weine, als könnte ich nie wieder aufhören. Zwischendurch sage ich »Sorry« und weiß nicht, wofür. Ich spüre einen starken Arm um meine Schultern, und als ich aufschaue, ist es Vittoria, die mich hält. »Über Adrianos Tod konnte ich nicht weinen, aber über dieses Fohlen«, sage ich. »Ich finde, wir nennen es Bitch«, schlägt Santi vor. »So heißt der Wellensittich von meinem Friseur in Neukölln.«

Erschöpft und merkwürdig glücklich beiße ich wenig später in eins der Panini, die uns Chiara mitgegeben hat. Es schmeckt nach Olivenöl und Trüffeln – und ich bin so aufgewühlt, dass diese Aromen mich schon wieder weinen lassen. Diese theatralische Empfindsamkeit, dieses

Umarmen der Welt bis zur Schmerzgrenze hat mich an Adriano über zehn Jahre lang fasziniert und manchmal beängstigt. Jetzt fühle ich selbst so. Als habe er den Platz dafür innerhalb unserer Beziehung für sich besetzt gehalten. Als würde ich die Leere füllen, die Adriano hinterlassen hat. Santi rülpst genüsslich und zündet zwei Zigaretten an.

Wir beobachten, wie Bitch und seine Mutter im Wald verschwinden. Die Mutter hebt kurz den Kopf, als wolle sie Witterung aufnehmen, und wendet sich nach Norden. Vielleicht hat sie die Herde gerochen. An ihrer Seite das Fohlen: Es strauchelt noch hin und wieder, aber jeder Schritt lässt es sicherer werden. Die Felsen, von denen aus wir sie beobachtet haben, liegen in der Nachmittagssonne. »Eine halbe Stunde, dann reiten wir weiter«, sagt Vicenzo. Ich versuche gar nicht erst, zu schlafen, sondern denke fast ohne Zusammenhang darüber nach, warum Dackelbesitzer ihren Hunden immer ähnlicher werden. Und warum diese lästige Fliege nicht einfach zu Santi rübersummen kann.

Geduldig erträgt Rita meine drei Aufstiegsversuche, bis ich mich wieder in den Sattel geschwungen habe. Die Innenseiten meiner Oberschenkel, mein unterer Rücken, selbst die Haut über meinen Schienbeinen schmerzen nach der kurzen Pause. »Das wird morgen früh noch schlimmer«, sagt Vittoria. »Ab dann wird es besser. Als ich meinen ersten Ritt um den Ätna gemacht habe, war ich permanent auf Ibuprofen 800.« Santi bietet uns ein Eckchen von den Pilzen an, die er aus Berlin mitgebracht hat. Ich möchte keins, aber die anderen drei spülen die gar nicht so kleinen Brocken mit einem Schluck Wasser runter. Der Wald wird dichter und stiller, manchmal dringt die Sonne schon gar nicht mehr durch. Weil ich vor allem das verbrannte Südostsizilien mit seinen Tomatentreibhäusern und entwaldeten Bergen kenne, bin ich erstaunt über das vermooste, üppige Grün. Es duftet nach Orchideen und Fäulnis, wie Leben und Tod in einem Atemzug. »Wenn wir durch diese Senke sind, kommen wir noch mal an die Landstraße, von dort gibt es einen ziemlich steilen alten Maultierpfad, der zu einer perfekten Stelle für die Nacht führt. Viel Zeit haben wir nicht mehr. Die Sonne geht auf dieser Seite des Berges um halb sieben unter«, sagt Vicenzo.

»Woher kennst du dich hier so gut aus?«, fragt Santi.

»Erfahrung und viele einsame Tage und Nächte. Wenn sich meine Kollegen in der Pilotenschule am Wochenende um den Verstand gesoffen und Touristinnen abgeschleppt haben, war ich hier draußen.«

»Wie lange hat die Ausbildung gedauert?«, kommt schon Santis nächste Frage.

»Ein langes Jahr Theorie, bevor wir das erste Mal ein Flugzeug von innen gesehen haben. Wusstest du, dass die Fallwinde um den Ätna zu den gefährlichsten Europas gehören?«

Trotz meiner schmerzenden Oberschenkel drücke ich meine Knöchel etwas stärker in Ritas Seiten. Sie beschleunigt ihren Schritt, und Vicenzos Lektionen werden vom Murmeln und Zirpen des Waldes verschluckt. Und vom Wind, der vom Rücken des Vulkans zum Meer runterweht und dabei die Wipfel der Eichen erzittern lässt.

Wir kämpfen uns gerade durch ein Meer von Brombeeren, deren wuchernde Triebe von allen Seiten an uns zerren. Vittoria schneidet einen davon aus ihrem Haar, Santi lutscht an einem langen, aber nur sanft blutenden Kratzer am rechten Unterarm.

Das Knurren ist nicht weit entfernt, vielleicht gleich hinter der nächsten Brombeerkaskade. Oder ist es ein Röhren? »Was ist das?«, frage ich. »Keine Ahnung«, sagt Vittoria: »Das klingt wie kein Tier, das ich kenne. Und wie keins, das hier sein sollte.« Vicenzo hat auf einmal eine Pistole in der Hand und lässt Love ganz langsam weiterschreiten. Er entsichert die Waffe.

Wir sehen einen mittelgroßen Bären, der sein Hinterteil an einem Baum reibt und dabei bärenhafte Geräusche macht. Nur wenige Millisekunden später verstehen wir, was wir wirklich sehen: einen Menschen in einem Bärenkostüm, der sein Hinterteil an einem Baum reibt und bärenhafte Geräusche macht. Das Wesen dreht sich um, sieht uns, kommt ungelenk auf zwei Beine und zieht sich den Bärenkopf vom Kopf. Darunter sind die verschwitzten, verfilzten blonden Haare einer auffällig schlanken Frau zu sehen, mit Sommersprossen und eigentümlich geschwungenen Lippen.

»Buongiorno. Sorry. Buonasera. I'm Gwyneth. Piacere.«

Man sagt das gerne so dahin, aber wir sind wirklich kurz sprachlos. Nur Vittoria weiß, was zu tun ist.

»Hi, Gwyneth, nice to meet you. Are you in rehearsal for a new movie? Are you starring in ›Iron Bear‹?«

»No way«, sagt die Amerikanerin mit überzeugendem Talkshowlachen. »You know, I missed all these fabulous events in Sicily last summer. The Dolce & Gabbana extravaganza, J. Lo's wedding vow renewal, Bradley's hen night. So, I figured, why not go on my own? Andrew Wiley, who is a dear friend and probably *the* best literature agent in the *world*, told me that among European intellectuals there is this thing called Furryism. Obviously, there is a similar sex fetish in the Hollywood Hills – at least that's what I've heard from Lil Nas X – but in Europe, it's supposed to be about shapeshifting and transformation on a spiritual level. Which is pretty much what goop.com is all about. So I lied to my PA, told her, that I was going to see family in England, flew here and put my bear costume on, which is custom made from recycled teddy bears from a nursery in Stratford-upon-Avon that I've been quietly supporting since ›Shakespeare in Love‹. A private moment of self-connection at the foot of this powerful, yet regrettably toxically masculine mountain. The sweat dripping down my back and through the crack of my bottom …«

Sie sagt wirklich *bottom*.

»… the power of the volcano, the smells inside the fur, the slight oxygen deprivation. I can tell you: It's a trip. I feel connected to the trees that scratch my back and to the earth under my paws. I feel connected to my darker fluids, my rawness, my fears. And I finally feel connected to the fear I cause.« Sie röhrt noch einmal wie ein Bär. Aus dem Mund von Gwyneth Paltrow mit zerzaustem Haar und runtergerutschtem Bärenkostüm klingt das gar nicht mehr so bedrohlich. »Now I only need to figure out how to package that into an experience that my customers can share and enjoy.«

Es stellt sich heraus, dass ihr Trip in die Wälder des Ätna in Wahrheit gar nicht so einsam ist, denn inzwischen ist ihr Kamerateam zwischen den Bäumen aufgetaucht.

Eine zwanzig Jahre jüngere und deutlich besorgtere Gwyneth-Paltrow-Kopie putzt mit winzigen Pinseln das Gesicht ihrer Chefin. Eine andere versichert sich, dass wir keine Fotos gemacht haben und die Privatsphäre von Miss Paltrow respektieren werden, sie habe da ein Formular, das wir bitte unterschreiben müssten. Als wir weiterreiten, kräht die Schauspielerin aus ihrer Mitarbeitertraube: »It's been lovely to meet you, guys. Take care. Arrivederci. And check out goop.com.«

»Die echten Lippen standen ihr besser«, sagt Vittoria. »Und Nastassja Kinski war die interessantere Bärin. Bei ihr ging es ums Überleben. Bei Miss Paltrow weiß ich gar nicht, worum es geht. Außer vielleicht um Geld und Langeweile.«

Wir diskutieren über Entertainment und Schönheitsoperationen, und nach ein paar Minuten frage ich mich, ob das gerade wirklich passiert ist oder ob es eine Pilzfantasie war. Da ich allerdings kein Psilocin im Blut habe, müsste ich mich bei den anderen angesteckt haben. So oder so bin ich nass vor Schweiß, und das Wasser in meiner Flasche ist so warm, dass es nach Blei schmeckt. Unsere Pferde klettern einen von wilden Feigen überwachsenen Weg hoch und gelangen auf ein Plateau mit einem kleinen dunkelblauen See in der Mitte. Vicenzo schnalzt, Love fällt in einen langsamen Galopp und springt mitsamt Reiter ins Wasser. Das Pferd bäumt sich zu einem zweiten Sprung auf, dann versinken die beiden im See. Ein paar Sekunden vergehen, bis die Oberfläche aufreißt: Für einen Moment scheinen sie in der Luft zu schweben. Dann platschen sie wieder ins Wasser, und Vicenzo lässt sich von Loves Rücken gleiten. »Mega. Das mache ich auch!«, ruft Santi, aber sein Maultier bleibt einfach stehen.

Später bauen wir zwei Zelte auf, und Vicenzo entfacht ein Feuer. »Ist es dafür nicht noch zu früh im Jahr?«, fragt Vittoria. »Doch. Aber Canadair-Piloten haben eine Sondergenehmigung. Und die Mücken hier sind gnadenlos.« Nachdem die Amaro-Flasche einmal gekreist ist, verabschiede ich mich. Nachts zerrt ein Regensturm am Zelt, und ich spüre einen anderen Körper, der sich ungeschickt neben mich plumpsen lässt. Ich denke kurz an Santi in einem Bärenkostüm und schlafe wieder ein.

Er blickt mich hellwach an, als habe er mit offenen Augen geschlafen. Oder gar nicht. »Buongiorno«, sagt Santi, und sein Atem riecht noch nach Lakritz. Er legt seine Hand auf meine Schulter und sagt: »Die beiden waren wirklich *on fire*. Ich konnte irgendwann nicht mehr. Wie geht es dir? Du warst am Abend ziemlich ruhig.« Seine Hand ist schwer und zittert nur ganz leicht. »Feuer macht mich glücklich. Und schläfrig. Und Bären auch«, sage ich. »Ich will dich in mir spüren«, sagt Santi und küsst mich auf den Mund. Seine Zunge schmeckt nach einer langen Nacht, aber müde scheint er nicht zu sein. Wir schauen uns an, und dann lachen wir.

»Komm, lass uns aufstehen. Ich muss heute die Asche loswerden«, sage ich. Als unsere Körper sich trennen, weiß ich, dass es endgültig ist. Nach zwei Sekunden des Bedauerns und der Melancholie denke ich an die Zeit, als ich in meinem bayrischen Dorf als Messdiener tätig war. Ich wusste schon damals, dass die Kirche mir keinen Schutz bot, aber zwei Glaubenssätze gefallen mir bis heute: »Sprich nur ein Wort, so wird meine Seele gesund«, die Liebeserklärung an die Kraft der Sprache. Und die Formulierung »Asche zu Asche, Staub zu Staub«, die so archaisch ist wie Knochensplitter und so friedlich wie eine Welt ohne Fragen.

Ich krieche aus dem Zelt. Der Himmel ist wolkenlos, als wäre die stürmische Nacht nie geschehen, und der Teich ist so kalt, dass mein Herz einen Schlag aussetzt. Als ich wieder auftauche, trifft mich der erste Sonnenstrahl ins Auge, und neben mir macht Santi eine Arschbombe.

Die nächsten Stunden vergehen friedlich, aber ich traue ihnen nicht. Als würde ein Wechsel heraufziehen, der noch nicht greifbar ist. Vittoria und Santi reiten vor uns her, und die Atmosphäre zwischen den beiden ist ungewohnt. Es gibt kein Gelächter, kein Geschrei, kein plötzliches Vorpreschen Vittorias, der unser Tempo während des ganzen Trips zu langsam war. Stattdessen sprechen die beiden ruhig und intensiv miteinander. Nur einmal greift sie fast ruppig an seinen Kopf, wofür sie sich von ihrem Pferd weit runterbeugen muss. Sie schüttelt Santi mit einer Heftigkeit, als wolle sie ihn aufwecken.

Ich denke an ein Gespräch mit dem Künstler Julian Charrière, der Tonaufnahmen von Vulkanen auf der ganzen Welt macht. Wir lagen in seiner Installation, für die er eine Traummaschine nachgebaut hatte. In der Mitte blubberte Trockeneis, Lichter flackerten wie einer eigenen Melodie folgend, es rumpelte. Wir lauschten den Geräuschen, die Julian an einem Vulkan in Island und einem in Äthiopien aufgenommen hatte. »Der Vulkan in Island hat eine sanftere und zartere Stimme. Und was noch wichtiger ist: Sie erschien mir tiefgründiger. Das erinnerte mich an meine Mutter und viele Frauen in meinem Leben«, sinnierte Julian, während wir nebeneinander auf dem Rücken lagen, was eine seltsame Position für ein Gespräch über Kunst ist. »Der Vulkan in Äthiopien hat eine viel aggressivere Note. Vielleicht, weil er in einem Kriegsgebiet liegt, er ist umgeben von bewaffneten Männern. Seine Stimme ist bedrohlicher, klingt nach Krieg und Soldaten, was ich nicht mit Weiblichkeit verbinde. Ich mag das Treffen dieser zwei Extreme in einem Raum. Mich faszinieren Vulkane. Sie machen uns deutlich, dass wir auf einem Feuerball leben. Du weißt selbst, wie es ist, in der Gegenwart des Ätna zu leben. Er ist eine machtvolle Erscheinung und kann unser Leben verändern. Ein Vulkan lebt. Er kann dich bedrohen, er kann dir aber auch viel geben.«

Die Landschaft ist karger und karger geworden. Es gibt nur noch wenige armselige Kiefernsträucher und gelegentlich Inseln von gelb blühendem Ginster in dem alles beherrschenden Lavakies. »Für die Pferde ist das eine Qual«, sagt Vicenzo. »Hier kommt man nur zu Fuß weiter. In zwei Stunden seid ihr in der Kraterlandschaft, wo auch die Reisegruppen unterwegs sind. Es lohnt sich trotzdem. Ich bleibe hier bei den Tieren. Nehmt genug Wasser mit.« Wir haben unsere Flaschen morgens aufgefüllt, stopfen sie in die Rucksäcke und stapfen los. Der Weg ist nicht wahnsinnig steil, aber genauso mühsam, wie es Adriano in seinem Tagebuch beschrieben hat. Mit jedem Schritt rutschten wir einen halben Schritt wieder runter. Statt der Fliegen allerdings sehen wir zwei Schmetterlinge. Ich frage mich, was sie hier suchen oder ob sie in ihr Verderben geflattert sind.

Wir treffen tatsächlich auf eine Reisegruppe, die angeführt wird von Giulia, einer kompakten Frau mit bürstigem Haar und golden schimmernder Techno-Brille. »Wenn meine Gruppe nichts dagegen hat, kommt doch einfach mit. Was wir heute machen, ist allerdings nicht ganz legal.« Ihre Gruppe besteht ausgerechnet aus den Amerikanern, die wir in Palermo getroffen haben. Sie tun so, als sei es das Normalste von der Welt, sich hier wiederzusehen. »Klar, warum nicht? War ja teuer genug«, sagt einer dieser hundertzwanzig Kilo schweren Riesen in Shorts und schüttet sich in einer nahtlosen Bewegungsfolge eine Portion Trailmix in die Hand und dann in den Mund. Außerdem sind drei Argentinier mit kompliziert rasierten Frisuren und knallbunter Funktionskleidung dabei und ein schweigsames Paar aus Agrigent. Dazwischen steht irgendwie verloren ein hagerer Mann mit expressiv gekrümmter Nase und uralten Wanderschuhen: »Lazlo«, stellt er sich mit angedeuteter Verbeugung vor. Er ist Ungar und spricht ein Deutsch wie in einem Film aus den 40ern. Seine Lebensgeschichte reißt er nur an: verschiedene Wohnsitze, ein Jahr Gefängnis und einige Verluste. Die Besteigung des Ätna sei sein Lebenstraum. »Und viel Zeit bleibt mir ja nicht mehr.« An seinem Stock ist eine ovale Metallplakette mit einem sitzenden Bären des Parco Nazionale d'Abruzzo befestigt, bei der sich eins der Nägelchen gelockert hat. Er stützt sich diskret auf und findet oft keinen Halt, aber als Santi ihm seinen Arm anbietet, winkt er ab.

Wir steigen schräg durch den Lavakies nach oben und kommen an einen Grat mit schwarzen Felsformationen, die den Blick auf ein gewaltiges, lang gestrecktes Tal freigeben. Der Anblick ist atemberaubend: Steilwände und

Brocken in allen erdenklichen Farben, von Schwefelgelb über Apricot bis zu einem giftigen Ochsenblut, beherrscht von einem Grau, das alles verschlingt. Am Rande stehen gewaltige verformte Steine wie die Reißzähne längst vergessener Raubtiere, aus Spalten und Felsen steigt Dampf auf. In der Talsohle sind zwei sehr große und ein kleineres Loch zu sehen, die immer wieder Gaswolken nach oben blasen. Es klingt, als würde die Erde selbst stöhnen, und das schwefelhaltige Gas färbt die Sonne orange. »Der Bocca Nuova ist auch schon wieder über fünfzig Jahre alt, aber der Name hat sich gehalten«, sagt Giulia. »Das kleine Loch ist der Babykrater. Der ist besonders unruhig.« Über einem anderen Gipfel ist ein Rauchring zu sehen. »Die sind ganz selten. Wir haben Glück«, sagt sie. »Schaut mal: Jetzt wird der Ring zu einem Engel.« Ich erinnere mich an den Moment, als ich mit Adriano zum Grand Canyon kam: Er brach in Tränen aus und bestand dann darauf, so weit nach unten zu wandern, bis unsere Gesäßmuskeln brannten und unsere Hemden nass waren. Hier oben aber schmerzen meine Ohren von dem reißenden, eiskalten Wind. Man sagt, dass die großen Schauspiele der Natur dem Menschen einen Eindruck seiner eigenen Nichtigkeit vermitteln. Aber die Botschaft des Ätna ist eine andere: Ich fühle mich zugehörig, als Teil von etwas Erhabenem und Allesumfassendem. Als sei der Liebeskummer einer Ameise genauso elementar wie das Knirschen tektonischer Platten.

Der übernächste Krater hat keinen Namen, er heißt einfach Nordost. Doch die fast lieblose Bezeichnung wird ihm überhaupt nicht gerecht. Er ist steil und Hunderte von Metern tief, ein Abgrund mit oszillierenden Wänden, aus denen giftiger heißer Dampf entströmt und schießt.

Ein wahrer Höllenschlund. »Wenn, dann hier, oder?«, sagt Santi, und ich weiß erst gar nicht, was er meint. »Adriano hätte es geliebt.« Vittoria fotografiert die Argentinier, die für sie mit freien Oberkörpern posieren. Giulia erklärt den Amerikanern, dass Catania siebzehn Mal von Erdbeben und Ausbrüchen zerstört und wieder aufgebaut wurde. »Oh, my gosh«, sagt einer der Amerikaner. Ich taste nach der Proraso-Dose in meiner Jackentasche.

Keiner hat in den letzten Minuten auf Lazlo geachtet. Ich höre ein Ächzen und drehe mich zu ihm: Er hat sich offenbar zu weit in den Krater gebeugt und ist in den steilen Abgrund gerutscht. Um den Absturz zu verhindern, krallt er seine altersfleckigen Hände in einen großen Stein, sein Gesichtsausdruck ist eine furchtbare Mischung aus Erstaunen und Resignation. Dann knackt etwas an seinem Körper, und der Mann rutscht noch etwas weiter. Ich weiß nicht, wie es klingt, wenn ein Knochen bricht, aber so stelle ich mir das Geräusch vor. Lazlo hält seinen Kopf zur Seite geneigt und die Augen halb geschlossen, als habe er aufgegeben. Seine Finger krallen immer krampfiger, aus seinem Mund rinnt ein dünner weißlichgelber Faden. Vielleicht ist der Sturz in diese wunderschöne, schreckliche Tiefe der Tod, den er sich gewünscht hätte.

»Halt mich fest«, sagt der Trailmix-Amerikaner zu seinem Nachbarn und lässt sich an dessen Wanderstock erstaunlich behände zu dem alten Mann rutschen. »Nimm meine Hand, Buddy. Du schaffst das«, sagt er fast zärtlich und stupst ihn an. Mit einem Schwung, den ich nicht erwartet hätte, lässt Lazlo mit der rechten Hand den Stein los, reißt sie nach oben und greift nach dem Amerikaner.

Dieser zieht ihn schnaufend, aber mühelos hoch, bis Lazlo wieder festen Boden unter den Füßen hat. Der alte Mann ist gerettet. Er hebt ächzend sein Bein und schüttelt es vorsichtig. Dann räuspert er sich wie nach einer peinlichen Gesprächspause. »Auf Sizilien ist der Tod nicht das Ende«, sagt er, »Leonardo Sciascia.« Er spuckt ein bisschen Blut aus und setzt sich auf einen runden schwarzen Stein.

»Jetzt schaut eh keiner«, sagt Santi. »Du schleppst das schon lange genug mit dir rum, oder?« Doch in diesem Moment – nach ein paar Tausend Kilometern und vielen Nächten mit der Dose neben mir – kommt mir der ganze Plan unendlich einfältig vor. Die Asche in den Krater eines Vulkans werfen? Auf diese Idee sind schon so viele gekommen, und eigentlich habe ich das auch die ganze Zeit gewusst. Seltsam, wie hehre Entscheidungen und große Pläne wegschmelzen können, sodass nichts übrig bleibt als eine jämmerliche Pfütze. »Ich werf das nachher in den Non-Differenziato-Müll«, sage ich zu Santi. Zu all dem Restmüll, der weder eindeutig Plastik, Papier, Glas, Metall oder organischer Abfall ist. Zu dem Müll, von dem man nicht weiß, wo er hingehört. »Okay. Klar. Verstehe ich«, sagt Santi mit einem seltsamen Lächeln, wohl weil dieser Satz überhaupt nicht zu mir passt. Wahrscheinlich ist es die seltsame Euphorie des Vulkans, vielleicht bereue ich meinen Übermut später.

*Thank God. Ich wollte nichts sagen, aber mich hat das ein bisschen genervt. So banal habe ich mir die Nachsorge nicht vorgestellt. Und auch nicht so klischeebeladen. Erinnerst Du Dich an die Hikerin in Montana? Nicht älter als wir, ziemlich verbrannt, gnadenlos funktional gekleidet und ganz allein. Wir hatten gerade unter dem eiskalten Wasserfall geduscht, unsere Lippen zitterten, meine Unterhose war nass, und mein Penis zeichnete sich ab, was mir im Laufe unserer Unterhaltung immer unpassender erschien. Sie saß am Weg, und nach dem ersten »Hi« erzählte sie, dass sie in den Glacier National Park gekommen sei, um die Asche ihres Vaters zu verstreuen. »He was always an outdoor person«, sagte sie, und das war so traurig und falsch, dass ich fast lachen musste. Die Asche des geliebten Gestorbenen herumzuschleppen und dann an einem meaningful place zu verstreuen, ist so ein überstrapaziertes Motiv. Aktivismus der Hilflosigkeit. Die Liste der Bücher und Filme, in denen das vorkommt, ist lang und streckenweise banal. Dann kannst Du mich gleich in einem Friedenswald verscharren. Am liebsten wäre ich gestorben wie ein Elefant: einsam in einer Höhle. Und wenn sich keiner mehr an mich erinnert, finden junge Tierforscher mein Gerippe und stellen fest, dass ich eine ganz eigene Art war. Whatever. Es gibt einen Grund, warum ich kirchliche Trauerfeiern mag: Sie geben dem Ungeheuerlichen eine Form. Jeder weiß, was er zu tun hat. Keiner fühlt sich zu Originalität verpflichtet. Natürlich habe ich trotzdem oft darüber nachgedacht, mit welchen Liedern ich die Menschen bei meiner Beerdigung zum Weinen bringen würde. Du mochtest das nicht und hast mich überredet, dass wir ein Testament und eine Patientenverfügung aufsetzen. Darin steckte nicht etwa Kälte, sondern Optimismus, die Hoffnung, dass es für immer weitergeht, wenn wir nur gut vorbreitet sind.*

Als wir die Mitreisenden wiedertreffen, denen der Aufstieg zu mühsam war, schlägt Giulia eine Rast vor. Aus ihrem Rucksack holt sie eine Flasche Etna Rosso und gießt jedem einen winzigen Plastikbecher ein. »Auf das Leben. Und das Weiterleben«, sagt Lazlo zu mir. Das schweigsame Paar aus Agrigent ist noch auf einen Nebenkrater geklettert. Hinter ihrer Silhouette türmt sich der Vulkan mit den drei Namen auf, davor geht der Mann in die Knie. Und einen Moment später umarmen sich die beiden. Sie kommen halb geschritten, halb gerutscht in unsere Senke. In der Hand hält sie einen faustgroßen Stein in allen Farben, die wir heute gesehen haben. »Hoffentlich hat sie Ja gesagt«, sagt der Trailmix-Amerikaner ehrlich besorgt, und seine Nachbarin versichert: »Natürlich hat sie das. Die strahlt doch wie die Sonne.« »Auguri«, ruft die Reiseleiterin. »Wenn ihr den Stein mitnehmt, werdet ihr wiederkommen.«

Und ich?

Ich empfinde die nervöse Zufriedenheit, die sich einstellt, wenn man eine Entscheidung getroffen hat, die man lange hinausgezögert hat und deren Folgen das Leben verändern werden. Ich habe in den letzten Wochen so viele Formen des Todes gesehen: den einsam entschlafenen Maler, die strangulierte Katze, den unheimlichen und den lustigen Friedhof. Ich habe erlebt, was Lazlo meinte: Der Tod muss nicht das Ende sein. Und meine Patentochter Skadi hat mir eine Zeichnung geschenkt, die meinen Verlust treffender und zärtlicher beschreibt, als ich es selbst jemals gekonnt hätte. Denn Trost ist ebenso unberechenbar wie der Tod. Man weiß nicht, wann er kommt, woher er kommt und was er ausrichtet. Und ich habe auf meiner Reise gespürt, dass mich die wunderbaren und furchtbaren Dinge noch berühren. Vielleicht gibt es keine Antwort auf die Leere nach dem Verlust, sondern nur das mühsame Voranschreiten. Ganz so, wie Adriano es mir erklärt hat, oder seine Stimme, die ich mir ausmale. Ludwig van Beethoven, dessen Musik er so sehr liebte, dass ich sie mitlieben musste, obwohl sie mir zu reißerisch ist, sagte mal: »Allein Freiheit, Weitergehen ist in der Kunstwelt wie in der ganzen großen Schöpfung Zweck.« Am Anfang war das Weitergehen schwierig: Ich knickte wieder und wieder um, ich strauchelte, aber ich merke jetzt, wie ich mit jedem Schritt sicherer werde.

Santi steht im schwarzen Kies und sagt mit gesenkter Stimme: »Wo wir gerade bei großen Gesten sind. Ich glaube, ich bleibe auf Sizilien. Vittoria will mich nicht gehen lassen.«

»Da musst du jetzt glaube ich durch. Was Besseres als Vittoria hätte dir jedenfalls nicht passieren können.«

»Meinst du, sie hält es mit mir aus?«, fragt er.

»Wenn nicht, ist sie selbst schuld. Aber mein Gefühl ist, dass sie einen eisernen Willen hat. Was sie sich vornimmt, zieht sie durch. Vielleicht bringt sie dir sogar noch das Reiten bei.«

»Wenn du eine einzige Sache mal besser kannst als ich, reitest du drauf rum.«

»Ich bin so froh, dass sich ab jetzt Vittoria mit dieser Art von Witzen rumschlagen muss.«

»Keine Sorge. Du bleibst auch nicht davon verschont. Das klingt jetzt cheesy, aber ich meine es ernst: Du wirst mich nicht mehr los. Best Friends Forever!«

Santi macht mit den Daumen und Zeigefingern eine Herzgeste und formt seinen Mund zu einem Duckface, dann zündet er zwei Zigaretten an und steckt mir eine davon in den Mund. Zärtlich und beiläufig, wie es seine Kunst ist.

Vor uns steigt aus dem Hauptkrater ein Qualmfaden in den Himmel. Adriano und ich haben uns immer darüber gestritten. Ich bestand darauf, dass der Vulkan ständig aktiv war, rauchte und drohte. Er, dem es sonst nicht dramatisch genug sein konnte, behauptete jedes Mal, dass es nur eine Wolke sei. Als hätte er Angst gehabt, dass seine Träume wahr würden.

Als ich abends im Internet suche, finde ich das Zitat von Leonardo Sciascia nicht. Wahrscheinlich hat der alte Mann aus Ungarn es sich ausgedacht.

# Kapitel 11
## Marmorklippen (Agonie als Triumph)

Auf dem Rückweg erklärt mir Santi den zweiten Grund, warum er jetzt nach Palermo zieht. Er will eine Ausbildung zum Löschflugzeugpiloten machen. »Adrenalin und Karma. Ich hatte immer zwei Träume: Elefanten und Flugzeuge. Aber Menschen, Tiere und Bäume zu retten, ist die einzige Fliegerei, die ich heute noch okay finde. Und ich habe hier was wiedergutzumachen.« Dann tritt er seinem Maultier kurz und sanft in die Flanken und schließt zu Vicenzo auf, der ihm die italienischen Namen jedes Baumes und jedes Strauches beibringt. Vittoria ist während des gesamten Ritts ungewöhnlich schweigsam. Nur einmal wendet sie sich zu mir: »Sind die beiden nicht süß?« Sie sagt das mit spröder Zärtlichkeit, und ich merke, dass ich sie jeden Tag lieber mag. Zwei Stunden bevor wir bei Gigi ankommen, erhalte ich eine Nachricht von Jenny. Die ganze Familie sei auf dem Weg zu einem der Winzer am Ätna, ob ich nicht zum Abendessen dazukommen möchte. Dahinter hat sie ein Emoji mit betenden Händen gesetzt. Ich glaube nicht, dass das ein gutes Zeichen ist.

***

Pünktlich zum Sonnenuntergang fahre ich den Feldweg zum Weingut hoch. Eine junge Frau mit Lederschürze und rasiertem Schädel drückt mir ein Glas Weißwein in die Hand und wedelt nachlässig in Richtung der Weinberge. »Da runter und dann rechts.« Auf einem Turm aus schwarzem Lavastein sitzen Jenny, Johannes, die Kinder (Elio ist auch dabei) und zwei mir unbekannte Männer. Pepe ist dick, kahlköpfig und trägt einen grauen Schnurrbart, der bis über die Unterlippe reicht. Cristiano wirkt wie ein Elite-Internat-Streber, trägt Sportswear, die wie maßgeschneidert aussieht (vielleicht ist auch nur sein Körper maßgeschneidert), und eine Frisur wie ein Profifußballer: ausrasiert und seitengescheitelt, reaktionär und instagrammable. Wie sich bei der Begrüßungsrunde herausstellt, ist Pepe der Erbe des Weinguts und Cristiano der Star-Önologe mit den großen Plänen. Die Kinder spielen Steine-vom-Steinturm-Werfen, nur Elio kuschelt sich in Johannes' Arm. »Mir ist kalt«, sagt er. »Was ist das hier, worauf wir sitzen? Ein Weinkühlschrank?«, frage ich mit dem Gefühl, durch meine Ankunft ein Gespräch unterbrochen zu haben. »Nein. Der Turm ist massiv. Der wurde aus den Lavasteinen gebaut, die man aus den Feldern für die Reben wegräumen musste. Ihr findet solche Strukturen auf vielen Weingütern um den Ätna. Jede hat eine andere Form. Im Grunde sind das Steindepots«, sagt Cristiano. »Die müssten wir dann natürlich auch dokumentieren! Eigentlich ist das ein Buchprojekt: Sizilianischer Minimalismus«, sagt er nun in Richtung Johannes und schiebt gleich hinterher: »Wir haben so viel zu tun! Morgen früh schauen wir uns zusammen mal den Vertrag an.« Jenny lächelt, aber ich kenne sie gut genug: Wenn sie wütend ist, wird ihre Porzellanhaut noch ein bisschen blasser. Noch vor dem Abendessen steht sie auf und geht zu den Gästezimmern, die im Haupthaus für uns vorbereitet sind. Weil Pepe, Cristiano und Johannes sich in Konzepte und Ideen vertiefen und dabei eine Flasche nach der anderen öffnen, spiele ich mit den Kindern

Uno. Wie immer gewinnt Skadi die meisten Runden. Als sie Elio zum dritten Mal eine Plus-4-Karte hinlegt, wirft der seine Karten hin und schreit: »Scheißspiel. Ich will nicht mehr!« Ich bringe die Kinder ins Bett. Es gibt noch eine umständliche Diskussion ums Zähneputzen, dann liest Loki seiner Schwester irgendein Buch vor, das beide auswendig kennen. Und ich setze mich an Elios Bett.

»Ich will nicht wieder nach Hause zu Mama. Die schaut mich nie an. Und ich will auch nicht wieder ins Internat.«

»Willst du bei deinem Vater in Mailand leben?«

»Papas neue Frau ist so gruselig. Und sie riecht säuerlich. Ich glaube, die kotzt nach jedem Essen.« Ich streiche ihm übers Haar, bis er ruhiger atmet.

»Kannst du die Kinder mitnehmen?«, fragt mich Jenny am nächsten Morgen. Johannes schläft noch, und wir trinken einen Kaffee auf der Rampe des alten Gebäudes, von der früher die geernteten Trauben ins Maischebecken geschüttet wurden. »Meine Mutter ist noch mit den Füßen darin herumgestampft«, hat uns Elena, die mit dem rasierten Schädel, gerade erzählt. »Dabei musste sie die ganze Zeit singen. Solange man sie singen hörte, war sie von dem Alkoholdunst noch nicht ohnmächtig geworden. Die Lieder kann sie heute noch.« Jenny hat gar nicht richtig hingehört. Ihre Wut von gestern Abend ist nicht verraucht, sie hat sich vertieft. »Ich weiß nicht, was für einen Vertrag die heute besprechen wollen. Ich weiß eigentlich gar nichts. Mein Mann ist ein großes Rätsel in diesen Tagen. Und dabei grinst er auch noch die ganze Zeit so zufrieden.«

***

Auf der Fahrt sitzt Elio vorne, auch wenn Loki und Skadi das total ungerecht finden. Um die Stimmung zu entschärfen, schlage ich vor, dass wir »Ich sehe was, was du nicht siehst« spielen. »Das ist für Babys«, entscheidet Skadi. Sie will, dass wir uns die gruseligsten Filmszenen aller Zeiten erzählen. »Und danach die lustigsten!«, sagt Loki. »Ich nehme die aus ›Ich – Einfach unverbesserlich‹, wo Gru gegen die Decke knallt.« Ich hoffe heimlich, dass wir die gruseligen Details aus den Szenen überspringen können, aber Skadi besteht darauf. Dann fällt ihr keine ein, Loki hat aber gleich zwei parat: Eine stammt aus »The Dark Knight«, die andere aus einer Tim-Burton-Serie über die Tochter der Addams Family. Mit dem Geplauder über Monster vergeht die Fahrt schnell, auch wenn Elio fast nichts dazu beiträgt. Ich bringe erst Skadi und Loki nach Hause und fahre dann zu Silvana. Sie ist am Telefon und winkt Elio nur zu, er nimmt eine Katze auf den Arm und knallt seine Zimmertür hinter sich zu.

»Ich kann mit meinem Po wieder Mandeln knacken«, sagt Silvana über ihren Fitnessurlaub in Südtirol: »Nur das Essen war schwierig.« Sie hat lange in Mailand gelebt und in den besten Restaurants gesessen, aber die Küche Norditaliens ist ihr fremd geblieben. »Immer diese Rinderbrühen. Oder Knödel aus altem Brot. Ich weiß gar nicht, wonach das schmecken soll. Ich habe mich nach den Schnecken meiner Großmutter gesehnt.« Die Schnecken interessieren mich, aber ich unterbreche ihr Geplauder:

»Elio geht es gar nicht gut. Du musst irgendwas machen.«

»Ich weiß. Es bricht mir das Herz. Das wird jeden Tag schlimmer zwischen uns. Und es ist ganz allein meine

Schuld. Man sagt, dass Kinder manchmal durch Phasen gehen, in denen sie schwierig sind. Ich habe das Gefühl, dass ich gerade durch so eine Phase gehe.«

»Vielleicht macht ihr mal eine Therapie?«

»Würde ich, aber ich weiß ja genau, was mein Problem ist. Mein Kind erinnert mich an meinen Ex-Mann, und das ertrage ich nicht. Macht mich das zu einer schlechten Mutter?«

»Ich glaube, ja.«

»Ich weiß«, sagt sie und wechselt das Kaugummi. »Ich verspreche dir: Ich krieg das hin. Aber er ist echt schwierig. Seine Italienischlehrerin glaubt, dass er Legastheniker ist.«

»Wie kann es sein, dass du das nicht weißt?«

Silvana spricht lieber über die Hochzeit. Nach langem Suchen hat Tabbi für das große Dinner den Palazzo Falconeri gemietet. Ursprünglich hatten sie und Annabelle sich in eine alte Masseria in der Nähe von Palazzolo Acreide verliebt, einem Städtchen im Landesinneren, wo auch der sizilianische Trüffel herkommt. Die Masseria ist ein weitläufiger Vierkanthof mit eigener Kapelle, unter dem Felsplateau rauscht einer der wenigen Bäche, die das ganze Jahr über Wasser führen. Die Besitzer sind ein Paar aus Paris – Pierre-Olivier macht Finanzgeschäfte, Simon richtet Villen an der Côte d'Azur ein –, und in einem der großen Säle des Haupthauses haben sie Bühnenbilder von Jean Cocteau in Freskotechnik an die Wände kopieren lassen. »Das haben die Handwerker hier natürlich nicht hingekriegt, aber gerade die ungelenke Interpretation hat ihren ganz eigenen Charme«, hat Simon einem Interior-Magazin erzählt und sich im gleichen Interview gewundert, dass die lokale Community so reserviert sei.

Er ist vielleicht Mitte fünfzig, aber er sieht aus wie ein Mitglied der Band Duran Duran in den 80ern, auch was die Glätte seines Gesichts betrifft. Bei den Verhandlungen für die Hochzeit gab es Streit: Simon bestand auf einem strikten Rauchverbot mit Ausnahme der Dienstbotenbalkons, es dürfe nur Geschirr eines Verleihs aus der Töpferstadt Caltagirone verwendet werden, und alle Social-Media-Posts müssten von seinem Team genehmigt werden: »Wenn die Fotos einmal in der Welt sind, kann man es nicht mehr ändern. Und wir haben sorgfältig an Erscheinungsbild und Image der Masseria gearbeitet. Außerdem ist sie ein privates Haus.« Diese Argumentation fand Tabbi unlogisch, außerdem war sie in einer Sache unerbittlich: »Ich zahle doch nicht fünfzigtausend Euro Miete für ein Bauernhaus, wenn dann noch nicht einmal die Bilder um die Welt gehen.« Also einigte sich das Brautpaar auf die zweite Wahl, auch wenn die beiden es nie so nennen würden. Der Palazzo Falconeri steht mitten im barocken Zentrum von Noto, und ein Schraubenfabrikant aus Baden-Württemberg hat ihn vor zwanzig Jahren gekauft und mit viel Geld und kunsthistorischer Wurschtigkeit restauriert. Die alten Fliesen, die in jedem der Säle ein andersfarbiges geometrisches Muster bilden, sind fast unangetastet geblieben. Die Deckengemälde – keins davon stammt von einem bedeutenden Künstler – ließ man ein bisschen zu leuchtend wiederherstellen. Die Kunstberater des Schraubenfabrikanten arbeiteten sich durch die Flohmärkte von Catania und Palermo und kauften bei verarmten sizilianischen Adelsfamilien ein. Wenn sie aber nicht den passenden Beistelltisch oder die Sitzbank im richtigen Format fanden, mischten sie auch Stücke aus dem Piemont oder aus der Provence dazwischen. »Kein Museum, sondern eine Wunderkammer«, nennen sie diesen wirren Stilmix auf der Website des Palazzo, der für Besucher geöffnet wird, wenn er nicht gerade privat vermietet ist. Nach der Party von Elton John fehlten mehrere Kleinmöbel, die aus dem dunkelbraunen sizilianischen Marmor gefertigt waren, der voller Einschlüsse von Muscheln und Schnecken ist und nur noch selten gefunden wird. »Wenn gefeiert wird, nimmt schon mal jemand einen Aschenbecher mit«, soll Elton John gesagt haben, als die Diebstähle mit einem sechsstelligen Betrag in Rechnung gestellt wurden.

Noch nie habe ich über eine Hochzeit, die mich nur am Rande betrifft, so ausführliche Informationen erhalten. Aber Silvana ist noch nicht fertig: »Seitdem gibt es doppelte Security bei den Events«, sagt sie. »Um das Essen kümmert sich der belgische Starkoch aus der Strandbude bei Cefalù, der sich auf offenes Feuer kapriziert hat. Er hat im Innenhof seine Grill- und Feuerstation aufgebaut. Wie sie das beim Denkmalschutz durchgekriegt haben, will ich gar nicht wissen.« Die Entscheidung für den Palazzo hat auch Auswirkungen auf die Gästeliste gehabt. Um die drei Festsäle angemessen zu bespielen, sind hundertachtzig Sitzplätze zwingend, das behauptete jedenfalls die Eventplanerin. »Die verdient an jedem zusätzlichen Gast extra«, sagt Silvana, nicht ohne Bewunderung. »Und Tabbi hat jeden eingeladen, der in den wichtigen Feuilletons oder auf Twitter über ihr Buch geschrieben hat. Außerdem spricht sie von A-List-Überraschungsgästen, will aber keine Namen nennen.«

Vor allem aber möchte Silvana jetzt mit dem Verkauf des Hauses vorankommen. »Als Freundin würde ich dir zu dem netten Architektenpaar raten. Die werden sich auch gut mit Johannes und Jenny verstehen. Donatella hat es sich sowieso schon wieder anders überlegt. Sie will jetzt doch lieber was auf Sardinien, weil es da mehr Hubschrauberlandeplätze und Magnumflaschen gibt. Aber ich habe noch eine Interessentin. Es ist deine Chefin aus Rom.«

Katharina, die Stiftungsdirektorin, die mich nach Rom geholt hat, ist bekannt für ihr unverwüstliches Lächeln und eine gewisse Gnadenlosigkeit. Mich hat sie irgendwie für eine Eroberung gehalten, sie hat mir sofort das Du angeboten und bei mehreren Gelegenheiten Brüderschaft mit mir getrunken. Aber ich war immer vorsichtig geblieben. Jetzt liegt sie am Pool ihres Boutiquehotels, um sich herum zwei auseinandergepflückte und nachlässig verstreute italienische Zeitungen. »Du siehst aus wie Faye Dunaway nach der Oscar-Nacht«, sage ich. Nur dass Katharina keinen Bademantel, sondern einen Badeanzug in Pamela-Anderson-Rot trägt. »Die war ein bisschen käsiger als ich. Aber danke, das ist lieb.« Sie kneift die Augen beim Lächeln zusammen, weil sie gegen die Sonne schaut, was mit ihren fast manisch hochgezogenen Augenbrauen gar nicht so einfach zu sein scheint: »Wie geht es dir?«

»Besser als in den letzten Wochen. Aber ich finde diese Situation hier ein bisschen merkwürdig.«

»Ich hatte immer das Gefühl, du hast eine Schwäche für merkwürdige Situationen. Sonst hättest du dir doch kaum einen so originellen Mann ausgesucht. In jedem Fall biete ich fünfzehn Prozent mehr.«

»Mehr als was? Und wieso ausgerechnet mein Haus?«

»Ganz einfach: weil ich es hübsch finde. Weil die Location genial ist. Und wenn ich ehrlich bin: Ich will nie wieder dort Urlaub machen, wo ich die halbe Kulturblase von Rom und Berlin treffe.«

»Ich bin mir nicht sicher, ob Sizilien dann nach ›White Lotus‹ noch das richtige Reiseziel ist. Sogar in der ›Welt am Sonntag‹ gab es doch diesen riesigen Artikel mit der Überschrift ›Das neue Ibiza‹, über den sich Adriano wahnsinnig geärgert hat. Und ist es nicht ein bisschen merkwürdig, das Haus von einem frisch verwitweten Mitarbeiter zu kaufen?«

»Meine Kollegen, meine Regeln. Die Stiftung hat gerade andere Sorgen«, sagt sie und pickt dabei einen nicht vorhandenen Krümel von ihrem Badeanzug.

»Ich muss mit unseren Freunden Johannes und Jenny darüber sprechen. Schließlich wärst du ihre Nachbarin. Ich glaube aber, heute ist nicht der ideale Tag dafür. Vielleicht schaust du dir das Haus erst mal an.«

»Eigentlich wollte ich heute nichts machen, nur am Pool liegen und das Personal begutachten. Hast du diesen süßen Gärtner gesehen? Aber gut, der ist morgen auch noch da. Ich brauche fünf Minuten zum Duschen und für mein Real-Estate-Make-up. Kannst du so lange warten?«

Katharina wirft sich im Aufstehen-und-Gehen ein Tuch über die linke Schulter, dessen Metallfäden in der Sonne glitzern.

Wenig später schlendert sie durch unser Haus, schaut sehr genau hin, aber berührt keinen einzigen Stuhl. Wie jedes Mal, wenn Besucher das erste Mal da sind, fühle ich mich, als stünde unser Leben vor einem Geschmacksgericht. Und ich frage mich, wie die Details durch die Augen einer unsentimentalen Kulturpolitikerin aussehen, die über Opernhäuser in Südamerika promoviert hat: der Narwalzahn, die slowakischen Wasserkannen in Form von schnurrbärtigen Soldaten, der zerbrochene Teller mit den zwei Hunden, die die Sonne anbellen.

*Einer der wenigen Momente, in denen mein Vater wütend wurde, war der Abend, als ich mich über sein Sofa lustig machte, diesen orangefarbenen Dreisitzer namens Togo, den wirklich seine gesamte Generation im Wohnzimmer stehen hatte. Radical conformism nannte ich das, mein Vater nannte mich Geschmacksfaschist, und Du bist aus dem Zimmer gegangen. Dann erzählte er mir die Geschichte seines Sofas. Es war das erste Möbelstück, das er sich selbst gekauft hatte. Als sein Vater, den ich nie kennengelernt habe, zu Besuch kam, meinte er, es sehe aus wie eine Matratze mit Blähungen. Und als mein Vater ihm offenbarte, was er dafür bezahlt hatte, gab er ihm eine Ohrfeige. »Da wusste ich, dass es keinen Weg zurück gab. Das Sofa hat mein Leben verändert«, sagte er mir. Ich schämte mich, aber das Gespräch darüber hat auch mein Leben verändert. Seitdem glaube ich, dass Kleidung, Einrichtung, Geschirr – eigentlich jede Geschmacksentscheidung – unsere Träume offenbaren. Und deswegen sind die Kategorien »richtig« und »falsch« wertlos. Wenn ich Wohnungen sehe, deren Einrichtung einer klaren Linie folgt, bewundere ich die Disziplin der Bewohner und belächle ihre bange Seele. Schon unser erstes gemeinsames Zuhause, die dunkle Altbauwohnung in Moabit mit ihren knarrenden Dielen und dem schwachsinnigen Schnitt, war ein zusammengewürfelter Haufen Möbel, Kunst und Kram. Und nach jedem Umzug fühlte sich die neue Wohnung identisch an wie die davor, egal ob in Berlin, New York oder Rom. Es waren unfreiwillige, unscharfe und zufällige Doppelselbstporträts. Bei unserem Haus auf Sizilien war nichts vorhanden, wir haben die meisten Entscheidungen selbst getroffen. Ich sitze am Esszimmertisch und schaue auf den braunen Marmor aus Spanien, die Sofabezüge aus dem Missoni-Sale, die Memphis-Lampe, die vage an ein Ferkel erinnert, und ich weiß: Ob ich will oder nicht – das sind wir.*

»Total eigener Style. Dafür habt ihr einfach ein Händchen. Dein Mann überrascht mich selbst nach seinem Tod noch. Aber ihr wart ja gar nicht verheiratet. Ich habe mich immer gefragt, warum wir die Homo-Ehe eingeführt haben, wenn ihr dann doch alle nicht wollt.« Dann äußert Katharina einen Gedanken, der sie fast nett klingen lässt: »Was das für ein Gefühl gewesen sein muss, als ihr endlich damit fertig wart ...«

»Wir waren so erschöpft, dass wir es nicht glauben konnten. Aber es gab nie den Moment, in dem wir dachten: geschafft. Außer vielleicht auf der Fähre. Da waren wir aber auch noch schön weit weg. Aus der Nähe betrachtet ist ein Haus nie fertig.«

»Wie geht es denn jetzt weiter? Willst du mich euren Nachbarn mal vorstellen? Wie hießen die noch: Joachim und Djamila? Klingt ein bisschen spießig, aber die knacke ich schon.«

In diesem Moment weiß ich, dass ich sie nie wiedersehen will. Nicht in Rom bei der Arbeit, schon gar nicht zur Unterzeichnung des Kaufvertrags. Eher würde ich das Haus mit Benzin übergießen und anzünden. Als sie im badeanzugroten Alfa-Romeo-Cabrio unser Grundstück runterrast, liegt Jenny draußen auf ihrer Lieblingsliege bei der Drachenpflanze und liest ein Buch über einen

Kunstbetrüger, der so aussieht wie Peter Sloterdijk. Sie schaut noch nicht einmal auf, aber sie sieht natürlich alles.

»War das nicht die Frau mit der Wagner-Büste im Büro?«

»Genau, das war Katharina von der Stiftung. Meine Chefin. Ausgerechnet die will das Haus kaufen. Ich glaube, das ist so eine Loslass-Maßnahme für sie. Oder Leichenschändung.«

»Gibt's das nicht auch billiger in Rom? Oder in Berlin? Eine Nacht im *Kitkat*? Oder ein Girls Brunch im *Soho House*? Und überhaupt: Hat Adriano die nicht gehasst?«

»Er fand sie amüsant. Das war sein komischer Humor. Wo ist Johannes?«

»In der Küche. Wir hatten im Auto den schlimmsten Streit meines Lebens. Diese Weintypen haben ihm einen festen Job angeboten. Und er will das unbedingt machen. Trotz der Kinder, trotz meines Jobs, trotz unseres Lebens in Berlin. Der denkt einfach nur an sich. Arschloch Mann.«

Schwer atmend kommen Loki und Skadi den Berg hoch. Der Kuhschädel sei verschwunden.

»Vielleicht hat ihn ein Wolf geholt«, sagt Skadi.

»Auf Sizilien gibt es keine Wölfe.«

»Doch. Hast du selbst gesagt!«

»Nur um zu testen, wie dumm du bist. Du hast ja nicht einmal gewusst, dass es hier Zwergelefanten gab.«

»Du bist ein dummes Arschloch«, sagt Skadi, die sich nie geschlagen gibt.

»Das sagen wir nicht, Skadi. Und ihr nervt!«, fährt Jenny die beiden an. Dann etwas sanfter: »Außerdem wolltest du Konrad doch dein Party-Outfit vorführen.«

»Du sagst auch manchmal Arschloch«, sagt Skadi, ist aber schon auf dem Weg zu ihrem Kleiderschrank, der in

Wirklichkeit aus einem vollgestopften Kinderkoffer und drei mehrfach belegten Bügeln im Schrank ihrer Eltern besteht.

So also sieht Skadis Interpretation des Themas »Jungle Fever« aus: ein kragenloses Hemd mit schlecht gemalten Rittern und Zitronen, das Adriano und ich ihr mal geschenkt haben, ein weißer Rock mit Lochstickereien, eine viel zu große Handtasche mit Ananas-Schnalle und der Gürtel mit dem Taschenmesser. Außerdem das Leoparden-Glubschi in Regenbogenfarben, eine überraschend großmütige Leihgabe von Loki. »Das sieht sehr gut aus. Aber gar nicht so dschungelig«, urteile ich leichthin. »Das ist aber so, wie ich in den Dschungel gehen würde«, sagt Skadi streng: »Mama, darf ich deinen fliederfarbenen Nagellack benutzen? Wo ist der?« »Der ist doch bis dahin schon wieder abgefallen. Ich such ihn dir raus.«

Mit der linken Hand schüttelt Jenny den Nagellack, mit der rechten hält sie mir ihr Telefon hin. »Was hältst du davon, wenn wir nach Pantelleria fahren? Nur du und ich?« Auf dem Bildschirm sehe ich die Nachricht von einer Antonella. Der Name sagt mir nichts, aber sie schreibt: »Komm nach Pantelleria. Mit Konrad und ohne deinen Mann. Wir müssen reden. Baci. A.«

»Das ist die Marmorkönigin«, sagt Jenny. »Ich habe sie auf dem Event in München kennengelernt, und es hat sofort geklickt. Die habe ich vorhin angerufen und ihr mein Elend vor die Füße geschüttet, obwohl ich sie erst einmal in meinem Leben getroffen habe. Hinterher hatte ich ein schlechtes Gewissen. Aber nur kurz. Ihr Haus auf Pantelleria muss der Hammer sein.«

»Okay«, sage ich. Ich bin zwar gerade erst wieder angekommen, aber seitdem ich beschlossen habe, das Haus zu verkaufen, hält mich hier auch nichts. Jedenfalls nicht die endlose Liste an Verpflichtungen, die selbst das kleinste Haus mit sich bringt. Jetzt fühle ich mich leicht und frei. Dieses Gefühl hatte ich lange nicht mehr. Und es gefällt mir. Ich muss mich nicht mehr um den Beschnitt der Olivenbäume kümmern, ich muss den defekten Kaminofen im Schlafzimmer nicht reparieren lassen, ich muss die Fernbedienung der Fußbodenheizung nicht auf mein neues Telefon laden. Ich kann mich einfach ins Flugzeug setzen und losfliegen.

»Wir nehmen natürlich die Fähre zur Insel«, sagt Jenny. »Das wollte ich schon immer mal machen. Und ist auch besser für die Umwelt.« Sie sagt das sehr entschieden, obwohl sie beruflich viel mehr fliegt als ich, aber ich habe keine Lust zu diskutieren. Genauso entschieden sagt Skadi: »Ich komm mit.« Ich rechne mit längeren Diskussionen, aber Jenny antwortet: »Okay. Packt was Warmes ein. Da kann es kalt werden.«

Während Skadi ihre Sachen sucht, besuche ich Johannes in der Küche. Der zieht gerade Gräten mit einer Pinzette aus Rotbarbenfilets.

»Ich will helfen«, sagt Elio, und Loki will sofort auch mitmachen.

Johannes gibt ihnen zwei Pinzetten und erklärt ihnen, dass sie die winzigen, feinen Gräten in der Mitte des Filets mit dem Finger vorsichtig ertasten und dann rausziehen müssen. Nach fünf Minuten blicken beide Jungs ratlos auf ihre zerfetzten Fische.

»Ihr müsst das mit der Spitze der Pinzette machen und ganz vorsichtig ansetzen«, sagt Johannes. Loki wirft sein

Werkzeug auf den Tisch und verkündet, dass er Jack füttern geht. Elio bleibt sitzen und probiert es noch mal. Langsamer, vorsichtiger und konzentrierter als vorher. Und so blöd das klingt: Er hat dabei seine Zungenspitze in den Mundwinkel geschoben.

Ich habe das als Junge auch gemacht. Bei den Hausaufgaben, oder wenn ich gezeichnet habe. Mein Vater machte sich einen Spaß daraus, sich anzuschleichen und mir einen Klaps an den Hinterkopf zu geben. »Irgendwann erwisch ich dich, und du beißt dir deine Zungenspitze ab. Dann muss ich sie nicht mehr sehen«, sagte er dann. Meine erste Freundin haute mir viele Jahre später auch mal auf den Hinterkopf und spottete: »Zunge rein! Das machen nur Kinder und Proleten, die lecker sagen.« Sie besaß einen weißen Porsche Targa und ihre Familie ein Wasserschloss, sie verkörperte alles, was ich erreichen wollte. Ich habe sie noch am gleichen Abend verlassen, aber von dem Tag an ließ ich die Zunge im Mund. In den ersten Monaten fehlte sie mir, dann gewöhnte ich mich daran.

Als Elio sein zweites Rotbarbenfilet präpariert hat, ist Johannes beeindruckt: »So etwas habe ich noch nie gesehen. Gleich beim zweiten Versuch ein solcher Grad an Sorgfalt und Perfektion. Hier ist noch eine winzige Gräte, aber ich übersehe auch immer welche.« Elio macht sich sofort an den dritten Fisch. Seine Bewegungen werden selbstverständlicher, aber nicht nachlässig, seine unsicheren Blicke zu Johannes werden seltener. Vielleicht irre ich mich, aber ich glaube, dass der Junge, der jeden zweiten Tag Durchfall hat und in der Schule versagt, in diesem Augenblick seine Bestimmung entdeckt. »Fertig!«, sagt Elio. Johannes schaut sich die Arbeit genau an und sagt dann wie nebenbei: »Du machst das besser als ich.« Als Elio aufsteht und sich ein Chinotto aus dem Kühlschrank holt, ist er fünf Zentimeter größer als vorher.

Draußen treffe ich wieder auf Loki, der sich gerade mit Jack um einen riesigen Knochen streitet.

»Elio ist immer traurig. Ich glaube, deswegen ist er so oft krank«, sagt er.

»Was meinst du, warum er traurig ist?«

»Sein Vater hat ihn verlassen. Und seine Mutter mag ihn nicht.«

»Das glaube ich nicht. Natürlich liebt Silvana ihren Sohn.«

»Die schaut ihn nicht mal an!«, sagt Loki. Er klingt enttäuscht, denn ich habe gerade einen Pakt gebrochen, über den wir nie gesprochen haben, der aber seit Jahren gilt: keine Lügen. Dafür sind Kinder zu klug und Loki sowieso.

»Warum kann Elio nicht bei uns wohnen? Skadi will das auch. Und ich wollte immer einen Bruder haben.«

»Meinst du denn, er will nach Deutschland ziehen?«

»Das ist ihm egal. Deutsch kann er ja mit Duolingo lernen. Oder von mir.«

»Du bist wirklich ein sehr guter Freund. Elio kann froh sein, dass er dich hat.«

»Ich hoffe, er kann bald wieder froh sein! Aber wir müssen was dafür tun«, sagt Loki, dem die Sache zu ernst ist, um sich mit einem Kompliment abspeisen zu lassen.

***

Bei gutem Licht sieht man von der Südküste Pantellerias bis Tunesien, aber davon darf man sich nicht täuschen lassen. Die Insel ist manchmal selbst im Hochsommer so sturmumtost, dass einem die Polster der Poolmöbel um die Ohren fliegen. Als die Fähre in den Hafen einläuft, ist es jedoch fast windstill. Jenny hat uns einen Citroën Méhari in Zitronengelb gemietet: »Wie Tilda Swinton in ›A Bigger Splash‹, nur eine bessere Farbe«, sagt sie, als würde das alles erklären. Skadi hat sie ein Seidentuch mit Giraffenprint um den Kopf gebunden. »Jetzt muss nur noch Cary Grant mit kaltem Hühnchen um die Ecke kommen – auch wenn das ein anderer Film war.« Sie hat sich offenbar fest vorgenommen, in ihrem Urlaub von Johannes Spaß zu haben.

Als wir bei dem gar nicht so königlichen Haus der Marmorkönigin ankommen, ist Antonella nicht da. Ihr junger Haushälter Christopher hat Geheimratsecken, einen sehr geraden Rücken und Gletscheraugen wie Bradley Cooper. Er kommt aus Oxfordshire, wie er gleichzeitig beiläufig und triumphierend mitteilt, und näselt irgendwas von Mr. Armani. Dann serviert er auf der Terrasse Chicken Salad, dazu eine Flasche Rosé, aus der bereits ein halbes Glas fehlt. Nach dem Essen ist Christopher mit Skadi zu den Nachbarn verschwunden, wo es einen Wurf Ferkel zu besichtigen gibt, und ich frage Jenny, wie schlimm die Krise zwischen ihr und Johannes ist. »Jetzt bitte nicht«, sagt sie und putzt ihre Sonnenbrille. »Aber vielleicht könntest du heute Nachmittag was mit meiner Tochter unternehmen. Ich könnte eine Denkpause vertragen.«

»Die Ferkel stinken total eklig. Können wir eins mitnehmen?«, sagt Skadi, als sie zurückkommt. Auf dem Weg von den Nachbarn hat sie noch eine Tüte süßsaurer Weingummis in Form von Seesternen gekauft, die sie sich in hastiger Folge in den Mund stopft. »Lass uns eine Wanderung machen«, schlage ich vor. »Es gibt hier winzige Olivenbäume, die gehen dir nur bis zum Knie. Und heiße Quellen und eine Saunahöhle. Und vielleicht Kobolde.«

»Die Olivenbäume habe ich schon vom Auto aus gesehen. Und Kobolde gibt es nur bei Harry Potter. Die leiten die Bank. Außerdem hasse ich Sauna. Mama, wo sind meine Wanderschuhe?«, mault Skadi. »In einem der sieben Schrankkoffer, mein Schatz«, sagt Jenny in einem Tonfall, der deutlich macht, dass sie sich keinen Zentimeter bewegen wird. »Macht ihr eure Wanderung. Ich muss mit Antonella was besprechen.«

Wir steigen einen felsigen Pfad hoch und kommen in ein karges, weitläufiges Hochtal. Ein paar Ziegen knabbern zwischen Mauerresten an Disteln und Fenchelstauden. Aus einem bunten Felsen läuft warmes Wasser, das so stark nach faulen Eiern stinkt, dass Skadi zurückspringt und ihr die Tränen in die Augen schießen. Dann hält sie als Mutprobe ihre Hand in das Rinnsal und riecht für den Rest unserer Wanderung immer wieder daran. Der Weg führt an einem Gipfel vorbei, auf dem die runden Fundamente eines Wachturms in den Himmel ragen, und schlängelt sich durch Wälder von verkrüppelten kleinen Bäumen und vorbei an zackigen Steinformationen. Die ganze Insel sieht aus, als hätten Riesen mit Felsen um sich geworfen und dann die Lust an ihrem Spiel verloren. Aus dieser Höhe ist das Meer mit seinen Schaumkrönchen fast schwarz.

Vor der Saunahöhle ziehen wir uns bis auf unsere Unterhosen aus. Meine ist säuregelb und aus der Pride-Kollektion von Calvin Klein, ein Erbstück von Adriano, auf das ich hätte verzichten können; Skadi trägt eine mit Minions-Print. Vorsichtig treten wir in die feuchte Dunkelheit. »Hier stinkt es nicht so schlimm«, sagt Skadi, und tatsächlich hängt nur ein Hauch von Schwefel in der modrigen, warmen Luft. Im ovalen Endraum sind Bänke in den Fels gehauen. In der Mitte des Raumes sitzt eine Frau im Lotussitz auf dem Boden, krauses langes Haar schlängelt sich über ihre Schultern und den massigen Rücken. Sie spielt Querflöte. Keine Melodie, nur rausgehauchte, einzelne Töne wie ein Geheimcode oder die Atemzüge eines unbekannten Wesens. Die Flöte klingt halb erstickt in dem Dampf.

»Guten Abend«, sagt sie mit überraschend zarter Stimme. »Ich bin das Orakel.«

»Was ist ein Orakel?«, fragt Skadi.

»Darüber haben schon sehr viele Menschen gerätselt. Es ist nie das, was du erwartest. Aber du kannst mir eine Frage stellen, wenn du willst.«

»Darf ich? Bitte!«, fragt Skadi zu mir gewandt.

»Was kostet eine Frage?«, frage ich.

»Ich nehme doch meinen Schwestern kein Geld ab. Für dich ist es umsonst«, nickt sie in Skadis Richtung. »Was ich nicht sehe, ist dein Name.«

»Ich heiße Skadi. Und mein Bruder heißt Loki. Er ist drei Jahre älter als ich, aber ich kann auch schon lesen. Nächstes Jahr wollen wir in Marzamemi einen Schnuppertauchkurs machen ...«

»Du musst eine Frage stellen«, erinnere ich sie.

»Wird Loki Regionalmeister im Badminton?«, fragt Skadi, denn trotz aller Streits bewundert sie ihren Bruder wie einen Popstar.

»Die Antwort kann ich nicht sehen«, antwortet die Orakel-Frau und bläst eine wirre Tonfolge.

»Wird mein Patenonkel Konrad wieder glücklich?«, fragt Skadi.

»Sorry, das ist eine bescheuerte Frage. Nächste Frage«, sage ich schnell, obwohl ich meine Patentochter in diesem Augenblick küssen möchte.

»Ich will es aber wissen.«

»Wenn Konrad die *skinny hoe* neben dir ist: Der ist schon glücklich. Er weiß es nur noch nicht.« Dann bläst das Orakel eine Melodie, die sich in Chaos verliert.

»Das war mein Lieblingslied von Lizzo. Es heißt ›Tempo‹«, sagt Skadi, als wir wieder draußen sind. »Ich mochte das Orakel.«

»Ich auch.«

»Was ist eine skinnijo?«

»Das ist ein schlanker, junger Mann, der immer seine Hausaufgaben macht.«

Skadi wirkt nicht überzeugt, lässt es aber auf sich beruhen. Auf dem Rückweg möchte sie singen, und wir versuchen erst vergeblich, uns auf ein Lied zu einigen. Ich bin für »Im Grünen Wald«, ein todtrauriges Lied, das mir mein Vater zum Einschlafen vorgesungen hat. Ich mochte den Text und die ungewohnte Zärtlichkeit in seiner Stimme so gern, dass ich enttäuscht war, wenn abends nicht er, sondern meine Mutter zum Gute-Nacht-Sagen an mein Bett kam. Skadi möchte lieber »Hello« von Adele singen, aber das finde ich zu schwierig. Dann schlägt sie zu meiner Überraschung »Here's To You« von Joan Baez und Ennio Morricone vor. »Das ist mein Lieblingslied. Mama singt es immer mit mir, wenn wir wütend sind.« Sie hat eine helle und sichere Stimme, nur die Zeile »Agony is your triumph« röhrt sie aus vollem Hals und stampft dabei mit den Füßen. Eine entgegenkommende Ziege wechselt erschrocken die Richtung, ich aber beginne, unseren Ausflug auf diese wüste Insel zu genießen.

Zum Aperitivo gibt es einen kalt servierten lokalen Rotwein, der tatsächlich in Marmorpokalen an den Tisch kommt. Antonella besitzt Steinbrüche in Italien, Spanien und zwei afrikanischen Staaten, deren Namen ihr gerade nicht einfallen. Ihr Unternehmen beliefert die größten Shoppingmalls und Hotelketten, aber es produziert auch die Skulpturen von Starkünstlern, die später in den Parks von Milliardären langsam grün werden und in Vergessenheit geraten. Sie hat die übernächtigte Aura eine Frau, die sich niemals um Geld oder mangelnde Aufmerksamkeit sorgen musste. Ihre Lippen kräuseln sich um die unzähligen, extradünnen Zigaretten, in ihrer dunkelgrauen Mönchsbluse, die unauffällig teuer aussieht, sind zwei Löcher. Manche Sätze bricht sie einfach ab, als lohne sich die Mühe dann doch nicht. Skadi kommt barfuß mit duschnassen, gekämmten Haaren, Blumenkleid und Strickjacke auf die Terrasse und wird für eine Runde Uno zu Christopher geschickt. Bald hört man die beiden lachen, quietschen und schimpfen, dabei funktioniert das Spiel erwiesenermaßen zu zweit nicht so richtig.

»Jenny hat mir alles erzählt. Tut mir wahnsinnig leid, dass …«, sagt Antonella: »Adriano muss ein guter Typ gewesen sein.« Sie bläst etwas in die Luft, das fast aussieht wie ein Rauchring.

»Ich habe auch mal einen Mann verloren. Paul. Sah aus wie ein kalifornischer Surfer, aber kam aus der drittreichsten Familie Belgiens. Er konnte mit Vorstandsvorsitzenden und First Ladys plaudern, aber seine Ungezähmtheit beherrschte ihn. Im *Eden Roc* schlich er sich mal nachts raus und rollte im Garten seinen Schlafsack aus. Die Security ließ ihn festnehmen, weil er sich nicht ausweisen konnte und zu stolz war, zu erklären ... Manchmal aß er Igel.«

Antonella schenkt uns und vor allem sich Rotwein nach. Sie zündet sich eine neue Zigarette an, obwohl im Aschenbecher noch eine qualmt.

»Paul war es auch, der unbedingt nach Pantelleria ... ›Es gibt nicht ein Ende der Welt, sondern viele. Pantelleria ist eins davon‹, hat er gesagt und nie erklärt, warum ihn das Ende der Welt interessierte. Offiziell war er Künstler. Nur, dass er die Welt der Galeristen und Openings abstoßend fand: ›Die sitzen im Kerker ihrer Angst. Dabei sollte es nur um Freiheit gehen.‹ Manchmal tat er wochenlang nichts, bis ich total verzweifelt ... Dann hatte er diese Schübe. Als wir das Haus hier kauften, stellte er einen großen ovalen Marmortisch neben den Pool. Er wollte, dass das Ding von dem Wind und dem Salz und der Säure aufgeschnittener Gin-Tonic-Zitronen verwittert. Aus der ehemaligen Zisterne unter dem Haupthaus hat er ein Marmormausoleum gemacht. Wollt ihr es sehen?«

Das Marmormausoleum ist eine Wunderkammer aus Stein, ein fast würfelförmiger Raum mit abgerundeten Deckenecken. Darin stehen schneeweiße, rostorange, grau melierte, tannenwaldgrüne Objekte aus Marmor: eine winzige Mickey Mouse, eine mannshohe Gewürzgurke, ein Nike-Turnschuh, eine Krücke, eine lachende

Amphore, ein paar wulstige Sessel und die Chaiselongue von Mies van der Rohe. Am Boden liegen zwei Menschen, die mit Grabtüchern bedeckt sind aus einem Marmor von der Farbe getrockneten Blutes. »Die Ideen hat er sich von anderen geklaut, aber das war ihm egal. ›Das ist die Grabkammer der Marmorkönigin‹, hat er gesagt, als wäre das ... Künstlerisch ist das wertlos, und nach seinem Tod habe ich überlegt, ob ich das alles zermahlen lasse. Jetzt sitze ich ganz gern hier mit Freunden, bis uns der Rücken wehtut. Das hätte ihm ... auch wenn er immer gesagt hat, dass Schmerzen überschätzt sind. Sein nächstes Projekt sollte ein Sommerhaus werden für alle streunenden Katzen der Insel ...«

»Wie ist er denn gestorben?«, frage ich.

»Ertrunken. Er ist mit unserem Boot raus, um Seeigel zu sammeln. Das Boot wurde zwei Tage später total zersplittert gefunden. Als sei er damit in Marmorklippen ...«

Es ist nicht leicht, aus einer solchen Geschichte wieder rauszufinden, aber Antonella reißt das Steuer einfach rum. »Du schlingerst seit Wochen über Sizilien. Warum schließt du nicht einfach die Tür zur Vergangenheit? Du kannst sie ja immer wieder ...«

Ich sitze noch lange auf der kleinen Terrasse vor meinem Zimmer. Der Mond scheint, weil er ausnahmsweise mal die Gelegenheit hat, auf das ungewöhnlich glatte Meer an diesem Ende der Welt. Eine Katze hat sich neben die Sukkulente gelegt und starrt mich mit ihren weisen Nachtaugen an. Am nächsten Morgen stelle ich fest, dass es eine Marmorkatze ist, mit Augen aus Obsidian.

Auf dem Rückflug, denn diesmal hat Jenny es eilig, frage ich, wie es nun weitergeht. »Eigentlich sollte ich dem Penner unser gesamtes Leben vor die Füße knallen, aber nach gestern Nacht habe ich einen besseren Plan«, sagt Jenny, die noch ein bisschen aufgekratzt und/oder betrunken wirkt: »Just do it!« Dann setzt sie sich ihre Schlafbrille auf. »Aber darüber muss ich erst mal mit meinem sogenannten Mann sprechen. Was fast noch wichtiger ist: Wir müssen was wegen Elio unternehmen. Der Junge leidet wie ein Tier.« Sie schnarcht ein bisschen, und Skadi und ich versuchen, vom Flugzeug aus im Meer Fische, Boote oder Aquafarmen auszumachen. »Loki ist bestimmt total neidisch, dass wir einen Hammerhai gesehen haben«, sagt sie und nippt nur an ihrer Fanta, damit sie möglichst lange reicht.

Am Flughafen von Catania trennen wir uns. Jenny und Skadi fahren zurück nach Noto, ich mache einen Umweg nach Enna. Davide hat mir geschrieben, und es klang dringend. Wir treffen uns in der gleichen Bar, in der wir uns nach dem Tod von Guglielmino Calabro betrunken haben. Er hat eines der Porträts von Fausto rahmen lassen. »Für dich, Corrado. Ich habe eins ausgesucht, das ihn zeigt, als er noch jung und stark war«, sagt er mir. »So wie du.« Das kommt jetzt unerwartet. Außerdem bin ich ohnehin immer geschmeichelt und verwirrt, wenn mich ein Sizilianer Corrado nennt. Und dann wieder dieses Zwinkern bei jedem Lächeln.

»Ich würde dich gern küssen, Corrado.«

»Dann küss mich doch! Der Weg war ja weit genug.«

*Ja, mach doch. Es wird langsam Zeit. Das mit Santi war nur MDMA-Gekuschel; das zählt nicht. Und beim zweiten Mal am Ätna wolltest Du schon nicht mehr. Vielleicht hat Miju ja recht. Um mich zu vergessen, helfen Dir keine Trauerarbeit, keine Ruhephase, keine Gespräche mit Freunden. Sondern schöner, rücksichtsloser Sex. Oder auch schlechter Sex. Das ist der Grund, warum ich Prince so verehre: Weil für ihn der Körper nicht schmutzig ist, sondern heilig, weil auch die Pornomagazine von Darling Nikki gottgewollt sind. Ich misstraue Menschen, die ihre Lust als Währung einsetzen, mit Schuld beladen oder vielleicht am schlimmsten: die sie aufsparen. Du hast jetzt lange genug darauf gewartet, Du bist weit genug gelaufen, Du nimmst niemandem etwas weg. Und Davide mit seinem süßen Zwinkern, der so köstlich nach Backstube riecht, hat sein Leben lang auf Dich gewartet.*

»Nicht hier in der Bar«, sagt Davide. »Und zu mir können wir auch nicht gehen. Aber ich habe eine Überraschung.« Bei unserem ersten Besuch in Enna habe ich nicht verstanden, wer über der *Pasticceria Kennedy* alles wohnt, aber vermutlich ist es die halbe Großfamilie. Mit merkwürdigem Sicherheitsabstand laufen wir ein paar Straßen weiter, und Davide erzählt mit flatternden Händen, wie er das Porträt für mich ausgesucht hat und warum die Bilder von Calabro bei jedem Betrachten mehr Tiefe gewinnen. Dann betreten wir einen Innenhof, und er öffnet eine vier Meter hohe, geschmiedete Drehtür. »Was ist das?«, frage ich. »Mach die Augen auf«, lächelt er. Wir kommen in einen riesigen Saal mit bröckelndem dunkelblauem Putz und weit oben liegenden Fenstern, durch die das Mondlicht einfällt. In der Mitte steht das Metallbügelbett von Guglielmino Calabro, es brennen absurd viele dicke Altarkerzen.

»Wie findest du unseren Palazzo?«, fragt Davide.
»Total irre. Magisch. Wunderschön. Wie hast du den gefunden?«

»Das ist das ehemalige Refektorium eines Benediktinerklosters. Es gehört seit Jahren meiner Familie. Aber keiner wusste, was wir damit anfangen sollen. Fast hätten wir es an einen Prinzen aus Katar verkauft. Nach Guglielminos Tod habe ich viel nachgedacht. Er hat im Leben nicht bekommen, was ihm zustand. Ich will jetzt ein Museum für ihn eröffnen. In diesen Räumen, mit seinen Bildern. Tut den Leuten in Enna ganz gut, wenn sie sehen, dass der größte Sohn ihrer Stadt schwul war.«

»Und was sagt deine Familie dazu, dass du der Museumsdirektor von diesem schwulen Künstler wirst?«

»Damit müssen sie sich abfinden. Wir leben ja nicht mehr in den 90ern.«

Von irgendwoher tönt das Lied »Helden«, die deutsche Version von David Bowies Superhit. Davide sieht mir in die Augen und singt leise mit »Du, könntest du schwimmen / wie Delfine, wie Delfine es tun«. Dann knöpft er sein Hemd so feierlich auf, als würde er gerade sein Museum eröffnen. Das ganze Arrangement und vor allem sein Zwinkern bringen mich fast zum Lachen, sein ganz allmählich enthüllter Körper wirft mich um. Das Kerzenlicht zeichnet flackernde Punkte auf den dunklen Flaum seines Hinterns. Er nimmt die Halskette mit dem goldenen Kreuz ab und legt sie neben die Kondome.

# *Kapitel 12*
## *Pirandellovariation (Pausentaste)*

Hand in Hand schlendern Jenny und Johannes auf mich zu. »Hast du kurz Zeit?«, fragt Johannes. Er wirkt ein bisschen verlegen. »Du musst mal eben unser vermurkstes Leben in den Griff kriegen«, sagt Jenny und wirkt überhaupt nicht verlegen, sondern richtig gut gelaunt. Seit unserem Ausflug nach Pantelleria sind ein paar Tage vergangen. Ich bin länger als geplant in Enna geblieben, denn Davide wollte mich nicht gehen lassen. Und ehrlich gesagt gefiel es mir in dem ehemaligen Refektorium, wo ich tagsüber las und nachts nicht zum Schlafen kam.

An einem Nachmittag, während er in der Backstube war, hatte ich ein Meeting mit Frau Reitbaur. Ich erzählte ihr von dem Ausflug nach Pantelleria und unserer Begegnung mit dem Orakel.

»Glauben Sie an Übersinnliches?«

»Eigentlich nicht, aber ich mochte die Entschiedenheit, mit der sie gesagt hat, dass ich auf dem Weg zurück bin.«

»Was ich Ihnen jetzt sage, verstößt gegen meine Erfahrung und meine Prinzipien.«

Sie blickt mich mit ihren Jadeaugen an, pustet mit gespitzten Lippen in ihre bisher nie bewegte Teetasse und nimmt einen Schluck. Mir ist sofort klar, dass wir an einem Wendepunkt stehen.

»Ich habe viel über Sie nachgedacht. Sie verehren Bach, Sie verstehen sich selbst als Mathematiker, der mit

Logik und Entschlusskraft sein Leben meistern will. Sie haben sogar die Tage seit dem Tod ihres Partners gezählt, um den Schmerz irgendwie zu quantifizieren. Und dann treffen Sie ein paar Wochen später eine dubiose Querflötenspielerin in einer Schwitzgrotte und sehen auf einmal wieder das Licht. Als Therapeutin muss ich Ihnen sagen: Die Welt ist voller Zeichen und Symbole, und sie bedeuten rein gar nichts. Es sei denn, ein Mensch entscheidet, dass sie etwas bedeuten, und lässt sich von ihnen durchs Leben führen. Und genau diese Entscheidung haben Sie gefällt. In Wirklichkeit sind Sie kein Logiker, sondern ein Mystiker. Der Weg dorthin, der Weg zu Ihrem wahren Selbst, war Ihnen lange verbaut. Die Gründe dafür könnte man in einer anderen Form der Therapie ergründen. Was aber uns beide betrifft: Unsere Arbeit ist getan. Und auch wenn ich das nicht sagen dürfte: Ich wünsche Ihnen viel Glück.«

Es ist ein komisches Gefühl, von seiner Therapeutin entlassen zu werden, aber ein verliebter Konditor macht es etwas leichter. »Du musst unbedingt zur Eröffnung kommen«, sagte Davide, küsste mich zum Abschied wie ein Verdurstender und gab mir viel zu viele Tüten mit Süßigkeiten mit. »Damit du die *Pasticceria Kennedy* nicht vergisst. Die mit Schokolade schmelzen schnell, du musst sie schon auf der Fahrt essen«, sagte er – und flatterte zum Abschied mit beiden Händen, sodass der Marzipanduft seiner Haare zu mir rüberwehte.

Jedenfalls habe ich Johannes und Jenny seit Pantelleria nicht gesehen. Und ich habe mich an das gehalten, was Adriano mir gesagt hat: Ich habe mir über ihre Probleme eine ganze Weile einfach gar keine Gedanken gemacht.

Wie sich herausstellt, war das genau die richtige Strategie.

»Du kennst ja beide Seiten bei diesem Scheißstreit. Jeder hat irgendwie recht, aber nichts passt zusammen. Und dann ist da noch Elio, der ein neues Zuhause braucht«, sagt Jenny.

»Ich habe Jenny gesagt, dass ich das Angebot der Ätna-Winzer ablehne«, erzählt Johannes: »Und dann kommt sie mit bedenklichen Mengen Restalkohol im Blut aus Pantelleria zurück und unterbreitet mir ihr Konzept. Sie pendelt als Starkuratorin zwischen Berlin und Noto, ich bringe den Kindern Olivenbaumschnitt bei und federe die Defizite des sizilianischen Bildungssystems ab. Und Elio wohnt erst mal bei uns.«

»Äh!«, sage ich. Vielleicht bin ich da parteiisch, weil sie meine Freundin ist, aber Jenny ist so ziemlich die beste Mutter der Welt. Sie ist launisch, ungeduldig, schroff, aber sie liebt Loki und Skadi bedingungslos. Und die Kinder wissen das auch. Dass sie die beiden auf Sizilien lassen will, kann ich nicht glauben. »Für mich ist das auch ein Schock«, sagt Jenny, die mein »Äh« richtig interpretiert hat. »Und wahrscheinlich sterbe ich noch vor der Landung in Berlin an gebrochenem Herzen. Aber Antonella hat mir eine Sache gesagt, die ich leider nicht mehr aus meinem Kopf kriege: ›Verlang nicht von deinem Mann ein Opfer, damit deine Träume wahr werden. Bring selbst eins!‹ Die Alte hat gut reden mit ihren Milliarden, aber sie hat auch einen Punkt. Wir haben jedenfalls überlegt, ob wir das mal versuchen sollen.«

»Und ich soll jetzt jubeln?«, frage ich.

»Du sollst uns sagen, was du denkst«, sagen beide gleichzeitig.

»Okay. Also ganz ehrlich: Das könnte vielleicht die Lösung sein. Adriano und ich haben auch jahrelang in unterschiedlichen Städten gewohnt. Das war nicht immer leicht und manchmal riskant, aber es hat unsere Beziehung reicher und besser gemacht. Dieses Kleinfamiliendenken ist doch Quatsch. Und altmodisch. Eure Kinder brauchen euch sowieso nicht. Jedenfalls nicht beide auf einmal. Und vor allem nicht unglücklich. Wenn es nicht funktioniert, ändert ihr halt alles wieder. Wenn jemand das schafft, dann ihr!«

*Wow! Tolle Rede. Das hätte ich mich jetzt nicht getraut. Mein Tod tut Dir gut.*

Jenny und Johannes sehen mich erstaunt an. »Na, dann ist das ja geklärt«, sagt sie: »Sag den Kindern aber bitte erst mal nichts. Und nur fürs Protokoll: Ich bin kein Opfer. Und das ist kein Opfer, sondern ein Abenteuer. Und in meinem Job gibt es ja immer lange Pausen zwischen den Projekten, in denen ich hier abhängen und Johannes beim Arbeiten zusehen kann. So leicht werden die mich hier nicht los. Wir gehen jetzt mal schauen, was die idiotischen Nachbarn mit ihrem schrecklichen Neubau machen. Komm, Jack!«

Jack macht ein paar komplizierte Sprünge und schaut nur einmal kurz zurück zu mir. Beim Aufatmen wird mir bewusst, wie sehr mich der Streit der beiden belastet hat. Und wie sehr ich mir gewünscht habe, dass Jenny eine Lösung findet, die nicht nur für die Familie funktioniert, sondern auch für sie. Ich habe das Wort Inselverzwergung nicht aus dem Kopf gekriegt, seitdem Loki es das erste Mal benutzt hat. Jenny hat sich dagegen entschieden.

Jetzt liege ich vor meinem Haus und beobachte mich selbst beim In-die-Ferne-Starren. In den letzten Wochen war ich so rastlos, als würde ich vor meinem Schmerz und meinen Entscheidungen wegrennen. Jetzt spüre ich fast so etwas wie Frieden. Ich höre kaum noch Adrianos Stimme, ich habe keine Pläne, ich kann nachdenken. Oder noch besser: Ich kann nichtdenken. Adriano hat das Wort »innehalten« verachtet. Mir tut es gerade ganz gut.

»Cari amici. Cena da noi? Baci«, schreibt Claudia. Und diesmal freue ich mich richtig drüber.

Ihr Rudel kommt uns die Auffahrt entgegengerannt, zwei neue Junghunde sind dabei, die noch ganz flauschig sind. Loki und Skadi springen aus dem Auto und streicheln sie ausgiebig. Claudia ist in Gastgeberinnenlaune. Wir hören Paolo Conte, wie immer, wenn sie kocht, Karsten mixt ein kompliziertes Getränk auf Orangenlikörbasis, sie glüht schon ein bisschen und fragt: »Wollt ihr die gruseligste Geschichte hören?« Jenny verdreht die Augen und antwortet: »Unbedingt. Deswegen sind wir doch hier! Wie viele Stunden müssen wir einplanen?«

»Es ist ein Drama in sieben Akten. Aber es lohnt sich.« Claudia ist eine gute Erzählerin, die fast druckreif spricht, aber auch völlig entspannt bleibt, wenn sie Pointen vermasselt oder als Einzige darüber lacht. Sie trinkt einen kräftigen Schluck Catarratto, denn Karstens Drink ist immer noch nicht fertig, dann fängt sie an.

**1. Akt**

Sobald die Suchenden, gestresst und müde, die Tunnel auf der Autobahn von Catania und den dystopischen

Raffineriehafen bei Augusta hinter sich hatten, war beinahe das Erste, was ihre geplagten Augen erblickten, ein kleines Paradies. Erst kam noch ein wilder Mix aus niemals fertiggestellten Stahlbetonskeletten und Standardhäusern mit Carports und motorisierten Schmucktoren, aus dem Zusammenhang gerissenen Prestigevillen und verwahrlosten Grundstücken. Ein kleines Stück landeinwärts aber, und von Weitem durch seine Bergformationen angekündigt, erwartete sie das, wovon alle Neuankömmlinge auf Sizilien fantasierten: ein trichterförmiges Tal, in dessen Sohle sich ein kleiner Fluss schlängelte, der selbst im Sommer Wasser führte und an dessen Rändern dichte Schilfwälder wuchsen. Zu beiden Seiten sanft steiler werdende Berge, die mit alten Trockenmauern urbar gemacht worden waren. Die Gipfel waren nackte Felsen, so rund und perfekt, dass sie wie von kundiger Hand modelliert aussahen. Noch heute standen in diesem Tal nur kleine alte Häuser, deren Bewohner ihre Grundstücke selbst bewirtschafteten. Der eine hatte sich auf Mandeln spezialisiert, der andere auf Johannisbrotbäume, die Olivenbäume waren uralt. Ein paar Esel streiften durch die Nachbarschaft, frühmorgens krähte ein Hahn, und immer bellte ein Hund. Und in der Ferne ein schmaler, tiefblauer Streifen Mittelmeer.

Dieses Tal hieß Valle dei Cinque Cozzi, nach den umgebenden Bergen, und wäre für die vielen Deutschen, Engländerinnen, Amerikaner, Holländerinnen, früher auch Russen, die auf Sizilien bauen wollen, hochattraktiv gewesen: absurd idyllisch, nah an der Stadt, mit unverbaubarem Blick aufs Meer. Doch die Besitzerfamilien hatten jedes Angebot abgelehnt. Jeder Talbewohner kannte die Geschichten aus der umliegenden Gegend, wo eine Familie ihr Land verkauft hatte, für Geld, das dann doch nicht reichte. Die dann in der Stadt saß, in einer Wohnung, die sie krank machte und unaufhaltsam die Kaufsumme verschlang. So hatten die Besitzer und Bewohner des Tals einen unausgesprochenen Pakt geschlossen. Sie wussten: Wenn nur einer der Versuchung nachgab und verkaufte, dann würde die erste monströse Traumvilla errichtet, würden prätentiöse Palmenalleen gepflanzt, würden Sicherheitsscheinwerfer installiert, die ihr eiskaltes Licht in die Nacht brennen. Und die Preise würden so unwiderstehlich steigen, dass nach und nach jeder schwach werden und sein Grundstück verkaufen würde. Das wäre das Ende dieser Idylle. Wie gesagt: Nur einer musste nachgeben.

»Und wer war der Verräter? Kennen wir ihn?«, fragt Jenny. »Wie bei jeder guten Geschichte gibt es mehrere«, erwidert Claudia und bittet Johannes um eine Zigarette. Mit den abgespreizten Fingern einer Gelegenheitsraucherin paffend, erzählt sie weiter.

### 2. Akt

In einem der Häuser aber lebte keine sizilianische Familie, sondern Aldo Giallo. Ein Lombarde mit bewegter Vergangenheit. Fand er zumindest. Er kam aus einfachen Verhältnissen und hatte sich sein Studium in Mailand mit Arbeit auf Baustellen selbst finanziert. Wenn die Kommilitonen feierten, rieb er seine schmerzenden Glieder ein und verschlang Bücher über Architekturgeschichte. Und brütete. Er fühlte sich grundsätzlich vom Leben ungerecht behandelt und sann auf Rache, aber wusste noch nicht genau, an wem. Diesen Zorn schleppte er sein ganzes Leben mit sich rum, aber man sah es ihm nicht an. Im Gegenteil. Er wirkte fast unnatürlich sanft. Obwohl er noch keine fünfzig war, ging er leicht gebückt durchs Leben – vermutlich wegen der vielen Nächte am Computer und weil er fast jeden Sizilianer um eine knappe Kopflänge überragte. Er sprach mehrere Sprachen, aber tat das meist sehr leise. Und er gab sich als Poet. Deswegen fanden sich auf seinem Instagram-Profil hauptsächlich Olivenzweige im Abendlicht und Keramikscherben. Und deswegen trug er eine feingliedrige Lesebrille und malerisch ungebügelte Leinenanzüge. Seine Haut hatte die Farbe und Konsistenz von ungebackenem Pizzateig.

Giallo hatte nach seinem Architekturstudium ein Stipendium für zwei Semester an der Cooper Union in New York bei dem legendären Theoretiker John Hejduk erkämpft. Dieser hatte in seinem Leben nur wenig gebaut, was damals als Zeichen intellektueller Überlegenheit gewertet wurde. Danach hatte Giallo bei einem italienischen Stararchitekten in New York gearbeitet, der in sieben Metropolen auf der ganzen Welt Büros betrieb. Dort traf er Laura, deren Vater mal fast Bürgermeister von New York geworden wäre, aber dann über die Penisfotos stolperte, die er an die halbe Stadt verschickt hatte. Sie leitete das Kommunikationsteam und fand die Verbissenheit, mit der Giallo seinen Job machte, niedlich. Nach dem Crash 2008 war die Firma gezwungen, sehr schnell zu schrumpfen. Jeden Tag saßen die jüngeren Angestellten in ihrem Großraumbüro an ihren Computern und warteten auf den Anruf der Human-Resources-Abteilung, die die Kündigungen mit amerikanischer Effizienz und Herzlosigkeit erledigte. Als Giallo nach einem dreiminütigen Gespräch und einer unterschriebenen, sehr weit reichenden Verschwiegenheitserklärung wieder an seinen Platz schlich, funktionierte sein Passwort bereits nicht mehr. In den nächsten Wochen verließ er kaum seine winzige Wohnung in Greenpoint. Er war der festen Meinung, dass er maßgeblich an wichtigen Projekten gearbeitet hatte, dass er um seine Chance gebracht und schändlich betrogen worden war. »Don't cry. Work«, war Lauras einziger Kommentar zu seinen Tiraden. Dann begann sie eine Affäre mit Giallos ehemaligem Chef.

Giallo war doppelt gekränkt – in seiner Ehre als Baukünstler und in seiner Ehre als Mann. Er brauchte einen radikalen Neuanfang. So tat er, was nicht nur italienische Männer in Krisenzeiten tun: Er floh zu Mama. »Du machst nie etwas fertig«, seufzte seine Mutter. Das stimmte grundsätzlich, aber war in diesem Zusammenhang beinahe grausam. »Warum ziehst du nicht in das Haus von Tante Elisabetta auf Sizilien? Da fällt das nicht so auf.« Seine Großtante mütterlicherseits war kürzlich gestorben und hatte ein Grundstück hinterlassen, für das sich keiner in der Familie interessierte. Ein Fleck Land auf Sizilien war für Norditaliener damals noch so peinlich wie ein Ossobuco ohne Senffrüchte. Tatsächlich handelte es sich um das zweitgrößte Grundstück im Valle dei Cinque Cozzi, mit fünf Hektar Land und wunderbaren alten Bäumen. Außerdem war das Haus ohne vorherige Renovierung bewohnbar. Theoretisch zumindest. Als Giallo realisierte, dass er zunächst mit einem Plumpsklo leben müsste, ließ er vor Wut fünf der ältesten Olivenbäume absägen. Er wolle einen freien Blick aufs Meer, erklärte er dem fassungslosen Gärtner. Aber vor allem wollte er etwas zerstören und brauchte Platz für seine Vision.

Er ließ aus Pietra di Modica, einem lokalen Kalkstein, der malerisch verwittert, Nischen, Ziermauern, Scheinrahmen und Säulenstümpfe errichten: Sie sollten vor dem Wind und den Nachbarsblicken schützen. Vor allem aber, so sagte er sich, sollten sie den ästhetisch-intellektuellen Dialog anregen. Einem seiner Kunden, denn mittlerweile hatte er sich auf Projekte auf Sizilien konzentriert, zeigte er Bilder, die er von einem renommierten Gartenfotografen hatte anfertigen lassen. »Die Inspiration war das Familiengrab Tomba Brion von Carlo Scarpa im Treviso«, schwafelte er, wobei es sich um eine sehr freie Interpretation handele. Einem anderen Kunden erzählte er von den Innengärten der Einfamilienhäuser Tadao Andos. Giallo nahm es mit seinen Referenzen nicht so genau, denn seine Kunden hielt er für ungebildet und leicht zu beeindrucken.

Von seinen Nachbarn ließ sich Giallo Dottore nennen. Er zuckte bei dieser Anrede leicht zusammen, als litte er Schmerzen unter der Bürde, die dieser Titel mit sich brachte, schlug aber auch nie eine andere Anrede vor. Gelegentlich lud er zu einem Aperitivo ein. Diese Abende sorgten in der Gemeinde des Valle dei Cinque Cozzi für Gesprächsstoff. Stets gab es nur zwei Schalen bittere grüne Oliven und ein winziges Stück Pecorino mit schwarzem Pfeffer. Neben dem Käse lag ein Klappmesser mit verwittertem Holzgriff. Dazu gab es vino sfuso, also Weißwein, den man sich im Laden abfüllen ließ. »Der ist besser als alles, was diese Arianna Occhipinti so produziert«, sagte Giallo jedes Mal schmunzelnd, wenn er den fast beißend riechenden Grillo einschenkte. Seine Nachbarn kannten die Starwinzerin nicht, deren Weine in amerikanischen Gourmetrestaurants gefragte Raritäten waren. Sie tranken sowieso lieber Bier.

Trotz der spartanischen Bewirtung kamen sie zu diesen Treffen, denn sie bewunderten Giallo für seine stille Autorität. An einem dieser Abende fanden sich ein: 1. Salvatore, dessen Frau das Haus so selten verließ, dass manche der Meinung waren, sie existiere nicht. Andere behaupteten, dass sie überanstrengt sei von dem sexuellen Appetit ihres Mannes. Salvatore hatte einen leichten Unterbiss und konnte die Ecksteine von Trockenmauern selbst in der Mittagssonne an ihren Platz wuchten. 2. Der zweite Salvatore war klein wie ein Kaninchen, und seine Ohren konnte er auch bewegen. Zumindest für seine Lieblingsenkeltochter Carmela. Er hatte vier oder fünf Kinder, von denen mindestens eins immer im Gefängnis oder Hausarrest saß. Seine Frau galt als die beste Köchin der Umgebung. 3. Der stille Corrado. Wenn er ankam, nickte er nur mit seinem weißen Schopf. Er trug auch an Sommerabenden einen Anzug, und wenn er sprach, klang seine Stimme kratzig, als müsste sie geölt werden. Corrado stand stets in unmittelbarer Nähe zu den Olivenschälchen. Aus den paar Weinstöcken auf seinem Grundstück kelterte er ein Getränk, vor dem sich seine Nachbarn noch mehr fürchteten als vor Giallos Billigwein. 4. Der schöne Daniele. So nannten ihn alle im Tal, weil er vor seinem Häuschen, im Schatten eines Johannisbrotbaums, eine Hantelbank aufgestellt hatte. Bei Sonnenuntergang trainierte er mit freiem Oberkörper. Auf seinen Rücken hatte er sich flächendeckend die heilige Rosalia tätowieren lassen. Er war der Einzige im Tal mit Tinder-Profil. Sein Rottweilerrüde hieß Achille.

Es war ein typischer Abend auf Sizilien. Nur Männer, viele Zigaretten, bedächtiges Trinken. »Die kaufen hier alles weg«, sagte Corrado, was für seine Verhältnisse fast schwatzhaft war. Schweigen. Nicken. »Cazzo«, fluchte der schwere Salvatore. Das sagte er meistens. »Was sollen wir machen, Dottore? Von den Oliven können wir nicht leben«, sagte Corrado. »Ich habe meine ganzen Bäume an diese Deutschen mit den vier Kindern verkauft«, sagte der Kaninchen-Salvatore mit hastiger Stimme. Er lispelte etwas und sprach deswegen schnell, als könne man ihn dadurch nicht dabei ertappen: »Johannisbrotbäume bringen viel mehr Geld. Die machen jetzt aus den Schoten irgendwelche veganen Produkte. Keine Ahnung, wer die essen soll. Aber reich macht mich das auch nicht.« Giallo räusperte sich und nahm zur Überraschung seiner Gäste einen kleinen Schluck von seinem eigenen Wein: »Das Problem ist genau diese alte Carruba-Fabrik hier im Tal. Dazu gehören ein schönes Stück Land und das alte Häuschen. Doch die Besitzerin Eloisa Fronte, die Witwe vom alten Domenico, ist störrisch wie eine Eselstute. Aber die Makler und Spekulanten kreisen über ihr wie die Falken. Und irgendwann wird sie schwach werden.« Eigentlich fand Giallo dieses Bauerngeschwätz mit seinen Tiermetaphern peinlich. Aber heute Abend glaubte er, sich seinem Publikum anpassen zu müssen. »Die Ausländer kaufen die schönsten Stücke Land in unserer Gegend. Dann bauen sie protzige Häuser und vermieten sie für viel Geld. Was bleibt uns? Wir bauen ihre Häuser. Wir putzen ihre Häuser. Wir bedienen sie in den Restaurants.«

Was Giallo dabei verschwieg: Er kaufte im weiteren Umfeld schöne Grundstücke oder vielversprechende Ruinen, entwarf Häuser, die die lokalen Bau- und Materialtraditionen aufnahmen – und die sich bei näherem Hinsehen verblüffend ähnelten. Dann verkaufte er Land, Entwurf und Baugenehmigung an Deutsche, Holländer oder Engländer, die in Sizilien verliebt waren, sich aber vor dem Paragrafen- und Zuständigkeitsdschungel und der Mafia fürchteten. Sie sahen in Giallo einen Partner, der die größten Hürden für sie bereits überwunden hatte und sie freundschaftlich auf dem Weg zum eigenen Traum begleiten würde. Giallo war also Teil der Immobilienblase und Gentrifizierungsmaschine, die er und seine Nachbarn beklagten.

*Wir gehören auch zu den Zerstörern. Wir können gar nicht anders. Each man kills the thing he loves. Du hast ja darauf bestanden, dass wir uns von Silvana noch Alternativen zeigen lassen, bevor wir unser Grundstück kaufen. Ich mochte das Brachland mit einem Bambuswäldchen, Du fandest den Weiler in dem Hochtal toll, der im Grunde ein zerfallenes kleines Dorf war. Wir waren so aufgeregt und neugierig, aber gleichzeitig fühlte ich mich schäbig. Häusersuche auf Sizilien ist eine Reise durch die Trümmer einer untergegangenen Ökonomie. Wir donnern in unserem klimatisierten Mietwagen durch diese grandiose verwüstete*

*Landschaft und suchen nach Träumen aus Stein. Statt an jedes einzelne Grundstück und jede Ruine sollten die Sizilianer große Schilder in den Ankunftshallen der Flughäfen anbringen, die für die gesamte Insel gelten: zu verkaufen. Unsere Besatzerträume bringen wir mit. Wir möchten nicht im modischen Schnellrestaurant* Amore Arancini *essen, sondern bei der Oma, die ihren Pastateig noch selbst knetet. Wir möchten kein Fertighaus, sondern mit Handwerkern arbeiten, die sich noch auf Trockenmauern verstehen. Wir reichen unseren Landarbeitern morgens die Hand, aber rechnen heimlich nach, ob sie ihre Stunden wirklich ableisten. Tapfer bestellen wir im neonerleuchteten Restaurant für einheimische Großfamilien das Pferdesteak und fühlen uns deshalb angekommen. Wir gruseln uns vor neuen Hotels mit Designermöbeln, denn am liebsten hätten wir die Insel in ihrem malerischen Zerfall zu Dritte-Welt-Preisen. Wir träumen von einem Sizilien, vor dem die Sizilianer fliehen. Wir sind die Schlimmsten von allen: Eroberer eines Landes, das es nicht mehr gibt; Kolonialisten, die geliebt werden wollen.*

Mit der Haus- und Fabrikbesitzerin Eloisa Fronte hatte Giallo in Wirklichkeit schon einen langen Nachmittag verbracht. Er hatte die Zitronentorte aus dem *Caffè Sicilia* mitgebracht und eine kalte Flasche Moscato di Noto und war demonstrativ zu Fuß gekommen, auch wenn man auf Sizilien, ähnlich wie in den USA, fast alles mit dem Auto erledigt. Eloisas Haus lag nur sieben Gehminuten hinter seinem (von der Meerseite aus gesehen) und nur zwei Steinwürfe von der stillgelegten Fabrik entfernt. Der Putz war rußig schwarz, wie das bei sizilianischen Häusern oft der Fall ist, und die Fenster waren alle verschieden groß und in unterschiedlichen Höhen. Es stand auf einem leicht abschüssigen Felsen und wirkte so, als sei es vor Hunderten von Jahren aus diesem Felsen herausgewachsen. Drinnen roch das Haus nach Staub und getrockneten Tomaten. Keines der Möbel schien jünger als vier oder fünf Generationen zu sein, die Truhen, Stühle und Schränke glänzten speckig und selbstbewusst. Der Fußboden war mit unterschiedlich großen Quadern von Pietra Pece gepflastert, einem braun-schwärzlichen Stein, den Giallo gerne aus alten Häusern schlagen ließ, um ihn zu Fantasiepreisen in den Villen seiner Kunden verlegen zu lassen. Bei Eloisa war der Pietra Pece von unzähligen kleinen und großen, nackten und beschuhten Füßen glatt gescheuert wie altes Sandsteinpflaster in italienischen Städten. Die kleinen Fenster ließen kaum Licht rein, und im schummrigen Wohnzimmer sah Giallo auf den Simsen und Beistelltischen zahllose Steingutköpfe, wie sie auf Sizilien in jeder Touristenstraße verkauft werden. Hier waren sie nicht überlebensgroß und industriegefertigt, sondern deutlich kleiner und alle unterschiedlich: der eine ungelenk, wie selbst getöpfert, ein anderer mit draufgehauchten Blumen geschmückt, der dritte einfarbig türkis wie das Meer an einem flachen Sandstrand zur Mittagszeit. »Mein Mann redete wie ein Wasserfall, aber er hatte Angst vor den Köpfen«, sagte Eloisa, während sie mit schweren Schritten zwei Gläser aus einer Vitrine nahm. »Ich durfte sie nicht im Haus aufstellen, sondern musste sie im Schuppen lagern.« Mit ihrer alterssteifen Hand winkte sie vage in die Richtung des Schuppens. Eins der Gläser hatte einen angebrochenen Rand. Giallo zwang sich, nicht auf diesen Rand zu starren.

»Im Herzen bin ich auch Sizilianer«, begann er seinen Vorstoß. Seine Großmutter mütterlicherseits sei als kleines Mädchen zu Verwandten nach Norditalien geschickt worden. Zeit ihres Lebens habe sie von ihrer Heimat geträumt, und jeden Sonntag gab es Cannoli zum Nachtisch. Und jedes Mal seufzte sie, dass der Ricotta in der Lombardei einfach fad schmecke. Als er, Giallo, nach seiner Karriere in New York das erste Mal nach Sizilien gekommen sei, habe er das überwältigende Gefühl gehabt, in seine wahre Heimat zu kommen. Er nahm seine Brille mit den ovalen Gläsern ab und rieb sich die Augen, als gäbe es da irgendetwas zu trocknen: »Nun will ich hier eine Familie gründen. Und mein Büro soll ganz in der Nähe sein. Damit die Kinder ihren Vater nicht nur vom Abendessen und dem Kirchgang kennen.« Dann schnappte er zu: »Dafür wäre die alte Carruba-Fabrik ideal. Sie ist Teil der Geschichte dieses Tales. Und ich würde diese Geschichte in Ehren halten.«

Man kann also sagen: Der Mann zog alle Register. Eloisa litt an grauem Star. Sie blickte Giallo aus ihren milchigen Augen an. »Ich muss darüber nachdenken«, sagte sie und kippte ziemlich entschieden den Rest des Süßweins runter. Was ein Lombarde niemals verstehen wird: Eine alte Sizilianerin ist schwer zu täuschen. Als er nur wenige Tage danach wieder an ihre Tür klopfte – diesmal hatte er die scharfen Kapernpralinen aus dem *Caffè Sicilia* mitgebracht –, ließ Eloisa ihn nicht eintreten. Sie habe rasende Kopfschmerzen, wie immer, wenn der Schirokko blies. »Was die Carruba-Fabrik betrifft …«, begann Giallo. »Schönen Tag noch«, sagte sie und schloss die Tür mit der linken Hand. In der rechten Hand hielt sie die Kapernpralinen wie eine Jagdbeute.

Giallo war ein stolzer Mann. Aber auch ein beharrlicher. Er änderte die Strategie. Bei seinen nun zahlreichen Spaziergängen kam er wie zufällig an Eloisas Grundstück vorbei, zückte freundlich lächelnd den Strohhut und beugte sich nur auf Aufforderung über die Trockenmauer, um sich nach dem Befinden der alten Dame zu erkunden. »Gestern hatte ich schon wieder Fledermäuse im Haus«, klagte sie eines Nachmittags. »Ich hasse die Biester. Und ich weiß nicht, wie sie reinkommen.« Ob er sich das vielleicht mal anschauen solle, bot Giallo an und zupfte an seinem Seidenschal. Eloisa wiederum zuckte mit der Nase, als habe sie eine übel riechende Schwade gewittert. In ihr kämpften Misstrauen und Geiz, denn Giallo wäre auf jeden Fall billiger als ein Handwerker. Falls der jemals käme. Barsch bat sie den Architekten ins Haus. In den nächsten Stunden fühlte sich Giallo wie bei einer Schatzsuche. Er durchstöberte systematisch das Gebäude, klopfte an jede Wand, öffnete und schloss jedes einzelne Fenster. In der Küche entdeckte er uralte Kochutensilien, deren Funktion er nicht kannte. Und im nur gerade so eben mannshohen Keller unter der Küche entdeckte er eine offenbar von Menschenkraft angetriebene Ölmühle sowie Flaschen und Karaffen in den seltsamsten Formen. Das Haus war eine Wunderkammer, ein Museum sizilianischer Bauernkultur. Giallo spürte ein Sausen in seinem Kopf, wie den Wind, der kurz vor einem lange ersehnten Sommergewitter weht; Drama versprechend und Linderung verheißend.

»In dem Tor, das vom Keller nach draußen führt, ist eine undichte Stelle«, sagte er, als er wieder oben war. »Das ist schnell repariert. Ich kann übermorgen vorbeikommen und mich darum kümmern.« Eloisa unternahm ein paar schlecht geschauspielerte Versuche, ihn davon abzubringen. Er sei doch ein viel beschäftigter Mann und der Keller so staubig. Aber Giallo insistierte sanft. Man müsse doch füreinander da sein. Tatsächlich wollte er verhindern, dass irgendein Handwerker diesen Keller betrat. Seiner Erfahrung nach machten sizilianische Handwerker zwar nur das absolut Notwendige. Und meist noch nicht einmal das. Aber er wollte jedes Risiko eines möglichen Konkurrenten vermeiden.

Und so wurde Giallo nach einem übereifrig verstolperten Start zum informellen Hausmeister seiner Nachbarin. Und zu ihrem Vertrauten. Zumindest glaubte er das. Im Haus gab es immer etwas in Ordnung zu bringen, und Giallo war über sein eigenes handwerkliches Geschick erstaunt. Nach den kleinen, nicht immer wirklich lebensnotwendigen Reparaturarbeiten nahm er, stets höflich erst mal ablehnend, das angebotene Glas Moscato gern an. Sie saßen dann unter einer strohgedeckten Pergola im Garten und lauschten den unermüdlich ratternden Zikaden. »Da hat man drei Kinder und ist mit seinen Problemen allein«, seufzte Eloisa. »Respekt und Dankbarkeit. Der Mangel unserer Zeit«, sagte Giallo, der zum ersten Mal von den drei Kindern hörte und seinen Schreck hinter leeren

Worten verbergen wollte. Immerhin: Keines der Kinder hatte sich in den letzten Jahren blicken lassen. Der Älteste finde einfach keine Frau, erklärte Eloisa, die Mittlere sei zum zweiten Mal geschieden. Und der Jüngste, hier wurde ihre Stimme weicher, Silviaccio, habe beim letzten Besuch seine Freundin aus Bolzano mitgebracht. Die hatte am ersten Abend entsetzt auf ihren Teller gestarrt und gefragt, ob die Pasta alla Norma vegan sei. »Was glaubt die denn? Ohne Ricotta Salata? Vielleicht war ich dann etwas streng zu ihr«, sagte Eloisa. Noch in der Nacht seien die beiden abgereist. Giallo schluckte sein Gähnen mit einem Mundvoll Moscato herunter. Es war die ewige Geschichte sizilianischer Mütter: Sie rückten keinen Zentimeter von ihrem Weltbild ab. Und dann litten sie wie Märtyrerinnen, weil ihre Kinder sich von ihnen abwandten. Diesen Gedanken jedoch behielt er hinter einem melancholischen Lächeln für sich.

Giallo sah sich in der Rolle des treuen Ersatzsohnes und fuhr die Alte auch zu den immer häufiger werdenden Arztbesuchen. »Ich muss jetzt ernsthaft darüber nachdenken, was ich mit dem Haus und der Fabrik mache«, sagte Eloisa, nachdem der Hausarzt ihr erklärt hatte, dass sie ein künstliches Hüftgelenk brauche. »Hast du immer noch Interesse, es zu kaufen?« Giallo tat erst so, als verstünde er die Frage nicht. Innerlich bebte er, als habe er drei Plus-4-Karten in der Uno-Hand. »Ich würde mir die Fabrik gern mal aus der Nähe ansehen, falls das keine Umstände macht«, sagte er so beiläufig möglich. »Mach einfach. Der Schlüssel hängt in der Küche«, sagte die Signora, während sie aus dem Autofenster auf die Kaktusfeigen am

Wegesrand starrte. »Wollen wir ein paar davon pflücken und eine Marmelade daraus kochen?« So hatte sie es ihr Leben lang gemacht: Wenn die Gefühle sie überwältigten, kümmerte sie sich ums Essen.

### 3. Akt

Giallo besichtigte die Carruba-Fabrik mehrfach und ausführlich. Er gab diskret ein statisches Gutachten in Auftrag und zeichnete schon Pläne, wobei er viele ungelöste Probleme großzügig verschob. Gleich nach dem ersten Besuch hatte er Eloisa mit feierlicher Miene ein Kaufangebot unterbreitet. Die beiden hatten sich die Hand geschüttelt. Und noch in seiner Gegenwart rief die Dame ihren Notar an und bat ihn um einen Besuch. In den nächsten Wochen lag Giallo nachts oft wach, stand irgendwann auf, rauchte Zigarillos, bis ihm schwindelig wurde, googelte Projekte der Fabrikumbaumeister Ricardo Bofill und Herzog & de Meuron. Die Carruba-Fabrik würde sein Leben verändern: Endlich würde seine Arbeit als Architekt anerkannt und publiziert. Vielleicht gäbe es eine Titelgeschichte in der Architekturzeitschrift »Pin-Up« mit der Zeile »Aldo Giallo: Sense and Sensibility in Sicily«. Alles schien möglich. Für sein ursprünglich aufgetischtes Märchen, Atelier und Wohnen, war die alte Fabrik natürlich viel zu groß und ungeeignet. Sie war aber ein ebenso seltenes wie gelungenes Beispiel für die bei Kennern so beliebte faschistische Architektur – und damit eine Rarität auf Sizilien. Die Bausubstanz war für hiesige Verhältnisse hervorragend, und es gab ein paar Innenräume mit gewaltigen Deckenhöhen und Industriefenstern.

»Totaler Wow-Effekt«, schrie er seinem Freund, dem Anwalt Giuseppe Puglisi, ins Ohr, als sie in der *Bar Cavour* in der Innenstadt von Noto einen Drink nahmen. Puglisi hatte als nur einer von nur dreizehn Sizilianern die »New York Times« abonniert, das behauptete er jedenfalls, und kannte immer Leute, die auf der Insel investieren wollten.

»Wow was?«, schrie er jetzt zurück, was für seine feingliedrige Erscheinung ein bisschen plump war.

»Boutique Hotel. Fünf Sterne Plus. Starkoch mit vietnamesisch-sizilianischer Handschrift und selbst angebauten Zutaten. Ein paar kleine Einzelvillen für Flitterwochenpaare. Gemüsegarten. Infinity-Pool«, schrie Giallo.

»Klingt total Standard. Macht doch heute jeder«, schrie Puglisi mit einer ausladenden und abschätzigen Armbewegung. Er war ein schlauer Kerl und ließ das jeden jederzeit spüren.

»Aber nicht in einem so einzigartigen Gebäude.« Giallo ärgerte sich über den Widerspruch.

»Was ist mit dem alten Haus? Du meintest doch, dass es eine Sünde wäre, es auch nur anzurühren?«, schrie Puglisi, für den Sticheln eine Art Gesellschaftssport war – und der tatsächlich eine Schwäche für sizilianische Baugeschichte hatte.

Aldo Giallo öffnete mit Scheinbedauern die beiden Hände und sagte: »Ja, das ist natürlich eine Tragödie.« Damit war der Abriss beschlossen. Dachte er.

»Und woher weißt du das alles?«, fragt Jenny, der die Geschichte deutlich zu lange dauert. Claudia ist mittlerweile heiser, aber ihre eigene Erzählung macht ihr Spaß. »Giallo hat mal unserer Freundin Sebina, dieser Superanwältin, das Herz ausgeschüttet. Ich glaube, er wollte Mitleidssex. Oder brauchte ihre Rechtsvertretung. Vielleicht auch beides«, sagt Claudia, obwohl sie mit dieser Indiskretion beiden Parteien keinen Gefallen tut. Sie hat die irritierende Eigenschaft, jede andere Tätigkeit einzustellen, wenn sie am Erzählen ist. Seit zehn Minuten hält sie ein Fläschchen Sojasauce in der Hand und in der anderen eine halb geschälte Knoblauchzehe. »Vielleicht hätten wir vorher eine Kleinigkeit essen sollen«, sagt Johannes. »Keine Sorge. Ich beeile mich«, wehrt Claudia ab und tätschelt Jack, der sich zu ihren Füßen zusammengerollt hat und döst. »Quick and dirty«, sagt Karsten, der nur bei seiner Frau ein ergebener Zuhörer ist.

## 4. Akt

Ihr Tod kam schneller als erwartet. Und anders. Obwohl Eloisa seit Jahren nicht mehr Auto fuhr, hatte sie sich um 5.30 Uhr morgens in ihre Ape gesetzt und war zur Landstraße getuckert. Das Gefährt wurde seit Jahren nur noch von den Landarbeitern genutzt. Aber was dann geschah, lag nicht an seiner Altersschwäche. An einer unübersichtlichen Kurve bog sie in eine steile Einfahrt und setzte zurück auf die Landstraße, um zu wenden. Und weil sie eine alte Dame war und den Song »Beggin'« von Måneskin einfach nicht ausstehen konnte, wechselte sie, schräg auf der Landstraße stehend, den Radiosender. In dem Augenblick kam ein Porsche Cayenne mit Mailänder Kennzeichen um die Kurve gerast. Drinnen saßen drei Manager einer weltberühmten Schuhmarke, die aus dem *Beach Club Blasè* bei Marzamemi kamen. Der Porsche erfasste die Ape, schleuderte sie von der Straße auf einen Abhang, wo sie sich dreimal überschlug und in einen Müllhaufen rutschte, in dem neben zahlreichen gut gefüllten Windeln eine Portion Fischabfälle verweste. Eloisa Fronte hatte ihren Müll stets illegal, aber gewissenhaft im Garten verbrannt, sie war ihr Leben lang unfallfrei gefahren, und sie hatte wenige Sekunden vorher ihr Lieblingslied »Parole parole« von Mina und Alberto Lupo im Radio gefunden. Die Süßigkeiten ihres Nachbarn hatte sie gern gegessen, aber als ihr Genick brach, war ihr letzter Gedanke: »Caramelle, non ne voglio più.«

Das ist vermutlich Blödsinn, denke ich. Woher will Claudia das wissen? Es saß ja keiner mit Eloisa Fronte im Auto, der ihre letzten Gedanken lesen und notieren konnte. Aber trotzdem ein schöner Tod.

## 5. Akt

Wenige Wochen später erklärte der CEO der Mailänder Schuhfirma, dass er die Kosten für die Renovierungsarbeiten an der Kathedrale von Siracusa übernehmen werde, und der Prozess gegen die drei feierwütigen Mitarbeiter wurde unauffällig eingestellt. Die anderen Folgen des Unfalls waren für Giallo wichtiger. Der Anruf kam um acht Uhr morgens. Der Architekt setzte umständlich die Brille auf, bevor er ans Telefon ging. Sein »Pronto« klang vom Schlaf noch nasal und leicht genervt, bis er verstand, dass die hübsche Mitarbeiterin des Notars am anderen Ende war. »Der Notaio Gazze würde Ihnen gern die zulässigen Details aus dem Testament kommunizieren«, sagte sie in dem seltsamen Mix aus gestelzt und unbeholfen, der auf Sizilien bei offiziellen Vorgängen noch üblicher ist als im Rest von Italien: »Würden Sie, verehrter Dottore

Giallo, kurzfristig heute Nachmittag Zeit haben?« »Da müsste ich in meinen Kalender schauen«, antwortete er gedehnt, obwohl er keinen führte. Er war auf sein Gedächtnis stolz, gelegentliche Lücken waren aus seiner Sicht stets Missverständnisse oder die Schuld der anderen Partei. An diesem Morgen erinnerte er sich korrekt, dass er am Nachmittag drei Termine auf drei Baustellen hatte, die er ohnehin viel zu eng hintereinandergelegt hatte, zwei davon mit Kunden aus Deutschland, die morgen früh abfahren mussten. »Kein Problem. Wir sehen uns nachher«, sagte er.

Was sollte er bloß anziehen? Er hatte die Notarassistentin einmal zum Abendessen ausgeführt. Beim Nachtisch hatte sie von ihrer eifersüchtigen Ex-Freundin erzählt, die manchmal noch abends vor ihrer Tür warte. Für Giallo war das ein willkommener Anlass gewesen, sie nicht nach Hause zu fahren. Betrogen fühlte er sich trotzdem. Die Notarassistentin, hieß sie nun Regina oder Maria Chiara?, war zwar aus dem Rennen, aber man wusste ja nie. Giallo entschied sich für sein Lieblingsleinenhemd in einem cremigen Beige und eine Baumwollhose in einem leicht dunkleren Beige. Dazu seine geflochtenen Lederschuhe in Braunbeige. »Zu viel Beige?«, überlegte er kurz und verwarf den Gedanken. Wenn es nach ihm ginge, müsste es ohnehin keine andere Farbe geben. Bis auf das Moosgrün seines knittrigen Seidentuchs. Dafür war es streng genommen noch zu warm, aber Giallo hatte einen chronisch verspannten Nacken, der empfindlich auf Zug reagierte. Und die Büros der Notare in Noto waren seiner Erfahrung nach oft viel zu kalt. Außerdem mochte Giallo die Aura des Künstlerischen, die ihm dieses Tuch verlieh. »Kreativaura durch Knitterseide – das funktioniert wirklich nur in Noto!«, hatte Puglisi mal gespottet. »Na ja, solange es hier funktioniert«, hatte Giallo säuerlich gelächelt.

Die Wirkung seines moosfarbenen Seidentuchs spielte an diesem Nachmittag jedoch keine Rolle. Im Wartezimmer saßen nur ältere Frauen, die auf ihren Telefonen herumtippten, und ein junger Mann mit Thrasher-T-Shirt, rot gekifften Augen und einem bemerkenswert schönen Siegelring am kleinen Finger. Als er sich nach der Wartezeit erkundigte, hörte man einen Piemonteser Akzent, der bei Giallo stets einen Schub Wut auslöste. Die hielten sich – über hundertfünfzig Jahre, nachdem ihr König vertrieben worden war – immer noch für die besseren Italiener. »Dottore, der Notar Gazze erwartet Sie«, rief die Assistentin aus dem Vorzimmer.

Claudia drückt einen Finger in den Fisch, der in ihrer persönlichen Spezialmarinade im Ofen schmort. »Dauert nicht mehr lang. Und die Sauce wird köstlich, wenn ich das sagen darf.« »Habt ihr noch ein paar Chips? Die Kinder werden gleich ohnmächtig«, fragt Jenny. Während Karsten eine Tüte Chips zum Platzen bringt und den Inhalt in eine Schüssel gießt, hebt Claudia theatralisch und Stille gebietend die Hände, und es geht weiter.

»Wie Sie wissen, habe ich die Signora Fronte vor wenigen Wochen noch einmal besucht. Sie wollte alles geregelt wissen. Der Tod kann uns alle jederzeit erwischen. Und sie war natürlich nicht mehr die Jüngste. Aber erstaunlich klar im Kopf. Wirklich erstaunlich«, dozierte der Notar. Giallo hatte bei seinen Deals noch nie mit Gazze zusammengearbeitet, weswegen dieser sich zum Warmwerden an der Ungeduld des Architekten weidete. »Ich habe sehr gute Nachrichten für Sie. Die Signora hat in ihrem letzten Willen verfügt, dass Haus, Grundstück und die alte Carruba-Fabrik an Sie, Aldo Giallo, verkauft werden sollen. Wenn der Preis stimmt.« »Da waren wir uns ja bereits einig«, schnappte der Architekt. »Wie geht es denn jetzt konkret weiter?« »Es gibt noch einen Zusatz«, erwiderte der Notar, und Giallo meinte eine Art Lächeln in dessen Gesicht zu erkennen, vielleicht war sein Gegenüber aber auch nur hungrig. »Voraussetzung für den Verkauf ist, dass sich die Erbengemeinschaft einig ist über den Preis und die künftige Nutzung. Und diese Erbengemeinschaft besteht aus …« Der Notar schaute auf seinen Computerbildschirm, als sähe er die Liste zum ersten Mal. »… den drei Kindern. Dem jüngeren Bruder der Verstorbenen, dessen Frau und den beiden erwachsenen Töchtern. Einer Cousine zweiten Grades in Trapani. Dem Stiefsohn der Verstorbenen aus der ersten Ehe ihres Mannes. Ihrer besten Freundin und deren im Rollstuhl sitzender Tochter. Ich glaube, das war's.« Gazze sah Giallo jetzt mit unverkennbar mitleidigem Blick an. »Viel Glück bei den Verhandlungen. Sollte es zum Verkauf kommen, stehe ich gern zu Ihrer Verfügung.« Das leichte Zittern in Giallos Schnurrbart war für eine halbe Minute die einzige Regung in seinem Gesicht, dann erhob er sich ruckartig und wankte aus der Kanzlei. In einem Eiscafé für Touristen, das er normalerweise mied, bestellte er eine Mandelgranita. Er löffelte sie so schnell, dass ihm die Unmengen Zucker und der brain freeze eine kurze Linderung seiner

Wut verschafften. Cazzo. Cazzo. Cazzo, dachte er und dann: Ich werde schon wie diese Barbaren hier. Was ihm der Notar so schnöde verkündet hatte, war nichts anderes als das Ende seiner Visionen. Denn dass sich dieser absurde Haufen von Erben über den Verkauf einigen würde, wäre überall auf der Welt schwierig. Auf Sizilien war es unmöglich.

## 6. Akt

Was Giallo aber auch gelernt hatte: Auf Sizilien ließ man die Dinge ruhen. Manchmal erledigten sie sich von allein. Außerdem hatte er zwei lästige andere Baustellen zu verwalten. Auf der einen beschwerten sich die Bauherren, dass praktisch alle Fenster falsch geplant waren. Auf der anderen weigerten sich die Handwerker, den Cocciopesto, eine sizilianische Variante von Terrazzo, zu gießen, weil keiner sich damit auskenne. Giallo wusste gar nicht so genau, wovon die Rede war, denn er machte sich grundsätzlich keine Notizen. Aber er war sich ganz sicher, dass das Problem an der Unfähigkeit der Handwerker lag. Oder an der sizilianischen Bürokratie. Oder an eigenmächtigen Entscheidungen der Bauherren. Er war dazu übergegangen, die Bauarbeiten nicht mehr selbst zu leiten. Tatsächlich konnte er damit erstaunlich viel Geld machen, weil er mit jedem an Dritte erteilten Auftrag heimlich selbst etwas verdiente. Aber er musste mit den Bauleitern über jedes Detail streiten. Oft ging es dabei nicht darum, welcher Tischler der beste war, sondern welcher Cousin mit einem Job versorgt werden musste. Das jedoch empfand Giallo, der immerhin mal mit John Hejduk über das Raster als Konzept der Gegenseitigkeit diskutiert hatte, als unter seiner Würde. Er hatte

Puglisi die Adressen der Erben recherchieren lassen und ihnen blumige Briefe geschrieben, warum es im Sinne der Familie, des Andenkens an die verstorbenen Eltern und des verträumten schönen Tales sei, wenn er das Grundstück und die alte Fabrik kaufen würde. Bis auf die beste Freundin von Eloisa hatte sich noch keiner gemeldet. Und die wollte nur wissen, wieviel Geld sie erhalten würde.

## 7. Akt

Als er den Tesla den Feldweg hochruckeln sah, kriegte er die roten Flecken, die seine Mutter immer seine Angstpusteln genannt hatte. Eine junge Frau stieg aus, ihre Haare waren grün gefärbt, und sie trug Plastikschuhe mit Plateausohlen. Vermutlich waren es Balenciaga-Crocs, doch wie viele Architekten verachtete Giallo Mode und fand den Look einfach nur vulgär. Ihr Begleiter, der inzwischen auch ausgestiegen war, musste dieser sogenannte Silviaccio sein, der jüngste Sohn von Eloisa: das gleiche spitze Kinn, der gleiche Eselstutenblick. Sie schlenderten über das Grundstück seiner Familie und schauten dabei auf ihre Telefone. Dann stieg jedoch noch jemand aus: eine Frau, die Giallo noch nie gesehen hatte und auch nicht zuordnen konnte. Sie hatte ein kittelartiges Kleid an, humpelte leicht und war vielleicht Mitte dreißig. Aber mit dem Alter von Sizilianerinnen hatte er sich schon oft getäuscht. »Sie blühen reich und welken schnell«, hatte sein Kumpel Puglisi mal gesagt und sich grinsend geduckt wie ein geschlagener, aber reueloser Hund.

Kurz darauf stand der junge Mann in seinem Garten. »Salve, Aldo«, sagte er: »Sehr erfreut, dich kennenzulernen. Ich heiße Silvio.« Giallo nickte und zerrte die Mundwinkel zu einem Lächeln hoch. Eloisas jüngster Sohn bedankte sich für den netten Brief und die Stütze, die er seiner Mutter in den letzten Monaten gewesen sei. »Mich hatte sie ja aus dem Haus getrieben«, lachte er. »Oder besser gesagt, meine Verlobte. Aber ich habe regelmäßig mit Mama telefoniert.« Das hat mir diese Viper natürlich nicht erzählt, dachte Giallo. Dann lobte Silvio die innovativen Pläne, die der Architekt für das Anwesen seiner Familie habe: »Du bist ein Visionär. Das merkt man sofort. Und ich bin mir sicher, dass du auf Sizilien großartige Projekte bauen wirst.« Stoß den Dolch doch endlich rein!, dachte Giallo, was dann auch sofort geschah. »Aber Claudia hat auch Interesse an dem Grundstück«, sagte Silvio, und als er das entgeisterte Gesicht von Giallo sah, erklärte er: »Die Frau von Salvatore. Sie ist nach diesem Unfall nicht gut zu Fuß. Aber als ich klein war, war sie meine beste Freundin. Wir hatten zusammen ein Stachelschwein, das mein Vater mal mitgebracht hatte. Claudia ist Familie«, sagte Silvio, als würde das alles erklären und entschuldigen.

»Kann die das überhaupt bezahlen?«, schrie Giallo – und »Was will die denn damit machen?« »Also, über den Preis sind wir uns fast einig. Und sie will daraus einen Zero-Emission-Luxus-Campingplatz machen. Die alte Fabrik wird sie für Indoor-Farming benutzen«, sagte Silvio. Und dann kam er, der finale Messerstoß: »Es ist ein Wunder. Zum ersten Mal seit vielen Jahren ist sich meine Familie einig.«

Mit Staubwolke (und ohne Rußwolke) ratterte der Tesla in Richtung Meer davon. Giallo saß geschlagen in seiner Küche und analysierte die Lage. Die Frau eines Maurers hatte ihn über den Tisch gezogen. Sie versteckte sich nicht etwa wundgestoßen in ihrer erbärmlichen Hütte (wenn er wütend war, vergaß der Dottore sein mühsam erlerntes bürgerliches Vokabular). Sondern sie riss sich, wahrscheinlich von langer Hand geplant, das beste Stück Kuchen unter den Nagel. Ihm, Giallo, würde nicht nur ein Projekt entgehen, das ihm zweifellos internationale Anerkennung als Architekt gebracht hätte. Viel schlimmer: Er würde zum Gespött seiner schwachsinnigen Nachbarn werden. Selbst die Olivenbäume würden hinter seinem Rücken mit ihren verschlagenen kleinen Blättern über ihn rascheln und tuscheln. Er musste hier weg. Er hatte lang genug zwischen diesen Analphabeten gelebt. Aber wenn er die alte Carruba-Fabrik nicht haben konnte, dann sollte auch niemand anders damit reich werden. Das ganze Tal würde noch sehen, was es hieß, einen Aldo Giallo zu betrügen und zu verspotten.

Sein Racheplan war schlicht und schnell gefasst. Einem seiner Geschäftspartner hatte er einmal in einer leichtsinnigen Laune sein Haus im Valle dei Cinque Cozzi vorgeführt. Das versuchte er sonst zu vermeiden, weil er einfach nicht das richtige Sofa gefunden hatte und die Arbeitsplatte in der Küche immer noch fehlte (seine Mutter hatte also nicht ganz unrecht gehabt). Aber er wollte seinem Kunden seinen zeitgemäßen und kreativen Umgang mit Trockenmauern vorführen. Der Geschäftspartner war ein Finne mit auffällig junger Freundin, der ein Viertel der skandinavischen Papierproduktion geerbt hatte. In Ferienhäuser auf Sizilien investierte er als Zeitvertreib. »Schönes Stück Land hast du hier. Hier könnte man wunderbar drei Palladio-Villen mit allem modernen Komfort hinbauen«, sagte er. »Genial. Aber das kriegst du im Leben nicht genehmigt«, schnappte Aldo. »Ich habe einen Fixer in Avola. Der schafft das an einem Nachmittag. Auf Sizilien kommt es nicht darauf an, was man beantragt. Sondern wer es beantragt!«, sagte der Finne, der auch schon allein und zu Fuß den Südpol erwandert hatte. Giallo hatte damals das Selbstbewusstsein und die Brutalität dieses Mannes bewundert. Jetzt dämmerte ihm, dem leidenschaftslosen Atheisten, dass das Gespräch eine höhere Fügung gewesen war. Drei Luxusvillen würden das Leben im Valle dei Cinque Cozzi ruinieren. Noch besser: Sie würden dem Grundstück der verhassten Frontes den Blick aufs Meer versperren. »Sollen sie doch in ihren Glamping-Zelten sitzen, keine Energie verschwenden und auf die Rückseiten meiner Villen starren«, dachte Giallo. Dann strich er mit der Hand durch die Blätter des dreihundertfünfzig Jahre alten Olivenbaumes und holte die Kettensäge.

Mittlerweile ist es Mitternacht. Claudia lässt sich erschöpft auf ihren Stuhl sinken. Weil es eine laue Nacht ist, sitzen wir auf der Terrasse. Ich habe diskret, und ohne die Geschichte zu unterbrechen, die Süßigkeiten aus der *Pasticceria Kennedy* auf zwei Platten arrangiert. Jenny hat sich ebenso diskret zu ihren Kindern gelegt, die auf den Klappliegen eingeschlafen sind. »Aber was ist die Moral von der Geschichte? Dass wir Nichtsizilianer gar nicht erst versuchen sollten, hier heimisch zu werden?«, frage ich. »Nö«, antwortet Karsten entschieden. »Aber dass man eine Frau, die das Haus nicht verlässt, niemals unterschätzen sollte. Und dass selbst Dolci aus dem *Sici-*

*lia* nicht alle Probleme lösen. Diese hier sind allerdings auch köstlich.« Er nimmt sich noch einen mit Bitterorangenmarmelade gefüllten Keks. »Real Estate in dieser Gegend ist ein Glücksspiel mit vielen Variablen: Vermutlich wird der Zero-Emission-Luxus-Camping-Platz nie gebaut. Und die Palladio-Villen auch nicht. Weil die Sizilianer das Geld nicht zusammenkriegen. Und weil der Finne die Lust verliert. Vedremo!« Er hebt die Hände wie eine Wahrsagerin in einem sizilianischen Marionettentheater. Dann wechselt er die Playlist und sucht nach dem Korkenzieher.

# *Kapitel 13*
## *Party des Jahres (Pure Shores)*

Die Wellen züngeln an der Sandburg, aber erreichen nur so gerade eben das Fundament. Der kleine Junge pappt mit einer Schaufel noch ein bisschen Matsch an sein Bauwerk. Jack nutzt meine Unaufmerksamkeit, läuft zielstrebig darauf zu und pinkelt dagegen – nur knapp am Gesicht des Jungen vorbei.

»Entschuldigung«, sage ich peinlich berührt zu dem Vater, während ich den Hund wegzerre, der sich wie nach jeder seiner Markierungsaktivitäten besonders sachlich gibt. »Musste gemacht werden. Jetzt ist es erledigt«, sagt sein federnder Gang. »Passiert schon mal«, sagt der Vater, als wolle er genauso entspannt sein wie Jack. Währenddessen baut sein Sohn einfach weiter. »Schönen Urlaub noch.« Dann kommt eine größere Welle und wischt die Sandburg weg.

Wie die Wellen des Ionischen Meers sind auch die Vorbereitungen zur Hochzeit immer wieder ohne größere Konsequenzen in mein Leben geschwappt. Es wurde der problematische Dresscode diskutiert, über die explodierende Gästeliste gelästert, und die Wahl der Location war in meinem Freundeskreis ein heiß geliebtes Gesprächsthema: Jeder hatte eine Meinung, die im Laufe der Wochen auch gelegentlich gewechselt wurde. Wer anfangs die Masseria der Pariser angeberisch und viel zu weit weg fand, bedauert heute, dass es der Palazzo Falconeri geworden ist, mit seinen schrottreifen Toiletten.

Der traditionell größte Markt in Palermo heißt Vucciria. Das Wort ist eine typisch sizilianische Verformung des französischen Wortes für Metzgerei, Boucherie, weil auf dem Markt anfangs Fleisch gehandelt wurde. Daraus entwickelte sich, im chaotischen Viertel Castellammare, ein Lebensmittelmarkt für Gemüse und Fisch, Frittiertes und Kandiertes. Der Künstler Renato Guttuso hat seine Erinnerungen an diesen Markt, der heute nur noch ein Abglanz einstiger Tumulthaftigkeit ist, in einem Gemälde festgehalten. Im Zentrum steht ein Mann mit ernster Miene und gelbem Rollkragenpullover, manche fühlen sich an Pierpaolo Pasolini erinnert, inmitten des sogenannten prallen Lebens – neben ihm ein aufgeschnittener Schwertfisch, vor ihm ein schwungvoller Frauenhintern. Vucciria ist im Sizilianischen auch ein Begriff für Stimmengewirr und Durcheinandergerede, für den köstlichen Stress, den Nähe und Appetit erzeugen. So kamen mir die Wochen vor, die auf die Party zuführten. Jetzt sind es nur noch zwei Tage, und aus dem Geplänkel und Geplapper entsteht ein Sog.

Ich habe Tabbi und Annabelle in dem Landhotel besucht, in dem sie ihre Hochzeitssuite gebucht haben: An der Wand hängt das Bild einer nackten Frau ohne Augen, aber der Blick von der Terrasse ist traumhaft. »Wir haben diese Location ganz bewusst nicht auf die Liste unserer Hotelempfehlungen geschrieben. Ich will am Morgen nach meiner Hochzeit doch nicht verkatert meinen Gästen in die Arme laufen!«, erklärte Annabelle. »So ein scheues Reh«, sagte Tabbi und grinste. »Aber ich will mich auch nicht mit Massagebuchungen für Bookfluencer beschäftigen.« Während meines Besuchs ließ sie die Hand ihrer künftigen Braut nur zum Tee-Einschenken los. Weil ihr Teil der Gästeliste erheblich länger und damit ihre Verantwortung größer war und weil sich hinter ihrer ruppigen Schale ein netter Mensch verbirgt, ergänzte sie: »Wir dachten, das ist für alle Seiten entspannter. Und man sieht sich dann ja noch mal, nach einem Sprung in den Pool frisch und gut gelaunt, bei Claudias Brunch.«

Die beiden wirkten auffällig entspannt. Sie hatten eine Eventplanerin aus Siracusa engagiert, sich aber nach zwei Wochen von ihr getrennt, weil diese kein einziges Detail (Blumen, Musikanlage, Zusatztoiletten) bestätigen konnte, immer nur die Nachricht »Das klappt schon« schickte und nach ein paar Tagen gar nicht mehr reagierte. Mit ihr stritten sie noch immer wegen des Honorars. Als Ersatz ließ Tabbi die Assistentin ihrer guten Freundin einfliegen, deren Familie mit Backwaren ein Vermögen gemacht hat. Sie nennt sich *E*, nach der vergessenen Drogenhymne »Everything starts with an ›E‹«, und sie schaffte es dann wundersamerweise, wirklich alles zu regeln. Und freundlicherweise übernahm die Backwarenerbin die von ihrer Assistentin verursachten Mehrkosten für die eingeflogene Floristin aus Rom, den Zusatzgenerator für die berüchtigten Stromschwankungen, den Ersatz-DJ, falls der Star aus dem Berghain den Flug verpasste.

Mit diesem luxuriösen Daunenkissen im Rücken hatte das Brautpaar verkündet, dass es die Tage vor der Feier »privat« verbringen wolle. Alle Sorgen und Nöte sollten bitte an *E* gerichtet werden, die Bräute bräuchten die

Zeit für »mental adjustment«. »Das habe ich mal als Standardausrede auf goop.com gelesen«, erklärte Tabbi. »Und hundertprozentig stimmt das natürlich nicht. Wir treffen unsere Familien zwei Tage vorher zum Abendessen, aber getrennt. Sonst wird das zu kompliziert. Wenn Annabelle einen Abend lang die Anekdoten über mich und dazu die guten Ratschläge meiner Tanten anhören muss, nimmt sie das nächste Flugzeug zurück nach Berlin.« »Du weißt, wie gern ich deine Familie mag. Am liebsten in kleinen Dosen«, sagte Annabelle. Die beiden machten wirklich den Eindruck, dass sie sich auf die Hochzeit freuten.

»Dein Plus Eins hat übrigens gefragt, ob er seine Verlobte mitbringen darf«, sagte Tabbi. »Ich dachte erst, das sei ein Witz, dann fand ich es ganz schön frech.«

»Davon wusste ich nichts. Ich finde das auch dreist. Wobei seine Freundin eine fantastische Frau ist.«

»Ich weiß. *E* hat einen Backgroundcheck gemacht und versichert, dass Vittoria gutes Partymaterial ist«, sagte Tabbi wie eine Gutsherrin: großmütig und bestimmt. Traditionell werde bei den Osmans bei Familienfesten nicht gespart, erzählte sie. »Als ich sechs wurde, haben meine Eltern eine Turnhalle gemietet, damit ich mit meinen Freundinnen Hockey spielen konnte. Und damit die 2191 Luftballons reinpassten. Einen für jeden Tag meines Lebens.«

»Wieso feiert ihr eigentlich auf Sizilien?«

»Das haben wir doch in der Buchpremierennacht beschlossen. Und heiraten jetzt nicht alle auf Sizilien?«

»Seit wann ist das für dich ein Argument?«

»Stimmt. Eigentlich. Aber ich mag die chaotische Geschichte von Sizilien. Und Annabelle liebt die Süßigkeiten.

Wir fanden es beide lässig, dass es keinen großen, wichtigen Grund gab, keine familiären Wurzeln, keinen Heiratsantrag am Fuß des Ätna, keine politischen Freunde oder literarischen Gegner. Und wir wollten einen Ort, wo jeder gern hinkommt. Lieb und wüst. Wie wir.«

Zwei Tage später ist Sizilien vor allem wüst. Vor einer halben Stunde brachen noch Abendsonnenstrahlen durch die Wolken, dann wurde der Himmel dunkelgrau, Luftdruck und Luftfeuchtigkeit stiegen so schnell, wie sich Schweißperlen auf meiner Stirn bildeten. Erstaunlich, wie stark man im Oktober noch schwitzen kann, denke ich, als über dem Meer bereits der erste Blitz aufflackert. Der Blitz ist so perfekt, wie am Computer für einen Superheldenfilm mit nordischem Sagenhintergrund entworfen (also irgendwas mit Ragnarök und Hammer): Grellweiß und zackig stößt er ins Meer. Der Donner lässt die Insel erbeben. Auch in New York waren die tropischen Stürme und Unwetter heftig, aber nur auf Sizilien frage ich mich, welche Götter sich hier gerade austoben. Der Fürst Salina spricht in »Der Leopard« von Regengüssen, die »so stürmisch sind und die ausgetrockneten Flüsse so wild überschäumen lassen, dass Tiere und Menschen an derselben Stelle ertrinken, wo sie eine Woche zuvor noch verdursteten«, und beschwört die »Gewalttätigkeit der Landschaft, diese Grausamkeit des Klimas, diese ständige Hochspannung aller Elemente«. An diese Worte muss ich denken, während jetzt Kubikmeter des im langen sizilianischen Sommer heiß ersehnten Regens auf unseren Berg stürzen und immer wieder ein Donner den vorhergegangenen zu übertreffen versucht, sei es an Lautstärke oder an individuellem Sound: Der eine klingt wie ein Peitschenknall, der andere wie ein Rumoren aus dem Innersten der Welt, der nächste wie ein Champagnerkorken.

Am nächsten Morgen ist die Luft klar, und die Pflanzen leuchten wie frisch erschaffen. Ich sitze auf der Terrasse und überlege, dass ich mein Smokinghemd bügeln muss, das ich mir in dem Outlet an der Autobahn von Enna nach Catania gekauft habe. Früher hat das Bügeln Adriano erledigt und dabei lauten Techno gehört. Rave-Bügeln nannte er das und war stolz auf seine makellos kantigen Kragen.

Nur wenige Stunden später sind wir partyfertig. Loki trägt einen blauen Anzug, der ein bisschen schlackert, und eine schwarze Perle im Ohr, seine blonden Haare riechen nach italienischem Bioshampoo. Skadi hat noch etwas an ihrem Outfit gefeilt, man könnte auch sagen: Sie hat das ursprüngliche Konzept gründlich überarbeitet und trägt ein kanariengelbes Etuikleid samt gleichfarbigem Sonnenschirm, mit dem sie nur kurz am Türrahmen hängen bleibt. »Die schönste Frau des Abends«, sage ich, auch wenn mir nicht klar ist, gegen welche Sonne sie sich nachts schützen will. »Pass auf, was du sagst«, sagt Jenny, als sie aus der Tür tritt und mit den Händen eine ironische Tada!-Geste macht. Vielleicht ist mein Jubel etwas zu müde, jedenfalls erklärt sie mir ungeduldig, dass ihr Kleid von einem Designer aus dem Kongo stammt, der nur mit den Klamotten arbeitet, die scheinbar wohltätige Organisationen als Sondermüll nach Afrika schicken.

Während wir uns ins Auto fummeln, erzählt sie von der einzigen Website, auf der man die Kleider des Designers kaufen kann, eigentlich sei es ein sehr exklusiver Club, und dass sie die Turnschuhe dazu irgendwie wichtig finde. Genau genommen steht ihr linker Schuh auf meinem, denn Loki wollte unbedingt vorne sitzen: Der Turnschuh auf meinem Lackschuh ist neongrün und sieht aus, als habe man drei Schuhe auseinandergeschnitten und ineinandergestapelt. Angeblich ist er Teil der Sammlung des Museum of Modern Art.

»Wenn ich mal heirate, dann auch meine beste Freundin«, verkündet Skadi.

»Aber du hast doch jede Woche eine andere beste Freundin«, sagt Loki.

»Dann hat sie ja eine große Auswahl. Und wer sagt denn, dass sie nur einmal heiraten kann?«, sagt Jenny.

Johannes muss plötzlich bremsen, denn durch die Querstraße fährt im Schritttempo ein Leichenwagen. Dahinter schlurft eine kleine Blaskapelle, die mit verbogenen und verstimmten Instrumenten eine Trauermelodie spielt. Eine deprimierend kleine Traube von Menschen in Schwarz läuft hinterher, die meisten diskret mit ihren Handys beschäftigt, andere von Tränen geschüttelt. So eine Blaskapelle hat sich Adriano immer für unsere sizilianische Hochzeit gewünscht. O Mann. Um die Stimmung im Auto nicht zu verderben, sage ich nichts und starre aus dem Fenster.

*Die Kapelle besteht aus einer Klarinette, einem Tamburin, einer Trompete und einer zerbeulten Tuba. Die Musiker schreiten den Berg hoch und spielen wunderschön falsch. Dahinter wir und die Gäste. Schweißnass schleppen wir uns den Berg hoch, in unseren sorgfältig ausgesuchten Hochzeitsoutfits. Wir haben vorher so oft über unsere Hochzeit gesprochen: Was es zu essen geben wird. Welcher DJ spielen soll. Welche Freunde aus Amerika kommen. Ob unsere Eltern es noch schaffen. Und ob sie überhaupt kommen wollen. Was wir anhaben. Welche Rolle Skadi und Loki spielen. Ob zwei Trauzeugen ausreichend sind. Wer die Reden halten darf. Wohin wir nachher fahren oder ob wir einfach in unserem Haus bleiben und glücklich sind. Wir haben so oft darüber gesprochen, dass es sich fast so anfühlt, als hätten wir schon geheiratet. Worüber wir dabei nie gesprochen haben: Warum wir überhaupt heiraten wollen. Aber wer weiß das schon?*

»Oh, wie schön. Ihr seid fast die Ersten!«, begrüßt uns Annabelle in einem Tonfall, den man vermutlich aufgeräumt nennt, während Tabbi uns umarmt. »Eure Plus Eins Plus Eins Plus Eins sind noch nicht da«, sagt sie, als sie von Skadi wieder hochkommt. »Und die japanische Prinzessin und ihr Mann haben abgesagt, weil ihr Ridgeback krank ist. Egal. Ich finde den sowieso komisch mit seinen 70er-Jahre-Koteletten.« Die Bräute tragen weiße, asymmetrische, eng anliegende Kleider, die Jenny an die Outfits von Serena Williams aus ihrer Tenniszeit erinnern. Tabbi zuckt hochzufrieden und scheinbescheiden mit den Achseln. »Wir wollten keinen Ruffelkram. Und man muss sich auf der eigenen Party doch bewegen können. Jetzt geht endlich rein und betrinkt euch.«

Vorher muss Skadi noch auf Toilette. »Ich habe doch vorher extra noch dreimal gefragt«, sagt Jenny. »Ich hab da keinen Bock drauf. Ich geh zur Bar. Ciao.«

»Meine Frau in Partystimmung. Auf Serotonin ist sie am nettesten«, sagt Johannes mit einer Mischung aus Stoizismus und Zärtlichkeit.

»Ich mach das schon. Komm, Skadi, wir pudern uns die Nasen«, sage ich.

»Wieso die Nasen? Ich muss aufs Klo!«, sagt Skadi und nimmt meine Hand. »Ich wollte ja zu Hause noch mal auf Klo gehen, aber dann hat Papa geduscht, und dann musste sich Loki so lange föhnen, und dann habe ich meinen Schirm nicht gefunden, und dann war Mama schon ganz genervt«, beschwert sie sich, aber eigentlich wirkt sie ganz zufrieden, dass wir zusammen unseren kleinen Exklusivtrip machen. Am Eingang vor der Toilette steht an einem Tischchen ein bärtiger Mann, dessen Stirn mit sanftem Schwung fast absatzlos in die Nase übergeht, was ihn brutal und teuer aussehen lässt. Wie die Marmorbüste eines griechischen Athleten. Er ist heute nicht nackt, trägt auch keine Camouflage-Uniform, sondern eine dunkle Hose und ein weißes Hemd.

»Ciao, Michelangelo«, begrüße ich ihn. »Wir haben uns vor ein paar Wochen auf der Fähre getroffen. Ich bin der Deutsche mit dem Hund. Und du bist mit den Delfinen geschwommen.« Er schaut mich kurz finster an – dann strahlt er: »Corrado. Wie schön, dich wieder zu treffen. Wie geht's Jack?« »Sehr gut. Aber er hat nichts zum Anziehen gefunden und ist zu Hause geblieben. Darf ich dir meine Patentochter Skadi vorstellen?« Skadi nickt und deutet einen Knicks an, schließlich ist sie in einem Schloss. Und sie hat mit dem Beginn der zweiten Klasse beschlossen, dass sie kein kleines Mädchen mehr ist, weshalb sie ihre Version einer Debütantin spielt, die sie sich vermutlich in Fernsehserien über feudale Familien abgeschaut hat: ohne allzu großes Interesse, aber mit einer sehr gelungenen Mischung aus Koketterie, frühreifem Flirt und kindlichem Charme. »Was machst du hier in Noto?«, frage ich Michelangelo.

»Ich arbeite. Nach meinem Sprung ins Meer musste ich zum Armeepsychologen. Post-Traumatic Stress Syndrome, hat der nach drei Minuten gesagt. Ein totaler Verbrecher. Das war's jetzt für mich mit der glorreichen italienischen Armee.«

»Das tut mir leid.«

»Kein Problem. So ist das Leben. Aber ich habe nichts gelernt, und ganz jung bin ich auch nicht mehr. Deswegen arbeite ich jetzt für einen Partyservice in Catania. Im Sommer haben die ohne Ende zu tun. Im Winter sitzen wir zu Hause und beten, dass das Geld reicht.«

Skadi zupft an meinem Arm, weil sie jetzt bereit für die Party ist. »Bring jetzt die hübsche junge Dame mal in den Ballsaal. Wir können später weitersprechen«, sagt Michelangelo. Er hält Skadi einen Lutscher hin, den sie ein bisschen hochnäsig ablehnt. Mit schlechtem Gewissen, dem treuesten und nutzlosesten Begleiter der Privilegierten, steigen wir das mit gerahmten Fotos und gemalten Porträts gepflasterte Treppenhaus des Palazzo Falconeri hoch. »Die Klos haben aber gestunken. Haben die alle hier gewohnt?«, fragt Skadi mit Blick auf die Familienbilder und dann: »Wo ist Loki?«

Eine Weile irren wir durch die Säle, zu aufgeregt, als dass ich wirklich Zeit hätte, die Einrichtung oder die Gäste in Ruhe zu bewundern. Wir huschen durch ein ganz in Hellblau gehaltenes Eckzimmer, an dessen Kopfende sich ein winziger Flur anschließt. »Hier kann man bestimmt gut Verstecken spielen«, sagt Skadi und zerrt mich weiter. Im

Billardzimmer treffen wir die Burgtheater-Diva, die Adriano an jenem Tag interviewt hat, als er mit Johannes Pilze sammeln war. »Tut mir irre leid mit Adriano. Das war der einzige Kerl, mit dem ich mal ein Bett geteilt habe, ohne dass es Stress gab.« Ich kenne die Geschichte, wie sie ihn mit Wodka unter den Tisch getrunken, ihm nebenbei Beruhigungstabletten gegeben und ihn dann in ihr Hotel bugsiert hatte, um mit Theaterkollegen weiterzusaufen. »Danke. Bei uns im Bett gab es regelmäßig Stress. Aber guten. Du siehst super aus«, sage ich. Sie lobt Skadis Kleid, lässt sich von ihr einen Tanz versprechen und rauscht weiter.

Im Vulkansaal treffen wir den Rest der Familie. Und Silvana mit Elio. Auf ihrem grünen Kleid steht so oft Gucci, dass selbst ich die Marke erraten kann. Elio trägt einen perfekt sitzenden Smoking und hat seine Haare kurz schneiden und hellblau färben lassen. In die Haare sind Wellen rasiert und ein springender dunkelblauer Schwertfisch: »Ich bin als Hemingway gekommen.« Skadi will seine Haare anfassen und tut so, als würde sie sich an dem Schwert piksen, Loki kneift die Augen zusammen vor Bewunderung. »Den hottesten Partygast hast du verpasst, der arbeitet bei den Toiletten«, sage ich zu Jenny. Und zu Loki: »Schau mal, an der Decke sind alles Vulkane.« Der verdreht nur die Augen: »Weiß ich. Da ist der Vesuv. Da drüben der Snæfellsjökull.«

»Also, meinen Begleiter finde ich auch ganz hot«, sagt Jenny und kneift Johannes in den Oberarm. Ihre Stimmung kann blitzschnell in jede beliebige Richtung kippen. Eben hat sie ihre Tochter noch angeschnauzt, jetzt hat sie ihren Partyschalter auf »Insane« gestellt: »Und irgendwann werde ich ja hoffentlich auch mal meine Nase pudern müssen. Komm, wir holen uns Shots und gehen eine rauchen.«

»Wer sind diese ganzen Leute?«, fragt sie mit gespieltem Ekel, während wir zu einem der Balkone gehen.

»Die Familie von Tabbi ist ja leicht zu erkennen«, sage ich. »Das sind die gut Angezogenen.«

»Und die Familie von Annabelle sind die mit dem Stock im Arsch?«

»Sei nicht so ungnädig. Die geben sich doch Mühe. Eben hat die Mutter sogar mal gelächelt.«

»Ja, ihr fieses Xanax-Lächeln. In der ›Bunten‹ hat die doch dieses weinerliche Depressionsinterview gegeben«.

Dann schlendert Mick Jagger auf uns zu. Meine wenigen Begegnungen mit wirklich prominenten Menschen waren bei Filmpremieren. Immer waren sie umgeben von Assistenten und Sicherheitsleuten und von einer Gruppe von Kameraleuten und Reportern, die sich mit diesen Menschen mitbewegt und dabei alles umreißt oder anrempelt, was ihnen im Wege ist. Mick Jagger aber läuft mit seinem berühmten Grinsen und einem fast leeren Glas in Richtung Vulkansaal. Er trägt einen Smoking, der mit schwarzen Pailletten besetzt ist. »Ciao bella«, sagt er zu Jenny, als wäre ich Luft. In einem seiner Schneidezähne, die ja unmöglich noch echt sein können, trägt er einen Diamanten. »Hello stranger. What's your name?«, antwortet sie. Das allerdings ist als Mick-Jagger-Begrüßung wirklich genial. »Just call me Michele«, sagt er und nickt mir zu, als habe er mit mir ein Geschäft abgeschlossen. Zu Jenny sagt er: »See you on the dance floor.«

Bei einer guten Party ist es fast unmöglich, irgendwo hinzukommen, weil man wie eine Flipperkugel von einem Gast zum nächsten schnellt. »Da hat Tabbi mal wieder nicht zu viel versprochen. Was hat Mick denn so erzählt?«, fragt der Kunstkritiker, der sich auf NFTs spezialisiert hat und den wir nach unserer Rückkehr vom Balkon treffen. Trotz seines schütteren Haares ist seine Aussprache noch immer jugendlich feucht, sodass ich ein paar Zentimeter zurückweiche.

»Er hat meine Freundin Jenny gefragt, ob sie den Rest ihres Lebens mit ihm verbringen und die Mutter seiner nächsten Kinder werden will«, sage ich.

»Er war perfectly nice«, widerspricht Jenny.

»Ich mochte Keith Richards immer lieber. Der ist das eigentliche Herz der Stones«, sagt der NFT-Kritiker mit der Überzeugung eines Mannes, der sich Plattitüden erlauben kann.

»Aber der hat mittlerweile eine Glatze, und man versteht kein Wort mehr, wenn er redet«, sagt Jenny.

Der Digitalkunstexperte schätzt es nicht besonders, wenn Frauen ihm widersprechen. Mit fahrigem Lächeln und ohne sich vorgestellt zu haben, dreht er sich zu seinen Kollegen um, die interessanterweise alle ein Bier in der Hand haben – unter ihnen auch Matthias Meister, der offiziell schillerndste Kopf des deutschen Feuilletons. Er gilt als großer Entdecker von Talenten, und seine Bibliothek ist so ausufernd, dass selbst Karl Lagerfeld bei seinem einzigen München-Besuch vor vielen Jahren beeindruckt war. »Wenn Dean Martin und Umberto Eco mal einen langen Abend haben«, hat ein Kritiker (und guter Freund) vor vielen Jahren über eine Essaysammlung von Meister geschwärmt, was dieser bis heute auf die Rückseite jedes neuen Buches drucken lässt. Ich habe ihn dreimal getroffen und mich bei einem Abendessen mit ihm über die Mussolini-Rezeption in Italien unterhalten. Heute schaut er durch mich hindurch, und ich bezweifle, dass er sich an meinen Namen erinnert.

Eine zierliche Frau im feuerwehrroten Frack steht plötzlich in der Mitte des Raumes und ruft: »Attenzione! Attention please. Our dinner is about to begin. Please find your seats!« Das muss *E* sein. Sie hat einen spektakulär hohen Haaransatz und die Haare so straff zurückgebunden, dass man glauben könnte, sie habe gar keine Haare.

»Perfekte Organisation«, sage ich im Vorbeigehen zu ihr. »Danke, aber das sieht nur so aus. Der Gin-Tonic-Barmann hat sich vor einer halben Stunde krankgemeldet, und beim Caterer geht keiner mehr ans Telefon. Und wie ich diese Art von Hochzeit kenne, ist die Gin-Tonic-Bar später das Zentrum der Party. Perfect storm also«, antwortet sie und wirkt dabei so ruhig, als ließe sie sich gerade die Fußnägel machen: »Du sitzt übrigens an Tisch 18.« Wir sind uns vorher nie begegnet, deswegen laufe ich ein bisschen perplex an den anderen Tischen vorbei zu meinem. Am Tisch des Brautpaares sitzen die Eltern, Mick Jagger und eine junge Frau, die mir irgendwie bekannt vorkommt. Außerdem eine ältere, komplett in Schwarz gekleidete Dame und neben ihr ein auffallend hübscher junger Mann mit militärischem Haarschnitt. Komische Zusammenstellung, denke ich. Bis ich meinen Tisch sehe.

Einer meiner Grundsätze lautet, niemals über die Sitzordnung zu jammern. Aber Tisch 18 sieht aus, als habe man die Nebendarsteller der vergangenen Wochen noch einmal auf die Bühne gebeten. Neben Silvana sitzt kerzengerade ihr Sohn und macht Selfies von seiner Hemingway-Frisur. Donatella hat die Hochzeit offenbar als Motto-Party interpretiert. Sie wirft gerade lachend den Kopf in den Nacken, sodass man ihre regenbogenfarbenen Grills sieht, dazu trägt sie ein regenbogenfarbenes Kleid. Gianpaolo und Chiara in identischen Fräcken hätte ich ohne ihre Arbeitsoveralls beinahe nicht wiedererkannt. Gigi hat heute Abend keine Zahnlücke und erklärt Karsten – denn auch die Kassler sitzen an meinem Tisch –, dass er von den Normannen abstamme. »Meine Vorfahren waren nicht die Hellsten. Wir haben Jahrhunderte von dem Wissen und dem politischen Geschick profitiert, das die Araber hierhergebracht haben. Aber immerhin haben wir den Duomo von Cefalù gebaut. Im Grunde ist das zwar nur eine Scheune, die sich an einen Felsen schmiegt. Aber genau deswegen ist es die schönste Kirche der Welt.« Karsten schaut ein wenig verdutzt, wie immer, wenn er lange nicht zu Wort kommt. Dann nickt er, nimmt einen Doppelschluck Weißwein und bellt: »Haben wir es nicht herrlich hier?!« Seine Tischnachbarin schnaubt unauffällig und macht eine Bewegung mit dem Mund, eine Art seitliches Kräuseln, sodass sich ihre Stupsnase mitbewegt. Ich kenne Stefanie Schmidt seit vielen Jahren, und jedes Mal bin ich in Panik geraten, wenn ich sie traf. Sie redet so leise, als leite sie eine Meditation in sehr kleinem Kreis, ich glaube, das hat sie paradoxerweise aus Los Angeles mitgebracht. Und sie redet rasend schnell, wobei sie sich selbst überholt und überschlägt. Vor allem aber erwähnt sie in jedem Satz Menschen, von denen ich noch nie gehört habe. Ein paarmal habe ich versucht, mit Nachfragen Klarheit zu erlangen, aber dann erklärte sie die unbekannten Menschen nur wieder mit weiteren unbekannten Menschen.

Stefanie ist, so haben Adriano und ich mal überlegt, eine Vertreterin eines um sich greifenden Sozialautismus. Sie hält ihre eigene Welt – in ihrem Fall sind das Literatur und Kunst – für die gesamte Welt, ihr fehlt jeder Sinn, dass es sich dabei nur um einen winzigen Ausschnitt handelt. Als er noch lebte, hätte ich Adriano gefragt, ob er mit mir den Platz tauschen kann, weil ich von ihren Ausführungen bisher immer Kopfschmerzen bekam. Heute Abend aber freue ich mich, sie wiederzusehen. Sie erinnert mich daran, wie treffsicher, gemein und empathisch Adriano über Menschen urteilte. Und ich empfinde ihren Redefluss nicht mehr als Bedrohung.

Die erste Rede hält Annabelles Vater, der das blau-goldene Zahnrad der Rotarier am Revers trägt und kurz mit seiner randlosen Brille spielt, bevor er sie wieder einsteckt. Nach den geölten Begrüßungsfloskeln setzt er an: »Als Vater hat man bestimmte Hoffnungen und Wünsche für seine Tochter ...« Ich kann mir leider nur zu gut vorstellen, wie es weitergeht: schwiemelig verbrämte Enttäuschung, eine lesbische Tochter zu haben, die in ein umso beflisseneres Lob des Abends mündet. Anstatt zuzuhören, versuche ich, die Aufmerksamkeit des Kellners mit dem Tränentattoo unter dem Auge zu erregen. Dabei schaue ich mich konzentriert um: Vittoria sehe ich weit entfernt an einem Tisch. Neben ihr sitzt Vicenzo, Santi sehe ich nicht.

Der belgische Starkoch hat es sich scheinbar einfach gemacht. Laut dem handgeschriebenen Hochzeitsmenü, das an jedem Platz liegt, gibt es Crudo di frutti di mare, also rohe Meeresfrüchte. Diese hier sind allerdings so frisch, dass Donatella dramatisch die Hand vor den Mund hält und ruft: »Oh my god. This is pure sex. I want to eat the chef! Grab him, wash him and bring him in my tent!« Stefanie Schmidt rührt ihre Vorspeise nicht an und erklärt in die Runde, dass sie nichts esse, was Augen habe. »Haben Seeigel Augen?«, fragt Karsten und schnappt sich das geröstete, mit dem orangen Seeigelfleisch bestrichene Brot von ihrem Teller. »Ich liebe Tischnachbarn mit Essstörungen.«

Die zweite Rede hält Tabbis Mutter. Sie spricht eine Mischung aus Hebräisch, Marokkanisch, Französisch, Deutsch und Englisch, und zweimal bricht ihre Stimme, was sie aber dramaturgisch perfekt nutzt. Sie erzählt von der Diaspora in Marokko, von ihrer weltweit verstreuten Familie und von diesem kleinen Mädchen, das nie auf Händen getragen werden wollte, sondern selbst die ganze Welt zu schultern bereit war: »Wie die Riesin Atlas, Namensgeberin unserer schönen Berge.« Am Ende ihrer Rede schmettert sie »Shalom!«, und ihre Stimme klingt wie die Trompete aus dem Trauermarsch, den wir auf dem Weg zur Party gesehen haben. Tabbi zückt ein mikroskopisch kleines Stofftaschentuch und tupft Annabelle die Tränen ab.

»Jetzt schon Foto des Abends«, quäkt Claudia, und ich gebe ihr innerlich recht.

Anders als Santi bei seinem Abendessen mit Vittoria und Lucy in Cefalù finde ich die Pasta mit wildem Fenchel und gehobelter Seeschnecke wirklich irre, aber ich esse sie wie betäubt. Die Rede von Tabbis Mutter hat eine Kette von Assoziationen in mir ausgelöst. Warum war meine Mutter nie so stolz auf mich – oder kann sie es nur nicht so gut ausdrücken? Was war noch mal die Haltung von

Annabelles Partei zum Adoptionsrecht? Müsste ich nicht auch so mühelos Adrianos Tod schultern wie die Riesin Atlas die Erde? »Eine Löwin. Die Frauen Siziliens könnten sich mal drei Scheiben von ihr abschneiden. Ständig dieses Geheule und Getuschel«, sagt Silvana. »Aber so eine Frau nimmt auch viel Raum ein. Für die Tochter war das sicher nicht ganz leicht.«

»Starke Mütter sind nie leicht, aber dafür hat man sie ja«, sagt Claudia. Elio schaut von einer zur anderen und lächelt.

Ohne Tusch, aber mit der gleichen Gravitas, als erklinge gerade ein Tusch, erhebt sich nun Matthias Meister. Rückt seinen tannenwaldgrünen Samtsmoking zurecht, schlendert noch mal kurz zu Tabbi, flüstert etwas in ihr Ohr und winkt routiniert dem NFT-Kritiker zu, der etwas säuerlich schaut, weil er an einem Tisch direkt bei der Küchentür sitzt. Meister scheint die alte Entertainmentregel zu kennen: Wenn alle Augen auf dich gerichtet sind, musst du dir Zeit lassen.

»Buona serata! Ich wollte mir bei den Bräuten noch einen Wodka-Shot abholen, ein bisschen liquid courage, aber den brauchen sie glaube ich selbst, nach diesen Reden.« Meister nickt übertrieben artig erst in Richtung von Tabbis Mutter, dann von Annabelles Vater. Seltsam, denke ich, das war fast schon eine Beleidigung. »Dann habe ich mich auf die Worte eines alten Freundes besonnen, des wunderbaren Dichters Joachim Sartorius.« Meister macht überhaupt keinen nervösen Eindruck, im Gegenteil: Die eine Hand lässig in der Hosentasche, die andere auf dem Rednerpult, auf dem noch nicht mal ein Spickzettel liegt, sieht er aus, als habe ihn der Gott der

Schreiber und Selbstverliebten genau für diesen Moment geschaffen. »Ich will den Sommer im Sommer bewundern. / Ich will im Meer mein Meer bewundern. / Ich will drei Delfine zur Arethusa bringen. / Vier sind wir, die ihren Silberrücken bewundern. – Schöner und zeitgenössischer als dieser Silberrücken des deutschen Geisteslebens ...«, er macht eine kurze Pause, um die Pointe wirken zu lassen, »... kann man es vielleicht nicht in Verse fassen. Und doch haben die Worte von Joachim, wenn ich mir in dieser Runde das Du erlauben darf, mich zurückversetzt in meine Jugend, als ich das erste Mal selbst diese rätselhafte Insel bereiste, die sich Sizilien nennt. Mit sehr schmalem Budget und weit geschlossenen Augen, um Stanley Kubrick zu paraphrasieren. Das lag bestimmt an den damals unter abenteuerlustigen jungen Männern üblichen Rauchwaren ...«, er hüstelt scheinverlegen über seine wilde Jugend, »... aber auch an meiner intensiven literarischen Vorbereitung. Wochenlang brachte ich die – übrigens ausnehmend hübsche – Mitarbeiterin der Bayerischen Staatsbibliothek mit meinen Spezialfragen in Verlegenheit, und fast schien es mir, als hätte sie mich gern begleitet auf meiner Fahrt. Was ich statt der aparten Bibliothekarin mitnahm, war das schmale Buch eines Schriftstellers, der heute nur noch alten Säcken wie mir ein Begriff ist.« Hier gluckst er selbstzufrieden über das, was er vermutlich seinen self-deprecating humor nennt. »›Sizilianisches Karussell‹ von Lawrence Durrell. Ich könnte seitenlang daraus zitieren, aber das würde vielleicht doch den Rahmen sprengen. Am Rande einer PEN-Konferenz sagte Durrell mir mal, dass ›Sizilianisches Karussell‹ ihm sein liebstes Werk sei, weil es die perfekte Balance aus Leichtigkeit und Geschichtsschwere habe. Ich erwiderte, dass ich ihm allein für diese Bemerkung den Nobelpreis verliehen hätte, denn er habe ganz beiläufig das Wesen der Kunst beschrieben. Die bubenhafte Freude dieses großen Mannes über meine Schmeichelei werde ich nicht vergessen. Vermutlich wusste er, dass sie von Herzen kam. Und im Übrigen hat er mit diesen paar Worten auch ein absolut gültiges Sizilien-Porträt in Twitter-Kürze gezeichnet. Als ich dann in den 90ern eine kurze, wenngleich nicht nur für mich prägende Zeit Italien-Korrespondent für eine große überregionale Zeitung war (und ich meine nicht die Kollegen aus München), musste ich auch über den furchtbaren Kampf gegen die Mafia berichten. Zur Vorbereitung meines Interviews mit Leoluca Orlando, dem tapferen Bürgermeister Palermos, stieß ich auf ›Der Tag der Eule‹ von Leonardo Sciascia, sein Meisterwerk – und eines der klügsten Bücher, das jemals über das organisierte Verbrechen geschrieben wurde. Er beschreibt, wie die Industrialisierung Sizilien das Herz herausreißt, und argumentiert dabei nicht einfach ästhetisch oder gar romantisch, sondern mit einem kühlen ökonomischen Verstand, den wir Nordländer, und da schließe ich mich durchaus mit ein, von einem Sohn dieser Insel gar nicht erwarten würden. An der Ostküste liegen riesige Lavabrocken im Meer, die vor vielen Tausend Jahren der Ätna ausgespuckt hat. Aber wer will schon, wie ich in meinem Essay ›Fairytales Revisited‹ geschrieben habe, die Wahrheit, wenn er den Mythos haben kann? Die Brocken soll der geblendete Zyklop nach Odysseus geschleudert haben, jenem Prototyp des suchenden, aber auch die Welt an der Nase herumführenden Mannes. Was hat uns der ebenfalls blinde Homer an Rätseln aufgegeben mit der Gestalt dieses Streuners! Hier auf Sizilien finden wir womöglich die Antworten.«

Ich sehe, wie Jenny von ihrem Tisch aufsteht und die Serviette so ungehalten hinwirft, dass ein Glas dabei umfällt. Sie stapft in Richtung der Toiletten, ihre Turnschuhe schmatzen auf den Palazzo-Fliesen. Meister schaut ihr hinterher, nicht verärgert, sondern gnädig und erleichtert. Wie ein Tierfreund eine Fliege mustert, die das Fenster nach draußen gefunden hat, sodass er sie nicht erschlagen muss.

»Wenn ich aber meine Gefühle für diesen besonderen Ort, und ja: auch seine Romantik, beschreiben sollte, dann würde ich das mit den Worten des großen Soziologen René König tun, der ein Sizilien beschreibt, das für immer vergangen sein dürfte: ›Und oft schlief ich Seite an Seite mit Carmelo auf dem Grunde des Bootes, um die Zeit bis zur Dämmerung zu erfüllen, in der die Raubfische zu jagen beginnen.‹ Und natürlich, diese letzte Volte sei mir erlaubt, können die Worte Goethes nicht ungesagt bleiben, der sein Italien-Bild erst mit dem Besuch Siziliens vollendet sah: ›Italien ohne Sizilien macht gar kein Bild in der Seele: hier ist erst der Schlüssel zu allem.‹ Liebe Tabassom, liebe Annegret, liebe Gäste: Danke für eure Geduld. Und was für Geburtstage gilt, sollte für Hochzeiten erst recht gelten: Cent'anni!«

Meister hebt sein Glas in den müden Applaus. »Beeindruckend, was der alles gelesen hat!«, sagt Stefanie und schaut sich hastig um, ob das jetzt die richtige Bemerkung war. »Annegret? Spinnt der? Hat der keinen Factchecker für seine Reden?«, strahlt Karsten. »Immerhin hat er sich zum Schluss erinnert, dass zwei Menschen heiraten«, sagt Claudia. »Ich kann gar nicht glauben, dass es schon vorbei ist. Das war doch die perfekte Gelegenheit für einen Partynap.« Beide lachen meckernd wie die beiden alten Herren aus der »Muppet Show«, und ich weiß gar nicht, was mir besser gefällt: ihre Unerschütterlichkeit, wenn jemand mit einer bräsigen Rede ein Fest lahmlegt – oder die Tatsache, dass sie sich gegenseitig nach so vielen Jahren noch immer richtig lustig finden. »Ich habe kein Wort verstanden«, sagt Gianpaolo. »Aber der Typ ist ein Lügner.«

»GT! Now!«, lautet die Nachricht auf meinem Telefon. Ich treffe Jenny in der Mitte des Raumes, hake sie unter, und wir rennen in die von einer Kellnerin gewiesene Richtung. Hinter der Bar, die in Wirklichkeit ein abgewetzter, verschnörkelter Tisch ist, steht Santi. Die Smokingjacke hat er an einen Haken hinter sich gehängt, die Ärmel seines Hemdes hochgekrempelt, und er glüht vor Unternehmungslust. »Als wir ankamen, hatte *E* gerade ihre No-Show-Gin-Tonic-Krise. Da bin ich halt eingesprungen. So habe ich mir wenigstens die Rede von diesem Wichtigtuer erspart«, sagt er und reicht uns zwei Gläser. »Oha!«, macht Jenny nach dem ersten Schluck. »Nur ein Spritzer Tonic? Das wird ja ein super Abend. Soll ich Vittoria einen bringen?« »Ich glaube, die bleibt heute bei Wasser«, sagt Santi und wird rot.

Wir brauchen vielleicht eine Sekunde. »Na toll!«, sagt Jenny erst leicht genervt. Dann nimmt sie Santi, den geilen Deppen mit dem Vakuumkorkenzieher, in den Arm, und ich könnte schwören, dass ich mindestens eine Träne sehe. Sie lässt ihn so lange nicht wieder los, dass ich unruhig werde. »Es ist noch echt früh. Eigentlich kann man es noch gar nicht wissen. Aber Vittoria ist sich absolut sicher«, sagt Santi danach mit einer Handbewegung, die vermutlich italienisch aussehen soll. »Und einer Sizilianerin zu widersprechen, führt zu nichts.«

Tabbis Familie hat darauf bestanden, dass nach dem Hauptgang auf jeden Tisch eine Wodkaflasche gestellt wird, die in einem großen Eisblock gekühlt wird. Und sie haben eine jüdisch-marokkanische Band mitgebracht. Ich höre diese Musik zum ersten Mal: ein fremdartiger Mix aus unterschiedlichen vertrauten Elementen, die scheinbar nicht zusammengehören, traurig und mitreißend. Zwei von Tabbis Großtanten, die beide kurze silbergraue Beatles-Frisuren und violett getönte Brillen tragen und somit nicht zu unterscheiden sind, trinken zwei Shots hintereinander und stürmen auf die Tanzfläche, der Rest der Familie folgt ihnen und kollidiert dabei mit den Kellnern, die die Hauptgänge reintragen. *E* ruft sie zurück, denn sie weiß, wenn eine Party nicht zu stoppen ist.

Die nächsten Stunden nehme ich nur schlaglichtartig wahr: Annabelle schneidet die fünfstöckige Cassatissima an, kippt dabei von der Trittleiter und fällt in den ersten Stock der Torte. Ihre Mutter kann gar nicht mehr aufhören zu lachen, bis alle sich betreten anblicken und zwei Security-Frauen sie in einen Nebenraum bringen. Tabbi deklamiert die romantischsten Romananfänge aller Zeiten, während sich Stefanie Schmidt ostentativ Notizen macht. Loki, Skadi und Elio sitzen mit ihren Colas in Champagnergläsern auf dem 360-Grad-Prunksofa im Vulkansaal und besprechen mit Kennermine jeden einzelnen Gast. Der NFT-Kritiker schnarcht neben ihnen. Mick Jagger tanzt mit Jenny zu »Heated« von Beyoncé. Er hat seine Schuhe ausgezogen, wackelt mit seinem kleinen Hintern und singt mit: »Got a lot of style, got a lot of

Tiffany on me«. Später erzählt er mir, dass er mit Billie Eilish ein Album mit alten Thunfischfängerliedern aufnehmen will: »Das ist der Blues Europas! Billie hat bei mir am Tisch gesessen und ist begeistert. Wir haben uns Anfang nächsten Jahres auf Salina verabredet! Da gibt es dieses Hotel mit der besten Weinkarte der Welt.« Die ältere Dame von Tabbis Tisch stellt sich als Rosaria Costa heraus, Witwe des Agenten Vito Schifani, der 1992 bei dem Bombenattentat auf den Staatsanwalt Giovanni Falcone in Palermo mit in die Luft gesprengt wurde. Bei der Trauerfeier schrie sie ihre Verzweiflung über die Gottlosigkeit der Täter heraus: »Ich verzeihe euch, aber ihr müsst auf die Knie fallen, wenn ihr den Mut habt, euch zu ändern«, weinte sie in die Fernsehkameras, und das organisierte Verbrechen hielt für einen kurzen Moment die Luft an.

»Sie haben Ihr Land verändert und die Seelen der Italiener berührt«, sage ich zu Signora Costa. »Das gibt meinen Kindern ihren Vater nicht zurück. Ich werde heute noch auf der Straße angespuckt. Und an Weihnachten kriege ich Morddrohungen. Aber ich tue, was ich kann.« Ich verabschiede mich höflich, und mir ist nicht ganz klar, was sie auf dieser Party macht. Als ich Claudia frage, zuckt sie angeberisch mit den Achseln: »Tabbis nächstes Buch ist über die Frauen Siziliens. ›Keine Opfer‹ ist der Arbeitstitel. Da muss sie natürlich vorkommen. Hat Tabbi dir das nicht erzählt?«

Mit Jenny habe ich mich zwischendurch auf eine der Stufen zu den Privatgemächern des Schraubenfabrikanten gesetzt. Die werden nicht mitvermietet und haben einen etwas schauerlichen Ruf. »Ist es nicht schrecklich für die Witwe, auf dieser Luxusparty zu sitzen, weil sie als lokale Tragödie dazugebucht wurde?«, frage ich. »Quatsch. Das ist eine erwachsene Frau, die selbst entscheiden kann, auf welche Party sie geht. Vielleicht will sie auch nur ihren Sohn verkuppeln«, sagt sie und wird dann milder: »Möglicherweise hat es auch etwas Tröstliches für sie, dass man ihren Auftritt nicht vergessen hat. Und für uns ist sie eine dringend erforderliche kalte Dusche. Zwischen unseren importierten Göttern, unseren recycelten Designerkleidern, unseren ganz leicht mit Yuzu marinierten Gamberi bianchi ist sie eine Erinnerung daran, dass dies hier nicht die Wirklichkeit ist. Wie der Sklave, der dem siegreichen römischen Feldherren bei seinem Triumphzug den Lorbeerkranz übers Haupt hielt, aber ihm gleichzeitig ins Ohr flüsterte: ›Vergiss nicht, dass du sterben musst.‹ Nur dass sie keine Sklavin ist, sondern eine erwachsene, freie Frau. Hast du mitbekommen, wie sie mit Johannes über Ätna-Weine gefachsimpelt hat? Da flogen die Funken. Ich wäre fast dazwischengegangen.«

Das Fest hat einen vorletzten Höhepunkt, passenderweise auf der Tanzfläche. Tabbi steht am Rand und beobachtet verzückt, wie Annabelle mit Michelangelo einen Walzer tanzt. Er hat sich ein Sakko angezogen, das er mit seinen Soldatenmuskeln perfekt ausfüllt. Der sizilianische Klomann und die CDU-Politikerin bewegen sich mit Anmut über den abgewetzten Fliesenboden, die anderen Tanzenden haben innegehalten und betuscheln das schöne Paar. »Geheimwaffe Empathie« hat der Generalsekretär ihrer Partei Annabelle von Gumpenberg mal genannt, in einem dieser Hinterzimmergespräche mit Journalisten, von denen jeder Beteiligte weiß, dass die interessanten

Details garantiert weitergereicht werden. Die Details, mit denen man Karrieren aufheizen oder Menschen zerstören kann. In diesem Moment aber ist Annabelle die Geheimwaffe Dancefloor, geschmeichelt von ihrem Tanzpartner, bewundert von den anderen Gästen, geliebt von ihrer stolz über sie wachenden Frau.

»Komm, tanz mit mir!«, sagt der Typ mit dem Militärschnitt. Sein silberner Anzug ist extraschmal geschnitten, er legt seine Hand um meine Taille und kommt mir ein bisschen zu nah. Zu spät erkenne ich den Geruch. Er trägt das gleiche Parfüm wie Adriano. Ein schwerer, moschusgetränkter Duft, den der Hersteller als »skandalös« vermarktet. Ich kenne niemanden, der ihn trägt, und er ist für mich so stark mit Adriano verbunden, dass ich mich fast übergeben muss. Mein Tanzpartner spürt das Zögern und greift fester zu. Wäre er mein Typ und würde er nicht wie Adriano riechen, fände ich das vielleicht erregend. »Ich heiße Emmanuele«, sagt er mit albern tiefergelegter Stimme. Mir ist das gleichgültig, denn ich tanze nicht mit ihm.

Ich weiß nicht, zu welchem Lied, aber wir bewegen uns durch den Raum, und so glücklich war ich lange nicht mehr in Adrianos Armen: Ich sehe, wie er sich nach dem Orgasmus schüttelt wie ein Hund. Wie er nach dem Schwimmen aus dem Meer kommt und gleich wieder reinrennt. Wie ich mich im Auto an seine Schulter lehne und seine Knochen in Bewegung spüre, wenn er den Gang wechselt. Wie er mit Hingabe seine Pasta al Sugo di Maiale abschmeckt. Wie er vor Ungeduld bebt, weil ich ihm ein Problem schildere und er schon die Lösung weiß. Wie er behutsam die Haut unter meinen Augen küsst und mich »Tesoro« nennt. Wie er mich triumphierend anschaut, als er die ersten Delfine im Mittelmeer entdeckt. Wie er schreibt und dabei lächelt, nicht selbstzufrieden oder eitel, sondern beseelt von der Unendlichkeit des Erzählbaren – und wie ich ihm wünsche, dass er für immer genau an diesem Ort bleiben könnte. »Wo bist du denn?«, fragt Emmanuele. Und dann ganz nett und zart: »Wisch dir mal die Tränen ab.«

Ziemlich plötzlich gehen die Lichter an. Die Kerzen und warmen Lichtstrahler im Palazzo werden gelöscht und vom kalten, klaren Reinigungslicht abgelöst. Von draußen glimmt die Morgenröte, als Rausschmeißer ertönt »Pure Shores« aus dem Film »The Beach«. Das Lied ist gnadenlos sentimental, aber es soll ein ungewöhnlich warmer Tag werden, und Santi, der plötzlich hinter mir steht, flüstert mir ins Ohr: »Komm, wir fahren ans Meer!«

***

Wir sitzen barfuß im Sand, sehen die noch milchig rote Sonne, fühlen uns erfüllt und ausgeleert. Keiner will was sagen, dann fängt natürlich Santi an: »Wer war denn der süße Typ mit dir auf dem Dancefloor?«

»Niemand.«

»Und dein Bäckermeister? Wie war der?«

»Ein bisschen teigig«, sage ich, und der dumme Witz tut mir sofort leid. »Davide ist auch nackt so schön wie der David aus Marmor. Und er hat jetzt plötzlich Riesenträume. Aber ich war selbst mal ein Junge, der sich vor seiner Mutter versteckt. Das ist mir gerade zu viel Arbeit.« Das klingt hart, aber es tut mir gut.

»Wie ist denn der Plan mit dir und Vittoria? Zieht sie nach Berlin?«

»Das geht nicht. Dann wäre das Kind zu weit weg von seinem zweiten Vater.«

»Wer soll das sein?«, frage ich und bin plötzlich sehr wach.

»Es ist in der Nacht am Ätna passiert, als du nach dem ersten Amaro ins Zelt gegangen bist. Und ging danach weiter. Der andere Vater ist Vicenzo. Vittoria findet zwei Väter besser als einen. ›Und außerdem bist du fast noch ein Kind‹, hat sie gesagt.«

»Und was sagst du?«

»Ich finde das cool. Und Vicenzo ist ein guter Typ. Ich liebe den. Der ist wie ein großer Bruder für mich. Nur, dass man mit seinen Brüdern normalerweise keinen Sex hat. Findest du das falsch?«

»Erstens finde ich es falsch, die Träume von anderen zu kritisieren«, sage ich.

Ich schaue ihn an und habe plötzlich Angst um ihn. Ich habe Angst, dass sein Löschflugzeug abstürzt, dass er sich seine dummen Witze abgewöhnt, dass er bequem wird oder zufrieden, dass ihm etwas Furchtbares passiert, dass er seine Neugier verliert, dass seine Träume platzen, dass die Familie, die sie sich ausgedacht haben, an der Wirklichkeit zerschellt, dass Vittorias goldener Helm ihn nicht beschützen kann. Ich habe Angst um Santi, obwohl ich ihm fast alles zutraue. Ich werde mein Leben lang auf ihn aufpassen müssen.

»Und zweitens finde ich es großartig«, sage ich. »Lass uns endlich schwimmen gehen!«

Ohne uns abzusprechen, behalten wir unsere Anzüge an und laufen auf das morgendlich sanfte Wasser zu. Es ist nicht mehr so warm wie im Sommer und weckt uns auf. Wir stehen hüfthoch im Mittelmeer, wie echte Sizilianer, und sprechen über die Wohnung in Palermo, Vittorias Karriere und mögliche Namen für ihre Tochter. Weil die nassen Anzüge an unseren Körpern kleben und wir nicht zurückwollen, gehen wir weiter, bis das Wasser an unsere aufgebundenen Fliegen schwappt, und tauchen kurz unter. »Meine Füße frieren langsam ab«, sagt Santi, und sein nasser Schnurrbart funkelt. »Und pinkeln muss ich auch. Das geht nicht im Meer.« Er legt seinen Arm um meine Schulter, und wir waten aus dem wirklich viel zu kalten Wasser.

»Und ich glaube immer noch, wir wären ein tolles Paar gewesen«, sagt er.

»Sind wir doch. Und du wirst ein toller Vater.«

»Certissimo! Und weißt du was: Das Haus behältst du einfach.«

Mit erleichtertem Seufzen pinkelt er auf die Reste einer Sandburg.

## *Kapitel 14*
## *Wiedersehen (Gut!)*

»Kein Problem, wenn du nicht kommst. Und die Party hat sich doch gelohnt«, sagt Claudia, als ich sie anrufe und für den Kater-Brunch absage. Sie ist heiser, aber immer noch in Fahrt: »Auf das Mick-Jagger-Double sind fast alle reingefallen. Und die Karaoke-Booth in der ehemaligen Gesindeküche war herrlich. Ich wusste gar nicht, dass Karsten die Texte von allen ABBA-Songs auswendig kann. Aber ihr wart irgendwann verschwunden. Was läuft da eigentlich mit Santi?«

»Er hat mich gefragt, wie er seine Tochter nennen soll.« Ich nutze ihre Sprachlosigkeit und lege auf.

An der Tür ein stürmisches Klopfen: Skadi und Loki bringen mir Frühstück, der Kaffee ist noch fast heiß. »Ich habe keine Lust, wieder nach Berlin zu fahren«, sagt Skadi, während sie ihre schwarzen Füße am Sofakissen schubbert. Ich frage mich, wann Jenny und Johannes ihren Kindern erzählen wollen, dass sie vorerst auf Sizilien bleiben werden. Mit Long-distance-Mutter und einem neuen Bruder. Aber das ist nicht der Moment und nicht meine Rolle, und ich spiele einfach mit.

»Dann bleib einfach hier. Du kannst doch Tauchlehrerin werden. Oder Archäologin«, sage ich. Aber so schnell lässt sie sich nicht ablenken.

»Emma ist so blöd. Sie hat mir am letzten Schultag einen Zettel geschrieben, dass ich hässlich bin.«

»Dafür hast du ihr auf die Lippe gehauen«, sagt Loki stolz. »Die hat voll geblutet.«

»Aber sie hat mich vorher getreten. Ich will nie wieder in die Schule. Aber Sizilien ist auch blöd. Wenn du nicht mehr da bist, will ich auch nicht mehr hier sein. Das wird total langweilig.«

»Ich habe mir überlegt, dass ich das Haus vielleicht doch nicht verkaufe. Wie fändet ihr das?«

Als Loki das erste Mal mit uns nach Sizilien kam, war er noch nicht einmal zwei Jahre alt. Gut ein Jahr später wurde Skadi geboren. Da waren wir schon halbe Sizilianer: Adriano und ich schenkten ihr zur Geburt eine Strickzitrone, die doppelt so groß war wie sie selbst.

Wir haben hier mit den Kindern kleine und mittelgroße Katastrophen erlebt. Der Abend, als plötzlich Loki verschwunden war, der damals noch nicht schwimmen konnte. Wir fanden ihn allein auf dem Sprungstein am Pool, wo ihn keiner gehört hätte. Der Nachmittag, als Skadi über die Terrasse lief und in einen basketballgroßen Kaktus stolperte. Die drei Zentimeter langen Stacheln steckten in Bauch und Brust. Ihre Augen blieben nur verschont, weil sie ein Bilderbuch vor sich hergetragen hatte. Gleich am nächsten Tag tapste sie auf eine Metallabdeckung im Garten, die von der Mittagssonne aufgeheizt war. Ihre Fußsohlen waren feuerrot und lösten sich vom Fleisch. Der Nachmittag, als die Nachbaresel Loki und Elio jagten und die beiden auf einen Johannisbrotbaum fliehen mussten. Die Esel fraßen die Rinde des Baumes ab, knapp unter den Füßen der Jungs, und keiner hörte die Hilfeschreie.

Und dann diese anderen Momente: als Skadi die Augen von den Wolfsbarschen, die ihr Vater gekocht hatte, in die Luft warf und rief, dass sie nun zu Sternen würden. Die Phase, als Loki keinen Sand an den nackten Füßen ertrug und vom Meer zum Parkplatz getragen werden musste. Die Muräne in den Felsen von Vendicari, die Fossilien auf unserem Grundstück, die sorgfältig in Gläsern archivierten Schlangenhäute und Gecko-Skelette, die bestialisch stanken. Der Skorpion, den Loki mit bloßen Händen ins Haus trug und der ihn nicht gestochen hatte. Das abendliche Zähneputzen am Bidet, als die beiden noch zu klein fürs Waschbecken waren. Die Stachelschweinstachelfrisur von Skadi, mit der sie die Aperitivo-Gäste begrüßte, bevor der Stachel aus ihrem hochgesteckten Haar direkt ins Feuer rutschte. Die schwarze Zunge nach der Tintenfischpasta. Der Flamingoschwarm über dem Meer am Abreisetag. Die Katzenbabys, von denen dann doch keins mit nach Deutschland genommen wurde. Die Stadt-Land-Fluss-Runde mit N, bei der nur Skadi die Stadt Noto einfiel. Das Baden im eiskalten Bergfluss im März, bei dem die Erwachsenen fröstelnd zuschauten und die Kinder nicht wieder aus dem Wasser kommen wollten. Der Moment, als der Chef des *Caffè Sicilia* Loki mit Handschlag und Namen begrüßte. Das Foto hängt in seinem Kinderzimmer: Loki trug damals T-Shirt und Hose mit einem Muster aus orangen Comicschlangen. Der Nachmittag, als Jack nach Skadi schnappte und sie einfach weiter um unser Haus rannte und vor Vergnügen quietschte: »Jack hat mir in den Po gebissen.« Der Moment, als Loki im Schnellboot seine Hand in das hochsprudelnde Wasser hielt und gegen den Motorlärm anschrie: »Das Meer gibt mir High five!« Der Nachmittag beim Notar, als die beiden auf einem Sofa im Hintergrund saßen und immer wieder eine Handvoll Münzen auf den Boden warfen, als wollten sie uns vor dem Hauskauf warnen. Später aßen wir Pizza auf unserem neuen Berg, schauten auf das nächtliche Noto, und Adriano sagte: »Wie Los Angeles.« Loki und Skadi wussten nicht, wovon wir sprachen, und suchten in der Dunkelheit einen Schatz. In jener Nacht waren wir sicher, dass wir unsterblich waren.

Jetzt frage ich sie, ob ich das Haus behalten soll. Loki und Skadi mustern mich ungläubig. Dann sagen sie beide fast gleichzeitig und mit einem Ernst, wie ihn nur Kinder kennen: »Gut.«

***

Der Abschied von Santi verläuft zunächst unfeierlich. Er holt seine restlichen Sachen ab, ich schenke ihm mein Fahrrad.

»Das brauchst du dringender als ich. Autofahren in Palermo ist die Hölle.«

»Wann fängst du wieder an zu arbeiten?«

»Bald. Ich weiß nur noch nicht, wie.«

Ihr komisches Kaufangebot habe ich meiner Chefin nicht verziehen, aber wütend bin ich auch nicht mehr. Es war diese Mischung aus Vorurteilen und Herzlosigkeit, mit der ich zu leben gelernt habe. Mein Leben in Rom kann ich mir jedoch kaum noch vorstellen. Ich liebe es, morgens mit Jack über die leere Tiberinsel zu spazieren. Die Scherben der Bierflaschen machen seinen Pfoten nichts aus, und jeden Morgen versucht er vergeblich, eine der Möwen zu erwischen. Die Routine in der Stiftung, die Mittagessen, die öden Meetings, die politischen Intrigen, das alles kommt mir vor wie eine ferne Erinnerung. Aber unser normales Leben ist unberechenbar und hartnäckig. Es verblasst schnell bis zur Unkenntlichkeit. Und dann ist es auf einmal wieder da.

»Wann wusstest du denn, dass ich das Haus nicht verkaufen würde? Oder war das Teil deines Plans?«, frage ich Santi.

»Sehe ich aus wie ein Typ mit einem Plan?« Santi wackelt hysterisch mit seinen Händen und tut so, als würde er mit einem Schälmesser sein Haar aus dem Gesicht schieben. »Ich bin wie ein Hund, der Autos hinterherjagt. Ich wüsste gar nicht, was ich damit anfangen soll, wenn ich eins kriege.«

Ich erinnere mich vage an die Szene mit Heath Ledger, der in einem Batman-Film den Joker spielte. »Sein Nihilismus ist die einzige heute noch denkbare Ideologie«, hat Adriano gesagt. Ich fand das pathetisch und schief, eine dieser Sachen, die er vor allem sagte, weil sie gut klangen. Santis Performance ist wie eine Botschaft meines Mannes, eine Erinnerung daran, dass unsere Unterhaltung und unsere Missverständnisse nicht abgeschlossen sind.

»Wann sehen wir uns wieder?«, frage ich.

»Wenn du das nächste Mal mit der Fähre von Civitavecchia nach Palermo kommst. Ich werde an der Banchina Crispi auf dich warten. Wie die Marktverkäufer auf Sizilien sagen: Du gehörst zu mir.«

***

In der Kunst des Renaissance-Bildhauers Donatello spielen die Spiritelli eine wichtige Rolle. Das sind nackte Engelchen, die wir heute als kitschige Putten sehen. Tatsächlich waren sie nach dem strengen Mittelalter eine Möglichkeit, Sinnlichkeit und Spaß darzustellen, und standen also für Freiheit, Aufbruch und Wiedergeburt. Donatellos wichtigster und rätselhaftester Spiritello hat Flügel an den Füßen wie der Gott Merkur, Flügel am Rücken wie Amor, er hat am unteren Rücken ein Schwänzchen wie ein Faun und trägt Chaps, also Hosen, die Gesäß und Genitalien frei lassen, wie der phrygische Fruchtbarkeitsgott Attis. Diese Figur ist multipler Gott und Gotteslästerung zugleich. Die florentinische Familie Bartolini Salimbeni, die ihn bei Donatello in Auftrag gegeben hat, hat sie deswegen vermutlich nur in ihren Privaträumen zur Schau gestellt. Und noch heute ist ihre Unverschämtheit bestechend. Ich weiß das nur, weil ich damals in Berlin Jennys Rat gefolgt bin und mir die Donatello-Ausstellung angesehen habe. Der folgende Gedanke mag dem Abschiedsschmerz geschuldet sein. Aber vielleicht ist Santi mein Spiritello der letzten Wochen gewesen.

Er wird von Vicenzo abgeholt. Ich habe ihn auf dem Hochzeitfest nur kurz an einem weit entfernten Tisch gesehen und gratuliere ihm zu seiner neuen Familie. »Das wird ein schwerer Schlag für meinen Vater. Sein Opa war ein äthiopischer Prinz, und er denkt immer noch in alten Dynastien«, sagt er: »Ohne dich hätten wir uns nie gefunden. Ich wollte mich bei dir bedanken.« Er geht zum Kofferraum seines zerbeulten Geländewagens, hebt ein unförmiges, mit Tüchern umwickeltes Objekt aus dem Auto und stellt es vorsichtig auf den Terrassentisch. »Pack es bitte erst aus, wenn wir weg sind.« Vicenzo umarmt mich nur ganz kurz und militärisch fest, als wolle er keine Rührung aufkommen lassen, und sagt zu Santi: »Komm!«

Als ich ihr Auto nicht mehr höre, wickle ich die Tücher Schicht um Schicht von dem Gegenstand, der während seiner Enthüllung immer unförmiger wird. Dann liegt er vor mir: rissig, riesig, knochenbleich. Ein seltsamer Scherz, mit Sicherheit illegal, ein fürstliches Geschenk: Es ist der Schädel eines Zwergelefanten.

***

Ich stehe mit Jack auf dem obersten Deck der Fähre, dem Lieblingsplatz von Adriano und mir. Mein Hund hält die Nase in den Seewind, und das weit unter uns schäumende Meer macht ihm keine Angst. Ich streiche ihm über die Stirn, wo sich ein weißer Streifen durch sein goldenes Fell zieht. Er folgt der Bewegung meiner Hand, um mir zu sagen, dass er einverstanden ist. Dann blicke ich zurück auf die scheußliche Skyline von Messina. Das immer wieder verwüstete Messina – mal durch ein Erdbeben, mal durch besinnungslose Spekulation. An der Meerenge, wo die Seemonster Skylla und Charybdis vielleicht noch immer lauern. Diese hier nur drei Kilometer breite Salzwasserstraße, in der das Tyrrhenische in das Ionische Meer übergeht. Früher hat es hier von Piraten gewimmelt, sodass die Schiffsbesatzungen angewiesen wurden, wenigstens die Ladung in Brand zu setzen, bevor sie vor den Seeräubern flohen. Wer es damals schaffte, die Meerenge von Messina in beide Richtungen unbeschadet zu überqueren, galt als ein Liebling Gottes. Der Hut, den man dabei getragen hatte, sollte Schwangeren Glück bringen.

Ich trage eine Kappe mit der Aufschrift: »Natural Woman«. Adriano hat sie geliebt, ich habe sie einfach aufgesetzt, weil sie als Erstes zur Hand war. »Das ist mein Lieblingssong von Aretha«, sagt eine Frau mit weißen Locken, deren Enden Violett gefärbt sind. Von Kopf bis Fuß trägt sie eine dieser schwarzen Plastikrüstungen mit Signalelementen. Früher eiferten die Motorradrentner Peter Fonda und Jack Nicholson nach, heute kleiden sie sich wie Spezialkräfte der Polizei – als könnten sie sich mit ihrem Personal-Protective-Equipment vor allen Gefahren schützen. Und obwohl ich die Insel schon verlassen habe, erteilt mir diese lila-weißhaarige Rockerfrau eine letzte, sehr sizilianische Lektion. Dass nämlich der äußere Anschein, das scheinbar Lächerliche, immer nur ein Bild von vielen ist. »Ich besuche meine Schwester. Morgen hätte ihr Sohn Geburtstag gehabt. Francesco war vor drei Jahren per Anhalter unterwegs, und das Auto ist von einer Bombe in die Luft gesprengt worden. Hätten ihre Mütter diese ›Ndrangheta-Bastarde‹ doch abgetrieben! Oder in der Wiege erwürgt!« Sie nimmt ein lila Baumwolltuch mit Paisleymuster aus der Tasche und schnäuzt sich. Dann tätschelt sie Jack mit sicherem Griff und sagt zu ihm: »Gute Reise. Pass auf ihn auf.«

Die Überfahrt von Messina nach Villa San Giovanni dauert vielleicht dreißig Minuten. Das reichte Adriano und mir für einen Kaffee und ein Cannolo mit Ricotta. Es war totale Routine für uns, trotzdem war uns jedes Mal feierlich zumute.

*Die Meerenge von Messina, wo in der Tiefe die Orcas jagten. Vielleicht bauen sie ja die Brücke, die sie seit zweitausend Jahren planen, dann ist ein weiteres Ge-*

*heimnis zerstört. Bis dahin ist diese Wasserstraße ein viel befahrener und trotzdem zerstörter Mythos. Je nach Fahrtrichtung der Fähre ist Sizilien schon zum Greifen nah, oder man spürt sein Locken noch im Nacken; der Schmerz beim Abschied und bei der Ankunft ist jedoch genau gleich groß. Die unerschütterlichen Berge auf dieser geschundenen Insel, die sich vor Hunderten von Millionen Jahren Stück für Stück aus dem Mittelmeer erhob, sie geben mir die Illusion von Heimat. Dabei weiß ich um die Vergeblichkeit der Selbsttäuschung, denn selbst Odysseus konnte nur die anderen austricksen. Ich werde Dich mehr vermissen als mich selbst. Und vergiss nicht, dass Du leben musst.*

Diese kurze Überfahrt wird nie mehr so sein wie mit Adriano. Meist warf er das halbe Cannolo weg, damit er sich noch schnell eine zweite Zigarette anzünden konnte, um von seiner Wehmut oder seiner Euphorie nicht überwältigt zu werden. Es macht mich traurig, dass er nie angekommen ist, weder bei sich noch auf Sizilien. Ich werde vermutlich lange brauchen, die letzten Wochen zu sortieren, und ich werde niemals auf dieser Fähre stehen können, ohne Adriano zu vermissen. Denn auch das war unsere Liebe: nebeneinander in aufgewühltes Wasser blicken.

Weil die meisten Passagiere schon zu ihren Autos oder Motorrädern strömen und das Deck ungewöhnlich leer ist, öffne ich die Proraso-Dose und schütte den Inhalt einfach ins Meer. Ein Aufwind treibt Adrianos Asche nach oben, und hinter dem rasch sich in der Luft zerstäubenden Grau sehe ich am Himmel eine Gruppe Flamingos in den Süden fliegen. Ich werfe die leere Dose in den Non-

Differenziato-Mülleimer, hebe eine rosa Feder auf und schiebe sie unter die Hülle meines Telefons.

Dann stelle ich mich noch mal an die Bar. Beim Bezahlen ruft meine Mutter an. »Ich melde mich gleich, wenn ich im Auto bin«, wimmle ich sie ab. »Du klingst viel besser«, kann sie noch sagen. Und weil sie meine Mutter ist, noch immer besorgt um ihren Jungen mit dem schiefen Zahn, klingt auch sie gleich viel besser.

Der Barmann hat bei meinem Telefonat zugehört. Er stellt einen Plastikbecher Wasser vor mich und fragt, wo ich herkomme. »Germania!«, strahlt er. Er sei mal in München gewesen, drei Monate, auf der Suche nach Arbeit. Seine Freunde, bei denen er geschlafen habe, wohnten ganz in der Nähe des Marienplatzes. Der habe ihm sehr gut gefallen. Nur die Menschen seien eben nicht so wie die Sizilianer. Er fasst sich ans Herz und zuckt mit den Achseln. Dann nennt er den zweiten Grund, warum seine Pläne gescheitert seien: Um Arbeit zu finden, hätte er Deutsch lernen müssen. »Aber es war ja Weihnachten.« Seine Logik leuchtet mir nicht ein, doch er sieht umwerfend aus.

Wie ich es gelernt habe, trinke ich den Espresso in genau drei Schlucken, dann greife ich nach meinem Autoschlüssel. Der Barmann winkt mit seinem Siegerlächeln: »Auf Wiedersehen!«, und ich hoffe, dass er recht behält.

# *Literatur*

J. R. Tolkien: »Der Herr der Ringe. Band 1 – Die Gefährten«, in der Übersetzung von Margaret Carroux. © 1980 J. G. Cotta'sche Buchhandlung, Stuttgart.

René König: »Sizilien«. Hrsg. von Hans Peter Thurn. © 2005 VS Verlag für Sozialwissenschaften, Wiesbaden.

Prince: »Sometimes It Snows in April«. © 1986 Universal Music Publishing GmbH.

Samuel Beckett: »Murphy«, in der Übersetzung von Elmar Tophoven. © 1994 Rowohlt Verlag GmbH, Hamburg.

The Pussycat Dolls: »Don't Cha«. Words and Music by Anthony Ray and Thomas Callaway. Copyright © 2004 MIX A LOT PUBLISHING, SONGS OF UNIVERSAL, INC. and NOTTING HILL MUSIC, INC. All Rights for MIX A LOT PUBLISHING Administered by SONGS OF UNIVERSAL, INC. All Rights for NOTTING HILL MUSIC, INC. Administered by SONGS OF KOBALT MUSIC PUBLISHING. All Rights Reserved Used by Permission of Hal Leonard Europe Limited.

David Bowie: »HEROES« Music & lyrics: DAVID BOWIE © EMI MUSIC PUBLISHING LTD
Mit freundlicher Genehmigung der EMI Music Publishing Germany GmbH.

Giuseppe Tomasi di Lampedusa: »Der Leopard«, in der Übersetzung von Burkhart Kroeber. © 2019 Piper Verlag GmbH, München.

Joachim Sartorius: »Replik«, in: »Wohin mit den Augen: Gedichte«. © 2021, Verlag Kiepenheuer & Witsch GmbH & Co. KG, Köln.

Johann Wolfgang Goethe: »Italienische Reise«, 1786.

# *Grazie*

Ich bedanke mich bei meinen Freunden auf Sizilien, die mir eine Welt geöffnet haben.

Bei Karin Graf, die mir bei einem Glas Grillo den entscheidenden Tritt versetzte. Bei Maria Mair, die sich für die richtigen Figuren starkmachte. Bei Christian Kracht, der mir in Schottland Gustav Mahler vorspielte.

Vor allem aber bedanke ich mich bei Frank, der mich auch auf dieser Reise begleitet hat.